Stacey Kenne

Dirty Little Secrets – Begehrt

Weitere Titel der Autorin

Dirty Little Secrets – Verführt

Über die Autorin

USA-Today-Bestsellerautorin Stacey Kennedy hat schon mehr als dreißig Liebesromane geschrieben. In ihren Büchern geht es um Menschen wie du und ich, die auf der Suche nach Leidenschaft und der großen Liebe sind. Wenn sie mit ihren heißen Geschichten nicht gerade die Buchseiten oder einen eReader in Flammen aufgehen lässt, lebt sie mit ihrem Mann und ihren beiden Kindern in Ontario, USA. Sie glaubt fest daran, dass Wein, Schokolade und sündhaft erotische Bücher alle Probleme des Lebens heilen können.

Stacey Kennedy

DIRTY LITTLE SECRETS

Begehrt

Aus dem Amerikanischen von
Nina Hunter

be HEARTBEAT

beHEARTBEAT

Vollständige ePub-to-Print-Ausgabe des in der Bastei Lübbe AG erschienenen eBooks »Dirty Little Secrets - Begehrt« von Stacey Kennedy

Titel der amerikanischen Originalausgabe: »Tied to His Betrayal«
Originalverlag: This translation is published by arrangement with Loveswept, an imprint of Random House, a division of Penguin Random House LLC

Textredaktion: Anita Hirtreiter
Lektorat/Projektmanagement: Anna-Lena Meyhöfer
Covergestaltung: Manuela Städele-Monverde unter Verwendung von Motiven © Roman Seliutin/Shutterstock
Satz: 3w+p GmbH, Rimpar
Druck: Books on Demand GmbH, Norderstedt

ISBN 978-3-7413-0123-0

www.be-ebooks.de
www.lesejury.de

FSC
www.fsc.org
MIX
Papier aus verantwortungsvollen Quellen
Paper from responsible sources
FSC® C105338

Wie immer, für meine Leser.

Kapitel 1

DARIUS

Ich will eine Waffe. Eine geladene stählerne Waffe, um die ich meine Finger legen und abdrücken kann; mit der man einen Mann binnen eines Wimpernschlags töten kann.

Ich überlege, wo ich diese Waffe herbekomme, während ich der einzigen Frau ins Gesicht sehe, die ich jemals geliebt habe. In Taylor Ericksons grün und blau geschlagenes Gesicht. Sie steht direkt vor mir, auf der anderen Seite der Eingangstür zur Eigentumswohnung meiner Halbschwester, Allie Parker. Taylors hellbraune Augen starren in meine und bringen mich völlig durcheinander.

Noch vor wenigen Minuten habe ich mit Allie und ihrem Freund, Micah Holt, an diesem Samstag zusammen zu Abend gegessen. Jetzt kann ich mich nicht mehr bewegen. Ich bin mir nicht einmal mehr sicher, ob ich atme. Ich weiß nicht, wie lange Taylor und ich in diesem Blickduell verharren, das ich unmöglich verlieren werde. Alles, was ich wahrnehme, sind die blauen Flecken in ihrem Gesicht, die ich mir sorgsam einpräge, damit ich demjenigen, der sie so verletzt hat, die gleichen Veilchen verpassen kann. »Der Mann, der dir das angetan hat«, presse ich zähneknirschend hervor und sehe, wie sich dabei Tränen in ihren Augen sammeln, »ist ein toter Mann.«

Ich kann hören, wie sie die Luft anhält, bevor sie wieder komplett dichtmacht, so wie früher schon, als wir noch jünger waren. Aber das ist nicht das Einzige, woran ich mich erinnere. Ich erinnere mich auch daran, wie ihre vollen Lippen sich angefühlt haben, wenn ich ihre Sorgen weggeküsst habe. Ich erinnere mich ebenfalls daran, wie warm sie sich angefühlt hat, wenn ich sie in die Arme genommen und vor der grausamen Welt da draußen beschützt habe. Und ich erinnere mich daran, wie meine Finger sich in ihren langen honigfarbenen weichen Locken vergraben und ich sie fest an mich gezogen habe.

Ich kann nichts davon vergessen. Sie lässt mich einfach nicht los. Keinen einzigen verdammten Tag.

»Oh, sei still, Darius«, sagt meine Halbschwester Allie und zieht Taylor hinter sich her in die Wohnung. »Niemand wird hier irgendwen umbringen.« Sie macht die Wohnungstür mit einem lauten Knall hinter sich zu. »Oh Gott, Taylor, du zitterst ja.«

Da bemerke ich erst, dass Taylor nass bis auf die Knochen ist. Ein Blick über die Schulter zu dem Panoramafenster, das einen Ausblick auf die Innenstadt von San Francisco bietet, sagt mir, dass es draußen total schüttet.

»Es geht mir gut«, sagt Taylor und lenkt meine Aufmerksamkeit wieder auf sich. Kreidebleich schlingt sie die Arme um ihre Mitte. »Zumindest wird es mir wieder gut gehen, sobald ich aus diesen Kleidern rauskomme.«

»Brauchst du Hilfe dabei?«, meldet sich Allie zu Wort.

»Nein. Pff. Ich bin zurück, noch bevor du überhaupt bemerkst, dass ich weg bin.« Sie schenkt Allie ein Lächeln und wirft mir dann einen Blick zu, der mir alles sagt, was ich wissen muss.

Es ist ihr unangenehm, mich wieder zu sehen.

Verdammt, in ihrer Nähe bin ich auch ein nervliches Wrack. Ich zwinge meine Muskeln dazu, sich zu entspannen, meine Faust, sich wieder zu lösen, und meinen hämmernden Herzschlag dazu, wieder langsamer zu werden, während ich Taylor dabei zusehe, wie sie, mit ihren Taschen in den Händen, den Flur in Richtung Schlafzimmer entlanggeht.

Stille umgibt uns. Stille, die lähmend ist und ganz ohne Worte so viel sagt.

Als Taylor endlich verschwunden ist und man im Wohnzimmer hören kann, wie sich die Schlafzimmertür schließt, murmelt Allie: »Oh mein Gott.«

Ich drehe mich um und sehe direkt in ihre klaren blauen Augen, die zwischen Micah und mir hin und her blicken. Sie spielt nervös mit den Fingern an einigen Strähnen ihres langen braunen Haares. Ich weiß, sie versucht gerade Antworten auf die gleichen Fragen zu finden, die ich auch habe, wie beispielsweise, was Taylor zugestoßen ist, aber sie scheint festzustecken und die Sorge um ihre beste Freundin ihre Gedanken zu beherrschen. Dieses Problem habe ich nicht.

»Darius, wo gehst du hin?«, ruft Allie.

Ich ignoriere ihre Frage. Ich suche nach Antworten und konzentriere mich auf die Gefühle, die mich überfallen. Ich lasse Allie und Micah einfach stehen und gehe zum Schlafzimmer. Als ich dort angekommen bin, klopfe ich an die Tür und bin entschlossen, meine Antworten zu bekommen.

»Herein«, ruft Taylor hinter der Tür.

Ich betrete das Schlafzimmer; sie sitzt auf Allies großem Bett. Die nassen Klamotten hat sie gegen eine schwarze Leggings und ein hellblaues T-Shirt eingetauscht. Ihr Haar hat sie sich zu einem Pferdeschwanz gebunden, doch sie ist nach wie vor kreidebleich im Gesicht. Die rosige Farbe der Wangen, an die ich mich noch erinnere, ist verschwunden. »Taylor …«

»Ich will nichts hören, Darius«, unterbricht sie mich mit kühler Stimme und zieht ein Paar Socken aus ihrer Tasche. »Halt mir keinen Vortrag, okay?«

Ich lehne mich mit verschränkten Armen gegen den Türrahmen. »Wer sagt, dass ich dir einen Vortrag halten will?«

Sie ist damit fertig, sich die erste Socke anzuziehen, hebt den Kopf und schenkt mir ein schiefes Lächeln. »Ich kenne dich.«

Dieses Lächeln haut mich um. Viele meiner schönsten Erinnerungen hängen mit diesem Lächeln zusammen. »Wenn du mich so gut kennst, sag mir eines: Warum bin ich ins Schlafzimmer gekommen?«

Taylor zögert nicht. »Du willst wissen, wer mir das angetan hat und warum es passiert ist?« Sie zieht sich auch noch die zweite Socke an und fährt dann fort: »Die Antwort lautet: ein wütender Exfreund und Alkohol … jede Menge Alkohol.« Sie zieht den Reißverschluss ihrer Tasche wieder zu, steht vom Bett auf und dreht sich herum, um mich ansehen zu können. »Und nun wirst du mir erzählen, dass du einen Leibwächter engagieren willst, der auf mich aufpasst, weil du dir Sorgen um meine Sicherheit machst.«

Ich zögere ebenfalls nicht. »Du hast recht, genau das werde ich machen.«

Sie kommt auf mich zu, und ihre Stimme ist ernst. »Ich brauche keinen Babysitter, also werden wir gar nicht erst darüber diskutieren.« Ihr fruchtiger Duft erfüllt die Luft um mich herum, als sie nah vor mir steht. Ihre strahlenden klugen Augen starren mich nieder. »Aber ich weiß ja, dass du das Ganze nicht auf sich beruhen lassen wirst: Sein Name ist Shawn Mason. Und nein, Darius, du wirst jetzt nicht losziehen und ihn windelweich prügeln.«

Ich höre, was sie sagt, und sogar ich merke, dass sie glaubt, sie braucht mich nicht, doch es ist fünf Jahre her, seit sie so nah vor mir gestanden hat. Herrgott, sie riecht so gut. Sie sieht fantastisch aus. Ich kann mich kaum zurückhalten, muss gegen das Verlangen ankämpfen, das beschützen zu wollen, was einst mir gehört hat. »Du hast den letzten Grund vergessen, aus dem ich hergekommen bin.«

Ihre hellbraunen Augenbrauen schießen in die Höhe. »Ach ja, und was für ein Grund soll das sein?«

Ich strecke ihr meine offenen Arme entgegen. »Komm her.« Sie mag so tun, als würde sie mich nicht brauchen. Aber ich weiß, dass sie das tut. Denn ich kenne diese Frau ebenso gut, wie sie mich kennt – in- und auswendig. Ich weiß, was sie zum Lächeln bringt, ich weiß, was sie zum Weinen bringt, und ich weiß, was sie stöhnen lässt.

Sie ist nicht nur ein offenes Buch für mich. Sie ist ein Buch, das ich eingehend von der ersten bis zur letzten Seite studiert habe.

Für den Bruchteil einer Sekunde zögert sie, dann kommt sie in meine Arme und schmiegt sich, wie früher, an mich. Mein Schwanz wird hart wie Stahl, und ich schiebe meine Hüften zurück, damit sie meinen Ständer nicht spüren muss.

Lange Zeit vergeht, und erst, als sie sich von mir lösen will, wage ich es, sie loszulassen. Die Anspannung in meiner Brust löst sich ein wenig angesichts ihres etwas ehrlicheren Lächelns. »Danke«, sagt sie mit weicher Stimme. »Das habe ich gebraucht.«

Sie will schon an mir vorbeigehen, doch ich strecke die Hand aus und umfasse ihr Handgelenk. Ihr Blick wandert zurück zu mir, und eine Sekunde lang fürchte ich schon, dass es ein Fehler war, sie zu berühren, aber dann kann ich sehen, wie ihre Pupillen sich weiten und ihr Atem stoßweise geht. »Lauf noch nicht weg«, murmele ich, angestoßen von dem Verlangen, das unter der Oberfläche brodelt.

»Wer sagt, dass ich weglaufe?«, sagt sie heiser und hält meinen Blick fest.

Eines Tages wird sie mich noch umbringen. Taylor besitzt mich auf eine Weise, wie mich noch nie jemand besessen hat. Nur ein Blick, ein Wort, und ich bin Wachs in ihren Händen. »Du läufst vor etwas weg.« Ich fahre mit dem Finger über ihre blauen Flecken und unter ihrem Auge entlang und kann tief darin Schmerz sehen. Schmerz, von dem ich mir sicher bin, dass sie ihn verzweifelt versucht zu verbergen. Doch vor mir kann sie ihn nicht verbergen. »Sei nicht zu stark, zu mutig oder zu stolz. Ich bin hier, wenn du mich brauchst.«

»Ja, das weiß ich, aber ich brauche keinen Helden. Das ist mein Problem, nicht deines. Bitte lass mich damit fertigwerden.«

Sie weicht zurück, vergrößert den Abstand zwischen uns, woraufhin es kälter im Raum wird. Es ist eine Kälte, von der ich mir sicher bin, dass sie sie auch spürt. Ich beiße die Zähne zusammen, kämpfe gegen meine Bedürfnisse – den Wunsch, sie in meinen Armen zu halten – an. »Sag mir einfach, dass es dir gut geht und du in Sicherheit bist. Gib mir wenigstens das.«

Sie hält kurz inne. Dann: »Es geht mir gut, und ich fühle mich sicher.«

Bevor ich ihr sagen kann, dass sie lügt, hat sie auch schon das Schlafzimmer verlassen.

Ich schließe die Augen, atme tief ein und aus und versuche der Emotionen, die mir die Kehle zuschnüren, wieder Herr zu werden. Es fühlt sich so an, als wäre kaum Zeit vergangen, seit ich sie das letzte Mal in den Armen gehalten habe. Ich liebe sie noch immer. Ich werde nie damit aufhören. Doch Taylor wollte ein Leben, das ich ihr nicht geben konnte. Sie wollte ein Märchen haben, aber solange der Held auf die dunkleren Seiten von Sex, Macht und Geld steht, kann ich nicht ihr Ritter in glänzender Rüstung sein.

Als ich höre, wie sich ein Gespräch im Wohnzimmer entspinnt, folge ich ihr. Taylor starrt auf den Artikel in der Klatschpresse, der auf dem Couchtisch liegt.

»Was ist das?«, fragt sie, nimmt das Stück, das aus der Zeitung gerissen worden ist, liest die Worte, die auf der glänzend weißen Seite stehen, und lässt sich dann auf die Couch sinken.

Kann Micah Holt der ultimative Betrug jemals verziehen werden? Oder wird Allie Parker sich zwischen zwei Milliardäre stellen?

Ich weiß, dass Taylor das Thema wechselt, um nicht mehr im Zentrum der Aufmerksamkeit zu stehen, darum setze ich mich neben sie und helfe ihr dabei, den Fokus für eine Weile auf jemand anderen zu richten. »Das ist unser aktuelles Problem«, sage ich und deute auf den Artikel in ihren Händen.

Taylor schielt zu Allie, die uns gegenüber in dem übergroßen Sessel sitzt, dann wandert ihr Blick zu Micah, der neben meiner Halbschwester auf der Armlehne sitzt, und schließlich sieht sie wieder mich an. »Entschuldige, ich bin verwirrt. Was genau ist das hier, was ich mir ansehe?«

»Zum zweiten Mal in einem Monat …« Micah fährt sich mit den Haaren durch sein schwarzes Haar, seine dunklen Augenbrauen ziehen sich über seinen blaugrauen Augen zusammen. »Du siehst, wie die Klatschblätter zum zweiten Mal in einem Monat tatsächlich einmal die Wahrheit schreiben.«

»Warte mal. Was?« Taylors Kopf schießt zu mir herum, und sie hat die Augen zusammengekniffen. »Du warst wütend, weil die beiden zusammen sind?«

»Wütend?« Allie lacht laut auf.

Micahs Mundwinkel heben sich, denn das ist nicht ganz, wie die Geschichte sich entwickelt hatte. Micah hat sich würdig erwiesen, um mit meiner kleinen Schwester zusammen zu sein. Das ist der einzige Grund, warum er noch am Leben ist, also ist es eine Untertreibung, wenn man sagt, ich war *wütend.*

Ich zucke als Antwort bloß mit den Achseln und kann Taylors Überraschung verstehen, denn Allie hatte keine Probleme damit, dass ich mit ihrer besten Freundin zusammen war. Aber ich bin nicht Allie, und ganz sicher bin ich auch nicht so rational wie sie. Außerdem habe ich Allie schon immer beschützt. Ich habe sie aufgezogen, nachdem ihr Vater und unsere Mutter bei einem Flugzeugabsturz ums Leben kamen, als Allie fünfzehn Jahre alt war. Ich wurde zu ihrem Vormund, was bedeutet, dass ich auch ein Auge auf die Männer hatte, die in ihr Leben traten.

»Du bist ein ganz schöner Heuchler, was?«, bemerkt Taylor und sieht mich mit hochgezogenen Augenbrauen an.

»Es ist, wie es ist«, erwidere ich und lege meinen Arm auf der Rückenlehne der Couch ab, ohne mich zu verteidigen. Ich würde mich niemals entschuldigen, nur weil ich Allie oder Taylor beschützen will.

Taylor schnaubt bloß und konzentriert sich dann wieder auf die Seite in ihren Händen. »Okay, aber dann erkläre mir mal eins: Ich meine, warum war es so schlimm, dass du anfangs wütend warst? Man hätte in den Klatschblättern Schlimmeres über dich schreiben können.«

»Auch wenn das stimmt«, erwidere ich nicht allzu glücklich, »wussten nur ein paar Leute, dass ich zuerst nicht sonderlich begeistert von der Idee war, Micah und Allison als Paar zu sehen. Also ist die Tatsache, dass die Klatschblätter etwas so Persönliches in Erfahrung brachten, besorgniserregend.«

Allie fügt, mit vor Sorge schwerer Stimme, hinzu: »Und es ist seltsam, dass sie sich ausgerechnet auf diese Geschichte konzentrieren.«

Micah nickt. »Sie hätten sie viel weiter aufblähen und mit ein paar Lügen spannender machen können.«

Taylor legt den Kopf schief, und von ihrem feuchten Pferdeschwanz tropft Wasser auf ihren nackten Arm. »Aber das haben sie nicht; sie haben lediglich die Wahrheit geschrieben.«

»Das stimmt«, sage ich.

Taylor liest offensichtlich zwischen den Zeilen, denn sie runzelt die Stirn. »Ich schätze, das kann nur bedeuten …«

»… dass es einen Verräter unter uns gibt«, bestätige ich.

Kapitel 2

TAYLOR

Ein Verräter. Die Klatschpresse. Darius.

Nachdem ich den ruhigen Sonntag genutzt und ausgeschlafen habe, habe ich schnell gefrühstückt und bin dann rausgegangen. Jetzt, nachdem ich meinen alten Honda Civic am Bordstein geparkt habe, seufze ich angesichts meiner wild umherspringenden Gedanken und gehe die Straße hinunter in Richtung Glen Park. Mein Leben ist schon kompliziert genug, und jetzt muss das Schicksal mir auch noch weitere Prüfungen auferlegen. Aber als ich unter einer großen Eiche hergehe, rufe ich mir selbst in Erinnerung, dass es heute nicht um die Dinge geht, die ich nicht kontrollieren kann. Heute geht es um den einen Ort, der sicher ist. Den einen Ort, wo nichts auf der Welt mich berühren kann.

Als ich die Straßenecke erreiche, betrachte ich das zweistöckige viktorianische Reihenhaus mit einem Lächeln. In den fünfundzwanzig Jahren, in denen meine Eltern hier gelebt haben, hat sich nicht viel verändert, bis auf ein oder zwei Fenster, die ein Nachbarskind beim Baseballspielen zerbrochen hat, und die Fassade, die einen neuen Anstrich vertragen könnte. Aber das gehört alles zum Charme des Hauses. Für mich ist es mein Zuhause. Es ist die eine Sache in meinem Leben, die sich niemals verändert.

Wie schon so oft zuvor gehe ich darauf zu, nehme zwei der dunklen Holzstufen auf einmal, laufe an den weißen Pfeilern vorbei und halte vor der blauen Haustür an. In diesem Haus existiert so viel Liebe, dass ich schwören könnte, die Energie in diesem Haus fast schon zu spüren, fast so, als wollte sie explodieren und in den sonnigen Tag hinausfließen.

Ich umfasse den bronzenen Türgriff und öffne die Haustür. »Ich bin zu Hause«, rufe ich.

»Taylor?« Die überraschte Stimme meiner Mom ertönt aus der Küche.

»Ja, ich bin es.« Ich schließe die Tür hinter mir, schlüpfe aus meinen Schuhen und atme den holzigen Geruch der Potpourris ein, die meine Mutter in jedem Zimmer unseres Hauses aufstellt.

Ich kann hören, wie die Holzdielen unter ihren Füßen knarren, noch bevor sie ins Wohnzimmer gelaufen kommt. Auf ihrem runden Gesicht zeigt sich ein breites Lächeln. Sie wischt sich ihre mehlbedeckten Hände an ihrer Schürze ab, was aber nicht dabei hilft, sie sauber zu bekommen. »Oh, ich hatte keine Ahnung, dass du nach Hause kommst, Süße.« Sie tritt näher an mich heran, bleibt dann aber abrupt stehen und mustert mein Gesicht. Es vergeht eine weitere Sekunde, ehe ihre Hände auf meinen Schultern liegen und ihre haselnussbraunen Augen – die die gleiche Farbe haben wie meine – langsam größer werden. »Was ist passiert? Hattest du einen Autounfall?«

Anstatt sie anzusehen, während ich sie anlüge, ziehe ich sie in eine Umarmung. »Es ist gestern schon passiert. Ich bin bei einer Freundin im Auto mitgefahren, aber mach dir keine Sorgen, es war bloß ein Blechschaden. Ich habe nur ein paar blaue Flecken abbekommen, mehr nicht.« Meine Mutter darf das mit Shawn nicht erfahren. Sie kann mit solchen Nachrichten nicht umgehen.

Meine Mutter Pam und mein Vater Jason sind seit dreißig Jahren glücklich miteinander verheiratet. Ich habe die Eltern, die sich jedes Kind immer gewünscht hat. Mom blieb daheim, und Dad hatte einen guten Job mit geregelten Arbeitszeiten. Sie haben während meiner Kindheit nicht ein Spiel, eine Aufführung oder sonst etwas, an dem ich teilgenommen habe, verpasst. Und ich glaube, wäre Moms Endometriose nicht gewesen, hätten sie nach mir noch viele weitere Kinder gehabt.

Ich will ihr keine Sorgen bereiten, und durch diese Geschichte würde sie einen massiven Anfall erleiden.

»Meine Güte, ich bin so froh, dass es dir gut geht«, sagt sie ernst und lehnt sich zurück, um mich wieder zu mustern. »Wie lange wirst du bleiben?«

»Um ehrlich zu sein, für immer.«

Ihre Augenbrauen schießen in die Höhe, aber es ist mein Vater, der sagt: »Ich nehme an, das bedeutet, du ziehst wieder zurück?« Er betritt das Wohnzimmer und drückt mir einen Kuss auf die Wange. Dad ist groß und ein wenig mollig um die Hüften herum, was eine Folge davon ist, dass er in den letzten zwanzig Jahren im Grunde nur gesessen hat – tagsüber am Schreibtisch und abends auf seinem geliebten quietschenden Fernsehsessel. Sein Blick wandert zu mir, und er mustert mich flüchtig. »Und was ist mit deinem Gesicht passiert?«

»Jason!«, faucht meine Mom und fährt sich mit ihren mehlbedeckten Händen durch die kurzen braunen Haare. »Das ist eine furchtbare Art, deine Tochter zu Hause zu begrüßen.«

Ich lache, weil meine Mutter jetzt Mehl in den Haaren hat, und setze mich neben Dads Fernsehsessel auf die geblümte Couch. »Nichts Schlimmes. Ich war in einen Autounfall verwickelt.«

Dad nimmt die Fernbedienung vom Tisch und sieht mich mit zusammengekniffenen Augen an. »Geht es dir gut?«

»Ja, alles in Ordnung.«

Sein Gesichtsausdruck wird weicher, als er lächelt, wobei mir ganz warm ums Herz wird. Mein Vater ist sehr zurückhaltend, wenn es darum geht, jemandem ein Lächeln zu schenken. Er lässt diese Wärme nicht jedem zuteilwerden. Und aus irgendeinem Grund macht es sein Lächeln zu etwas Besonderem.

»Wann hast du dich entschieden, wieder nach Hause zu ziehen?«, fragt er, sieht zur Tür und spricht dann wieder mich an. »Und wo ist dein Gepäck?«

Mom ist unschuldig und naiv, aber Dad ist misstrauisch und will mich beschützen. »Allie hat mir angeboten, dass ich in ihrer Eigentumswohnung bleiben kann.«

»Wie nett von Allie«, erwidert Mom und schüttelt sich das Mehl aus ihren Haaren. »Sie ist so ein liebes Mädchen. Wie geht es ihr?«

»Es geht ihr gut, und sie ist bis über beide Ohren verliebt.«

»Was für großartige Neuigkeiten«, sagt Mom.

Meine Brust wird mir ein wenig leichter. Keine Fragen mehr wegen der blauen Flecken. Keine Forderungen, dass ich wieder nach Hause ziehe. Ich habe das Treffen heil überstanden. Ich liebe meine Eltern, aber ich liebe auch meine Freiheit.

»Wenn du schon einmal zu Hause bist, komm mal mit.« Mom winkt mir, ihr in die Küche zu folgen. »Du kannst mir dann auch gleich dabei helfen, Kekse zu backen.«

Dad drückt einen Knopf auf der Fernbedienung und schaltet den Fernseher an, als hätte sich nichts geändert. Meine Eltern sind Gewohnheitstiere. Wenn Dad nicht arbeitet, guckt er sich Sport im Fernsehen an. Wenn Mom nicht putzt, backt sie.

Und ich würde es gar nicht anders haben wollen. Sie sind meine Familie.

Ich folge Mom in die Küche und kann dabei nur daran denken, wie sehr ich mich verändert habe, wie wenig sie sich verändert haben und wie sehr ich mir wünsche, die Zeit um fünf Jahre zurückzudrehen. Damals war ich bereit gewesen, die Welt zu erobern, und bin ausgezogen. Aber als ich die weißen Küchenschränke sehe und die Erdnussbutterplätzchen rieche, weiß ich, dass ich überlebt habe.

Ich habe mich nicht unterkriegen lassen.

Und werde ich auch nicht. Das habe ich noch nie. Doch ich habe noch nicht herausgefunden, wo ich am Ende stehen werde.

Ich behalte diese Gedanken für mich, während meine Mom das Blech mit den Keksen aus dem Ofen holt, es neben dem Herd abstellt und sich dann an die Kochinsel setzt. »Ich dachte, du hättest gesagt, du willst weniger backen, wegen Dads Cholesterinspiegel?«

»Oh, es geht ihm doch gut, und wenn er keine Kekse bekommt, wird er viel zu grummelig.« Mom nimmt mehr Mehl aus der Packung und gibt es in die Schüssel. »Hilfst du mir bei der zweiten Fuhre?«

Ich trete neben sie, werfe einen Blick auf den Mixer und stelle ihn auf Rühren, warte, bis das Mehl untergerührt wurde, und stelle anschließend auf Schlagen. Die Arme des Mixers beginnen sich in hypnotischen Kreisen zu drehen, mischen die Mischung immer schneller, und der verführerische Duft der süßen Mischung aus Zucker und Butter erfüllt die Luft. Er bringt mich zurück zu einer Zeit, als ich diese Erdnussbutterkekse noch für jemand anderen gebacken habe.

»Wir können das nicht mehr machen.«

Darius' Worte treffen mich in dem Moment, als ich sein Büro betrete und den Teller mit Erdnussbutterplätzchen auf seinem Tisch abstelle. Es ist sieben Uhr abends, und außer uns ist niemand hier. Er ist sehr vorsichtig, wenn es um unsere Beziehung geht, geht immer sicher, dass mich niemand sieht. Obwohl er mich ansieht, werfe ich einen Blick auf sein Ohr, weil ich mich frage, ob er gerade telefoniert.

»Hast du mich nicht gehört?«, fragt er mich und sitzt dabei hinter seinem Schreibtisch.

In dem Moment wird mir klar, dass er wirklich mit mir spricht, und ich kann eindeutig sehen, dass er schlechte Laune hat. »Was können wir nicht mehr machen?«, frage ich zögerlich.

»Das. Uns.«

Mir fallen seine Augen auf. Sie sind kalt. »Warum?« Ich will diese Frage nicht stellen, aber ich weiß, er lässt mir keine andere Wahl.

»Was für eine Art Leben ist das hier, Taylor?« Er steht von seinem Bürosessel auf, stellt sich vor den Schreibtisch und lehnt sich gegen die Kante. Ich fühle mich unwohl, lasse mich in den Bürostuhl sinken und höre ihm dabei zu, wie er sagt: »Du bist erst neunzehn. Und ich neunundzwanzig.«

»Oh, bitte«, erwidere ich. Mein Herz schlägt laut in meiner Brust, und ich bin nicht in der Lage, meinen Blick von ihm abzuwenden. »Wir werden doch nicht wieder davon anfangen, oder?«

»Du bist jung, Taylor«, sagt er und sieht mich dabei sanft an. »Das ist eine Tatsache, die du nicht verleugnen kannst.«

Ich seufze, will nicht schon wieder darüber reden. »Hör auf damit. Du bist nur zehn Jahre älter als ich, und ich bin glücklich mit dir.«

»In diesem Alter ist das fast ein ganzes Leben«, erwidert er ernst.

»Nein, das ist es nicht, und ich will nicht darüber reden.« Denn ich bin es so verdammt leid, immer wieder die gleiche Unterhaltung zu führen. Ich verschränke die Arme vor der Brust und imitiere seine brüske Haltung. »Dann bist du eben älter als ich, was soll's? Das zwischen uns funktioniert, und das weißt du auch.«

Er bleibt gegen die Kante seines Schreibtisches gelehnt und sieht so eindrucksvoll wie immer aus. Langsam heben sich seine Augenbrauen, was ein Zeichen dafür ist, dass er mir nicht zustimmt. »Ich weiß, dass ich damit beschäftigt bin, zu arbeiten. Ich bin damit beschäftigt, Networking zu betreiben. Ich bin damit beschäftigt, an Events teilzunehmen, die meinem Geschäft dabei helfen, zu wachsen, und zu denen ich dich nicht mitnehmen kann.«

Ein Kloß bildet sich in meinem Hals, als ich die Willensstärke in seinem Gesicht und die Entschlossenheit in seinen Augen sehe. »Na, dann ändere das und nimm mich mit, wenn du zu diesen Events gehst.«

Er schüttelt abwehrend den Kopf. »Du weißt, dass ich das nicht kann.«

Seine Zurückweisung trifft mich wie ein harter Schlag vor der Brust. Aber trotz allem muss ich weiter nachhaken, muss mich noch weiter bestrafen. »Nein, um ehrlich zu sein, habe ich keine Ahnung, warum du das nicht kannst.«

Er lässt die Arme sinken, seine Finger klammern sich an der Schreibtischkante fest, bis seine Knöchel sich weiß verfärben. »Ich habe einen Ruf zu verteidigen, und es kann meinem Ruf schaden, wenn ich mit einem zehn Jahre jüngeren Mädchen zusammen bin.«

Mein Kinn bebt, und ärgerlicherweise rinnt mir eine Träne über die Wange. Ich wische sie rasch weg, will die Frau sein, die er braucht. Aber er bricht mir das Herz und ich kann das nicht verbergen.

Seine Augenbrauen rutschen tiefer, er stößt sich vom Schreibtisch ab und kommt auf mich zu. »Bitte weine doch nicht.« Er nimmt meine Hände, zieht mich auf die Füße, und seine Wärme und seine Stärke umgeben mich. Ich verliere mich viel zu schnell in ihm, als er seine Arme fest um mich legt; diese Wirkung hat er immer auf mich. »Du weißt, dass du mir sehr wichtig bist«, fügt er sanft hinzu und stützt das Kinn auf meinem Scheitel ab, »aber was für eine Art Leben ist das für dich, Taylor?« Er lehnt sich etwas zurück und wischt mir die Tränen von den warmen Wangen. »In mein Büro zu schleichen? Heimlich mit mir in meinem Haus zu Abend zu essen? Dich vor der Welt versteckt zu halten? Das ist falsch.«

»Aber ich will es«, erwidere ich mit fester Stimme.

Er schüttelt den Kopf, und seine Gefühle spiegeln sich in seinen Augen. »Du glaubst, du willst das.«

Es gibt hundert Dinge, die ich sagen will, doch nur eines davon ist so wichtig, dass es alle anderen verdrängt. »Du könntest das alles für mich aufgeben. Du könntest mich dem Erfolg vorziehen.«

So warm, wie seine Augen noch vor einer Sekunde gewesen sind, so sehr brennen sie jetzt mit dem Feuer eines entschlossenen Mannes, und er hat sie zu Schlitzen verengt. »Du weißt, das kann ich nicht.«

Kälte hüllt mich ein, und ich befreie mich aus seiner Umarmung. »Warum? Weil du dich vor deinem beschissenen Vater beweisen musst? Beweise dich doch vor mir. Ich bin die Einzige, die wirklich zählt, niemand sonst.«

Er macht einige Schritte zurück, lehnt sich wieder gegen seinen Schreibtisch, und seine Finger klammern sich erneut an der Kante fest. »Ich will dir nicht wehtun. Das ist nicht …«

»Du tust mir aber weh, Darius«, stelle ich klar.

Er schließt die Augen, öffnet sie wieder, und in den Tiefen seines Blicks sehe ich Entschlossenheit. »Es ist besser, dir jetzt wehzutun, als dir später das Herz zu brechen.«

»Taylor.«

Die laute Stimme meiner Mutter lässt mich zusammenzucken, und ich drehe mich um, um sie anzusehen, während sie fortfährt: »Süße, wenn du den Teig weitermischst, ist bald nichts mehr davon übrig. Ich glaube, er ist fertig.«

»Tut mir leid«, lache ich leise, und als ich den Mixer abstelle, sehe ich, dass meine Hand zittert.

Diese Erinnerung an Darius gehört nicht zu meinen liebsten, und ich hasse es wirklich, dass das Backen mit meiner Mutter sie wieder hervorgeholt hat. Ich hebe den Rührarm und bringe die Teigschüssel dann zu dem bereits wartenden Keksblech auf der Kochinsel.

Meine Mutter stellt sich neben mich, als könnte sie meine Gedanken lesen, und fragt: »Hast du Darius schon gesehen?«

Darius mochte unsere Beziehung geheim gehalten haben, aber ich habe das nicht getan. Meine Eltern wussten davon und akzeptierten unsere Beziehung, weil Darius ein solcher Gentleman war, und sie wussten, dass er mich glücklich macht. Ich gehe zum Spülbecken, nehme meine Ringe ab und wasche mir die Hände. »Habe ich. Er war in Allies Wohnung, als ich dort aufgetaucht bin.«

»Ich sehe ihn immer in den Boulevardmagazinen im Supermarkt«, sagt Mom und nimmt eine Gabel von der Arbeitsfläche. »Er ist jetzt so berühmt. Man sagt, er sei inzwischen Milliardär.« Ich gehe wieder zu ihr an die Kochinsel, und sie fügt hinzu: »Er ist nicht verheiratet. Wusstest du das?«

»Ja, das wusste ich.« Ich nehme etwas Teig in meine Hand und rolle ihn zu einer perfekten Kugel.

Mom wartet, bis ich die Kugel auf das Keksblech gelegt habe, ehe sie den Teig mit der Gabel herunterdrückt und ein Gittermuster hineinmacht. »Wenn du mich fragst, liegt das nur daran, weil er bereut, dass er dich hat gehen lassen.«

Ich rolle mit den Augen. Meine Mutter ist die Romantikerin in der Familie. Aber ich weiß es besser. So etwas gibt es bloß im Märchen. Die Liebe im wahren Leben ist sehr viel chaotischer. »Darius ist mit seinem Job verheiratet. Der Grund, warum er Single ist, ist, weil keine Frau es damit aufnehmen kann.«

»Das stimmt«, sagt Mom mit einem leichten Achselzucken. »Es ist eine Schande, dass er vergessen hat, was wirklich wichtig im Leben ist.« Sie wartet, bis ich eine weitere Teigkugel auf das Keksblech gelegt habe, und fährt dann fort: »Und Shawn? Warum hat er dich nicht begleitet?«

»Um ehrlich zu sein, haben wir Schluss gemacht«, erwidere ich. »Darum bin ich auch nach Hause gekommen.«

»Oh.« Moms Augenbrauen schießen überrascht nach oben. »Geht es dir gut?«

»Ja, es geht mir gut. Diese Trennung war schon lange überfällig.« Ich lege die letzte Teigkugel auf das Blech, bringe es zum Ofen und schiebe es hinein. Ich knie mich vor den Ofen und sehe den Keksen dabei zu, wie sie backen, wie ich es als Kind immer getan habe.

»Also …«, sagt Mom hinter mir lang gezogen und bricht damit das Schweigen. »Du bist Single. Darius ist Single.«

Ich mache mir nicht einmal die Mühe, mich zu ihr umzudrehen. »Komm ja nicht auf komische Ideen. Dieser Zug ist schon vor langer Zeit abgefahren.«

Lügnerin, sagt mein Herz.

***

DARIUS

Als ich aus dem schnittigen schwarzen Jaguar am nördlichen Ende der Stadt steige, steht die Sonne hoch am Himmel. Mein Fahrer schließt die Wagentür hinter mir, während ich schon auf die alte Schokoladenfabrik zugehe, die zum Hauptquartier von Blackwood Security umfunktioniert wurde.

Dort angekommen, steige ich die alten Holzstufen empor und warte vor der Eingangstür aus Stahl darauf, dass die Überwachungskamera näher an mein Gesicht heranzoomt.

Zwei Atemzüge später summt die Tür, und ich betrete das Gebäude. Noch bevor ich drei Schritte ins Innere gemacht habe, sehe ich Ryder Blackwood, der auf mich zumarschiert. Er trägt ein schwarzes T-Shirt mit dem Blackwood Logo darauf, das sich über seiner breiten Brust spannt.

»Was gibt es?«, fragt er und schiebt seine Hände in seine schwarze Cargohose, an deren Seite an seiner Hüfte ein Waffenholster hängt.

»Du musst jemanden für mich durchleuchten«, sage ich und reiche ihm meine Hand.

Ryder schüttelt meine Hand, und seine smaragdgrünen Augen verengen sich. »Sollte ich mir deswegen Sorgen machen?«

»Es geht nicht um das DC« ist alles, was ich sagen muss, damit Ryder weiß, dass ich vom Dominant's Council spreche.

In meinen frühen Zwanzigern haben Ryder, Micah und ich sowie ein weiterer enger Freund namens Gabe O'Keefe die vier Sexclubs in der Stadt aufgekauft und sie renoviert, damit sie auch dem anspruchsvollsten edlen Geschmack gerecht wurden. Wir taten das damals nicht nur, um unsere Egos aufzupolieren, sondern auch, um unsere dunkelsten Fantasien mit willigen Frauen auszuleben, die die verruchteren Genüsse bevorzugten. Aber, was noch wichtiger war, der Kauf dieser Clubs gab uns totale Kontrolle über die Sexbranche in San Francisco. Was uns auch eine Möglichkeit eröffnete, unsere Identitäten vor der Klatschpresse geheim zu halten, die Sexskandale liebte.

Jetzt bin ich fünfunddreißig, und es ist mir wichtiger, dass mein Sexclub Gewinn abwirft, als in seinen Mauern Abenteuer mit Frauen zu haben. Ich habe bereits alles gesehen. Ich habe alles gemacht. Ich bin der alten Show müde geworden. »Das ist eine persönliche Sache, in die jemand verwickelt ist, der mir wichtig ist.«

Ryder mustert mich, versucht meine Laune einzuschätzen und fährt sich dabei mit der Hand über sein kurz geschorenes dunkelblondes Haar. »Alles klar«, sagt er schließlich. »Komm mit nach hinten, dort können wir reden.«

Stumm folge ich Ryder durch die Schokoladenfabrik, und dabei fallen mir die alten Maschinen auf, die noch immer überall stehen. Als ich den Hinterraum betrete, stoße ich ein leises anerkennendes Pfeifen aus. Wenn ich es nicht besser wüsste, hätte ich gedacht, dass ich direkt in das Hauptquartier des CIA spaziert bin.

Die Wände des Raumes sind mit Bildschirmen gepflastert, die übereinanderstehen und alle an Verkehrskameras angeschlossen sind. Hinter den Bildschirmen sitzen zehn Männer und Frauen, die alle an Computermonitoren arbeiten. »Hast dir hier eine ziemlich große Einrichtung gegönnt«, sage ich und wende mich wieder Ryder zu.

Er nickt stolz. »Es läuft gut.« Er bedeutet mir, ihm zu folgen, und betritt einen Raum, dessen Wände vollkommen aus Glas bestehen. Ich folge ihm, und er dreht sich zu mir um. »Hättest du etwas dagegen, wenn ein weiteres Teammitglied dazukommen würde? Ich vertraue jedem in diesem Raum bedingungslos. Was auch immer du hier drin sagst, wird auch hier drin bleiben.«

»Es macht mir nichts aus.«

»Gut.« Ryder klopft gegen die Scheibe und fängt den Blick einer brünetten Frau auf. Er winkt ihr zu und bedeutet ihr damit, in das Zimmer zu kommen. »Denn Alex ist eine meiner besten Ermittlerinnen.«

Ich öffne den Knopf meines Jacketts und setze mich in dem Moment, als Alex das Zimmer betritt, an den runden Glastisch. Sie trägt das gleiche Blackwood-T-Shirt wie Ryder und blaue Skinny Jeans. Ihr langes Haar hat sie zu einem Pferdeschwanz zusammengebunden, und sie hat nur wenig Make-up aufgelegt, was ihr das Aussehen eines Mädchens verleiht, das gerade erst die Highschool abgeschlossen hat und jetzt auf dem Weg zu einer Pyjamaparty ist. Aber ihre leuchtenden bernsteinfarbenen Augen sagen mir, dass sie verdammt clever ist.

»Alex McCoy, das ist Darius Bennett«, stellt Ryder mich ihr vor.

»Ich weiß, wer er ist«, sagt Alex, schiebt sich die große schwarz umrandete Brille die Nase hinauf und schüttelt dann meine Hand. »Ich freue mich, Sie kennenzulernen, Mr. Bennett.«

»Die Freude ist ganz meinerseits«, erwidere ich und denke mir nichts dabei, dass sie mich kennt. Jeder kennt mich. Dafür hat die Boulevardpresse gesorgt.

Ich schweige, während Alex sich hinsetzt und ihren Laptop aufklappt. Ryder sieht ihr dabei zu, wartet, bis ihr Computer hochgefahren ist, und nachdem sie fest genickt hat, lehnt er sich gegen die Glaswand, die mir gegenüberliegt, und fragt: »Was brauchst du von uns?«

»Informationen über einen Mann«, sage ich. »Sein Name ist Shawn Mason.«

Ryder runzelt die Stirn und legt den Kopf schief. »Was hast du mit ihm zu schaffen?«

»Er ist das Arschloch, das meine Exfreundin, Taylor Erickson, zusammengeschlagen hat.«

Das muss ich Alex lassen, sie zuckt nicht einmal zusammen, sondern fährt fort, sich Notizen auf ihrem Laptop zu machen. Ryder jedoch reißt die Augen weit auf. Ich weiß, warum. Er hat nicht gewusst, dass ich mal eine Freundin hatte, denn bisher hatte ich auch keine. Ich hatte flüchtige Geliebte, die schnell in mein Leben traten und ebenso schnell wieder daraus verschwanden. Genau so, wie ich es mag.

Langsam baut sich Wut in mir auf. Da ich das nicht ertrage, zwinge ich mich, aufzustehen. Ich schüttle mein Jackett ab, lasse es auf meinen Stuhl fallen und beginne, im Raum umherzulaufen. »Wie du dir sicher vorstellen kannst, mache ich mir Sorgen um Taylors Sicherheit und will daher wissen, wo er jetzt steckt.«

»Ja, das ist verständlich«, pflichtet Ryder mir bei, wirft einen kurzen Seitenblick auf Alex und konzentriert sich dann wieder auf mich. »Wo lebt Mason denn?«

»In San Diego.«

Alex' Finger bewegen sich rasch über die Tastatur, und sie fragt mich: »Wie alt ist er?«

»Das weiß ich nicht.« Ich lehne mich mit dem Rücken gegen die Glaswand. »Aber er hat früher mit Taylor zusammengelebt, suchen Sie also am besten nach ihr, dann finden Sie ihn wahrscheinlich unter der gleichen Adresse.«

Ich kann sehen, wie angespannt Ryders Züge sind, kurz bevor er mich fragt: »Was genau willst du mit diesen Informationen anfangen, sobald wir ihn gefunden haben?«

»Du willst nicht wissen, was ich tun *will*«, erwidere ich zähneknirschend. »Aber was ich tun *muss*, ist, mehr über ihn in Erfahrung zu bringen. Ich muss wissen, mit wem ich es hier zu tun habe. Und ich will sichergehen, dass er unter Beobachtung steht.«

Alex' Finger auf der Tastatur erstarren. »Ist Taylor zurück nach San Francisco gezogen?«

Ich nicke, und sie fügt hinzu: »Um ehrlich zu sein, macht es mehr Sinn, dass wir Ms. Erickson beobachten. Sie wird leichter zu verfolgen sein, da sie sich hier befindet.«

Ich schüttle entschlossen den Kopf. »Leider ist das keine Option. Ich habe Taylor gesagt, dass ich mich aus der Sache heraushalten werde. Aber ich habe nie gesagt, dass ich Mason nicht verfolgen würde, um sicherzugehen, dass er ihr nicht mehr zu nahe kommt.«

Ryder unterbricht mich: »Wir sind gut in dem, was wir tun. Sie würde nicht einmal bemerken, dass wir da sind. Wir werden sie beschatten.«

»Ich habe ihr mein Wort gegeben«, erwidere ich ernst und lasse damit keinen Raum für Diskussionen. »Das werde ich nicht brechen.«

Alex hat meinen Gesichtsausdruck eindeutig richtig interpretiert, denn sie konzentriert sich wieder auf ihren Laptop. »Alles klar, geben Sie mir eine Minute, damit ich diesen Kerl suchen kann.«

Ich drehe mich um und blicke in die Kommandozentrale, starre auf die Bildschirme, auf denen die belebten Straßen von San Francisco zu sehen sind, und merke, dass Ryder seine Augen auf den Finanzdistrikt gerichtet hat, sowie die Menschen, die sich gerade in dieser Gegend befinden und deren Gesichter von seinem System gescannt werden.

Langsam verstreichen die Sekunden. Ich schließe die Augen und rufe mir ins Gedächtnis, warum ich genau dort bin, wo ich sein sollte.

Meine Augen sind fest geschlossen, Gefühle stauen sich heiß in mir auf, ehe ich Taylor wieder ansehe, die direkt vor mir in meinem Büro steht. Ich will genau die richtigen Worte finden, die ich ihr sagen kann, aber alles, was ich hervorbringe, ist: »Es ist besser, dir jetzt wehzutun, als dir später das Herz zu brechen.«

Meine Worte sind harsch, und ich kann ihr ansehen, wie bitter ihre Wirkung ist. »Warum tust du mir … tust du uns das an?«

Sie zerbricht, und ich zerbreche mit ihr. Es tut mir in der Seele weh, sie gehen zu lassen. Ich will sie im Arm halten, will sie einfach mitnehmen, sodass ich sie immer beschützen kann und sie nur mir gehört. Aber dieses wunderschöne Geschöpf, das sich entschieden hat, mich zu lieben, verdient es, genau das im Leben zu bekommen, was es sich wünscht, doch ich bin nicht der Mann, der Taylor das geben kann. »Ich habe versucht, es dir so schonend wie möglich beizubringen, aber es geht nicht mehr. Es ist vorbei.«

»Das kannst du nicht ernst meinen.« Tränen treten ihr in die Augen.

Tränen, die ich verursacht habe. »Doch, es ist mein voller Ernst«, lüge ich. Denn schlussendlich würde sie sich für mich verändern. Sie würde zu der Frau werden, die ich gerade brauche, und das will ich ihr nicht antun. »Ich will, dass du gehst und dein Leben lebst, Taylor. Verdammt, geh auf Reisen. Du bist so jung. Du willst die Verantwortung nicht haben, die ich habe.«

»Ich will nicht verreisen oder irgendetwas anderes machen«, schreit sie. »Ich will dich.«

Sie glaubt, dass sie mich will, und das ist ja das Problem. Ich bin nicht der Mann, nach dem sie sich wirklich sehnt. Ich bin der Mann, an den sie gefesselt ist. Ich bin ihre Stütze im Leben. Ich bin der Anker. Aber das ist nicht genug, nicht für jemanden wie sie. »Du solltest so viel mehr für dich selbst wollen.« Sie beginnt zu zittern, und ich balle meine Hände zu Fäusten, um sie dazu zu bringen, aufzuhören zu zittern. »Du verdienst einen Mann, der dich der ganzen Welt vorstellen will, aber das kann ich gerade nicht.« Nein, ich muss mein Geschäft erfolgreich aufbauen. Ich muss noch so viel beweisen. Ich beuge mich vor, küsse sie auf die Stirn und flüstere an ihrer erhitzten Haut: »Du verdienst mehr, so viel mehr, vergiss das niemals.«

»Dieser Typ wird eindeutig noch Probleme machen.«

Ich schlage die Augen wieder auf. Die Erinnerung hat mich ernüchtert, denn ich weiß, ich kann niemals der Mann sein, den Taylor verdient hat. Ich kann nicht wie ihr Vater, der Familienmensch, sein. Doch ich kann das tun, was ich am besten kann, und das ist, sie jetzt zu beschützen.

»So wie es aussieht«, fährt Alex fort, als ich mich ihr zuwende, »wurde Mason noch nie offiziell angeklagt, allerdings musste die Polizei schon ein paar Mal zum Haus seiner Mutter fahren, weil es zu gewalttätigen Auseinandersetzungen kam. Und er war schon in ein paar Kneipenschlägereien verwickelt. Aber auch da wurde er nie offiziell angeklagt.«

Ich hebe die Augenbrauen und drehe den Kopf zu Ryder. »Will ich wissen, wie ihr an diese Informationen herangekommen seid?« Blackwood Security ist nur im Privatschutz-Sektor tätig und hat nichts mit der Vollstreckung von Gesetzen zu tun. Ich weiß zwar, dass sie Zugang zu einigen Systemen haben, aber ich bezweifle, dass interne Polizeiberichte dazugehören.

Ryder grinst und bestätigt damit meine Vermutung. »Besser nicht.« Er sieht wieder zu Alex und wechselt schnell das Thema. »Was hast du noch gefunden?«

Alex tippt wieder auf ihrer Tastatur herum, den Blick fest auf den Bildschirm gerichtet. »Ah, Moment … oh, okay, es scheint, dass seine frühere Therapeutin in einem Bericht geschrieben hat, er würde viel trinken.«

»Was wahrscheinlich der Grund für seine gewalttätigen Ausbrüche ist«, wirft Ryder ein.

Ich höre dem Gespräch, das geführt wird, weiter zu, aber ich bin mehr auf die Tatsache konzentriert, dass Alex eindeutig nicht nur Ermittlerin, sondern auch Ryders beste Hackerin ist.

Schließlich seufzt sie und lehnt sich zurück. »Ich brauche etwas mehr Zeit, um mir alles genauer ansehen zu können. Aber soweit ich das bisher beurteilen kann, haben Sie recht, Mason lebt in San Diego. Sein Reisepass ist kürzlich nirgendwo aufgetaucht. Aber um sicher zu wissen, ob er die Stadt verlassen hat und hierhergekommen ist, muss ich einen Blick auf seinen Kontostand und seine Kreditkartenabrechnungen werfen. Sobald ich diese Informationen habe, können wir ihn ganz einfach ausfindig machen.«

»Wie lange wird das dauern?«, frage ich.

Alex lächelt. »In einer Stunde kann ich Ihnen genauere Informationen liefern.«

Sie wendet sich dann wieder Ryder zu, und er nickt rasch. »Mach weiter. Such alles zusammen, was du finden kannst.«

»Schon dabei.« Sie packt ihren Laptop wieder ein und verlässt den Konferenzraum.

»Ist das, was ihr hier macht, überhaupt legal?«, frage ich Ryder, nachdem Alex die Tür hinter sich geschlossen hat.

»Na ja …« Er grinst. »Das ist so eine Art Grauzone.«

»Mit einer größeren Tendenz, sich in der Zone zu befinden, in der man verhaftet wird?«, hake ich nach.

»Nö.« Er stößt sich von der Glaswand ab und kommt auf mich zu. »Wir tun zu viel Gutes, als dass wir eine Bedrohung für irgendjemanden darstellen könnten. Außerdem bekommt der Polizeichef auch Hinweise von uns, die der Polizei bei ihren Fällen weiterhilft, und wir haben auch ein paar Verträge mit der Regierung. Solange wir sie gut dastehen lassen, befinden wir uns im Bereich von *Was ich nicht weiß, macht mich nicht heiß.*«

Ich schnaube und nehme mein Jackett. »Also betreibt ihr Selbstjustiz?«

»So kann man es auch sehen.«

»Und wie kann man es anders sehen?«

Ryder grinst und schlägt mir mit der Hand auf die Schulter. »Indem man so tut, als würde dieser Ort hier überhaupt nicht existieren.«

***

TAYLOR

Auf meinem Weg von der Wohnung zu dem kleinen Park, gleich auf der anderen Straßenseite, begleitet mich das Zirpen der Grillen, die sich in den Blumenbeeten verstecken. Darius sitzt auf einer Bank, in der Nähe der alten Eiche, unter der Straßenlaterne. Sein Blick folgt mir, so wie er es früher immer getan hat. Er sieht direkt durch mich hindurch, als würde er all meine Geheimnisse kennen und könnte mich so bloßstellen.

Ich kann nicht verhindern, dass mein Magen einen Salto macht, wenn ich in seiner Nähe bin. Mit neunundzwanzig war er heiß gewesen. Aber jetzt, mit fünfunddreißig, ist er atemberaubend. So viel schöner, als ich es mir jemals hätte vorstellen können. So selbstbewusst, so beherrscht, so ruhig; es ist ein wenig überwältigend, wenn ich ehrlich bin. Sein modisch geschnittenes braunes Haar, seine scharfen maßgeschneiderten Anzüge, sein wie aus Stein gemeißeltes Gesicht – er ist mein Traummann.

»Hi«, sage ich, als ich bei ihm angekommen bin.

Er hat die langen Beine vor sich ausgestreckt und seine warmen schokoladenbraunen Augen ein wenig zusammengekniffen. »Wo sind deine blauen Flecken hin verschwunden?«

»Das nennt sich wirklich gutes Make-up.« Teures Make-up, das ich noch für Vorstellungsgespräche benötigen werde. Ich glaube nicht, dass jemand eine Mitarbeiterin will, die aussieht, als wäre sie von einem fahrenden Laster erwischt worden. Also ist das Geld gut angelegt.

»Es erfüllt seinen Zweck.« Er klopft auf den leeren Platz neben sich auf der Bank und begrüßt mich mit einem warmen Lächeln. »Der Platz ist für dich reserviert.«

Sein Gesichtsausdruck verrät mir nicht, warum er mich gebeten hat, mich heute Abend mit ihm hier zu treffen, aber das ist keine große Überraschung. Er ist ein Experte darin, seine Gefühle zu verstecken. Und ich bin eine Expertin darin, zu wissen, dass er das immer macht.

Als ich mich neben ihn setze, trägt eine warme Brise den Duft des gebratenen Fleisches des Verkäufers an der Straßenecke mit sich. Auch wenn Darius nichts sagt, kann ich doch die pulsierende Energie spüren, die von ihm ausgeht: Das war schon immer seine Superkraft.

Einige Männer können dich zum Lachen bringen. Mit einigen Männern kann man Spaß haben. Darius besitzt so viel Stärke, dass sie schon aus ihm herausströmt. Sie vermittelt mir ein warmes Gefühl, das mich willkommen heißt, aber dennoch streng bewacht. Er bietet sie nicht jedem an, aber ich weiß, dass sie da ist, wenn ich sie brauche.

Ich zwinge mich dazu, mich nicht darin zu verlieren, wie gut es sich anfühlt, neben ihm zu sitzen. »Also«, sage ich, breche damit das Schweigen und drehe mich zur Seite, um ihn ansehen zu können, »was gibt es?«

Er dreht den Kopf ein wenig und präsentiert mir damit die gerade Linie seiner Wangenknochen. »Ich will die Wahrheit wissen.«

»Du kennst die Wahrheit bereits«, sage ich zu ihm.

»Ich weiß, was du mir erzählt hast.« Sein Blick wird hart und unerbittlich. »Ich will wissen, wie du in den Armen eines Mannes landen konntest, der bereits früher gewalttätig war.«

»Herrgott, Darius. Warum hörst du nicht einmal auf das, was ich dir sage?« Ich springe auf und werfe die Hände in die Luft. »Ich habe dir gesagt, dass du dich heraushalten sollst, dass ich allein damit fertigwerde. Du bist wirklich unglaublich.« Ich drehe auf dem Absatz um und mache einen Schritt vorwärts.

»Stopp.« Die Entschlossenheit in seiner Stimme klebt meine Füße regelrecht am Zement fest. Ich drehe mich wieder zu ihm um, erhasche einen Blick auf seine blitzenden Augen, und er fährt kühl fort: »Heute Abend läufst du mir nicht einfach wieder weg. Setz dich.«

Ich verschränke die Arme vor der Brust und bleibe, wo ich bin.

Der Starrwettkampf hält einige Sekunden lang an, ehe Darius seufzt und den Kopf schüttelt. »Ich will mich deswegen nicht mit dir streiten. Aber heute habe ich herausgefunden, dass du mit einem gewalttätigen Mann zusammen bist. Hilf mir zu verstehen, warum, denn die Frau, die ich kenne, wäre nicht einmal in die Nähe eines solchen Typen gegangen.«

Noch immer bewege ich mich nicht.

Seine gesamte Haltung sackt in sich zusammen, seine Stimme wird weicher. »Ich mache mir Sorgen um dich, Taylor, mehr nicht. Ich muss wissen, dass du trotz allem noch immer du selbst bist.«

Ich kann sehen, wie seine ungebändigten Emotionen und auch die Liebe, die er mir manchmal zeigt, über sein Gesicht huschen. Ich kann die Sorge sehen. Ich kann die Vergangenheit, die wir miteinander teilen, sehen. Ich kann sehen, dass Darius' Welt nicht in Ordnung ist, wenn meine kaputt ist. Ich kann auch meinen Beschützer sehen. »Es ist nicht so schlimm, wie du denkst«, räume ich schließlich ein und setze mich neben ihn.

»Dann erkläre es mir bitte«, will er wissen, »denn im Augenblick sehe ich nur die blauen Flecken auf deinem Gesicht und dass er dir wehgetan hat.«

Die Qual, die sich auf seiner Miene abzeichnet, zerreißt mir das Herz. Es ist so echt, dass ich mich in dieses Gefühl fallen lassen will, weil es sicher ist. Aber Darius' Liebe ist an Bedingungen geknüpft, und das ist ebenso schlimm wie die Liebe, die Shawn mir gegeben hat.

Möglicherweise ist sie sogar noch schlimmer.

Bei Shawn wusste ich zumindest, was ich zu erwarten hatte. Darius' Art, mich zu verletzen, überrumpelte mich manchmal. »Zuerst einmal: Ich wusste nichts von all den Dingen, die in seinem Leben vor sich gehen, die schließlich zu … *dem hier* geführt haben.«

»Du wusstest nicht, dass er früher schon gewalttätig war?«, fragt Darius mit sanfter Stimme.

Ich schüttle den Kopf. Das Dröhnen einer Autohupe lenkt meine Aufmerksamkeit wieder auf die belebte Straße, und ich zögere zu antworten. »Nein, ich wusste es nicht, und keiner der Freunde, die ich über ihn kennengelernt habe, wusste es.«

»Wo hast du ihn denn kennengelernt?«

Wieder werfe ich Darius einen Seitenblick zu. »In einer Bar.«

»Hmpf« ist alles, was er dazu sagt.

Ich erwidere nichts. Ich brauche sein Urteil nicht.

Die Muskeln in seinem Kiefer zucken zweimal, was das, was er als Nächstes sagt, umso überraschender macht. »Und als du mehr über Shawn wusstest, hattest du bereits Gefühle für ihn entwickelt, die es dir schwer machten, ihn zu verlassen?«

Ich kann ihn nur anstarren. Darius versteht mich auf eine Weise, wie es sonst niemand kann. Aus diesen Gründen habe ich mich in ihn verliebt. In einer Welt, die immer so groß, so unheimlich, so instabil erscheint, war er stets mein Zentrum. Es ist, als könnte er mir tief in die Seele schauen. Das kann sonst niemand, nicht einmal Allie. »Er hat mir bloß …«

»Er hat dir bloß leidgetan«, beendet Darius den Satz für mich.

Ich zucke leicht mit den Achseln. »Ich weiß, wie schwach mich das aussehen lässt.«

»Nein, das ist keine Schwäche«, korrigiert er mich und sieht jetzt auf die Straße. »Du sorgst dich. Du willst die Dinge in Ordnung bringen. Du willst helfen. Du willst den Menschen Liebe geben, die sonst niemand lieben will.«

Ich weiß, er meint damit sich selbst, denn ich kenne ihn ebenso gut wie er mich kennt. Ich kann die Schatten in seinen Augen sehen. Eine Dunkelheit, die er gut versteckt, aber nicht gut genug, um sie vollständig vor mir zu verbergen.

Shawn ist nicht der einzige Mann, der mir den dunkelsten Teil seiner Seele gezeigt hat. Darius hat seine ganz eigenen Dämonen. Ich könnte etwas dazu sagen, tue es jedoch nicht. »Mag sein, dass es die Wahrheit ist, aber er hat mich nicht gebrochen, also mach dir keine Sorgen.«

Darius sieht mich lange an und verbirgt seine Gefühle dabei meisterhaft, dann fährt er mit dem Finger unter meinem rechten Auge entlang. »Wenn das alles wahr ist, wie ist dann das hier passiert?«

Langsam wandert ein Schaudern über meinen Körper. Ich weiß, wie diese Berührung sich anfühlt und welche Kraft dahintersteckt. Ich weiß, wie Darius eine Frau nimmt; wie er ihren Körper in Besitz nimmt, bis er ganz ihm gehört. Auf physischer Ebene kann ich das nicht vergessen, er ist *alles*.

Ich lehne mich zurück, um der Anziehung, die sein Körper auf mich ausübt, zu entgehen. »Ich habe Shawn in die Eier getreten.«

Darius senkt seine Hand und beginnt zu lächeln. »Du hast ihm in die Eier getreten?«

»Na ja, er hat mich eine Schlampe genannt, also habe ich ihm in die Eier getreten, was dazu führte, dass er mich ins Gesicht geschlagen hat.«

»Und was hast du dann gemacht?«

Ich lächle. »Ich habe das, was ich im Selbstverteidigungskurs gelernt habe, angewendet, und ich glaube, dabei habe ich ihm die Nase gebrochen.«

»Braves Mädchen«, sagt Darius stolz.

Eine Gruppe betrunkener Frauen läuft an uns vorbei, und ihr Gelächter verklingt in der Nacht. Dann bemerke ich Darius' Stirnrunzeln.

»Dann sag mir eins«, fährt er fort und betrachtet mich eingehend dabei, »hast du mich angelogen, als du sagtest, du fühlst dich sicher?«

Es nervt wirklich, dass er mich so einfach durchschauen kann, und es ist sogar noch nerviger, dass er mich darauf anspricht. »Ich fühle mich schon irgendwie sicher. Also, ich habe nicht das Gefühl, in Gefahr zu sein oder so etwas.«

»Was fühlt sich dann nicht sicher an?«

»Das Leben«, gebe ich zu.

»Was am Leben?«

»Alles«, sage ich schnaubend. »Ich bin hier, habe keinen Job, keine eigene Bleibe, und ich schätze, auch sonst ist alles ziemlich unsicher für mich. So hatte ich mir das nicht vorgestellt.«

»So hatte ich mir das für dich auch nicht vorgestellt«, sagt er trocken.

Ich lasse den Kopf in meine Hände sinken und fahre mir mit den Fingern über meine müden Augen. »Im Moment habe ich das Gefühl, dass ich stillstehe und sich die Welt um mich herum dreht. Du willst wissen, wie ich an diesen Punkt gekommen bin ...« Ich lasse meine Hände sinken und sehe Darius an, der seinen Blick keine Sekunde lang von mir abgewandt hat. »Ganz ehrlich, darauf weiß ich keine Antwort, denn ich weiß selbst nicht ganz genau, wie ich hierhingekommen bin. Ich weiß nicht, wie es passieren konnte, dass jeder Mann, mit dem ich zusammen war, schlussendlich so schlecht für mich war, wenn er am Anfang doch der Richtige für mich zu sein schien. Ich weiß selbst nicht, warum ich das Gefühl habe, einfach umherzutreiben, anstatt endlich Wurzeln schlagen zu können. Aber aus dem Grund bin ich auch wieder nach Hause gekommen. Nicht, weil ich vor Shawn davonlaufe. Nicht, weil ich vor meinem Leben dort davonlaufe. Nicht, weil ich davor davonlaufe, dir Antworten zu geben. Alles, was ich gerade weiß, ist, dass ich an dem einzigen Ort bin, wo ich ich selbst war, und ich hoffe, dass das Leben bald wieder Sinn ergibt.«

Er mustert mich eingehend und nickt dann. »Okay.«

Ich hebe die Augenbrauen. »Okay?«

»Ja.« Seine Mundwinkel heben sich. »Okay.«

Ich rolle mit den Augen und grinse ihn schief an. »So, und ganz plötzlich siehst du alles ganz locker?«

»Jetzt bist du wirklich ehrlich.« Er legt den Arm um mich, zieht mich näher zu sich heran und legt das Kinn auf meinem Kopf ab. »Ich sagte es bereits: Ich mache mir Sorgen um dich. Aber du bist immer noch du selbst, und das ist alles, was für mich zählt.«

Ich schließe die Augen, will hören, was er zu mir sagt, doch mir schwirrt der Kopf. Seine Berührung fühlt sich so gut an, und sie fühlt sich normal an. In seinen Armen bin ich sicher. Es ist, als wären die letzten fünf Jahre wie im Flug vergangen, aber als wäre ich keine Sekunde davon wach gewesen. Es fühlt sich an, als wäre mir das Leben entglitten. Doch genau hier, genau jetzt, bin ich endlich zu Hause angekommen. Es ist ebenso verwirrend, wie es wundervoll ist. Denn auch wenn es perfekt ist, ist es tödlich.

Denn niemand kann mir mehr wehtun als Darius.

Gerade als mir klar wird, dass ich von ihm wegrücken sollte, leuchtet ein Blitzlicht auf, und ich reiße die Augen auf. »Hast du das gesehen?«, keuche ich.

Darius lässt mich los. »Was gesehen?«

Ich blicke von rechts nach links, kann aber nichts sehen, außer der belebten Straße vor uns. »Schon gut. Es war nichts.« Ich wende mich wieder Darius zu und sehe, dass er mich die ganze Zeit über angesehen hat. »Danke, dass du dich heute Abend mit mir getroffen hast, um zu erfahren, wie es mir geht.«

»Bitte, bedanke dich nicht dafür, dass ich mir Sorgen um dich mache«, sagt er schroff.

Auch wenn ich es nicht will, stehe ich von der Bank auf, weil ich weiß, ich muss weg. Ich kann nicht bei Darius bleiben, egal, wie gut es sich auch anfühlen mag, denn sonst gerate ich wieder in den gleichen Teufelskreis, in dem ich immer mit ihm gewesen bin. Einen gefährlichen Kreis, der damit endet, dass mir das Herz gebrochen wird. Liebe ist nicht gut, außer man kann jemanden auf die richtige Weise lieben.

Er beobachtet mich genau und bleibt dabei unbewegt wie eine Statue auf der Bank sitzen. »Meldest du dich bei mir, wenn du etwas brauchst?«

»Du weißt, dass ich das tun werde.« Und dann, als mein Herz mir zubrüllt, dass ich bleiben soll, und mein Körper sich schon schmerzhaft nach seiner Berührung sehnt, gehe ich.

Mit jedem Schritt rufe ich mir selbst ins Gedächtnis, dass egal, wie sicher ich mich bei ihm fühle oder wie sehr ich auch bleiben will, ich immer seine letzten Worte im Ohr haben werde, die er mir vor fünf Jahren gesagt hat: *Ich liebe dich mit aller Macht, aber diese Liebe wird dich schlussendlich zerstören. Wende dich nicht einfach bloß von mir ab, Taylor. Renn, so schnell du nur kannst, und blicke nie wieder zurück.*

Kapitel 3

DARIUS

Drück sie wie verrückt an dich. Küss sie leidenschaftlich.

Am Montagmorgen sitze ich in meinem Büro, hinter meinem Schreibtisch, und starre auf die Glasfassaden der Wolkenkratzer im Finanzdistrikt. Taylor geht mir einfach nicht aus dem Kopf. Ich war schon immer ein Mann, der Sex genießt. Je schmutziger, desto besser. Ich wollte immer Geld machen, und das hat mich zu dem Milliardär gemacht, der ich heute bin. Ich hungerte nach Macht. Diese Art von Mann bin ich, und das ist nicht die Art von Mann, den Taylor in ihrem Leben brauchen kann. Aber die Mauern, die sie zwischen uns errichtet hat, und der Schmerz, von dem ich genau weiß, dass sie ihn versteckt, zerreißen mich. Ich frage mich, was aus ihr geworden wäre, wenn ich sie niemals hätte gehen lassen. Ich dachte, ich würde sie davor bewahren, ein Leben lang in meinem Schatten verbringen zu müssen. Aber alles, was ich damit erreicht habe, ist, ihr Kummer zu bereiten.

Meistens habe ich einen Plan. Eine gut durchdachte Idee, die mich auf den richtigen Weg führt. Ich zweifle niemals an mir selbst. Scheitern ist keine Option für mich. Aber dieses Mal habe ich keinen Plan. Ich habe keine Ahnung, wie ich jetzt mit Taylor umgehen soll. Alles, was ich weiß, ist, dass ich alles in meiner Macht Stehende tun werde, damit es ihr besser geht.

Ein Klopfen an der Tür reißt mich aus meinen Gedanken. Ich drehe den Sessel herum, und im Türrahmen steht Greg Hopkins, der CFO von Bennett Inc. »Guten Morgen, Greg«, begrüße ich ihn.

Greg schenkt mir ein breites Grinsen und hält einen Hefter in die Höhe. »Morgen. Hast du Zeit für ein paar Statusberichte?«

»Natürlich.« Ich zwinge mich, Taylor und meine eigene Schuld aus meinen Gedanken zu verbannen, und winke ihn zu mir. »Komm rein.« Greg öffnet sein Jackett und macht es sich in dem Ohrensessel aus braunem Leder vor meinem Schreibtisch bequem, und ich fahre fort: »Was gibt es?«

»Etwa nächste Woche werden wir mit Richardson fertig sein«, berichtet er mir.

»Ah, das sind gute Neuigkeiten.« Richardson Real Estate ist die Firma, für die Allie als Immobilienmaklerin gearbeitet hat, bevor sie zu Micahs Firma, Holt Enterprises, gewechselt ist, nachdem der Richardson aufgekauft hatte. Mein Team kam ins Spiel, nachdem Micah sich entschieden hatte, Richardson nicht einfach nur zu schlucken, sondern sie auch zu Holt's Homes umzustrukturieren; eine Abteilung von Holt, die sich auf Immobilien konzentriert, die Familien ansprechen sollen. Da meine eigene Firma, Bennett Inc., kleineren Unternehmen dabei hilft, auf dem heutigen Markt bestehen zu können, haben wir jetzt über einen Monat mit Holt zusammengearbeitet. »Die Sache geht also voran?«

»In der Tat.« Greg nickt und reicht mir den Hefter. »Die Gewinnkurve geht steil nach oben.«

»Perfekt.« Ich schlage den Hefter auf und sehe, dass die Verkäufe sich um zweihundert Prozent gesteigert haben, seit mein Team sich der Sache angenommen hat, und die Marketingpläne gut anschlagen. Mich überrascht das nicht. Ich habe ein verdammt effizientes Team, das für mich arbeitet, und das ist auch der Grund, warum Bennett Inc. eine Milliarden Dollar schwere Firma ist. »Gibt es sonst noch etwas?«, frage ich ihn und reiche ihm den Hefter.

»Aktuell sieht es so aus«, erwidert Greg und legt den Hefter auf seinem Schoß ab, »dass es nicht nötig ist, weiter hierzubleiben. Wir haben bereits Führungsmanager engagiert, denen wir die Kontrolle überlassen werden, und sie können sehr gut selbstständig arbeiten. Wenn wir dableiben, würden wir Holt's Homes Geld kosten, das sie selbst brauchen, um sich über Wasser zu halten.«

»Dann beraume ein Meeting an, damit wir ihre Akte schließen können.«

»Wird erledigt.« Er erhebt sich von seinem Sessel und knöpft sein Jackett weder zu. »Irgendwelche Reisepläne diese Woche?«

»Nein.« Selbst wenn ich welche hätte, würde ich sie absagen. Ich muss nun in Taylors Nähe bleiben. Ich muss sichergehen, dass sie nicht in Gefahr ist. »Ich bleibe für den Rest des Monats in der Stadt.«

»Gut zu wissen.« Greg geht zur Tür. »Ich werde das Meeting für einen Zeitpunkt anberaumen, der in deinen Terminplan passt.« Im Türrahmen dreht er sich noch einmal zu mir um. »Klingt das gut?«

»Passt.«

»Alles klar ...« Er klappt den Mund zu und reißt die Augen weit auf, weil er etwas auf dem Flur erblickt hat.

Ich will ihn schon fragen, ob etwas nicht stimmt, aber das muss ich gar nicht, denn ich kann sehen, dass es die große, breitschultrige Gestalt ist, die ihn so reagieren lässt und die jetzt mein Büro betritt. Kälte breitet sich im Zimmer aus, und Nervosität dringt in jeden meiner Muskeln ein, lässt meinen Körper steif werden, bereit, zur Tat zur schreiten, als schwarze Augen, die zu einer schwarzen Seele gehören, in meine blicken.

Dann bricht mein Vater, Frank Bennett, das Schweigen. »Darius.«

Angesichts des eisigen Tons, der mir entgegenschlägt, schrecke ich zurück, und ich kann nichts anderes tun, als wütend das Gesicht anzufunkeln, das ich zehn Jahre lang nicht gesehen habe. Ein Gesicht, das mich an meine harte Vergangenheit erinnert.

»Ich verbiete es dir, das zu tun, Darius.«

Ich starre aus dem Fenster im zweiundsechzigsten Stock des größten Bürogebäudes im Finanzdistrikt, dem der Bennett Group. Bei der harschen Stimme meines Vaters läuft mir ein kalter Schauder über den Rücken. Ich weiß, ich muss mich diesem Kampf stellen, darum wende ich mich von dem Fenster ab. »Welche Wahl bleibt mir denn?«

Franks dunkle Augen verengen sich. »Du kannst Allison auch zur Pflege weggeben.«

Bei dieser Vorstellung dreht sich mir der Magen um, auch wenn ich meine Halbschwester Allison kaum kenne. Um genau zu sein, wusste ich nicht einmal, dass sie existiert, bis unsere Mutter gestern bei einem Flugzeugabsturz ums Leben kam, gemeinsam mit Allisons Vater. Nach einem Telefonat mit der Polizei sah ich mich einem Engel ohne Flügel gegenüber. »Du verlangst wirklich von mir, dass ich sie in Pflege geben soll? Das kann doch nicht dein Ernst sein?«

»Ich meine es todernst.« Mein Vater setzt sich auf die Couch neben dem Schreibtisch und verschränkt die Arme vor der Brust. »Du musst es tun. Dieses Mädchen ist nicht wie wir.«

Nein, sie ist nicht so privilegiert. Das ist etwas, was ich noch immer nicht verstehe. Während all der Jahre, in denen ich auf Internaten gewesen bin, hatte ich nie die Gelegenheit, meinen Vater ernsthaft zu fragen, warum meine Mutter mich verlassen hat, nachdem sie sich von meinem Vater hat scheiden lassen, als ich vier Jahre alt war. Jetzt scheint es zu spät zu sein, ihn zu fragen, warum sie niemals zurückgekommen und mich geholt hat und stattdessen lieber ein neues Leben begonnen hat.

Ich verstehe einfach nicht, warum sie auf das ganze Geld, worauf sie durch die Ehe mit meinem Vater Anspruch hatte, verzichtet hat. Aus Gründen, die mir verborgen bleiben, hat sie sich von ihrem Leben in der High Society abgewandt, um mit ihrem neuen Ehemann ein herkömmliches Leben in der Mittelschicht zu führen. Ich weiß nichts von meiner Mutter. Ich erinnere mich nicht an sie. Sie war schlicht und ergreifend nicht Teil meines Lebens. »Aber reicht das als Grund, um Allison nicht aufzunehmen?«, frage ich meinen Vater.

»Selbstverständlich, und das weißt du ebenso gut wie ich«, schießt er zurück. »Sie passt nicht hierher. Was wird geschehen, wenn die Presse davon Wind bekommt? Ist es das, was du willst, ein Skandal über deine furchtbare Mutter, die dich verlassen hat, als du noch ein Kind warst?«

Ich lasse diesen Schlag an mir abprallen. Diese Worte habe ich während meiner Kindheit und Jugend ständig zu hören bekommen. Mein Vater hasst meine Mutter, wahrscheinlich wegen dem, was sie ihm angetan hat. Mein Vater hat noch nie etwas verloren, ist noch nie an etwas gescheitert. Scheitern war schlicht und ergreifend etwas, was er nie akzeptiert hat. Und das könnte ich auch akzeptieren, aber diese Sache, das mit Allison, bringt seine Rücksichtslosigkeit zum Vorschein, die eigentlich nur seine Feinde zu Gesicht bekommen sollten. »Ich bleibe dabei. Reicht das als Grund, um die Tatsache zu ignorieren, dass sie zur Familie gehört?«

»Sie ist nur eine entfernte Verwandte«, faucht mein Vater, und seine Wangen röten sich. »Die Presse wird alles aus deiner Vergangenheit ausgraben, um eine Story daraus machen zu können. Ist es das, was du willst? Von Harvard aus direkt auf den Titelseiten der Klatschpresse zu landen?«

»Natürlich nicht«, erwidere ich und lehne mich gegen den Fensterrahmen. »Aber verdammt, sie wird bei einer Pflegefamilie unterkommen. Was, wenn die Klatschpresse davon Wind bekommt? Egal wie, dabei wird nichts Gutes herauskommen.«

»Dann finde einen anderen Platz, wo sie bleiben kann.« Mein Vater setzt sich auf und hält dabei die Armlehnen so fest umklammert, dass seine Knöchel sich weiß färben.

»Ich werde dich wissen lassen, wie ich mich entscheide.«

»Du musst dich nicht entscheiden. Ich kann auch gehen.«

Ich drehe mich zu der leisen Stimme um, die von der Tür her zu vernehmen ist. Allie hat die ganze Zeit über dort gestanden, hat unser Gespräch mitgehört. Sie zittert, und angesichts der Angst und der Unsicherheit in ihren Augen weiß ich, dass sie alles gehört hat.

Während ich in ihre unschuldigen Augen sehe, wird mir klar, dass ich von diesem Mädchen angezogen werde. Ist es das Wissen, dass sie mein eigen Fleisch und Blut, meine Halbschwester ist? Ich weiß es nicht, doch aus irgendeinem Grund wird mir klar, dass ich sie nicht einfach wegschicken kann. »Nein, bleib stehen.« Ich wende mich meinem Vater zu und kann die Wut sehen, die sich brennend auf seinem Gesicht abzeichnet. »Sie bleibt bei mir.«

Mein Vater springt auf, schreit mich an, und kleine Speichelfäden kommen dabei aus seinem Mund. »Ich lasse das nicht zu, Darius.« Seine Stimme hallt wütend durch mein großes Büro, und er hat die Hände zu Fäusten geballt. »Ich will dieses widerliche Mädchen weder in meinem Haus noch in meinem Leben.«

Ich kann sehen, wie sie zusammenzuckt und den Kopf senkt – ängstlich und unsicher, womit sie diese Beschimpfung und diese Zurückweisung verdient hat.

Mein Vater ist ein Respekt einflößender Mann, vor allem für ein fünfzehnjähriges Mädchen. Aber ich sehe alles, was ich sehen muss, um zu verstehen, warum mein Vater sie hasst. Seine Stimme wird kalt, und mir wird klar, warum er Allison nicht anerkennen will. Sie erinnert ihn an die Frau, die ihn verlassen hat. Sie sieht genauso aus, wie ihre Mutter auf den Fotos ausgehen hat, die ich mir angeschaut habe. Ich bin mir nicht sicher, ob das der Grund ist, warum mein Beschützerinstinkt sich meldet, oder es doch die Angst in ihren Augen ist. Doch ich weiß, sie hat nur noch mich, und ich werde mich um sie kümmern. »Ich werde nicht zulassen, dass du noch einmal so über Allison redest.« Ich deute auf die Tür. »Verschwinde.«

»Du kannst nicht mehr zurück«, faucht mein Vater, während er auf die Tür zugeht. »Wenn ich jetzt gehe, hast du sie mir vorgezogen. Das werde ich nicht vergessen.«

»Das hoffe ich.« Ich zittere mittlerweile, bin ebenso wütend wie stolz auf mich, weil ich das Richtige mache.

Mein Vater dreht sich um und springt Allie fast schon an. »Deine verdammte Mutter hat seine Kindheit ruiniert, und nun ruinierst du ihm seine Zukunft.«

Ich kann sehen, wie Allie unter seinen kindischen und hasserfüllten Worten zusammenzuckt, und bin kurz davor, meinen Vater anzufahren, während der gerade dabei ist, mein Büro zu verlassen. Aber jetzt frage ich mich, warum ich tat, was ich gerade getan habe. Ich stehe ebenfalls unter Schock. Was zur Hölle weiß ich schon darüber, wie man ein fünfzehn Jahre altes Mädchen großzieht? Ich bin selbst erst fünfundzwanzig. Ich gehe zur Tür, schließe sie und atme tief ein, um meine Gefühle, die durch mich hindurch wirbeln, wieder unter Kontrolle zu bekommen.

Seit meiner Kindheit war mein Leben genau durchgeplant. Ich wusste immer schon, dass ich auf ein Internat gehen und meinen Vater nur selten sehen würde. Ich wusste immer schon, dass von mir erwartet wurde, in das Geschäft einzusteigen. Ich wusste immer schon, dass ich nach Harvard gehen würde. Und ich wusste immer schon, dass ich einmal für meinen Vater arbeiten würde.

Aber das? Eine jüngere Schwester, um die ich mich kümmern soll? Ich habe keine Ahnung, was ich machen soll.

Hinter mir kann ich hören, wie Allie leise weint. Ich drehe mich um, und während ich dieses süße Mädchen ansehe, das mitten in meinem Büro steht, blicke ich gleichzeitig eine sehr ungewisse Zukunft an.

»Warum willst du das für mich tun?«, flüstert sie, und Tränen laufen ihr über die Wangen.

»Weil du mich brauchst.«

Mein Vater schließt die Tür hinter sich, und ich werde wieder zurück in die Gegenwart geholt, als er weiter in mein Büro tritt und sich schließlich in den Sessel setzt, auf dem bis eben noch Greg gesessen hat. Ich erkenne diesen Mann vor mir nicht einmal mehr. Er hatte es in den vergangenen Jahren nicht leicht. Seine schwarzen Augen und sein Mund sind umgeben von tiefen Furchen. Er ist dünner, als ich ihn in Erinnerung habe, vielleicht sogar ein wenig gebrechlicher.

Er legt seinen Knöchel auf seinem Knie ab, mustert erst mich eingehend und dann, mit Stolz, mein Büro. »Du hast dich gut geschlagen, mein Sohn.«

Ganz ohne deine Hilfe, liegt mir auf der Zunge. Stattdessen frage ich ihn: »Was willst du?«

In seine Augen tritt Arroganz, und ich weiß, er glaubt, er hätte etwas mit meinem Erfolg zu tun. Aber das sehe ich anders. Er war immer mehr eine Art Geschäftspartner als ein Vater, selbst als ich noch klein war. Die Lehrer auf meinem Internat waren diejenigen, die mich aufgezogen haben, und meinen Vater sah ich nur, wenn er mich zu sich beordert hatte, oder zu den Gelegenheiten, an denen er die Schule besuchen musste.

»Ich wurde kürzlich«, erklärt er, »von Hoyes Financial kontaktiert. Sie wollen in ganz Nordamerika Filialen ihrer Privatbank eröffnen, aber sie brauchen Investoren. Ich dachte, du wärst vielleicht daran interessiert.«

Ich kann mich nicht bewegen, sitze steif wie eine Statue in meinem Sessel und habe Angst, dass, wenn ich mich bewege, ich mich auf den Mann stürzen werde, der vor mir sitzt. Selbst nach zehn Jahren hat mein Vater sich kein bisschen verändert. »Was lässt dich glauben, dass ich daran interessiert wäre, mit dir in ein Geschäft einzusteigen?«

Er lächelt und sieht sich in meinem Büro um. »Weil mir dieser Ort zeigt, dass du ein Produkt deines Vaters bist.«

Ich erinnere mich an dieses Lächeln. Es ist ein eiskalter Anblick. »Das bedeutet?«

»Du wirst investieren, weil es eine bombensichere Geschäftsentscheidung ist.« Mein Vater reicht mir einen Hefter mit einer Akte. »Und sobald du dir diese Akte angeschaut hast, wirst du sehen, dass ich recht habe.«

Ich öffne die Akte, aber es sind zu viele Dokumente, als dass ich sie nun lesen und eine Entscheidung treffen könnte. »Du warst bisher noch nie bei mir, um ein Geschäft mit mir zu machen.« Ich tippe auf die Akte und hebe die Augenbrauen. »Was ist an diesem Deal so verlockend, dass du jetzt zu mir kommst?«

Der harte Blick meines Vaters wird noch härter. »Die Investition beträgt eine Dreiviertelmillion Dollar. Das kann ich allein nicht investieren.«

»Ah, verstehe, darum bist du hier«, stelle ich mit einem Schnauben fest, lehne mich in meinem Bürosessel zurück und strecke unter dem Schreibtisch die Beine aus. »Du hast nicht genug Geld, darum soll ich dir jetzt helfen.«

»Ich bitte dich *nicht* um deine Hilfe«, korrigiert mich mein Vater harsch. »Aber du hast das Geld und es ist eine gute Entscheidung, in dieses Projekt zu investieren.«

Zum einen kann ich ihn einfach nur anstarren, da ich sprachlos angesichts der Dreistigkeit dieses Mannes bin. Zum anderen wusste ich aber seit dem Tag, an dem mein Name im *Forbes Magazine* erschienen war, dass mein Vater die Verbindung zwischen uns dafür benutzen würde, um sein Vermögen wachsen zu lassen. Ich wusste es, weil es genau das gewesen wäre, was ich auch getan hätte. Ein Geschäftsmann hält seine Gefühle aus dem Business heraus.

»Also willst du mein Geld?« Ich will, dass das eindeutig feststeht.

»Ich will dein Geld, weil es meinen Gewinn vergrößern wird.« Er erhebt sich von dem Sessel und geht zur Tür. »Und, Darius?« Als er die Tür erreicht hat, dreht er sich zu mir um. »Ich biete dir einen lukrativen Deal auf dem Silbertablett an. Du hast bis Dienstag Zeit, um einzuschlagen, ansonsten kommt meine Großzügigkeit jemand anderem zugute.«

***

TAYLOR

Am frühen Nachmittag greife ich in meinen Koffer, ziehe eine Jeans heraus und lege sie in die leere Schublade der Kommode. »Du hättest dir heute nicht freinehmen müssen«, rufe ich Allie zu. »Musst du nicht Häuser verkaufen und Geld scheffeln?«

»Ich muss immer Häuser verkaufen«, erwidert sie und kommt mit neuen Laken in der Hand ins Schlafzimmer. »Aber Liv« – Allies Assistentin und gute Freundin – »hat die Besichtigung, die für heute Morgen angesetzt war, übernommen, damit ich dir helfen kann, dich einzuleben.«

Schuld schnürt mir die Kehle zu, und ich kann kaum sagen: »Du musst mir nicht dabei helfen, mich einzuleben.«

Allie schnaubt und geht an mir vorbei auf die andere Seite des Bettes. »Ich glaube, die letzte Nacht hat mehr als genug bewiesen, dass das, was du brauchst, ein kräftiger Tritt in den Hintern ist.« Sie lässt die Laken auf den Nachttisch fallen und sieht mich mitleidig an. »Als ich sagte, du kannst hierbleiben, meinte ich damit nicht, dass du auf der Couch schläfst. Die Wohnung gehört dir so lange, wie du sie brauchst.« Sie breitet das genau passende Laken auf der Matratze aus.

Ich nehme das andere Ende und schlage eine Ecke unter die Matratze. »Aber es ist wirklich teuer. Ich kann nicht …«

»Oh mein Gott, Taylor, hör bitte auf.« Allie schlägt die anderen Ecken unter die Matratze und zieht das Laken glatt. »Ich weiß, dass du gerade ein wenig Hilfe gebrauchen kannst, und das ist völlig in Ordnung.« Sie nimmt die dünne Decke und breitet sie auf dem Bett aus, wobei sie mich weiter stirnrunzelnd ansieht. »Und du weißt, dass ich auf das Geld nicht angewiesen bin, also mach dir deswegen keine Gedanken, okay?«

Na ja, es stimmt, das ist sie nicht. Nicht nur, dass Darius ihr einen beachtlichen Treuhänderfonds angelegt hat, von dem ich weiß, dass sie ihn niemals angerührt hat, weil sie gerne ihren eigenen Weg geht, sondern sie ist jetzt auch mit einem Milliardär zusammen, der sie wahrscheinlich hemmungslos verwöhnt.

Das Einzige, was ich gerade habe, sind Schulden, die mir bis zum Hals stehen.

»Okay«, sage ich, auch wenn mein Magen rebelliert. Ich war noch nie auf die Hilfe von jemand anderem angewiesen. Ich war immer das Kind – das Kind, das seine Eltern stolz gemacht, hart gearbeitet und einen Job hatte, seit es ein Teenager war. Aber mit dem riesigen Kredit und einem überzogenen Konto, das mir meine letzte Beziehung eingebrockt hat, weiß ich, dass ich auf keinen Fall genug Miete zahlen könnte, als dass es auch nur die Hypothek abdecken würde. »Ich werde nicht lange hierbleiben. Versprochen. Nur, bis ich wieder auf eigenen Füßen stehen kann.«

Allie streicht die dünne Decke glatt und legt dann die Daunendecke auf das Bett. »Ich habe mich noch nicht entschieden, was ich mit der Wohnung machen will, also keine Eile.«

Ich greife nach der Daunendecke und helfe ihr, sie richtig hinzulegen. »Ich schätze, du wirst sie verkaufen, nachdem du mit Micah zusammengezogen bist?«

Sie schnappt sich das Kissen und streift den Bezug über, wobei sie andeutungsweise mit den Achseln zuckt. »Ich glaube, ich sollte vielleicht damit warten, bis ich sicher bin, dass Micah und ich wirklich zusammenleben können, bevor ich irgendetwas offiziell mache.«

»Das ist wahrscheinlich das Klügste.« Ihre Beziehung war nicht gerade einfach, aber ich habe Allies Augen auch nie zuvor so funkeln sehen, wie sie es machen, wenn Micah in der Nähe ist. Sie lieben einander sehr. Allerdings weiß ich besser als jeder andere, dass Liebe allein manchmal nicht ausreicht.

Als das Bett fertig ist, wende ich mich wieder meiner Tasche zu und nehme gerade ein paar T-Shirts heraus, um sie zu verstauen, als Allie fragt: »Hat Shawn dich schon angerufen?«

»Ein paar Mal, aber ich bin nicht rangegangen, und dann haben die Anrufe schließlich aufgehört.« Ich lege die T-Shirts in die Kommode. »Ich schätze, er wird auch nicht wieder anrufen, was das Beste ist. Das Letzte, was ich gebrauchen kann, ist, dass Mom und Dad davon erfahren.«

»Du weißt, dass du dich deswegen nicht schämen musst.« Allie lässt sich auf das Bett fallen, und die Matratze gibt ein Quietschen von sich. »Du bist für dich selbst eingestanden, hast ihn dort hingetreten, wo er es verdient hatte, und bist gegangen. Darauf solltest du stolz sein.«

Ich konzentriere mich weiter darauf, auszupacken, weil ich Allie nicht in die Augen sehen will. Es gibt Dinge an mir, die Allie nicht wirklich versteht. Sie hat nicht mein Leben mit den perfekten Eltern geführt, die nie etwas falsch gemacht haben. Und bis heute will ich sie nicht enttäuschen. »Ich bin stolz auf mich, aber ich würde sie lieber aus der Sache heraushalten.« Außerdem will ich nicht, dass sie wissen, wie viele Fehler ich gemacht habe, und egal, wie oft ich auch versucht habe, sie wieder auszubügeln, habe ich sie doch nur schlimmer gemacht.

Das macht mich alles andere als stolz.

Allie spürt mein Unbehagen offenbar, denn sie wechselt schnell das Thema. »Also, erzähl mal, wie ist es, Darius wiederzusehen? Es ist jetzt, wie lange her …?«

»Fünf Jahre«, erwidere ich, ohne zu zögern.

Allies Augenbrauen wandern in die Höhe, und ich bin darüber nicht überrascht. Wahrscheinlich sollte ich nicht genau wissen, wie lange Darius und ich schon getrennt sind. »Und um deine Frage zu beantworten: Es ist seltsam, ihn wieder zu sehen. Er ist mein bester Freund. Auch wenn ich ihn so lange nicht gesehen habe, fühlt es sich an, als wäre kaum Zeit vergangen und als wäre ich wieder neunzehn. Und doch …«

Sie lächelt und zwirbelt eine Haarsträhne zwischen ihren Fingern. »Er ist mehr als nur dein bester Freund, und in den letzten fünf Jahren ist eine ganze Menge passiert.«

»Ja, genau.« Ich seufze, lege meine Unterwäsche in die oberste Schublade und schließe sie dann fest wieder. Wir sprechen nie über Details, die Darius betreffen, denn er ist schließlich ihr Bruder, aber wir haben immer über mich in dieser Beziehung gesprochen und das hat stets für uns funktioniert. »Um ehrlich zu sein, brauche ich ein wenig Zeit für mich, also denke ich, ist es am besten, wenn ich so wenig Zeit mit Darius verbringe wie möglich.« Denn Darius bringt mich durcheinander. Er ist zu sicher, zu stark und zu angenehm. Ich muss nun meine eigene Stärke finden und mich nicht auf seine verlassen.

»Ich bin mir sicher, Darius respektiert das und wird sich von dir fernhalten«, sagt Allie mit weicher Stimme. »Ich denke, er weiß besser als jeder andere, dass du nicht in seiner Nähe sein willst.«

Aber ich will in seiner Nähe sein, und das ist der härteste Teil. Nicht, dass ich es nicht liebe, Zeit mit Allie zu verbringen, aber ich will, dass er jetzt bei mir ist, mich festhält, mir sagt, dass alles wieder gut werden wird. Es ist kein Tag vergangen, an dem ich nicht an ihn gedacht, ihn gewollt, mich körperlich nach ihm gesehnt habe. Was genau der Grund ist, warum ich mich von ihm fernhalten muss. Wenn Darius in meiner Nähe ist, kann ich mir selbst nicht trauen. Und ich will nicht wieder in den gleichen Teufelskreis geraten, in dem ich vergesse, warum wir einander nicht guttun.

Oberflächlich betrachtet ist Darius der perfekte Mann, der unglaublichste Liebhaber und mehr als nur süchtig machend. Das, was unter der Oberfläche liegt, ist jedoch das reinste Chaos.

Ich behalte diese Gedanken allerdings für mich, und Allie sagt: »Aber ich muss sagen, als du vor meiner Tür standst, hat Darius dreingeschaut, wie ich es noch nie zuvor an ihm gesehen habe. Gott, ich dachte, er würde auf der Stelle losgehen und Shawn umbringen.«

Ich zucke mit den Achseln. »Er hat sich Sorgen um mich gemacht.«

Allie nickt und mustert mich eingehend. »Aber es ist einfach, du weißt schon, offensichtlich, dass du ihm noch wichtig bist.«

»Dass ich ihm wichtig bin, ist nicht das Problem.«

»*Darius* ist das Problem?«, fragt Allie.

Ich stimme mit einem Nicken zu, muss gar nicht mehr sagen. Allie kennt ihren Halbbruder. Er liebt aus der Ferne. Und diese Liebe ist auch noch an Bedingungen geknüpft. Komm näher, aber nicht zu nahe. Schenk mir dein Herz, aber bitte mich nicht um meines.

Bei ihm fühle ich mich nackt, entblößt.

Darius ist der einzige Mann, der mich in solche Höhen entführen und dann so tief fallen lassen kann. Ich würde ihm alles geben, alles für ihn tun. Ich würde jedem seiner Worte lauschen. Als wir früher zusammen waren, bin ich jedes Mal vor Freude fast ausgeflippt, wenn er mich angerufen hat, und habe immer auf seinen Anruf gewartet, wenn er ausblieb. Das war nicht gesund. Und als ich das erkannt habe, habe ich das getan, was Darius von mir wollte. Ich bin weggelaufen, und auch wenn ich es versucht habe, konnte ich es doch nicht verhindern, *nicht* zurückzublicken.

»Okay, genug von diesem deprimierenden Mist.« Ich winke Allie aus dem Schlafzimmer. »Ich hole den Wein. Du holst deinen Laptop und hilfst mir dabei, nach einem Job zu suchen.«

Hastig laufe ich in die offene Küche, und Allie ruft mir aus dem Wohnzimmer hinterher: »Weißt du, du könntest auch einfach mitkommen und für Holt arbeiten. Ich bin mir sicher, Micah würde dir einen Job geben.«

Ich nehme zwei Weingläser aus dem Schrank, hole den Chardonnay aus dem Kühlschrank und fülle beide Gläser bis zum Rand. »Ich bin mir sicher, dass er das tun würde, aber das könnte ich nicht annehmen.«

Auf der anderen Seite des Raumes lässt Allie sich auf die Couch fallen, setzt sich in den Schneidersitz und stellt den Laptop auf ihrem Schoß ab. »Weil du das selbst schaffen willst?«

»Ich muss das für mich schaffen.« Ich stelle den Wein wieder in den Kühlschrank, nehme die Gläser von der Arbeitsplatte, gehe ins Wohnzimmer und halte Allie ein Glas Wein hin. Zur Hölle, ich muss eine Menge Dinge machen – einen Job suchen, meinen Schuldenberg verkleinern, eine eigene Wohnung finden. »Männer bringen mich nur in Schwierigkeiten, also um ehrlich zu sein, will ich gerade nichts machen, was irgendwie mit einem Mann zu tun hat, und dazu gehört auch, mir von einem Mann einen Job geben zu lassen.«

»Völlig verständlich.« Sie lächelt, öffnet den Laptop und beginnt zu tippen. »Aber sei nicht so hart zu dir selbst. Ich glaube, du fühlst dich immer von den kaputten Typen angezogen, weil du mit deinem Helfersyndrom sie alle wieder auf die Beine bringen willst, das ist alles.« Sie hört auf zu tippen, hebt den Kopf und sieht mich an. »Also, was für eine Art von Job suchst du? Willst du wieder in eine Personalabteilung?«

Ich seufze erleichtert auf, setze mich neben sie und bin froh, dass wir nicht weiter darüber reden müssen, warum ich so schlecht in Liebesdingen bin. »Steht es nicht bereits fest, dass ich wieder in der Personalabteilung arbeiten werde?«

»Nö.« Sie nimmt einen Schluck von ihrem Wein und stellt das Glas dann auf dem Couchtisch ab. »Das ist ein neuer

Start. Du kannst alles machen, was du willst. Das ist das Aufregende daran, wenn man nach Hause zurückkehrt, ohne dass du an irgendetwas gebunden bist.«

Ich halte inne, denke nach und lächle dann. Das ist, was ich am meisten an Allie liebe. Sie sieht das Leben auf eine so positive Weise, voller Möglichkeiten. Bei ihr wirkt es so einfach, seine Träume zu erreichen, was vielleicht daran liegt, dass sie sich selbst schon einmal neu erfunden hat. »Du hast recht, ich könnte jeden Job machen, den ich will, oder nicht?«

»Ja.« Sie beginnt auf ihrem Laptop herumzutippen. »Wer weiß, vielleicht findest du etwas anderes, oder deinen Traumjob in der Personalabteilung …« Ihr Handy beginnt zu klingeln, und sie reicht mir den Laptop, schnappt sich ihr Handy vom Couchtisch und sieht auf den kleinen Bildschirm. »Oh, es ist Micah.« Ihre Augen leuchten auf, als sie das Handy an ihr Ohr drückt, so, wie sie es immer machen, wenn Micah auftaucht. »Vermisst du mich schon?«

Ich nehme einen großen Schluck aus meinem Weinglas, schmecke die Holznote und sehe, wie ihr Lächeln langsam verblasst.

Ihr Blick richtet sich auf mich, und ich kann Besorgnis darin lesen. »Ist es eine schlimme Story?« Eine Pause. Dann: »Okay, okay … ja … okay … tschüss.« Sie beendet das Telefonat, starrt mich aber weiter mit aufgerissenen Augen an.

»Was ist los?«, frage ich und breche damit die unangenehme Stille.

»Also, hör zu …« Sie bemüht sich, ihre Stimme unter Kontrolle zu halten, und da wir schon ewig miteinander befreundet sind, weiß ich, dass sie nur mit diesem Tonfall spricht, wenn etwas wirklich im Argen liegt.

»Okay, ich höre zu«, sage ich zögerlich.

Sie nimmt ihren Laptop wieder an sich, und ihre Finger fliegen über die Tastatur, bevor sie mich auf diese Weise ansieht, die ich schon einmal gesehen habe, ein Blick voller Mitleid … *mit mir.* »Eines musst du wissen: Alles ist gut, und ich habe keinen Zweifel daran, dass Darius sich darum kümmern wird, also flipp nicht aus, okay?«

Mein Puls beschleunigt sich, auf meinen Handflächen bricht mir der Schweiß aus. »Weswegen soll ich nicht ausflippen?« Ich kann mir nicht vorstellen, dass mein Leben noch schlimmer werden kann, als es jetzt schon ist.

Sie dreht den Laptop um, damit ich den Bildschirm sehen kann, und als ich den Artikel des Klatschblattes *Gotcha!* darauf sehe und mein Blut in meinen Adern zu Eis gefriert, wird mir klar, dass es doch schlimmer werden kann.

Sie sehen sehr verliebt aus. Der ewige Junggeselle und heiße Milliardär Darius Bennett ging gestern Abend mit einer mysteriösen scharfen Blondine auf Tuchfühlung. Und wir haben Fotos der beiden Turteltauben, die alles beweisen!

Kapitel 4

DARIUS

Einen Tag. Nur so lange hat es gedauert, bis mein Leben Taylors negativ beeinflusst hat. Bei diesem Gedanken gebe ich ein tiefes Seufzen von mir, steige rasch aus dem Aufzug, und auf dem Weg zu Allies Wohnung klacken die Sohlen meiner Schuhe auf dem Marmorboden des Flurs. Eigentlich hatte ich heute Abend vorgehabt, ins Gym zu gehen und mir danach die Aufzeichnung des Spiels anzusehen. Aber jetzt muss ich mich mit den Auswirkungen dieses *Gotcha!*-Artikels herumschlagen.

Mit jedem Schritt, den ich mache, werde ich daran erinnert, dass es eine Weile her ist, seit mir die Paparazzi derart auf den Fersen waren und mich bis in meine privatesten Momente verfolgt haben. Ich hätte vorsichtiger sein müssen. Ich hätte Taylor besser beschützen müssen. Ich hätte eine Menge Dinge machen müssen.

Als ich mich dem Ende des Flurs nähere, breitet sich die Anspannung in meiner Brust bis in meine Arme aus. Allie steht in der offenen Tür und wartet auf mich. Ihr Stirnrunzeln zeigt mir ihre Sorge, der Artikel setzt sie offensichtlich auch unter Druck.

»Wie geht es Taylor?«, frage ich, als ich bei ihr angekommen bin.

Allie tritt in den Flur und schließt die Tür hinter sich. »Sie ist sehr still, und du weißt, was das bedeutet.«

Ja, das weiß ich. Es bedeutet, dass Taylor sich Sorgen macht, und wenn das passiert, macht sie komplett dicht. Ich taste in meiner Hosentasche nach den Schlüsseln und entscheide, was als Nächstes zu tun ist.

Ich will nicht, dass es zwischen uns zu persönlich wird. Aus dem Grund hatte ich sie auch letzte Nacht gebeten, sich mit mir im Park zu treffen anstatt in Allies Wohnung. Ich kann mir selbst nicht trauen, wenn ich allein mit ihr bin. Ich schaffe es kaum, mich davon abzuhalten, daran zu denken, wie sehr ich mich danach sehne, sie unter mir zu haben. Doch diese Angelegenheit ist sehr persönlich, und das Letzte, was ich will, ist, dass Taylor wieder fotografiert wird. »Bitte geh und überlass das mir«, sage ich.

»Nein, warte erst noch einen Moment«, setzt Allie an.

Ich hebe meine Hand und unterbreche sie sanft: »Ich weiß, dass du Taylor helfen willst, aber bitte überlass das mir.« Es gibt Dinge, bei denen Allie ihrer besten Freundin helfen kann, und es gibt Dinge, bei denen das nicht der Fall ist. Das hier ist etwas, was in meinen Aufgabenbereich fällt.

Allie funkelt mich wütend an, gibt dann allerdings nach. »Na schön, aber mach es nicht noch schlimmer, als es ohnehin schon ist.«

Als ob ich das tun würde. »Das musst du mir nicht sagen.«

»Oh doch, das ist nötig«, schießt Allie mit zusammengekniffenen Augen zurück. »Im Moment braucht sie Freunde. Mehr nicht.« Sie deutet auf mich. »Lass deine Finger bei dir.«

Ich runzle die Stirn. »Allison …«

Sie dreht sich um und geht einfach den Flur hinunter, und mir bleibt nichts anderes übrig, als ihr hinterherzustarren. Allies Sorgen sind berechtigt. Ich bin eine Gefahr für Taylor, und wenn sie mir auch bloß einen Schritt entgegenkommt, werde ich sie nehmen, denn so bin ich nun einmal. Ich nehme mir das, was ich haben will.

Ich zwinge mich, mein Begehren beiseitezuschieben, weil ich weiß, ich darf jetzt keinen Fehler machen. Keine Gefühle, sage ich mir selbst, öffne die Wohnungstür und sehe Taylor am Fenster stehen und auf den frühen Abend hinausblicken.

Meine Brust wird noch enger, quetscht mir fast die Luft ab, und meine Schuld steigert sich um das Zehnfache. Taylor kann das gerade nicht in ihrem Leben gebrauchen. Sie verdient es, einen sicheren Ort zu haben, an dem sie ihr Leben wieder in den Griff bekommen kann, und nicht eine Herde Paparazzi, die sie belagern.

Egal, wie sehr ich auch versuche, es zu verhindern, finde ich doch immer einen Weg, ihr wehzutun. Und ich hasse mich selbst dafür.

Ich lasse die Tür fest ins Schloss fallen, errege damit ihre Aufmerksamkeit, und sie dreht sich zu mir um. Ihr Gesichtsausdruck ist nachdenklich. In ihren Augen sehe ich auch Schmerz, genau wie Unsicherheit. Das alles kann ich nachvollziehen. »Hi«, sage ich, ziehe meine Schuhe aus und gehe auf sie zu.

»Hi.« Sie schenkt mir ein sanftes Lächeln, und die Sonne zaubert einen rosigen Schimmer auf ihre Wangen. »Ich schätze, du bist wegen des Artikels in dem Magazin hier?«

Ich nicke, stelle mich neben sie und schiebe die Hände in meine Hosentaschen. »Ja, natürlich ist das Grund, aus dem ich hier bin. Geht es dir gut?«

Lange Zeit sucht sie meinen Blick, bis sie schließlich schwer seufzt und gedankenverloren wieder aus dem Fenster sieht.

Ich werde sie nicht drängen. Weder im Moment. Noch irgendwann.

Eine ganze Minute vergeht, bevor sie mich wieder anspricht. »Es geht mir gut, ich denke nur nach. Jetzt, wo sie sich auf mich konzentrieren, denkst du, sie werden von Shawn erfahren?«

Ich habe mich das auch schon gefragt. Ich würde sie auch niemals anlügen. »Es könnte sein.«

Sie runzelt die Stirn, und ihr Mund wird zu einem dünnen Strich. Diesen Anblick habe ich schon oft bei ihr gesehen: Sie ist wirklich sehr besorgt. Taylor ist emotional, aber auch herrlich vernünftig. Ich kann bloß erahnen, wie sie versucht, das alles zu durchdenken, während ich nur versuche herauszufinden, wo sie mit den Gedanken gerade ist. »Sag mir einfach, wie du das Ganze siehst«, bitte ich sie, als die Stille sich auszubreiten beginnt.

Sie schweigt so lange, dass ich schon anfange zu glauben, sie wird mir nicht mehr antworten. Aber dann tut sie es doch. »Ich überlege, wie zur Hölle ich meinen Eltern das alles erklären soll, vor allem, weil ich ihnen gesagt habe, dass die blauen Flecken von einem Autounfall stammen.«

Die Kälte in ihrer Stimme lässt mich zurückweichen. Meine Lebensumstände haben ihr das angetan. »Sie werden es verstehen, Taylor, und ich glaube, sie werden stolz auf dich sein, weil du ihn verlassen hast.«

Ihre Schultern heben und senken sich durch ihr tiefes Seufzen. »Ja, stolz. Ich bin mir sicher, genau das werden sie sein.«

Ich will ihre Augen sehen. Ich muss die Wärme darin sehen. Ich strecke die Hand nach ihr aus, drehe sie zu mir herum. Die Frau, die mich ansieht, ist mir fremd. Sie ist so distanziert, so weit weg. »Sie werden stolz auf dich sein.«

»Vielleicht«, sagt sie, sieht mir auf eine Weise in die Augen, die nur sie beherrscht, eine Weise, mit der sie meine Aufmerksamkeit mit solcher Macht an sich gerissen hält, dass ich alles um mich herum vergesse. »Aber ich wollte nicht, dass sie davon erfahren.«

»Dann sag es ihnen nicht. Möglicherweise finden sie es ohnehin nie heraus.«

Sie denkt über diese Option nach und legt dann den Kopf schief. »Aber ist das besser? Was, wenn meine Geheimnisse ans Licht kommen, und was, wenn sie durch einen verdammten Zeitungsartikel erfahren müssen, was mir angetan wurde?«

Ich nicke, weil ich ihre Sorgen verstehen kann. »Du hast recht, das wäre schlimmer, als ihnen die Wahrheit selbst zu sagen.«

Wieder seufzt sie, und ihre Erschöpfung ist ihr deutlich anzumerken. »Ich muss es ihnen sagen …« Sie fährt sich mit den Händen über das Gesicht. »Nur nicht heute, und auch nicht bevor ich nicht herausgefunden habe, was genau ich sagen will, sonst rede ich bloß Unsinn. Ich will nicht, dass diese Sache meine Mutter wütend macht.«

Mir dreht sich der Magen um. Und wieder bin ich, sind mein Leben, meine Wünsche und Bedürfnisse, der Grund dafür, dass Taylor unglücklich ist. Und in dem Moment, in dem sie an sich selbst denken müsste, macht sie sich Sorgen darum, wie ihre Mutter reagieren wird. Diese Selbstlosigkeit ist so typisch für Taylor. Gott, sie erstaunt mich. Sie ist so anders als ich.

In ihren Augen sehe ich so viel; so viele Gefühle und Liebe. Aber ich sehe auch tief verwurzelte Sorge, und ich bezweifle, dass es dabei um ihre Eltern geht. Taylors Schultern sind angespannt, und ihre Schweigsamkeit zeigt mir, dass sie das, was sie als Nächstes tun muss, mehr als nur unangenehm findet.

»Was bereitet dir noch Sorgen?« Sag es mir, damit ich es in Ordnung bringen kann, will ich sagen.

Sie geht zur Couch, ihre Beine berühren die Armlehne, und sie verschränkt die Arme vor der Brust. »Ich frage mich, wer mich jetzt noch einstellen will. Bald wird ganz San Francisco wissen, wer ich bin. Und sie werden mich in den Vorstellungsgesprächen nur fragen, ob ich das Mädchen bin, das mit Darius Bennett zusammen ist.«

»Ich glaube, dabei kann ich dir tatsächlich helfen«, biete ich ihr an.

»Helfen? Wie willst du mir denn helfen können?«

»Es ist tolle Publicity.« Bevor sie mir den Schlag verpassen kann, den mir ihr wütender Blick verspricht, fahre ich fort: »Du könntest es zu deinem Vorteil nutzen. Such dir einen Job aus, für den du töten würdest, und bewirb dich darauf. Sag ihnen, dass deine Anwesenheit im Unternehmen Aufmerksamkeit auf sich ziehen wird. Es ist kostenlose Werbung.«

Sie starrt mich einige Sekunden lang an und schüttelt dann ungläubig den Kopf. »Natürlich findest du wieder einen Weg, um das alles positiv darzustellen.«

Ich sehe sie an und hebe die Augenbrauen. »Bei dir klingt es so, als wäre das etwas Schlechtes.«

»Es muss nicht unbedingt schlecht sein«, sie zuckt mit den Achseln, »es ist einfach ganz anders, als ich die Dinge angehe.«

Aus dem Grund bin ich Milliardär und du nicht. Ich mache Geschäfte mit dem Teufel. »Wenn du diesen Weg nicht gehen willst, bin ich mir sicher, dass du dennoch nichts zu befürchten hast. Es wird dich jemand einstellen«, beschwichtige ich sie. »Du bist verdammt gut in dem, was du machst.«

»Danke.« Sie lächelt und beginnt dann langsam, sich zu entspannen. Sie schlingt die Arme um sich und distanziert sich von mir und diesem Gespräch. »Ach, das ist alles solch ein Desaster.« Sie stößt sich von der Couch ab und geht in Richtung Küche.

Ich strecke die Hand aus, fasse sanft ihr Handgelenk, und mir gefällt die Intensität, mit der sie mich ansieht. »Dass du bei Shawn geblieben bist, war ein Desaster«, korrigiere ich sie. »Das, was du gerade durchmachst, ist das Ende der Reise. Sie musste enden, und ein Ende ist nie etwas Schönes, aber das bedeutet nicht, dass du keinen neuen Anfang vor dir hast, auf den du dich freuen kannst.«

»Ich schätze, du hast recht.« Sie lächelt schwach.

Ich fahre über die Falten, die dieses Lächeln wirft; ich hasse es, Taylor so zerrissen zu sehen. »Ich verstehe, warum du dir wegen dieser Sache Sorgen machst, aber ich werde nicht zulassen, dass sie dir noch mehr wehtun, als sie es bereits haben, Taylor.«

Sie sieht mich hitzig an. »Wie willst du sie davon abhalten?«

»Lass das mal meine Sorge sein. Glaub mir, sie werden keine weiteren Fotos von uns zusammen machen. Wir werden ihnen keine weitere Story liefern.«

Sie gibt den tiefsten Seufzer von sich, den diese Nacht bisher gehört hat. »Es gibt Dinge, vor denen nicht einmal du mich beschützen kannst, Darius.«

Der trostlose Klang von Taylors Stimme jagt mir kalte Schauer über den Rücken. Da ist noch etwas, was sie verheimlicht. Ich kann es spüren, und meine Instinkte, egal ob die persönlichen oder die geschäftlichen, zweifle ich niemals an. Aber ich kann sie im Moment nicht drängen. Das weiß ich.

Wenn ich sie jetzt dränge, schließt sie mich aus. Mit Taylor ist es ein Eiertanz, und im Augenblick braucht sie etwas ganz anderes von mir.

Ich ziehe ein wenig an ihrem Arm, näher zu mir, mehr für mich als für sie. Ich schlinge meine Arme um sie, und mir steigen der Duft ihres Kokosnussmilch-Shampoos und der ihr ganz eigene süße Geruch in die Nase. Sie lehnt sich an mich, als hätte sie sich schon lange nach dieser Umarmung gesehnt, also drücke ich sie noch etwas fester an mich.

Die Minuten verstreichen.

Minuten, die ich weder zähle noch jemals wieder vergessen werde.

Ihre Finger graben sich in mein T-Shirt und ziehen mich noch näher. »Wann ist das Leben so kompliziert geworden?«, flüstert sie und drückt ihren Kopf dabei gegen meine Brust.

An dem Tag, an dem ich dir gesagt habe, du sollst mich verlassen.

Aber anstatt zuzulassen, dass meine Gefühle mein logisches Denken vernebeln, drücke ich meine Lippen auf ihren Scheitel. »Ich bringe das in Ordnung, Taylor. Das verspreche ich dir.«

***

TAYLOR

Einige Zeit später nehme ich den Tee entgegen, den Darius für mich gemacht hat, und setze mich auf einen der Hocker vor der Kochinsel. Mein Kopf dreht sich nicht mehr so schlimm wie noch zuvor, und meine Gedanken sind ein wenig klarer geworden. Vielleicht bin ich aber auch einfach nicht mehr so emotional und sehe die Dinge nicht mehr in so düsterem Licht wie noch vorhin, kurz nachdem ich diesen Artikel gelesen habe. »Und was jetzt?«, frage ich Darius.

Er lächelt, stützt sich mit den Armen auf der Arbeitsfläche ab und beugt sich zu mir. »Wir machen, was immer du machen willst.«

Ja, das war irgendwie der schwierige Teil. Ich habe noch nicht herausgefunden, was ich machen und wie ich die Sache mit meinen Eltern regeln will. Ich möchte meine Mom nicht traurig machen, wenn es nicht unbedingt nötig ist, aber ich will auch nicht, dass sie das, was mit Shawn passiert ist, aus einem Klatschmagazin erfahren muss. »Was denkst du, wie lange es dauern wird, dass die Regenbogenpresse von Shawn erfährt, sollte sie mich noch weiter durchleuchten?«

Darius denkt darüber nach und zuckt dann mit den Achseln. »Das ist wirklich schwer zu sagen. Es kommt darauf an, wie sehr sie die Informationen haben wollen und wie viel sie dafür bereit sind zu bezahlen.«

Eine eindeutigere Antwort wäre besser gewesen. Ich bin jedoch noch nicht bereit, aufzugeben. »Aber selbst ohne Bezahlung würde es einige Zeit dauern, denke ich, außer jemand kommt direkt auf sie zu.«

Er nickt. »Das könnte ich mir vorstellen, ja.«

Ich denke darüber nach und treffe eine Entscheidung. »Ich glaube, für den Moment werde ich erst einmal abwarten. Es gibt keinen Grund, Mom umsonst aufzuregen. Wenn sie anfangen, tiefer zu graben, werde ich es meinen Eltern ohnehin erzählen müssen.«

Darius betrachtet mich einen Moment lang und seufzt dann schwer. »Du solltest dich nicht mit alldem herumschlagen müssen. Das ist deine Privatsache, und es tut mir leid, dass du dir deswegen so viele Sorgen machst.«

Ich lächle sanft. »So ist das eben, und das ist auch okay.«

Er betrachtet mich, ganz konzentriert und intensiv. Er denkt nach. Angestrengt. Und ich bin überhaupt nicht überrascht, als er sagt: »Ich werde alles in meiner Macht Stehende tun, damit sie nicht noch mehr ausgraben können, als sie das ohnehin bereits getan haben.« Denn so ist Darius; er kämpft für die Sicherheit der Menschen, die ihm wichtig sind.

Ich lache schnaubend und lege die Hände um meine Tasse. »Und wie willst du das anstellen?«

Er hebt die Augenbrauen. »Wie ich bereits sagte, lass das mal meine Sorge sein.«

»Ist dir eigentlich klar, dass das keine Antwort ist? Das sagt mir nur, dass du keine Ahnung hast, wie du sie aufhalten willst.«

Er lacht leise, und seine Augen sehen mich warm an. »Die habe ich nicht, aber das bedeutet nicht, dass ich mich nicht darum kümmern werde, denn das werde ich.«

Um ganz ehrlich zu sein, zweifle ich nicht daran, auch wenn ich mehr Antworten will als die, die er mir bisher gegeben hat. Wenn Darius sich etwas in den Kopf gesetzt hat, zieht er es auch durch. So ist er eben.

Ich hebe die Tasse an meine Lippen, trinke einen Schluck, schmecke den süßen Honig, und in diesem Moment sagt er: »Sprechen wir aber lieber über dich und deine finanziellen Probleme.«

Ich blinzle und sitze völlig starr auf dem Hocker. »Woher weißt du, dass ich finanzielle Probleme habe?«

»Weil du dir solche Sorgen machst, einen Job zu finden«, sagt er, ohne den Blick von mir abzuwenden, und jetzt beugt er sich näher zu mir. »Das verrät mir, dass Geld dir ebenfalls Sorgen bereitet. Das ist die einzige Sache, die du gerade nicht kontrollieren kannst.«

Ich nehme noch einen Schluck von meinem Tee. Eigentlich hatte ich vor, Darius zu erwürgen, weil ich dachte, dass er es tatsächlich gewagt hatte, meine Kontoauszüge zu checken, aber nun lasse ich ihn ausreden.

Sein Blick wird weicher, wie auch seine Stimme. »Wie hoch sind deine Schulden?«

Ich schlucke den Tee herunter und runzle die Stirn. Ich hasse es, wie aufmerksam er manchmal ist. Vielleicht hasse ich es aber sogar mehr, dass er mich so leicht durchschauen kann. Das ist Fluch und Segen zugleich. »Das geht dich nun wirklich nichts an, Darius.«

»Ah, und genau da liegst du falsch«, widerspricht er mir, richtet sich zu seiner vollen Größe auf und wirkt ganz wie der imposante Mann, der er ist. »Im Augenblick geht es mich etwas an, weil ich dafür sorge, dass es dir besser geht.«

»Und warum?«

Er starrt mich einige Sekunden lang an und schüttelt schließlich frustriert den Kopf. »Du kannst nicht ernsthaft erwarten, dass ich mit ansehe, wie du dich so quälst, wohl wissend, dass ich dir helfen könnte, und dann nichts mache.« Als ich den Mund öffne, um zu protestieren, fügt er mit tieferer und sehr viel härterer Stimme hinzu: »Hör auf, dich so querzustellen. Das Leben sollte nicht so hart sein. Jeder braucht ab und zu etwas Hilfe, und da ist nichts dabei.«

Ich schätze, das stimmt, doch seine Theorie hat einen Fehler. »Wann hast du jemals die Hilfe von jemand anderem gebraucht?«

Sein Blick hält meinen eindringlich fest, und ich merke, ich habe damit einen Nerv getroffen. »Du weißt ganz genau, dass ich in meinem Leben schon Hilfe in Anspruch genommen habe. Es sah nur anders aus. Ich bekomme Hilfe von anderen Geschäftsmännern, die mir mit Investitionen geholfen haben. Es war also weniger persönlich.«

»Ja, das stimmt«, proklamiere ich. »Das hier ist für mich persönlich. Ich kann mich nicht von dir abhängig machen, Darius. Ich werde mich nie mehr von irgendeinem Mann abhängig machen.«

»Herrgott, Taylor«, faucht er und stößt sich mit aufgeblähten Nasenflügeln von der Arbeitsplatte ab. Aber als ich genauer hinschaue, sehe ich Frustration, keine Wut. Ich kann seine ungefilterten Gefühle sehen, und er fügt hinzu: »Ich behandle dich nicht wie irgendein anderer Kerl. Ich bin nicht wie Shawn, und ich bin nicht wie der Mann, der ins Gefängnis gegangen ist.«

»Ich weiß, dass du nicht so bist«, flüstere ich, woraufhin er zittert.

Sein Kiefermuskel spannt sich an, und er senkt die Stimme. »Verstehst du nicht, dass mich das verdammt noch mal umbringt?«

Ich öffne den Mund, will ihm antworten, aber der Schock macht mich sprachlos. Es geht hier nicht um mich, sondern um ihn. Er muss mir helfen, und die Tatsache, dass ich ihn nicht lasse, reißt ihn in Stücke. Doch das bewirkt mehr als nur die Tatsache, dass ich völlig geschockt bin; er zeigt mir etwas, was ich kaum glauben kann … Gefühle. Frustration, Wut … er ist sonst immer so kühl, so gefasst, und ihn so zu sehen, wirft mich völlig aus der Bahn.

Er kommt um die Arbeitstheke herum, und seine Augen funkeln. »Ich habe dich gehen lassen, damit du das Leben leben kannst, das du verdienst, und damit du glücklich werden kannst.« Seine Stimme wird bei jedem Wort tiefer, und auf seiner Stirn beginnt eine Ader zu pochen. »Ich habe dich nicht gehen lassen, damit du dich selbst verlierst und ich dabei zusehen muss, wie dein Leben auseinanderfällt. Wenn ich das gewollt hätte, hätte ich dich bei mir behalten.«

Ich stelle die Tasse auf der Arbeitsfläche ab, weil ich sie schlicht und ergreifend nicht mehr festhalten kann.

Er macht einen weiteren Schritt auf mich zu. »Fünf verdammte Jahre lang habe ich das Leben ohne dich ertragen, weil ich gehofft habe, dass du ein besseres Leben führst. Aber das war es nicht.« Er tritt noch einen Schritt vor, und seine zusammengekniffenen Augen sind auf sein Ziel gerichtet. Mich. »Lass mich das in Ordnung bringen, damit dein Leben so werden kann, wie es hätte sein sollen. Ein gutes Leben, ohne Sorgen, ohne diesen ganzen Mist, den du, verdammt noch mal, nicht verdient hast.«

Ich starre ihn einfach nur wortlos an und werde mir langsam bewusst, dass er zugegeben hat, in der Zeit ohne mich gelitten zu haben. Dass er mir mehr zeigt, als ich jemals gedacht hätte, von ihm zu sehen. Ich sehe Darius ohne seine Schutzmauern, und meine Welt stürzt um mich herum ein.

Aber jetzt, mit alldem und mit den Gefühlen, die in seinen Augen aufblitzen, erkenne ich alles ganz deutlich. Er glaubt, er hätte mich verraten. Er glaubt, er hätte dieses Elend verursacht. »Das, was mit Shawn passiert ist, war nicht deine Schuld«, flüstere ich.

Er hebt ungläubig die Augenbrauen. »Wessen Schuld soll es denn sonst gewesen sein, Taylor?«

»Meine.«

»Nein.« Er schnaubt mit trockener Stimme, und ich kann die Verachtung sehen, die er sich selbst gegenüber wegen meiner momentanen Situation empfindet. »Das ist einfach nur geschehen, weil du du selbst bist und weil du liebst, wie du eben liebst. Aus irgendeinem Grund bist du immer nur Männern begegnet, die dich nicht so lieben können, wie du es verdient hast.«

Natürlich meint er damit auch sich selbst.

Mein Herz sehnt sich nach ihm, und es wird so nachgiebig, wie ich niemals für möglich gehalten hätte. Aber egal, was für schöne Worte er mir auch sagen mag, ich darf mich nicht davon einwickeln lassen. Es wäre so einfach, mich in diese Worte und seine Stärke fallen zu lassen, doch das wird mir bloß das Herz brechen. Denn Darius hat recht – ich verliebe mich immer in Männer, die mich nicht richtig lieben können. Und auf Darius trifft das am meisten zu. »Du musst mich nicht retten«, sage ich unerbittlich. Aber in seinen Augen blitzt eine Entschlossenheit auf, wie nur Darius sie hat, und meine Stärke beginnt zu schwinden.

Er überwindet den Abstand zwischen uns, und jedes Haar auf meinem Körper richtet sich auf, als hätte er es ihnen befohlen, und jedes meiner Nervenenden erwacht für den Mann, der mich auf eine Weise besitzt, wie es kein anderer Mann kann.

Als er meinen Hocker packt und ihn unter der Kochinsel hervorzieht, keuche ich, und meine Nippel ziehen sich zusammen. Zwei starke Hände fahren über mein Gesicht, und er tritt zwischen meine gespreizten Beine. »Es geht nicht darum, dich zu retten«, knurrt er fast schon. »Ich weiß, dass du dich selbst retten kannst.« Er schiebt seine Finger in mein Haar, packt fest zu, und ich kann den Schauer, der mich überrollt, nicht aufhalten. »Es geht darum, mich zu retten. Ich habe dir diesen Schlamassel eingebrockt. Verdammt, lass mich dich jetzt auch wieder da rausholen. Lass mich dafür sorgen, dass du dich besser fühlst, wenn schon nicht für dich, dann für mich.«

Seine Berührung … seine Stärke … *mein Held* … Gott, er ist einfach so viel, so intensiv, so *alles.*

Es gibt bloß ihn und mich sowie all die Dinge, die er mir anbietet. Nichts ist schlecht, niemand drängt mich in die eine oder andere Richtung. Da ist nur dieser Mann, der mich anfleht, dass ich mir von ihm helfen lasse.

Und in diesem Moment beschließe ich, dass es einen Weg gibt, wie er mir helfen kann.

Meine Lippen treffen auf seine, und mit einem Mal brechen alle Mauern um mich herum in sich zusammen. Seine Lippen, seine Berührung, alles an ihm bringt mich wieder zurück zu mir selbst.

Kapitel 5

DARIUS

Atemlos löse ich mich aus diesem Kuss, und Taylors dunkle, verschleierte Augen holen mich wieder zurück, nehmen mich in ihren warmen Tiefen gefangen. Als ich mit den Händen über ihre Wangen fahre, denke ich nicht über die möglichen Auswirkungen davon nach. Ich will ihren Körper besitzen, wenn auch nur für kurze Zeit. Es ist zwar egoistisch, aber die Wahrheit, die ich nicht verleugnen kann.

»Wenn du hoffst, dass ich der Typ Mann bin, der aufhört, weil du vielleicht noch nicht bereit bist, muss ich dich enttäuschen. Ich bin nicht dieser Typ Mann.« Ich will sie jetzt berühren. So sehr. Ich muss dafür sorgen, dass sie sich besser fühlt. Oder dass sie wenigstens etwas Schönes fühlt anstatt etwas Schmerzhaftes.

»Das ist gut«, sagt sie rau und kommt näher, »denn diesen Typ Mann will ich nicht. Ich will dich.«

Ich packe ihr Kinn und halte ihren Blick fest. »Das ist alles, was ich dir geben kann.« Zwischen uns darf es keine Missverständnisse geben. Ich darf ihr nicht noch einmal wehtun.

»Darius, hör auf zu reden«, ihre Sehnsucht und ihr Verlangen nach mir sind deutlich auf ihrem geröteten Gesicht abzulesen, »und küss mich.« Dann zieht sie ihr Oberteil aus und gewährt mir damit einen guten Blick auf ihr Dekolleté und die schwarze Spitze.

Ihr Angebot, ihr blumiger Duft, ihr entblößtes Fleisch und ihre dunklen Augen necken mich. Ich kenne diese tollkühne Frau nicht. Als ich noch mit ihr zusammen war, war sie noch schüchtern, aber es lag ohne Zweifel daran, dass ich sie entjungfert hatte. Die Jahre, in denen wir getrennt waren, haben sie offensichtlich unbefangener werden lassen. Doch als ich tiefer blicke, sie einfach nur stumm anschaue und dabei zusehe, wie ihre Augen immer größer werden, kann ich noch immer *meine Taylor* sehen. Sie ist ein wenig nervös, ihr Atem geht schneller, und sie steht unnatürlich still.

Ich schiebe meine Finger unter die Vorderseite des Bundes ihrer Jeans, ziehe sie an mich und genieße ihr Keuchen. »Das ist also dein Angebot? Ich kann dich ganz haben?«

»Ja«, sagt sie mit kratziger Stimme und leckt sich die Lippen. »Du kannst alles haben, was du willst.«

Ich komme noch näher und drücke meinen harten Schwanz gegen ihren weichen Bauch. »Mhm … verlockend.« Ich beuge mich zu ihr hinunter, meine Nase gleitet über ihren Hals, und ich kann fühlen, wie Taylor erschauert. »Die Dinge, die ich mit dir machen könnte …« Ich lasse meine Stimme zu einem Grollen werden. Ihr Atem geht schneller, reagiert auf meine tiefe Stimme. »All die schmutzigen, schmutzigen Dinge.« Und ich genieße es zu sehen, wie sie dahinschmilzt.

All die schmutzigen Dinge, die ich mit ihr anstellen kann, verführen mich dazu, meine Hand über die Rundung ihrer Hüfte gleiten zu lassen. Es gefällt mir, dass sie nicht zerbrechlich oder zu dünn ist, wie sie es früher mal war. Damals war ich immer besonders vorsichtig mit ihr. Jetzt ist sie eine Frau, die voll und ganz in der Lage ist, mit einem Mann wie mir fertigzuwerden, und ich denke an Dinge, die ich wahrscheinlich nicht mir ihr machen sollte … *ihr den Hintern versohlen, sie mit einem Flogger bearbeiten, heißes Wachs, ein harter, leidenschaftlicher Fick* … oh, sie bringt mich wirklich in Versuchung.

Ich fahre mit der Hand von ihrer Hüfte zu ihren Rippen und genieße das Knistern zwischen uns, ganz so, als wäre keine Minute vergangen, seit ich sie das letzte Mal so intim berührt habe. Ich kann spüren, dass sie ein wenig zittert, spüre, dass meine Macht beginnt, sie zu berühren.

Taylor hat früher, als wir noch zusammen waren, schon einen Geschmack des Doms bekommen, der ich einmal werden würde, aber ich hatte gerade erst begonnen, diese schmutzige, befehlende und hungrige Seite von mir kennenzulernen. Sie hat den Mann noch nicht kennengelernt, der seine sexuellen Vorlieben trainiert und ausgelebt hat, um sicherzugehen, dass jede Frau, die bereit ist, mit ihm zu spielen, genau das bekommt, wonach es sie verlangt, und mehr. Ich beschließe, dass sie diesen Mann kennenlernen soll, und fahre mit dem Finger über ihre geöffneten Lippen. »Was willst du, Taylor?«, frage ich.

»Dich.«

»Warum?« Ich brauche eine deutliche Aussage. Ich muss wissen, dass sie nur Sex will.

Und dann übernimmt sie die Kontrolle und zieht mein Hemd aus meiner Hose. Ihr Blick ruht auf meinem Gesicht, und mutig öffnet sie jeden einzelnen Knopf, bis es ganz offen ist.

Ihre Hände fahren unter den Stoff, meine Bauchmuskeln hinauf und über meine Brust. Meine Muskeln zucken, und mein Schwanz wird hart, sehnt sich verzweifelt danach, in sie einzudringen. Aber als sie beginnt, an meinem Ledergürtel zu ziehen, meldet sich meine Vernunft. »Stopp.« Ich packe ihre Hände, und mein Körper wird von einer mir fremden Röte überzogen. »Antworte auf meine Frage: Warum willst du das machen?«

Sie befreit ihre Hände, ohne den Blick von mir abzuwenden, und fährt fort, meinen Gürtel zu öffnen und den Knopf an meiner Anzughose zu lösen. Ihr Selbstbewusstsein und die Kontrolle, die sie mir wegnehmen will, lassen meinen Verstand aussetzen. Niemand dominiert mich. Niemals. Sie fordert diesen tiefliegenden Instinkt meiner Seele heraus; er will die Kontrolle übernehmen, und ich schiebe meine Hände in ihr Haar, halte es fest umklammert und spüre, wie sie das Biest erweckt.

Ich habe mich bereits entschieden, sie zu nehmen, noch bevor sie mir geantwortet hat. »Darius, ich will dich.« Sie reibt sich an meinem steinharten Schwanz. »Und ich weiß, du willst es auch.« Danach öffnet sie den Verschluss ihres BHs, knöpft ihre Jeans auf und lässt sie zu Boden fallen, ganz so als würde dieser Moment ihr gehören.

Ich lächle sie an, wohl wissend, dass es teuflisch wirkt, nehme ihr Angebot an und lasse meinen Blick schamlos über ihren Körper wandern. Ihre Figur habe ich mir für immer fest eingeprägt, aber jetzt, wo ich sie von Kopf bis Fuß betrachte, kann ich die Unterschiede zwischen ihrem neunzehnjährigen und ihrem fünfundzwanzigjährigen Ich sehen.

Sie ist fraulicher geworden.

Und diese Veränderungen lassen meinen Schwanz so hart wie Stahl werden.

Mein Blick wandert über ihre Kurven, den runden Bauch und ihre ausladenden Hüften. Ihre Brüste sind nicht mehr so spitz, wie ich sie in Erinnerung habe, sondern hängen ein wenig mehr, wie die Form eines Tropfens. Ich lecke mir über die Lippen, mir läuft bei der Vorstellung, wie ich ihre kleinen dunklen Nippel gegen meinen Gaumen drücke, das Wasser im Mund zusammen, und ich weiß noch, dass ihr das früher sehr gefallen hat. Langsam blicke ich wieder in ihr Gesicht, während ich noch immer überlege, wie ich sie am besten dazu bringen kann, sich zu winden.

Ihre Lippen sind geöffnet, ihr Atem geht harsch. Ich weiß warum. Sie ist sowohl aufgeregt als auch unsicher. Sie dachte, sie hätte die Kontrolle. Ihr wird klar, dass dem nicht so ist, was ich daran erkennen kann, dass sie die Augen aufreißt.

Aber genau das ist es, was ich will. Das ist Nahrung für meine Seele. Mir gefällt die Intensität, und ich genieße ihr hartes Keuchen, als ich ihren Kopf packe und meinen Mund auf ihren lege. Ich knurre an ihren Lippen, lasse all die Dinge zu, gegen die ich so angekämpft habe, um mich beherrschen zu können, und nehme mir ohne Mühe die Kontrolle zurück, die sie mir abgenommen hatte. Ich kann spüren, wie sie in meinem Arm dahinschmilzt, weich wird, so wie ich es mag. Ich nehme sie in meine Arme, drücke sie rücklings gegen die Wand und küsse sie rau.

Ein Ausweg. Eine Flucht. Das ist es, was ich ihr geben kann, und das werde ich ihr auch geben.

Ihre Schenkel schlingen sich fest um meine Taille. Ich spreize die Hände unter ihrem Po, packe ihren fleischigen Hintern und bewege ihre Hüften. Ich reibe sie an meinem Schwanz, kann die Feuchtigkeit des ersten Lusttropfens in meinen eng anliegenden Boxershorts fühlen. Ihr weiches Stöhnen schlägt in einer Welle über mir zusammen, während ich mich an ihrer Klitoris reibe, weil ich aus Erfahrung weiß, dass sie dort besonders empfindlich ist. Sie hält eine Sekunde lang den Atem an, und ich weiß, das ist noch etwas, was sich nicht geändert hat.

Ich kann meinen Blick nicht mehr von ihr abwenden, nicht, wenn ihre Augen vor Hitze glühen. Es gefällt mir so sehr, dass ich mich vorbeuge, ihre Lippen mit meinen verschließe, um die Erregung noch zu steigern. Ihre Zunge schlingt sich perfekt um meine, und als ich Taylor ein wenig fordernder küsse, wackelt sie ein wenig auf diese süße Weise, die ich so mag. Taylor ist von Natur aus eigentlich keine unterwürfige Frau, aber ihr Körper gibt sich mir vollkommen hin. Jedes verdammte Mal. Es gefällt mir, dass ich ihren wachen Geist zum Schweigen und ihren Körper dazu bringen kann, sich meinem Willen zu beugen. Verdammt, ich liebe es, wie ich sie dazu bringen kann dahinzuschmelzen, ganz so, als wäre meine Berührung das Einzige, was sie braucht, um befriedigt zu werden.

Als ihr Stöhnen sich in Keuchen verwandelt, lasse ich eines ihrer Beine los, senke ihren Fuß auf den Boden und hake mir das andere Bein um die Hüfte. Ich schiebe ihren Hals zur Seite, weil ich weiß, dass sie das noch heißer macht, und küsse sie so, wie sie es verdient, geküsst zu werden. Schön. Bewundernd. Leidenschaftlich. Ich flechte meine Finger in ihr Haar, bin der Mann, der ich für sie sein muss. Berühre sie so, wie sie berührt werden muss, so, als wäre keine andere Frau mit ihr vergleichbar. Und wir wissen beide, dass das stimmt.

Taylor ist und war immer schon meine Taylor.

Der Gedanke hallt durch meinen Kopf, und ein leises, besitzergreifendes Knurren steigt aus meiner Kehle, während ich meine Hüften kreisen lasse, meinen Ständer so einsetze, wie ich auch meine Fingerspitzen benutzen würde, und ich bringe sie rasend schnell der Erlösung näher, von der ich weiß, dass sie sie sich verzweifelt herbeisehnt.

Meine Hände befinden sich an genau den Stellen, von denen ich weiß, dass sie sie brennen lassen: Eine zupft an einer Haarsträhne, und die andere fährt über ihre warmen Schenkel und drückt ihre Pobacken. Ich halte sie gegen die Wand gedrängt, und meine Hüften bewegen sich, ich drücke mich fester an sie, reibe meinen Schaft immer schneller über ihre Klitoris. Ich lecke über ihren Hals, sauge an ihrem Ohrläppchen und lasse meine Zunge über ihre Haut tanzen, spiele ihr vor, ich würde ihre weiche, feuchte Spalte lecken. Aber wir wissen beide, dass nicht mein Schwanz sie an diesen Punkt führen wird, sondern ich. Die Leidenschaft. Die Intensität. Wir beide, zusammen. Reine Magie.

Ich kann hören, wie ihr Atem stoßweise geht, kann spüren, wie ihr Körper an meinem zittert, dann gebe ich Taylor das, was sie von mir braucht. Ich fahre mit der Zunge ihren Hals entlang, bis zum Ansatz, und beiße hart zu. Sie keucht laut, aber ich blicke nicht auf, noch nicht. Ich vertiefe den Biss, überflute sie mit Schmerz, bis ich fühlen kann, wie sie sich anspannt. Erst da handle ich, drücke meine Erektion fester gegen sie, bewege mich schnell von rechts nach links, wieder und wieder, so schnell ich nur kann, wie zwei Finger, die hastig über ihren empfindlichen Nervenknoten reiben.

Ihr hungriges Stöhnen schwappt über mich hinweg, und ich entscheide, es ist genug, öffne den Mund und lasse meine Zunge über die Stellen wandern, an denen man noch sieht, dass ich sie gebissen habe. Als die Flut aus Endorphinen durch ihren Körper flutet, verstummt sie, und ihr Körper windet sich in meinen Armen. Ich lächle in mich hinein, lasse meine Zunge wieder ihren Hals hinaufwandern, bis ich ihren Mund erreiche. Ihre Lippen formen ein perfektes O, und ihre Augen sind geschlossen; sie ist völlig in ihrer Ekstase versunken. Sie hält sich an mir fest, wartet auf meinen Befehl, ohne überhaupt zu wissen, wie sehr ich sie jetzt in der Hand habe.

Ich fahre mit der Zunge ihre Unterlippe entlang und befehle ihr: »Komm für mich, Baby.«

Und dann, einfach so, macht sie genau das.

Mein Schwanz ist hart, zuckt, weil er Erlösung will, während sie in meinen Armen zittert und schreit.

Als sie wieder verstummt ist, streift ihr harscher Atem mein Gesicht. Und als ihr Wimmern völlig verschwunden ist, blicke ich in ihre dunklen, verschleierten Augen und flüstere an ihren Lippen: »Ich hatte es vergessen.«

»Was vergessen?«, haucht sie.

Ich knabbere an ihrer Lippe. »Ich hatte vergessen, wie gerne ich dir dabei zusehe, wie du loslässt.«

***

TAYLOR

Eine Stunde später liege ich neben Darius im Bett, und seine Finger wandern über meinen Arm. Sein bekleideter Körper neben meinem nackten. Es gefällt mir hier. Es fühlt sich sicher an. Ich weiß, ich muss über das nachdenken, was wir gerade getan haben, aber das ist etwas, womit ich mich im Moment nicht beschäftigen will. Das hier fühlt sich gut an. Zum ersten Mal seit langer Zeit bin ich glücklich. Und dabei will ich es gerade belassen.

Ich habe keine Ahnung, wie lange wir schon gemeinsam im Bett liegen, während ich an die glatte weiße Decke blicke, doch mir gefällt diese angenehme Stille. Es ist schon zu lange her, dass ich sie mit jemand anderem geteilt habe.

Zwischen Shawn und mir war es schon vorbei, bevor es überhaupt begonnen hatte. Er war eine Flucht für mich, ein Versuch, Darius zu vergessen … wie auch die anderen vor ihm. Aber weder mein Körper noch mein Geist konnten vergessen, was Darius und ich geteilt haben. Und die Erinnerung daran, wie es sich anfühlt, von ihm berührt zu werden, lässt meine Sucht mit voller Macht wiedererwachen.

Selbst jetzt will ich mehr von ihm.

»Ich möchte, dass du für mich arbeitest«, sagt er schließlich und bricht damit das Schweigen.

Ich seufze und richte mich auf einem Arm auf, um ihn besser ansehen zu können. »Und wie kommst du auf diese Idee?«

»Es ist nur logisch«, erklärt er und fährt fort, meinen Arm zu streicheln. »Bei Bennett Inc. wärst du geschützt. In mein Gebäude kommt ein Reporter weder rein noch raus, und wir haben auch eine Tiefgarage.«

Ich denke über sein Angebot nach. »Lass mich raten, dieses Gespräch gehört zu der *Hier geht es nicht darum, dich zu retten, sondern mich*-Sache?«

Er grinst und hebt die Augenbrauen. »Ja, also leg dich gar nicht erst mit mir an.«

»Glaube mir, ich weiß, dass es nichts bringt, sich mit dir zu streiten.« Wenn Darius in seinem Leben eins gemeistert hat, dann mindestens ebenso charmant zu sein wie überzeugend.

»Ich brauche ein paar Tage, um die richtige Stelle für dich bei Bennett Inc. zu finden«, fährt er fort und streicht mir das Haar von der Schulter. »Aber bis Mittwoch habe ich einen Job und auch ein Büro für dich. Okay?«

Ich schweige, knabbere an meiner Unterlippe und denke über dieses Angebot nach.

Er dreht sich auf die Seite, das Gesicht zu mir gewandt, und ich öffne den Mund, um ihm zu antworten, doch er verhindert das, indem er seinen Finger auf meine Lippen legt. »Du bist stark. Du brauchst mich nicht – vor allem keinen Mann –, um dir zu helfen. Aber du wirst mein Angebot annehmen, eben weil du weißt, dass ich weiß, wie stark du bist, und weil du meine Hilfe nicht brauchst.«

Manchmal ist dieser Kerl zu schön, um wahr zu sein. »Es ist nur … ich wollte das wirklich selbst schaffen.«

»Ja, das weiß ich.« Er lächelt mich lieb an. »Aber die Dinge haben sich geändert. Wenn du deinen neu erworbenen Ruf nicht zu deinem Vorteil einsetzen willst, warum sich dann überhaupt die Mühe machen? Wenn du für mich arbeitest, wirst du dich überhaupt nicht mit den Paparazzi abgeben müssen. Und dir fällt der Job ja nicht in den Schoß, Taylor. Du arbeitest in der Personalabteilung und machst genau das, wofür du ausgebildet wurdest. Du verdienst den Job. Du hast hart dafür gearbeitet.«

Okay, auf gewisse Weise verstehe ich ihn ja. Ich weiß, die Paparazzi werden echte Nervensägen sein. Und ich kann mir vorstellen, dass Bennett Inc. sehr diskret ist, wenn es um Geheimnisse geht. Logisch betrachtet weiß ich, dass ich nicht pausenlos über die Schulter blicken muss, nur um sicherzugehen, dass meine Kollegen nicht heimlich Fotos von mir machen. Aber natürlich will ich mich nicht mehr emotional von jemandem abhängig machen. Doch die Dinge haben sich geändert, und das kann ich nicht ignorieren. Ich will nicht, dass meine Geheimnisse auf dem Cover eines Magazins erscheinen. »Okay, und danke. Ich werde Mittwochmorgen da sein. Zufrieden?«

»Sehr.« Er legt den Arm hinter seinen Kopf, wobei sein Hemd an der Seite hochrutscht und seine gebräunten Bauchmuskeln entblößt. »Und jetzt sag mir, wie hoch die Schulden sind, die du deinem Ex zu verdanken hast.«

Meine Laune sinkt schlagartig wieder. »Und woher willst du wissen, dass es die Schulden meines Ex und nicht meine Schulden sind?« Ich traue Darius immer noch zu, dass er meine finanzielle Situation durchleuchtet hat, wenn er das Gefühl gehabt hat, mich damit beschützen zu können.

Er sieht mich an, und seine Finger tippen auf meine Nase. »Bevor du dir überlegst, wie du mich am besten umbringst, weil ich in deinem Leben herumgeschnüffelt habe, sollte ich dich daran erinnern, dass ich dich sehr gut kenne. Und das Letzte, was du tun würdest, ist, dich unter einem Schuldenberg begraben zu lassen.«

»Oh«, sage ich.

»Oh.« Er grinst und sieht seinem Finger dabei zu, wie er meinen Arm streichelt. »Also sag mir: Wie viele Schulden hat er dir hinterlassen?«

Der Exfreund, um den es hier geht, ist der Typ, mit dem ich vor Shawn zusammen war und der wegen Scheckbetrugs ins Gefängnis musste. Was mich noch immer schockiert. Der Typ wirkte überhaupt nicht wie ein Betrüger; selbst Allie hat ihn sehr gemocht, was der Grund war, weswegen ich ihm überhaupt Geld geliehen habe. Ich hasse es wirklich, das zugeben zu müssen. Es gibt mir das Gefühl, unverantwortlich zu sein. Aber ich weiß auch, dass es nicht meine Schulden sind. »Ein Kredit über zehntausend Dollar.« Ich sehe auf Darius' Kinn, weil ich ihm nicht in die Augen blicken kann, und füge hinzu: »Mein Ex, mit dem ich vor Shawn zusammen war, hatte sie sich geliehen, weil er sich einen Truck kaufen wollte.«

»Und er hat es dir nie zurückgezahlt?«

»Nein.«

»Hmpf«, grummelt Darius.

Ich weiß nicht, was er gerade denkt, bis er einen Finger unter mein Kinn legt und mich dazu bringt, meinen Blick zu heben. Er starrt mich verärgert an. »Zehntausend Dollar ist keine große Summe.«

»Für mich schon«, schieße ich zurück. Verdammt, in den letzten drei Jahren habe ich versucht, den Schuldenberg abzutragen, aber mir scheint, ich habe nur die Zinsen zurückzahlen können. Ich habe versucht, das Geld von den Eltern meines Ex zurückzubekommen, doch sie waren ebenso nutzlos, wie er es war.

»Mag sein, dass es jetzt eine Menge Geld für dich ist, aber für mich nicht«, erwidert Darius sanft, stützt sich auf seinen Arm und den Kopf auf seiner Hand auf. »Diese Summe kann ich jederzeit auf dem Aktienmarkt verlieren.«

Wow. Wie das wohl sein muss? Ich kann es mir nicht einmal vorstellen, und ich schätze, das lässt mich auch ziemlich stolz auf Darius sein. Er ist nicht arrogant, wenn es um sein Geld geht, auch wenn er es gerne besitzt. Reich zu sein ist für ihn mehr eine Tatsache als etwas, was er anderen Leuten unter die Nase reiben kann.

Er atmet lang und tief ein, ehe er fortfährt: »Außerdem sind das nicht deine Schulden. Darum gibt es auch keinen Grund für dich, dir Sorgen darum zu machen, wenn ich sie für dich begleiche.«

Ich kann die Anspannung in seinen Augen sehen. Darin liegt eine Entschlossenheit, die ich nur zu gut kenne. Ich weiß, er wird sich nicht umstimmen lassen. Und ich weiß, dass, selbst wenn ich jetzt Nein sage, er wahrscheinlich seine Beziehungen spielen lassen wird, um herauszufinden, bei welcher Bank der Kredit besteht, und er wird ihn tilgen, egal, was ich will, denn Darius ist nun einmal so. »Ich kann das Geld nicht einfach als Geschenk annehmen. Es muss ein Kredit sein.«

»Das ist absurd«, sagt er schnaubend und sieht mich stirnrunzelnd an. »Ich muss dir keine zehntausend Dollar leihen.«

Sein Haar fällt ihm ins Gesicht, und in diesem Augenblick sieht er wie der sorgenfreie Typ aus, in den ich mich verliebt habe. So entspannt. So frei. »Egal ob das stimmt oder nicht, es sind noch immer meine Schulden.«

»Nein«, erwidert er mit harter Stimme. »Es sind die Schulden dieses Idioten.«

Ich lache leise. »Okay, in dem Punkt hast du recht, aber ich habe diesem Idioten das Geld gegeben. Das hier ist das Resultat meiner eigenen schlechten Entscheidung.« Darius blickt mich finster an, also gebe ich ihm die einzige Antwort, von der ich weiß, dass sie ihn auf meine Seite ziehen wird: »Ich bin dir dankbar, dass du einspringen und mich retten willst, aber ich muss jeden Tag noch in den Spiegel schauen können. Es muss ein Kredit sein, anders geht es nicht.«

Er zögert. »Na schön«, stimmt er mir schließlich zu. »Es ist ein zinsloser Kredit, den du abbezahlen kannst, und ich muss sagen, das ist lächerlich.«

Ich ignoriere seinen Kommentar, setze mich ein wenig auf und sehe ihm in die Augen. »Und da wir gerade über meine Finanzen sprechen: Dieser Job, den du für mich arrangieren wirst – ich will, dass die Bezahlung fair und nicht übertrieben hoch ist, weil du denkst, ich verdiene das.«

Er schüttelt frustriert den Kopf, sinkt wieder auf das Bett zurück und schließt die Augen. Offensichtlich habe ich seinen Plan vereitelt. »Du bist eine seltsame Frau«, grummelt er.

Ich weiß, ich sollte irgendetwas Kluges darauf antworten, aber ihn auf dem Rücken liegend mit offenem Hemd zu sehen, hat mir die Sprache verschlagen. Gott, er ist so wahnsinnig männlich. In den letzten Jahren, in denen ich Darius nicht mehr nackt gesehen habe, hat sich sein Körper verändert. Er ist breiter, die Muskeln definierter, und ich fahre mit meiner Hand über seine harten Bauchmuskeln. Ich kann unmöglich meine Finger bei mir behalten, wenn ich solch einen Mann in meinem Bett habe.

Er schlägt ein Auge auf und murmelt: »Willst du mehr?«

Ich kichere und hocke mich rittlings auf ihn, die Beine um seine Taille geschlungen. »Bei dir klingt es, als wäre das etwas Schlechtes?«

»Es ist ja auch etwas Schlechtes.« Er knurrt, als ich meine Hüften bewege und mich an seiner bereits harten Länge reibe. »Du machst es mir unglaublich schwierig, mich daran zu erinnern, warum ich dich nicht berühren sollte.«

Ich grinse und bewege meine Hüften auf eine Weise, von der ich weiß, dass sie ihm gefällt. »Na ja, ich mache das, weil du mich berühren solltest.«

Da schlingt er die Arme um mich, vertauscht unsere Positionen und rutscht zwischen meine Schenkel. Jetzt, wo er über mir thront, spüre ich nicht seine Erektion, sondern seine Finger, die meine heiße und feuchte Spalte streicheln. »Ist es das, was du willst, Prinzessin?«

Ich drücke den Rücken durch, und Hitze fließt durch mich hindurch. »Ja. Ich will dich. In mir.«

Er vergräbt das Gesicht an meinem Hals und lässt einen seiner Finger tief in mich gleiten. »Ich bin in dir.«

»Das meinte ich nicht.« Aber, oh Gott, er fühlt sich so gut an.

»Oh, ist das nicht das, was du wolltest?« Er lässt noch einen Finger in mir verschwinden, streichelt mich langsam und erhöht meine Lust. Sein leises, scharfes Lachen streift mein Ohr. »Dir scheint es aber zu gefallen, wie ich in dir bin.« Er bewegt seine Finger jetzt hinein und hinaus, und seine Handfläche hält er dabei gegen meine Klitoris gedrückt. »Gefällt es dir nicht, wie ich dich berühre?«

»Gott, doch«, keuche ich und beiße die Zähne zusammen, um das Feuer, das er in mir entfacht hat, zu unterdrücken. »Bitte …«

Er sieht mir in die Augen. Ich sehe einen Darius, der mir unbekannt ist. Er ist so selbstbewusst, so stark – wie ein Fels, der unverrückbar ist. Er beißt mir fest auf die Lippe und sagt dann bestimmt: »Wenn ich dich würde ficken wollen, Taylor, würde ich das tun.« Er pumpt nun härter und schneller in mich, und ich drücke den Rücken durch, strecke die Zehen aus und komme meinem Orgasmus immer näher. »Aber das ist es nicht, was ich von dir will. Ich will …«

Dann werde ich von Hitze durchflutet, schwebe weit in die Höhe und kann mir nicht vorstellen, dass ich jemals wieder landen werde. Es ist nicht die Ekstase, die mich an diesem Punkt hält, sondern Darius. Es ist die Art, wie er meinen Körper behandelt. Es ist die Art, wie er über meine Seele befiehlt. Es ist die Art, wie er mich durchschaut, mich versteht.

Aber dann stürze ich zurück in die Realität, atemlos, schwerelos, und er lacht leise und küsst meine Nase. »Sonst noch irgendwelche Beschwerden darüber, wie ich mit deinem Körper umgehe?«

Ich liege einfach da, ein völlig willenloses Wesen, mit dem er machen kann, wonach auch immer es ihn verlangt. »Nö.«

***

DARIUS

Die kleine Glocke an der Holztür der Eisdiele begrüßt mich mit einem Klingeln, als ich Taylor die Tür aufhalte. Ich blicke mich schnell um, um sicherzugehen, dass uns kein Fotograf hierhergefolgt ist, und bewege mich dann erst von der Tür weg. Zur Vorbereitung für den heutigen Abend habe ich meinen Fahrer bequeme Kleidung für mich bringen lassen und ihn angewiesen, uns aus dem Parkhaus abzuholen, und als wir ausgestiegen sind, war kein Paparazzo weit und breit zu sehen. Das Einzige, worum wir uns hier drin Sorgen machen müssen, sind Handys, aber da bald Ladenschluss ist, ist die Eisdiele leer. Außer uns sind hier nur noch die Angestellten, und die stehen im hinteren Teil des Ladens und wischen den Verkaufstresen.

Cherry on Top ist eine klassische Eisdiele, mit einem gläsernen Verkaufstresen am anderen Ende des viereckigen Raums, einfachen weißen Metalltischen und Stühlen, die für die Gäste bereitstehen. Sie haben auch über fünfzig Sorten Eiscreme zur Auswahl, die man alle durch die Vitrine, die mit einer Kühlung ausgestattet ist, sehen kann.

»Du weißt wirklich, was Frauen gefällt«, sagt Taylor und betritt die Eisdiele mit einem ansteckenden Grinsen. »Zuerst … das vorhin«, Röte breitet sich rasend schnell auf ihren Wangen aus, »und jetzt das.«

Ihre Augen strahlen, und das lässt mich lächeln. »Es ist leicht herauszufinden, was dir gefällt.« Ich beuge mich hinunter und flüstere ihr ins Ohr: »Aber das kann auch daran liegen, dass ich dich und deinen Körper so gut kenne.« Als ich mich wieder aufrichte, ist ihre Röte noch etwas dunkler geworden.

Sie kichert auf sehr niedliche Weise und schüttelt ihre Hände. »Okay, genug davon.« Ihr Blick wandert quer durch den Raum, und ich kann Sorge darin erkennen. »Bist du dir sicher, dass es eine gute Idee war, hierherzukommen? Ist das nicht genau das, was wir eigentlich vermeiden sollten?«

»Zuerst einmal bezweifle ich, dass irgendjemand mich an einem Ort wie diesem erwarten würde.« Ich fasse an den Rand meines Hutes und schüttle dann die Seiten der Kapuze meines Sweatshirts. »Und wer würde mich so erkennen?« Ich trage das Oberteil mit Absicht. Niemand kann meine Haare sehen. Noch nie hat mich die Öffentlichkeit in solch einem Aufzug gesehen.

»Na ja …« Sie sieht über ihre Schulter zu der Theke und grinst schließlich wieder mich an. »Dann machen wir es schnell.«

»Gute Wahl«, erwidere ich und folge ihr zur gegenüberliegenden Seite des Raums. Ihr Schritt ist leicht, sie ist eindeutig gut drauf, und aus irgendeinem Grund macht mich das glücklicher, als ich es seit einer langen Zeit gewesen bin.

Und es bestätigt mich darin, dass ich gerade das Richtige mache. Ich kann etwas mehr von der freien und fröhlichen Taylor von früher in ihren Augen sehen, und mein Schmerz verblasst ein wenig.

Als ich die Theke erreicht habe, zögere ich keine Sekunde. »Zwei Eisbecher mit heißer Schokoladensoße, bitte«, bestelle ich.

Der Verkäufer beeilt sich, meine Bestellung zuzubereiten, und ich könnte schwören, ich habe gesehen, wie Taylor das Wasser im Mund zusammenlief, bevor sie zu mir herumwirbelt und die Arme verschränkt. »Und woher wollen Sie wissen, dass ich nicht lieber etwas anderes will, Mister?«

Ich hebe die Augenbrauen. »Willst du denn etwas anderes?«

Sie zögert. Dann lacht sie und lässt die Arme sinken. »Na ja, nein, aber ich beginne es zu hassen, dass ich in deiner Nähe so berechenbar bin.«

»Das ist nichts Schlimmes.« Es bedeutet, dass sie noch immer meine Taylor ist.

»Ich schätze, das ist es wirklich nicht.« Sie lächelt wissend. »Außerdem bin ich nicht die Einzige, die sich nicht sonderlich verändert hat. Du auch nicht … du bist noch immer der Held, der herbeigeeilt kommt, um alle zu retten.«

Ich schnaube. »In deinen Augen vielleicht.« Nur in deinen Augen. Denn die einzigen Menschen, für die ich jemals etwas Gutes getan habe, sind Taylor und Allie, und der einzige Grund dafür ist, dass mich beide Frauen schwach machen. Es ist die Süße und die Weichheit, die sie an sich haben; sie hüllen mich mit dieser Wärme und Güte ein und bringen mich dazu, Dinge zu tun, die ich sonst nie machen würde. Wie mich, beispielsweise, um sie zu kümmern.

In diesem Augenblick bringt der Verkäufer die beiden Eisbecher, und nachdem ich bezahlt habe, folge ich Taylor zu einem kleinen Tisch in der Ecke, weit weg von den Schaufenstern. Sie setzt sich hin und beginnt, ihr Eis herunterzuschlingen, ohne mich auch nur anzusehen.

Ich lächle und nehme einen Löffel voll Eiscreme. Das ist mein Mädchen. Sie liebt unglaublich intensiv und gibt sich dieser Liebe vollkommen hin. So wie jetzt ihrer Liebe zu Eiscreme und ihrer Unfähigkeit, mit mir sprechen zu können, weil sie den Mund voll hat.

Aber leider weiß ich, wir müssen reden, und bloß aus dem Grund befinden wir uns in der Öffentlichkeit. Ich glaube nicht, dass ich es schaffen würde, diese Unterhaltung mit ihr in der Wohnung zu führen. So wie ich uns kenne, würde es eher darauf hinauslaufen, dass sie nackt und gevögelt daliegt und ich es anschließend bereuen würde. »Wir müssen darüber reden, wie sich das Ganze entwickeln soll, bevor wir zu weit gehen.«

Taylor hebt den Kopf und hat Schokoladensoße im Mundwinkel. Ich lache leise, wische sie weg und lutsche die Schokolade von meinem Daumen, anstatt das zu tun, was ich eigentlich machen wollte, nämlich meinen Daumen in ihren Mund zu schieben und diesem Schmollmund dabei zuzusehen, wie er sich um mein Fleisch legt.

»Worüber müssen wir reden?«, fragt sie und sucht meinen Blick.

»Uns«, erwidere ich.

»Uns?« Sie nimmt einen weiteren Löffel mit Eiscreme und leckt den Löffel ab.

Ich runzele die Stirn, angesichts ihres Versuchs, mich von diesem Gespräch abzulenken, von dem ich jetzt weiß, dass sie es vermeiden will. »Wenn du dein Eis weiterhin so isst, wirst du uns mitten in dieser Eisdiele in eine kompromittierende Lage bringen.« Es ist keine Drohung. Es ist ein Versprechen.

Ihr kehliges Lachen hilft nicht dabei, den plötzlichen Druck in meinem Schwanz aufzulösen. »Uh!« Wieder leckt sie auf die gleiche laszive Weise an ihrem Löffel, von der sie genau weiß, dass ich sie auch an meinem Schwanz mag. »Das klingt, als würde es Spaß machen.« Sie wackelt mit den Augenbrauen.

»Ah, Prinzessin, Spaß würde es bestimmt machen«, erwidere ich und senke die Stimme. »Aber willst du wirklich, dass ich dich, mit dem Rock bis über die Hüften geschoben und mit weit gespreizten Beinen, auf den Tisch hier werfe, damit ich dich lecken kann?«

Ihr bleibt der Mund offen stehen, die Augen sind weit aufgerissen, bis sie sich wieder gefangen hat und mich auslacht. »Das würdest du niemals tun.«

Ich hebe die Augenbrauen. »Wollen wir wetten?« Sie betrachtet mich einen Moment und ist dann klug genug, sich den Löffel ganz in den Mund zu schieben. »Besser«, sage ich ernst. Es gefällt mir nicht, von ihrem Mund gereizt zu werden, außer ich bitte darum, und das weiß sie auch. »Also, wie ich bereits sagte, wir müssen darüber reden, was vorhin passiert ist.«

»Warum?« Sie steckt den Löffel in ihren Eisbecher, lehnt sich zurück und sieht mich stirnrunzelnd an. »Ich meine, können wir nicht einfach Spaß haben und es dabei belassen?«

In unserer früheren Beziehung wäre das möglich gewesen. Aber dieser Mann bin ich nicht mehr. Meine vergangenen Beziehungen hatten klare Regeln und Grenzen. »Natürlich können wir Spaß haben und alles ganz locker sehen.« Oh Gott, ich hoffe, dass sie das kann. Es gibt nichts, was ich mir mehr wünsche, als mich tief in ihr zu versenken. Meine Eier stehen, im wahrsten Sinne des Wortes, kurz davor zu platzen. »Aber ich muss von dir hören, dass du es schaffst, das zwischen uns nicht allzu ernst zu nehmen.«

Ihr Stirnrunzeln vertieft sich, und ihre Augen sind fast zusammengekniffen. »Ich bin nicht mehr das junge Mädchen, das du einmal kanntest, Darius. Ich hatte schon früher bedeutungslose Affären.«

Meine Brust wird mir eng. Ich hasse ihre Antwort. Aber ich hatte es verdient, sie zu hören. Ich habe mit ihr Schluss gemacht. »Glaub mir«, sage ich schnaubend, »dessen bin ich mir voll und ganz bewusst.«

»Warum machst du dir dann Sorgen?« Sie nimmt noch einen Löffel voll Eiscreme und schluckt sie schnell herunter.

»Ich mache mir Sorgen darum, dass ich dir wehtun könnte«, gebe ich zu. Ich mache mir Sorgen, dass das, was ich dir gebe, nicht genug ist, und dann werde ich dir wieder das Herz brechen.

»Das musst du nicht«, erwidert sie und schiebt den Löffel wieder in ihre Eiscreme. »Das, was wir machen, ist okay. Ich kann damit umgehen. Ich bin ein großes Mädchen.«

Doch das ist sie nicht. Sie ist zehn Jahre jünger als ich, und verglichen mit den Frauen, mit denen ich außer ihr zusammen gewesen bin, ist sie fast noch eine Jungfrau. »Wie du bereits gesagt hast, bist du nicht mehr dieselbe Frau, aber ich bin auch nicht mehr derselbe Mann, an den du dich von früher erinnerst.« Ich stütze mich auf dem Tisch auf, beuge mich näher zu ihr und bin froh, dass sich keiner der Mitarbeiter der Eisdiele in unserer Nähe befindet. »Ich spreche das nicht an, weil ich mir Sorgen mache, du würdest mit einer lockeren Beziehung Probleme haben. Ich will sichergehen, dass es das ist, was du willst … was du brauchst.«

Sie legt den Kopf zur Seite, und ihre klugen Augen strahlen. »Also fragst du mich, ob es mich im Moment glücklich machen würde, wenn ich ohne Verpflichtungen mit dir zusammen wäre?«

Ich nicke.

»Ja.« Sie lächelt sinnlich. »Gerade würde es mich sehr glücklich machen, mit dir zu vögeln.«

Angesichts ihrer kühnen Antwort muss ich leise lachen, aber dann lasse ich mein Lächeln verschwinden. »Falls es jemals nicht genug sein sollte, will ich nicht, dass du das Gefühl hast, du könntest es mir nicht sagen. Ich will, dass du es mir sagst. Verstanden?«

Sie schnaubt und rollt mit den Augen. »Oh Mann, wann bist du nur so ernst geworden?«

»Ich werde keine Spielchen spielen«, sage ich mit fester Stimme. »Ich muss wissen, dass du nicht verletzt wirst und du dir vollkommen im Klaren darüber bist, was wir tun.« Ich bin, wer ich bin. Und ich werde mich dafür auch nicht entschuldigen. Ich bin kein Romantiker. Ich gebe, was ich kann, und das sind Leidenschaft und Ekstase. Taylor mag nicht so devot sein wie die Frauen, mit denen ich während jener Zeit in meinem Leben gespielt habe, wenn ich in die Rolle des Doms geschlüpft war, aber die Regeln sind im Groben die gleichen. Ich muss eine klare Grenze ziehen, die keiner von uns beiden überschreiten darf. Ich weigere mich, sie jemals wieder weinen zu sehen.

Sie beugt sich vor und sagt sehr ernst: »Ich weiß ganz genau, was ich mache, und ich will es mit dir machen.« Sie nimmt ihren Löffel wieder zur Hand und führt ihn zum Mund.

Ich sehe ihrer Zunge dabei zu, wie sie langsam und lasziv über den Löffel streichelt, und mein Schwanz zuckt eifersüchtig, bevor ich den Blick wieder zu ihrem Gesicht hebe. »Das ist wirklich zu schade.«

»Oh, und warum ist es zu schade?« Ich bin mir sicher, sie will mich herausfordern, als sie sich näher zu mir beugt. »Du siehst nämlich so aus, als wolltest du mich jetzt sofort auf diesem Tisch nehmen.«

Ich streichle mit der Hand über ihre warme Wange und packe ihren Nacken. »Weil es das ist, was du willst, und das ist nicht das, was ich gerade will.«

»Und was ist es, das du willst?«, fragt sie mit rauer Stimme.

Meine Finger packen fester zu, halten sie in meinem Griff gefangen, und ich kann unter meinem Daumen fühlen, wie ihr Puls schneller geht. »Ich will dich für deine Zunge und die teuflische Weise, mit der du mich reizt, bestrafen.«

Sie grinst verführerisch. »Dann mach es doch.«

Kapitel 6

DARIUS

Der Dienstagmorgen verging schnell und ohne besondere Vorkommnisse. Als ich am Nachmittag, kurz vor meinem Meeting am Mittag, den Irish Pub, das *O'Keefe's*, betrete, stehen Micah und Ryder in der Nähe der Billardtische, und bei ihnen ist Gabe O'Keefe, der Besitzer der Kneipe und auch letztes Mitglied unserer geheimen Gruppe, dem Dominant's Council.

Ich habe schlechte Laune, weil ich ständig erregt bin. Letzte Nacht habe ich Taylor vier Orgasmen versagt, bis ich ihr endlich erlaubt habe, dank meiner Zunge zu kommen – als Bestrafung dafür, dass sie mich so gereizt hatte. Heute will sie mir noch immer nicht aus dem Kopf gehen. Meine Selbstbeherrschung, die mich bisher davon abgehalten hat, tief in sie zu stoßen, wird schwächer. Ich muss mir selbst viel zu oft in Erinnerung rufen, dass ich das Ganze langsam angehen muss, auch wenn sie unserem Arrangement zugestimmt hat.

Im Augenblick vertraue ich mir selbst nicht, wenn es um sie geht. Sie nimmt mir, Stück für Stück, meine Stärke, und wenn sie mich so ansieht, als würde sie mich so sehr begehren, werde ich schwach und gebe ihrem Verlangen nach. Aber bevor ich nicht sicher bin, dass sie mit so einer lockeren Beziehung umgehen kann, werde ich nicht weitergehen. Ich kann nicht riskieren, dass ich diese Situation noch schlimmer mache.

Die Sohlen meiner teuren Schuhe klacken auf dem Parkettboden. Gabes haselnussbraune Augen treffen auf meine, und er nickt mir grüßend zu. Er sitzt an dem aufgearbeiteten Holztisch auf der anderen Seite des Pubs. Mit vierunddreißig Jahren ist er der Jüngste in der Gruppe, und er geht noch eindeutig sehr in dem auf, wofür diese Gruppe aus Männern steht.

Früher hat uns allen unsere Machtposition in San Francisco alles bedeutet. Ebenso wie die Aufregung über unser kleines schmutziges Geheimnis, nämlich, dass wir die Besitzer von Sexclubs sind, in denen man die dunkleren Seiten der körperlichen Liebe genießen kann. Aber als ich Micah und Ryder anschaue, sehe ich nur noch Männer Mitte dreißig, die nicht hier sind, weil das ihre Pflicht als Mitglieder des DCs ist, sondern weil wir so eng befreundet sind. Wir haben unsere Fantasien ausgelebt. Wir haben geschäftlich alles erreicht, was man erreichen kann.

Unsere Gruppe beginnt sich zu verändern, und ich kann diese Veränderung spüren, als ich mich, Ryder gegenüber, neben Micah setze. »Tut mir leid, dass ich zu spät bin«, sage ich zu der Gruppe im Allgemeinen.

»Kein Problem«, antwortet Gabe und fährt sich mit der Hand durch sein verwuschelt zurechtgemachtes dunkelbraunes Haar. Sein T-Shirt und die Jeans verraten nicht gerade, dass er Multimillionär ist, denn Gabe arbeitet in seiner Bar und hat einen Manager engagiert, der sich an seiner Stelle um die geschäftlichen Angelegenheiten seiner Kette von Irish Pubs kümmert. »Kann McKenna dir etwas zu trinken besorgen?«

Ich sehe, dass alle etwas trinken, und nicke.

Gabe winkt der Barkeeperin, und als die hübsche Blondine in den engen Skinny Jeans und dem T-Shirt mit dem *O'Keefe's*-Logo sich dem Tisch nähert, folgen ihr die Blicke aller Männer im Raum. Bloß Micah grinst mich breit an, da er genau weiß, ich würde ihn erwürgen, wenn ich mitbekommen würde, wie er einer anderen Frau nachsieht.

»Ich nehme ein Heineken«, sage ich zu ihr.

»Kommt sofort.« Sie schlendert davon, um mir meine Bestellung zu bringen.

Gabes Blick folgt ihr, und ich muss leise lachen. Diese Frau hat ihn in ihren Bann geschlagen, und das Beste daran ist, dass er kein Geheimnis daraus macht. Aber so ist Gabe. Ihm ist kaum etwas peinlich. »Du solltest deine Zunge wieder in den Mund stecken«, sage ich zu ihm. »Du wackelst ja schon damit.«

Gabe lacht bellend und wendet sich mir zu. »Ich würde meine Zunge gerne ganz woandershin stecken: tief in sie.« Gelächter bricht am Tisch aus, und Gabe fährt fort: »Aber wie es aussieht, hat das Katz-und-Maus-Spiel begonnen.«

Wir wollen wahrscheinlich alle mehr wissen, doch McKenna kommt zurück und stellt mein Bier vor mir ab.

»Danke.« Ich lächle sie an.

Sie erwidert mein Lächeln und sieht dann die anderen an. »Möchte noch jemand etwas?«

»Nein«, sagt Gabe. »Das wäre für den Moment alles. Danke, McKenna.« Sie schenkt ihm ein flüchtiges freches Grinsen und kehrt dann zur Bar zurück. Erst, als sie sich außer Hörweite befindet, spricht er weiter: »Aber wir alle wissen, ich liebe die Jagd, und ich bin noch nicht bereit, sie so einfach aufzugeben.« Er atmet lang und tief durch, lehnt sich zurück und konzentriert sich wieder auf den eigentlichen Grund, aus dem wir hier sein. »Okay, wir haben nicht viel Zeit, bis der Pub aufmacht, also warum hast du dieses Meeting einberufen?«, fragt er Micah.

Micah sieht zu McKenna, um sicherzugehen, dass sie nicht heimlich zuhört, und wendet sich dann an die Gruppe. »Mir ist bewusst, dass wir nicht ausgerechnet hier über persönliche Dinge reden sollten.« Womit er Dinge meint, die das DC betreffen, was auch stimmt. Wir reden nur über den DC, wenn wir uns in einem abhörsicheren Raum befinden. Dabei sprechen wir oft über die Pläne, die wir für unsere Clubs haben, um sicherzugehen, dass wir einander nicht ins Gehege kommen. Er fährt fort: »Aber …«

»Du willst raus?«, kommt Gabe ihm zuvor.

Micah lacht schnaubend, beugt sich vor, die Arme auf dem Tisch abgestützt. »Ist es so offensichtlich, mhm?«

»Es steht dir schon seit Monaten ins Gesicht geschrieben«, fährt Gabe fort und sieht bloß Micah an. »Dein Leben hat sich verändert und damit auch deine Prioritäten. Wird Juliet sich ab jetzt um alles kümmern?« Juliet war früher Micahs Sub, der er in den letzten Jahren Stück für Stück die Kontrolle über seinen Sexclub, das *Impulse*, gegeben hat.

Micah nickt. »Ist es okay, wenn du mit ihr sprichst, ohne dass ich dabei bin?«

»Natürlich«, bestätigt Gabe. »Ich habe damit kein Problem.«

Micah sieht mich an, und ich muss lachen. »Du weißt, dass ich deine Entscheidung gutheiße.« Die Tatsache, dass Micah von seiner Rolle im DC zurücktritt, weiß ich zu schätzen. Es bedeutet, dass Allie die einzige Frau ist, die ihm noch etwas bedeutet. Es beweist mir auch, dass er das Leben, das er früher geführt hat – ein Leben voller Geheimnisse, Sex und Verführung –, nicht mehr will. Er will ein ruhigeres Leben, das er meiner Halbschwester widmet, und das ist genau das, was sie verdient hat.

Micah nickt mir fest zu und sieht dann Ryder an. »Und du?«

»Das ist eine gute Sache.« Ryder lächelt, verschränkt die Hände hinter dem Kopf und streckt sich. »Abgesehen davon, falls es zwischen Allie und dir nicht funktioniert …« Sein Blick huscht zu mir, und er lacht leise. »Was ich damit sagen wollte: Falls sich etwas in deinem Leben ändern sollte, weißt du, dass du immer zurück an den Tisch kommen kannst.«

»Danke«, erwidert Micah.

Ich schweige und sage nichts weiter zu dem Thema. Auch wenn ich Micahs Entscheidung, das DC zu verlassen, verstehen kann, denn meine Bindung daran ist auch nicht mehr so eng, wie sie früher einmal war.

Als junger Mann habe ich nach Frauen gesucht, die devot und bereit waren zu spielen, sodass ich meine dunklen Fantasien ausleben konnte. Ich brauchte meinen Club, um diese Art von Frauen finden zu können und damit ich die Diskretion hatte, derer es bedarf, um nicht in einen Sexskandal verwickelt zu werden. Aber mittlerweile gibt es keine Fantasie, die ich noch nicht ausgelebt habe, und das Verlangen, das ich früher einmal verspürt habe, ist leiser geworden, und sogar ich weiß, dass ich nach der nächsten Sache suche, die mir das Hoch beschert, das ich früher erlebt habe.

Als mir dieser Gedanke kommt, wird mir klar, warum die Boulevardblätter solch ein großes Interesse an Taylor haben. In den letzten Monaten war mein Leben recht langweilig. Ich gehe nicht mit Frauen aus, weil ich bei meinem vollen Terminkalender keine Zeit für eine Beziehung habe. Ab und zu habe ich Sex mit Frauen, die etwas von mir haben wollen, und dann geben sie mir das, was ich haben will, nämlich den verdorbenen Sex, den ich aufregend finde. Aber wenn unsere Arrangements auszulaufen beginnen, gebe ich ihnen, was immer sie wollen, was mir ihre Loyalität und ihr Schweigen erkauft. Einer dieser Frauen habe ich dabei geholfen, an eine Filmrolle zu kommen, was der Fuß in der Tür war, den sie gebraucht hat. Einer anderen Frau habe ich eine Ausbildung als Krankenschwester verschafft. Sie waren devot, und ich, als ihr Dom, habe mich um sie gekümmert, nachdem unser Arrangement beendet war.

Doch ich schätze, diese Art von Arrangement interessiert mich einfach nicht mehr. Ich hatte seit einem guten Jahr keinen Sex mehr. Was Taylors Verführungsversuche nur umso grausamer macht. Und da mein Schwanz noch immer halb hart von ihrer Folter ist, weiß ich, dass ich es genießen würde, wenn ich diesen ganzen Frust an ihrem Körper auslassen würde.

»Jetzt, da wir das aus dem Weg haben …«, sage ich zu der Gruppe, während ich meine Gedanken wieder darauf konzentriere, dass Taylor in Sicherheit sein muss, und ich weiß, dass wir gerade ganz andere Probleme haben, »… müssen wir darüber sprechen, was mit der Boulevardpresse los ist.«

»Ja, da stimme ich dir zu«, schaltet Micah sich ein und stellt seine Bierflasche wieder auf dem Tisch ab, nachdem er einen Schluck daraus genommen hat. »Aber bevor wir das eingehender besprechen: Wie geht es Taylor heute, nach der Story von gestern?«

»Wer ist Taylor?«, will Gabe wissen.

»Meine Exfreundin«, erkläre ich Ryder und Gabe, »die wegen mir in der *Gotcha!* gelandet ist. Und ich würde sagen, sie schlägt sich gerade ganz gut.«

Frustration ist auf den Gesichtern der anderen Männer zu sehen, und ich weiß auch warum. Niemand von uns hat eine gute Beziehung zur Boulevardpresse. Die Öffentlichkeit liebt diese furchtbaren Zeitschriften, aber niemand denkt darüber nach, was die Geschichten darin mit dem Leben anderer Leute machen. »Ich habe heute Morgen mit ihr gesprochen, und sie verbringt den Tag heute im Haus ihrer Eltern, um ihnen klarzumachen, dass wir nicht zusammen und die Fotos von uns beiden ganz unschuldig sind.« Ich nehme rasch einen Schluck von meinem Bier und genieße den süßen Malzgeschmack. »Aber, ganz ehrlich, das kann sie im Augenblick überhaupt nicht gebrauchen.« Als ich sehe, wie verwirrt mich alle anschauen, füge ich hinzu: »Sie muss mit ihrem gewalttätigen Exfreund fertigwerden, und offensichtlich wäre es ihr lieber, wenn diese Information nicht an die Öffentlichkeit gelangen würde.«

Gabes Augen blitzen auf. »Er hat ihr wehgetan?«

»Sie hat auf der linken Gesichtshälfte einen bösen Bluterguss.« Ich reibe mir über die müden Augen. »Aber sie deckt ihn ziemlich gut mit Make-up ab, und ich weiß, dass sie Angst hatte, es würde ihr schwerfallen, einen Job zu finden, weil sie in der Klatschpresse aufgetaucht ist.«

»Ich habe Allie gesagt, sie soll ihr ausrichten, dass sie bei Holt anfangen kann«, sagt Micah.

»Und dafür danke ich dir auch. Aber ich habe sie bereits angestellt und behalte sie erst einmal in meiner Nähe.« Ich nehme noch einen Schluck von meinem Bier und spüle damit meinen Ärger über all die Dinge, mit denen Taylor sich gerade herumschlagen muss, herunter. »Aber was mir überhaupt nicht gefällt und mir die größte Sorge bereitet, ist, dass die Klatschpresse von meiner Verabredung mit ihr an diesem Abend wusste und sie uns fotografiert haben.«

»Da stimme ich dir zu«, sagt Ryder und dreht seine Bierflasche in den Fingern. »Wie hoch stehen die Chancen, dass das zufällig passiert? Du warst in letzter Zeit kaum auf dem Radar der Boulevardpresse, warum sollten sie sich also ausgerechnet jetzt für dich interessieren?«

»Genau«, pflichte ich ihm mit einem Nicken bei. Ryder versteht das, denn auch er ist nicht oft in der Klatschpresse vertreten. Meist stehen Micah und Gabe im Licht der Öffentlichkeit. Micah hasst es. Gabe nicht, denn in seinen Augen bedeutet die öffentliche Aufmerksamkeit höheren Umsatz in seiner Bar. Diese Logik kann ich verstehen.

Micah trommelt mit den Fingern auf dem Tisch herum und blickt finster drein. »Es könnte ein Zufall gewesen sein. Vielleicht wussten sie, dass Allie nächstes Wochenende bei mir einzieht. Vielleicht waren die Paparazzi nur da, weil sie versucht haben, ein Foto von uns zu bekommen.«

»Das wäre möglich«, stimme ich ihm zu und sehe McKenna dabei zu, wie sie die Fernseher hinter der Bar anschaltet, bevor ich mich wieder an die Gruppe wende. »Aber egal, ob das nun stimmt oder nicht, sie wissen Dinge, die sie nicht wissen sollten, wie beispielsweise die Tatsache, dass Allie bei dir einzieht. Hast du das irgendjemandem erzählt?«

Micah lässt die Flasche sinken, die er gerade an den Mund geführt hatte, und schüttelt den Kopf. »Bisher nur euch.«

»Und darum mache ich mir Sorgen«, schließe ich.

Die meisten Dinge, die in den Boulevardblättern stehen, sind Schwachsinn, aber manche nicht, und da wird die Sache Furcht einflößend. Mit Reichtum und Macht kommen auch Menschen, die einen an die Haie verfüttern, nur um etwas von dem zu bekommen, was man selbst hat.

Die Männer um mich herum nicken, und ich füge hinzu: »Aber ich verstehe noch immer nicht, wie sie an diese Informationen gekommen sind.« Niemand in meiner näheren Umgebung – einschließlich dieser Männer und Allie – kann dahinterstecken. Unsere Loyalität zueinander bindet uns auf eine Weise aneinander, die ein Außenstehender niemals verstehen kann.

Ja, ich kann einen Skandal ertragen. Ich will einfach nur keine weiteren Kopfschmerzen dadurch bekommen. Und ich will auch nicht Hunderttausende Dollar darauf verschwenden, eine Krisenfirma zu engagieren, die meine kleinen schmutzigen Geheimnisse deckt.

Gabe sieht McKenna dabei zu, wie sie in der Bar herumläuft, um den Ton an einem der Fernseher zu richten, ehe er wieder zu uns sieht. »Es fällt einem leicht zu glauben, dass das alles zusammenhängt, aber es könnte auch alles ein großer Zufall sein.«

»Du weißt, ich glaube nicht an Zufälle«, sage ich zu ihm, weil das noch nie der Fall war. Und ich vertraue meinen Instinkten vollkommen. »Bei einem Artikel hätte ich an einen Zufall glauben können, aber sie kannten bereits zwei Mal persönliche Details über Micah und Allie, von denen sie eigentlich nichts hätten wissen können.« In einem Artikel stand, dass Micah an einer Frau interessiert ist, mit der er nicht zusammen sein darf. Und in dem zweiten Artikel war nachzulesen, dass ich nicht besonders glücklich war, als ich von der Beziehung erfahren habe. Und jetzt wussten sie, dass Allie an diesem Abend aus ihrer Wohnung ausgezogen ist.

Nicken und Stille folgen, und ich kann Gabe förmlich ansehen, wie er nachdenkt, denn er hat die Augen leicht zusammengekniffen.

Schließlich sagt er: »Lass uns abwarten, ob noch irgendein Detail herauskommt, bevor wir voreilige Schlüsse ziehen.«

Wir alle nicken zustimmend, und in diesem Moment öffnet McKenna die Eingangstür, und die Gäste strömen herein, um sich zum Mittagessen hinzusetzen.

Micah wendet sich Ryder zu und fragt hastig: »Wie läuft es mit der Tochter von Winters?«

Er spricht von Gary Winters, einem Senator aus Baltimore, für den Ryder als Bodyguard arbeitet. Ich weiß aus früheren Gesprächen, dass Garys Tochter Hadley Winters Mitglied in Gabes Club ist, dem *Afterglow*, und dass sie sich leichtsinnig verhält. Sie nimmt nicht nur an gefährlichen S&M Sessions teil, sondern ist auch noch indiskret und spielt in der Öffentlichkeit anstatt in einem der Privatzimmer.

Ryder atmet tief ein und sagt dann: »Sie scheint noch nicht bemerkt zu haben, dass wir sie bloß noch in den Privatzimmern spielen lassen, zumindest hat sie deswegen noch keine Fragen gestellt.« Ryder hatte Gabe darum gebeten. »Sie wird zu meinem Problem, und das gefällt mir ganz und gar nicht.«

Ich kann mir vorstellen, was für Probleme sich da vor ihm auftun. Ich blicke auf, sehe die Gäste, die sich auf die Bar zubewegen, und sage zu Ryder: »Wenn wir sonst nichts zu besprechen haben, hast du dann vielleicht noch eine Minute?«

»Natürlich.« Ryder leert den Rest seines Bieres.

»Ich melde mich«, sage ich zu Micah und Gabe, die mir zunicken, und die anderen verabschieden sich, ehe Ryder mir folgt. Wir gehen an den Gästen vorbei, die in den Pub strömen, nach draußen zum Eingang.

Die Nachmittagssonne scheint heiß auf uns herab, als wir uns neben meinen Jaguar stellen. Mein Fahrer wartet im Wageninnern. »Hör zu, ich muss dich um noch einen Gefallen bitten«, sage ich zu Ryder.

Er schiebt die Hände in seine Cargohose. »Was kann ich für dich tun?«

»Na ja, um genau zu sein, muss mir diesen Gefallen jemand anders tun«, erkläre ich. Ich kann nur daran denken, Taylor zu beschützen, weil ich weiß, wenn ich das nicht tue, steht ihr Glück wieder auf der Kippe.

Ryder beginnt zu lächeln. »Jetzt bin ich aber neugierig.«

»Gut«, erwidere ich. »Denn du musst dein größtes Verhandlungsgeschick aufbieten, damit ich das bekomme, was ich brauche.«

Kapitel 7

TAYLOR

»Viel Spaß beim ersten Arbeitstag im neuen Job!«

Es ist noch früh an diesem Mittwochmorgen, ich fühle mich gut und lächle angesichts der Stimme, die mein neues Büro erfüllt. Ich hebe den Blick von meiner Tastatur und sehe zur Tür. Dort kommt gerade Allie herein, die in den Händen eine Vase mit einem bunten Blumenstrauß hält. »Danke«, sage ich und stehe auf. Wir treffen uns vor meinem Schreibtisch aus dunklem Holz, und sie reicht mir das Bouquet. »Das wäre doch nicht nötig gewesen.«

»Doch, war es.« Sie lächelt und lässt sich dann in den braunen Ledersessel vor meinem Schreibtisch sinken. »Ein neuer Job ist eine große Sache.«

Ich rieche an den Tulpen im Blumenstrauß und stelle die Vase neben den Monitor meines Mac-Computers. »Ich habe eigentlich keinen neuen Job bekommen«, erkläre ich und setze mich wieder hinter meinen Schreibtisch. »Es ist eher so, dass mir dieser Job in den Schoß gefallen ist.«

»Oh bitte«, schießt sie zurück und schlägt die Beine übereinander. »Ich kenne meinen Bruder, und er würde dir keinen Job geben, den du nicht auch verdient hast. Er hätte dich genauso gut auch in die Poststelle abschieben können.«

Ich muss lachen. »Das ist zwar wahr, aber auch sehr unwahrscheinlich.«

»Stimmt auch wieder.« Sie zwinkert und wirft ihr langes Haar, das sie heute in Locken trägt, über die Schulter zurück. »Also hör auf, es herunterzuspielen. Gib dir selbst die Anerkennung, die du verdient hast, weil du dieses atemberaubende Büro bekommen hast.« Sie betrachtet die grauen Wände und den Ausblick auf den Finanzdistrikt hinter mir, ehe sie wieder mich ansieht. »Okay, dann klär mich bitte auf. Welche Position hast du hier genau?«

»Ich bin Leiterin der Personalabteilung.«

Sie rollt mit den Augen. »Was? Wo bleibt denn da das Abenteuer? Du weißt schon, mal ein ganz anderer Job, um etwas Neues auszuprobieren? Das ist exakt die gleiche Position, die du auch schon in San Diego hattest.«

»Ja, das weiß ich, und diese Position habe ich nur inne, weil ich Darius gesagt habe, er soll mir keinen Job geben, der noch höher in der Hierarchie ist. Ich bin für diesen Posten qualifiziert, also ist das die Position, die ich will.« Ich kann ihn nicht einfach herbeistürmen und mich retten lassen, denn sonst komme ich nie aus diesem Teufelskreis heraus. »Aber ganz ehrlich, ich bin einfach nur dankbar. Nach der ganzen Sache mit den Boulevardblättern hätte ich es schwergehabt, einen Job zu finden. Er hat mich gerettet.«

Allie nickt. »Darin ist Darius sehr gut.«

Ich wusste, dass sie das verstehen würde. Darius hat sie davor bewahrt, bei Pflegeeltern zu landen. Doch so ist er einfach, rettet immer alle, lässt allerdings niemanden zu nah an sich heran. »Ja, das ist er«, stimme ich ihr zu und sehe, wie ein Mitarbeiter, den ich noch nicht kenne, an meinem Büro vorbeigeht.

»Aber leider«, fügt Allie hinzu und lenkt meine Aufmerksamkeit damit wieder auf sich, »wirst du dich an die Klatschblätter gewöhnen müssen, wenn du dich weiterhin in Darius' und meiner Nähe aufhältst. Weder mein Bruder noch ich können das verhindern; die Regenbogenpresse gehört zum Gesamtpaket dazu.«

»Das stimmt«, pflichte ich ihr bei. »Aber ich kann mich klug verhalten und mich so weit von den Fotografen fernhalten wie nur möglich.« Das Letzte, was ich will, ist, dass meine schmutzige Wäsche auf der Titelseite eines Magazins erscheint. »Gott, ich habe gestern den ganzen Tag damit zugebracht, Mom davon zu überzeugen, dass Darius und ich kein Paar sind, und ganz im Ernst, das Letzte, was ich will, ist, dass irgendjemand von Shawn erfährt.«

»Hat deine Mom dir geglaubt?«

Ich zucke mit den Achseln. »Ich denke, sie will es einfach glauben. Du weißt ja, wie sie ist, eine hoffnungslose Romantikerin.«

Allie nickt. »Na ja, sie weiß nicht, was genau mit ihm vorgefallen ist und wie sehr er dich verletzt hat.«

»Das stimmt«, gebe ich zu.

»Wo wir gerade von der Klatschpresse sprechen: Hast du das hier schon gesehen?« Sie greift in ihre Tasche und zieht eine Zeitschrift heraus.

Ich beuge mich über den Schreibtisch, um mir das Cover anzuschauen, und angesichts dessen, was ich da sehe, kann ich meinen Schock nicht verbergen. »Wann wurde das gemacht?«

»Ich schätze, gestern Abend«, sagt Allie, »denn in dem Artikel steht, dass Darius und diese Lady in einem Restaurant gesichtet wurden.«

Die Brünette an Darius' Seite ist atemberaubend, und natürlich hasse ich sie dafür. Ich weiß, ich sollte nicht eifersüchtig sein, aber ich kann nicht verhindern, dass ich die Zähne zusammenbeiße, als ich sehe, wie diese Frau sich an Darius lehnt, wie er lächelt und ihre Hand küsst. Ein Lächeln, das er bisher nur mir geschenkt hat. Gestern Abend hat er mir geschrieben und gesagt, er habe anderweitige Verpflichtungen und könne sich deswegen nicht mit mir treffen.

War etwa diese Frau seine Verpflichtung?

»Hör zu«, sagt Allie und lenkt meine Aufmerksamkeit von dem Foto ab, das ich am liebsten verbrannt hätte. »Sei einfach vorsichtig mit dieser Sache. Du hast viel durchgemacht, und, na ja, Darius ist heute ganz anders als früher, als er noch mit dir zusammen war. Weißt du, er besitzt … er mag …« Sie runzelt die Stirn, schüttelt den Kopf und seufzt schließlich. »Er ist einfach nicht mehr der gleiche Mann, okay?«

Ich versuche, einen Sinn in ihrem Gebrabbel zu finden. »Was meinst du damit?«

Ich weiß, es ist etwas Ernstes, weil sie auf ihrer Lippe herumkaut. Das macht sie immer, wenn sie mir eine Lüge auftischen will. »Leider kann ich dir das nicht sagen. Ich wünschte, ich könnte es, aber ich kann nicht, also glaube mir einfach.«

Mir gehen tausend Dinge durch den Kopf. Wirklich schlimme Dinge. »Ist es schlimm?«

»Nein, nicht schlimm …« Sie atmet tief ein und seufzt dann schwer. »Sei einfach bloß vorsichtig bei Darius. Ihr beide habt aus gutem Grund Schluss gemacht. Vergiss das nicht.«

Ich weiß, sie sagt das, da sie mich lieb hat und wahrscheinlich noch weiß, wie sehr es mich verletzt hat, als er sich von mir trennte. Bestimmt weiß sie auch, dass ich weggezogen bin, eben weil es so wehtat, was nur zu einer ganz neuen Welt des Schmerzes geführt hat. »Na ja, du musst dir keine Sorgen machen. Zwischen uns läuft nichts.«

Allie sieht mich auf diese Weise an, die sagt: Das ist totaler Schwachsinn. »Taylor, ich kenne dich, seit du acht warst, und ich kenne Darius, und ich weiß, ihr beide wart gestern allein und sehr emotional. Und ich weiß auch, dass das für euch beide eine Einladung ist, damit ihr einander wieder in die Arme fallen könnt.«

»Es ist nicht so, wie du denkst«, sage ich, auch wenn ich das nicht sagen will. Es ist nur so, dass ich vor Allie nichts verheimlichen kann, denn das würde unsere Freundschaft komisch werden lassen. Beste Freundinnen erzählen sich alles. Die wichtigen Dinge. Egal, ob der Halbbruder darin verwickelt ist oder nicht. Ich muss ihr etwas erzählen, aber ich habe das Gefühl, dass, wenn ich ihr erzähle, dass wir miteinander intim waren, sie zumachen wird.

»Was ist es dann?«, will sie wissen.

»Er hilft mir bloß dabei, einen klaren Kopf zu bekommen, das ist alles.« *Und verschafft mir dabei gleich noch ein paar Orgasmen.*

»Okay, gut, wir haben darüber geredet, und jetzt können wir weitermachen.« Vor Erleichterung stößt sie einen tiefen Seufzer aus und lächelt, als sie aufsteht. »Wollen wir heute zusammen zu Abend essen?«

»Liebend gern.«

»Okay, ich hole dich um sechs Uhr ab.«

»Klingt gut.«

Sie wirft mir eine Kusshand zu, geht dann aus dem Büro, und ich bin wieder allein.

Je länger ich die Zeitschrift anstarre, umso enger wird es mir in der Brust. Es gefällt mir nicht, nicht zu wissen, was Allie über Darius weiß, aber es gefällt mir auch nicht, zu sehen, dass Darius mit einer anderen ausgeht, wenn er in der Nacht zuvor mit mir zusammen war.

Ich seufze, denn ich weiß, dass ich damit aufhören muss. Ich werde mich nicht wieder in diesen verdammten Teufelskreis begeben, in dem ich mit Männern zusammen bin, die mich nicht so behandeln, wie es eigentlich sein sollte. Ich werde nicht mehr schweigen, darum verlasse ich mein Büro, laufe rasch den Flur hinunter und gehe an dem Empfangstresen vorbei, der seltsamerweise nicht besetzt ist, bis ich bei Darius' Sekretärin Charlotte ankomme. Sie ist ein süßes Mädchen in den Zwanzigern, mit einem tollen Gespür für Mode und einer gewissen Ernsthaftigkeit. Ich habe sie heute schon dreimal gesehen, und kein einziges Mal hat sie dabei gelächelt. »Ist Mr. Bennett da?«, frage ich sie, als ich an ihren Schreibtisch trete.

Charlotte nickt und hebt den Telefonhörer. »Taylor Erickson ist … ja, okay, Sir.« Sie legt wieder auf. »Sie können reingehen.« Dann steht sie auf und nimmt ihre Handtasche vom Schubladenschränkchen.

Erst da wird mir klar – nachdem ich die Uhrzeit auf dem Display ihres Handys gesehen habe –, dass Feierabend ist, was wohl erklärt, warum der Empfang leer war und keine Kunden im Haus sind.

Ich sehe Charlotte nach, als sie geht, bevor ich Darius' großes Eckbüro mit den riesigen Fenstern betrete, die die halbe Wand einnehmen. Und auch wenn der Ausblick auf die Wolkenkratzer umwerfend ist, ist es doch kein Vergleich mit dem Anblick, Darius hinter seinem Schreibtisch aus Kirschholz zu sehen.

Macht, Stärke, Sex-Appeal ... ach du Scheiße ... er ist so verdammt heiß, dass es anderen Männern gegenüber nicht fair ist.

Ich bleibe vor dem ledernen Ohrensessel stehen. »Würdest du mir das bitte erklären?« Ich kann die Schärfe in meiner Stimme nicht verstecken.

»Was erklären?« Er hebt den Kopf, schielt auf das Cover der Zeitschrift und sieht dann wieder auf die Papiere auf seinem Schreibtisch. »Das war, damit die Paparazzi dich in Ruhe lassen.«

Ich blinzle. »Warte. Du hast das für mich gemacht?«

Er hat den Blick noch immer auf die Papiere vor sich gerichtet, und seine Mundwinkel heben sich. »Alex arbeitet für einen guten Freund von mir. Sie hat zugestimmt, etwa einen Monat bei dieser Scharade mitzuspielen, bis Gras über die Sache gewachsen ist und sich die Aufmerksamkeit der Klatschpresse auf etwas anderes gerichtet hat.«

Ich weiß nicht, was ich sagen soll. Ich bin eigentlich hergekommen, um ihn als Playboy bloßzustellen. Aber er hat mich daran erinnert, wie unglaublich freundlich er ist. »Du bist einfach wundervoll, das weißt du hoffentlich, oder?«

Er hebt den Blick, und ich kann den Schmerz darin sehen. Er glaubt mir nicht. »Ich mache das, um dich zu beschützen, Taylor«, sagt er hart. »Ich bin kein Held.«

Ich weiß nicht, ob Darius die guten Dinge, die er bewirkt, wirklich nicht sehen kann oder ob er einfach nur glaubt, es sei eine Schwäche, Gefühle zu haben, aber ich spreche seine Sprache. »Nun ja, ich stimme dir da nicht zu«, sage ich zu ihm, drehe mich um und schließe die Tür ab. »Die meisten Menschen würden mich nicht so beschützen, wie du es tust.« Ich mache einen Schritt auf ihn zu.

»Was tust du da?«, fragt er und bewegt sich nicht.

»Ich werde mich richtig bei dir bedanken.« Ich stolziere auf ihn zu, und es ist mir egal, dass, obwohl es Feierabend ist und einige der Mitarbeiter schon nach Hause gegangen sind, noch einige Menschen im Gebäude sind. Niemand würde es wagen, an Darius' Tür zu klopfen, wenn diese geschlossen oder, wie jetzt, sogar abgeschlossen ist. Ich weiß das, weil ich ihn kenne, und falls jemand so etwas wagen würde, würde es Darius sehr wütend machen.

»Bleib sofort stehen.« Er beißt die Zähne zusammen, einmal, zweimal, dreimal. »Komm nicht näher.«

Ich kann das Feuer in seinen Augen sehen. Die Hitze darin, und die Tatsache, dass dieser starke Mann sich an den letzten Rest seiner Selbstbeherrschung klammert. »Du wirst zulassen, dass ich etwas Nettes für dich tue«, sage ich entschlossen. »Denn du hast bisher auch nur nette Dinge für mich getan.«

»Nein.« Er kommt wacklig auf die Beine.

Sein harscher Befehl hält mich nicht auf. Ich muss das für ihn tun. Ich stelle mich neben ihn an den Schreibtisch und kann seinen angespannten Gesichtsausdruck sehen. »Warum bist du so gut zu mir?«, frage ich ihn sanft.

»Weil ich es muss«, erwidert er.

Eine einfache Antwort, aber ich weiß, die wahre Bedeutung dahinter ist sehr viel größer als das. Ich weiß, er hilft mir, weil es das ist, was er immer getan hat, weil er immer für mich da gewesen ist. Ich sehe ihm an, dass er innerlich mit sich ringt, aber ich weiß, wie ich diesen Konflikt beilegen kann. Ich greife nach seinem Gürtel, ziehe das Leder aus den Schlaufen. »Ich brauche das, Darius. Lass mich dich berühren.«

»Ich …« Er beißt die Zähne zusammen, und seine Augen blitzen heiß auf, »… ich finde es unglaublich schwer, dich davon abzuhalten.«

»Dann lass es.« Ich habe seinen Gürtel geöffnet und die Knöpfe seiner Anzugshose gelöst, und er bewegt den Arm, und ich merke, wie sich die Jalousien am Fenster hinter seinem Schreibtisch schließen. Seine Augen betrachten mich so intensiv, dass ich fühle, wie die Hitze sich durch mich hindurch brennt. Ich sinke auf die Knie, schiebe seine Hose herunter und die engen Boxershorts gleich mit. Dann sehe ich seinen steifen Schwanz direkt vor mir, und er ist noch genau so perfekt wie in meiner Erinnerung.

Als ich nach ihm greife, meine Finger über die Adern an der Seite seines Schafts gleiten lasse, stöhnt Darius tief und leise. Ich lecke mir über die Lippen, bereite mich darauf vor, ihn in meinen Mund zu nehmen, aber er kehrt zu seinem Bürosessel zurück, hebt sein Hemd an und zeigt mir den Ansatz seiner festen Bauchmuskeln. Er spreizt die Beine weit auseinander, und ich krieche vorwärts, drapiere mich über seinem Schoß. Mein Haar fällt auf seine nackten Schenkel, meine Hand wandert über sein Sixpack, und ich nehme ihn tief zwischen meine Lippen auf.

»Verdammt«, stöhnt Darius und wirft den Kopf in den Nacken.

Ich lasse ihn nicht aus den Augen, beobachte ihn dabei, wie er mit verschleiertem Blick wieder mich ansieht. Ich lasse meine Zunge über die abgerundete Spitze fahren, weil mir wieder eingefallen ist, wie sehr ihm das früher immer gefallen hat. Ich lecke über die Seiten, auf und nieder, kann sein leises Stöhnen hören, kann sehen, wie sich der Muskel in seinem

Kiefer anspannt. Seine Finger bewegen sich zu meiner Wange, und seine Berührung kitzelt meinen Kiefer, als ich meine Zunge an der Seite hinunterfahren lasse, hinab bis zu meiner Hand.

»Das ist perfekt«, murmelt er.

Sein kehliges Stöhnen ermutigt mich. Meine Hand um den Ansatz seines dicken Schafts drückt fester zu, und dann streichle ich ihn, sehe, wie sich das Feuer beginnt, in seinen Augen auszubreiten. Die Weise, wie er zittert, die Intensität in seinen Augen und die Härte seines Schwanzes sagen mir, dass meine Berührung die erste ist, die er seit einer langen Weile zu spüren bekommt. Ich habe nicht vor, ihn leiden zu lassen.

Ich wende den Blick ab, schließe die Augen und nehme ihn tief in meinen Mund, denke nur an seine Lust. Ich lasse ihn immer wieder in meinen feuchten Mund gleiten und fahre mit den Lippen über seine Haut. Meine Hand folgt dem Pfad meiner Lippen, und ich drücke fest zu, in der Hoffnung, dass er sich dabei vorstellt, er würde zwischen meinen Schenkeln liegen und ich würde mich um seinen Schwanz klammern.

Ein weiteres tiefes und drängendes Stöhnen lässt einen heißen Schauer mein Rückgrat hinabwandern, und ich mache das, was Darius so liebt: Ich benutze meine beiden Hände, streichle mit ihnen in verschiedene Richtungen, immer schneller, und sauge an ihm.

Seine Beine unter meinen Armen spannen sich an, und sein Stöhnen wird lauter, schneller, bis er sein Sperma auf meiner Zunge verströmt. Dann mache ich das, von dem ich gesagt habe, dass ich es machen würde. Ich bringe es zu Ende, schlucke jeden einzelnen Tropfen und bedanke mich.

Kapitel 8

DARIUS

Die Klatschpresse war den ganzen Mittwoch über damit beschäftigt, aus dem Treffen von Alex und mir eine Liebesgeschichte zu stricken, basierend auf den ausgedachten Fakten. Ich hatte ein dringendes Geschäftsmeeting in New York, um sicherzugehen, dass ein lukrativer Deal nicht ins Wasser fiel, was mich davon abhielt, Taylor noch einmal zu sehen, nachdem sie mein Büro verlassen hatte. Als ich später, am nächsten Nachmittag, nach San Francisco zurückgekehrt bin, betrete ich einen Laden für gebrauchte Bücher, der sich in einem der Eckgebäude an der Columbus Avenue befindet, bevor ich zu Bennett Inc. zurückkehre.

»Kann ich Ihnen helfen?«

Ich drehe mich zu der weichen Stimme um und schenke der Verkäuferin mittleren Alters ein Lächeln. »Nein, vielen Dank. Ich habe schon gefunden, wonach ich suche.« Und das ist die wunderschöne Blondine, die mit dem Rücken zu mir steht und die Nase tief in einem Buch vergraben hat.

Die Frau folgt meinem Blick und lächelt mich dann freundlich an. »Wenn Sie dennoch Hilfe brauchen, lassen Sie es mich bitte wissen.«

Ich nicke, sage aber nichts weiter, um sicherzugehen, dass Taylor mich nicht hört. Im Moment will ich sie einfach nur betrachten. Diese Schönheit vor mir, die mich mit ihrer Stärke und Nachgiebigkeit immer wieder überrascht. Oh Gott, ich kann noch immer fühlen, wie ihre Lippen über meinen Schwanz wandern, langsam und zärtlich, bis er härter wurde und sie mich ganz aufnehmen wollte.

So warm. So feucht. So perfekt.

Mein gieriger Schwanz in meiner Hose wird wieder hart, so leicht wie der nächste Atemzug, denn das ist es, was sie mit mir anstellt: Sie macht mich verrückt. Sie bringt mich dazu, sie zu begehren, wie es bisher noch keine Frau geschafft hat. Sie kann mich mit einem Lächeln oder auch bloß einem Blick dazu bringen, hart zu werden. Selbst jetzt will ich alles aufnehmen, was sie mir nur geben kann, und dann um noch mehr bitten, einfach bloß, weil ich es kann.

Ich trete ein wenig näher zu Taylor und lehne mich gegen die Seite eines der großen hölzernen Regale, um sie ansehen zu können. Es sind nur wenige Kunden im Laden, und es überrascht mich nicht, dass sie so in ihr Buch vertieft ist und daher nicht einmal hört, wie ich mich hinter ihr räuspere. Sie hat wahrscheinlich keine Ahnung, wer diesen Laden betreten und wer ihn wieder verlassen hat. Bücher haben diese Wirkung auf sie. Sie kann sich – und ich schätze, das wird sich auch nie ändern – komplett in ihnen verlieren. Sie reißen sie mit sich. Und genau das will ich auch.

Schließlich klappt sie das Buch zu, hebt die Schultern und lässt sie mit einem langen Ausatmen wieder sinken. Ich frage mich, in welcher Welt sie gewesen ist oder wo ihr Herz war, während sie gelesen hat, als sie sich umdreht.

Sie blinzelt. »Oh mein Gott, was machst du denn hier?« Ihr besorgter Blick wandert von links nach rechts durch den Raum, offensichtlich auf der Suche nach Paparazzi, von denen sie wahrscheinlich denkt, dass sie mir folgen.

»Ich war vorsichtig, als ich hergekommen bin«, sage ich und komme noch näher. Ich war noch nie besonders gut darin, Abstand zwischen uns zu lassen. Ich habe sie lieber in meiner Nähe. Das war es auch, was es so hart gemacht hat, als sie weggezogen ist: Eine Leere hat sich aufgetan, und ein Teil von mir ist einfach verschwunden. Und ich bin mir bewusst, dass es sich so anfühlt, als wäre dieser Teil jetzt zurückgekehrt.

Sie sucht jedoch weiter nach Paparazzi, und um sie zu beruhigen, sage ich: »Zwei Fotografen sind meinem Fahrer etwa einen halben Kilometer lang gefolgt, aber dann hat er sie abgehängt. Da draußen ist niemand. Niemand weiß, dass ich hier bin. Es ist alles in Ordnung. Entspann dich.«

Sie wirkt nicht überzeugt, stellt sich auf die Zehenspitzen und sieht über meine Schulter hinweg durch das Schaufenster des Ladens. »Bist du dir sicher, dass sie nicht einfach ein wenig zurückgeblieben sind, damit du denkst, sie folgen dir nicht mehr?«

»Taylor«, seufze ich frustriert und beiße die Zähne zusammen. »Mir ist niemand gefolgt. Ich habe sichergestellt, dass niemand etwas bemerkt hat.«

»Okay, okay.« Sie schenkt mir ein entschuldigendes Lächeln und stellt sich wieder auf die Füße. »Weißt du, es ist einfach nur so gruselig. Dieses unschuldige Treffen könnte morgen wieder mit irgendeinem furchtbaren Artikel in der Klatschpresse auftauchen, wegen dem wir uns wieder verrückt machen.«

»Ja, das weiß ich«, sage ich, denn ich kann ihre Sorgen verstehen, und schiebe meine Hände in meine Hosentaschen. »Und ich gebe mein Bestes, um sicherzugehen, dass so etwas nicht mehr vorkommt.«

In diesem Augenblick geht eine weibliche Kundin an uns vorbei, und Taylor sieht dieser Frau mit einem leichten Stirnrunzeln nach, was wohl bedeutet, dass diese Frau mich gemustert hat. Ich kann nicht anders, ich muss stolz grinsen. Mir gefällt ihre Eifersucht. Das hat sie schon immer.

»Was war denn das für ein Buch, in dem du gelesen hast?«, frage ich sie und richte ihre Aufmerksamkeit wieder darauf, wo sie sein sollte: auf mich.

Sie seufzt, und als sie sich wieder mir zuwendet, verschwindet ihr wütendes Starren langsam. »Oh«, mit funkelnden Augen drückt sie das Buch an ihre Brust, »es ist ein kitschiger Liebesroman, den du absolut hassen würdest.«

Ich lache leise.

»Also …« Sie hält inne, betrachtet mich einen Moment lang, und ihr kommt ein sehr offensichtlicher Gedanke. Sie kneift langsam die Augen zusammen. »Woher wusstest du eigentlich, dass ich hier bin? Du lässt mich doch nicht etwa beschatten, oder?«

»Nein, aber das würde ich gerne«, gebe ich zu. »Dann würde ich besser schlafen können.«

Sie schnaubt und lässt die Schultern sinken. »Okay, aber dann sag mir: Woher wusstest du, wo ich zu finden bin, wenn du mir keinen Aufpasser hinterhergeschickt hast?«

Ich senke das Kinn und sehe sie wissend an: »Ich habe angerufen, weil ich mit dir reden wollte, und die Frau am Empfang bei Bennett Inc. sagte mir, dass du während deiner Mittagspause in eine Buchhandlung gegangen bist.«

»Oh, stimmt.« Ich kann sehen, wie sie das Gespräch im Kopf noch einmal durchgeht, und ihr Blick wandert zur Decke. Sie ist offensichtlich nicht mehr wütend, aber ihr Gesichtsausdruck wird neugierig. »Und du wusstest, dass ich in diese Buchhandlung gehen würde?«

»Natürlich.« Ich lächle. »Du bist ein Gewohnheitstier, egal, wie sehr du auch immer betonen magst, dass du dich verändert hast.«

Sie lacht, und es klingt leicht und befreit. »Ich liebe diesen Laden.« Ihr Blick folgt der Verkäuferin, die an uns vorbeigeht, bevor sie wieder mich ansieht. »Weißt du, es ist verrückt, aber ich dachte immer, wenn ich zurück nach San Francisco komme, würde alles ganz anders sein.«

»Ist es das denn nicht?«

Sie schüttelt den Kopf und kommt näher. »Es ist, als hätte sich überhaupt nichts geändert. Es ist irgendwie … ich weiß nicht, irgendwie wirklich schön, weißt du. Es ist noch immer meine Heimat, genau so, wie ich sie in Erinnerung habe. Ergibt das Sinn?«

Ich muss lächeln. »Das ergibt sogar sehr viel Sinn.«

Sie macht noch einen Schritt auf mich zu, und ich kann das Verlangen, das dahintersteckt, verstehen. Ich werde ebenso sehr von ihr angezogen, auch wenn ich weiß, ich sollte das nicht sein. Auch wenn ich weiß, dass das hier schlussendlich nicht funktionieren kann, weil ich so bin, wie ich bin. Ich bin der Typ Mann, den man jetzt im Moment haben will. Taylor mag diesen Mann zwar jetzt im Moment haben wollen, aber bald schon wird sie mehr wollen, als ich ihr geben kann, dessen bin ich mir sehr wohl bewusst. Aber mir wird gerade klar, dass es nicht wichtig ist. Ich schulde ihr das. Ich werde für sie sein, was auch immer sie braucht.

Sie ist fast schon bei mir, die Luft zwischen uns beginnt gerade, sich zu erwärmen, doch sie bleibt stehen und macht einen Schritt zurück, da ihr plötzlich wieder eingefallen ist, dass wir in der Öffentlichkeit sind. »Ähm«, sagt sie mit einem Stirnrunzeln, »ich schätze, ich sollte mir das angewöhnen. Du weißt schon, nicht mehr so impulsiv zu handeln.«

»Du solltest dich nicht daran gewöhnen müssen«, entgegne ich.

Und das ist unsere traurige Realität. Es gibt Dinge in meinem Leben, mit denen Taylor sich eigentlich nicht beschäftigen müsste. Sie sollte nicht gezwungen sein, sich damit herumzuschlagen, nur um mit mir zusammen sein zu können. Sie ist ein Freigeist, und sie sollte frei leben können. Aber ich habe sie schon einmal weggestoßen, um sie zu beschützen, und das hat zu dem Chaos geführt, mit dem sie jetzt leben muss. Das werde ich nicht noch einmal tun. »Wir müssen clever handeln«, erkläre ich ihr. »Aber wir können auch nicht ständig in Angst leben.«

»Ist das nicht deprimierend?«, fragt sie und drückt das Buch wieder gegen ihre Brust. »Ich meine, sich immer fragen zu müssen, ob jemand ein Foto von dir machen wird.«

»Deprimierend?«, sage ich und überlege. »Nein. Nur nervtötend.«

Sie lacht und schüttelt den Kopf. »Ich muss diesen Wahnsinn ja erst seit kurzer Zeit mitmachen, und sieh dir an, wie viel Einfluss das bereits auf mein Leben hatte. Ich kann mir nicht vorstellen, dass mein Leben immer so ist.«

Ich kann sehen, wie sie zusammenzuckt, und weiß, sie würde die Worte am liebsten wieder zurücknehmen. »Schon okay«, versichere ich ihr und will die Hand nach ihr ausstrecken und sie trösten, aber ich weiß, ich kann es nicht. Ich werde nicht riskieren, sie wieder so in den Fokus der Öffentlichkeit zu rücken. »Ich wollte dieses Leben. Mit dem Erfolg, den ich haben wollte, kamen auch die Berühmtheit und leider auch die Medien.«

»Ich schätze, du hast recht«, gibt sie sich geschlagen.

Und ich hasse es, dass sie das macht. Es erinnert mich daran, warum ich damals mit ihr Schluss gemacht habe. Ich habe es gehasst, sehen zu müssen, wie sie sich für mich und meine Lebensumstände verändert hat. Damals hat es sich schon falsch angefühlt, und heute ist das immer noch der Fall.

»Also«, fährt Taylor fort und unterbricht meine Gedanken, bevor ich herausgefunden habe, was genau ich von dieser Situation halte, »warum bist du zu mir gekommen? Nur, um mich zu besuchen?«

»Natürlich, weil ich dich sehen wollte.« Ich lächle, und es gefällt mir, wie sie zu strahlen beginnt. »Aber ich bin auch hier, um dich heute zum Abendessen einzuladen. Hättest du darauf Lust?«

Sie kaut auf ihrer Unterlippe und schielt ein wenig. »Ich weiß, neulich sind wir Eis essen gegangen, aber das war sehr spontan und ging schnell. Denkst du, es ist klug, gemeinsam essen zu gehen?«

Ich nicke, weil ich ihre Befürchtung nachvollziehen kann. »Mach dir keine Sorgen. Ich werde dafür sorgen, dass wir nicht fotografiert werden.«

Sie sieht sich in der Buchhandlung um, denkt offensichtlich darüber nach, und als sie wieder mich ansieht, lächelt sie mich süß an. »Na ja, dann okay. Ich würde sehr gerne heute Abend mit dir essen gehen. Wann und wo?«

»Ich schicke dir später alles Nähere.«

»Perfekt.« Sie hopst von einem Fuß auf den anderen und ist offensichtlich sehr glücklich mit unseren Plänen für heute Abend. »Was hast du den restlichen Tag noch vor?«

»Meetings«, grummle ich und wünschte, ich könnte den Tag mit ihr verbringen. »Immer Meetings.«

»Wo wir gerade von Meetings sprechen«, sie wirft einen Blick auf ihre Armbanduhr, »ich sollte auch besser wieder zurückgehen. Ich bekomme Schwierigkeiten, wenn ich zu spät komme.«

»Du stehst gerade mit deinem Boss hier«, erinnere ich sie und hebe die Augenbrauen.

»Ja, dessen bin ich mir bewusst«, erwidert sie mit einem frechen Grinsen und stupst mich gegen den Arm. »Aber lass uns nicht für noch mehr Stoff für Büroklatsch sorgen, als es ohnehin schon gibt.«

»Ich schätze, du hast recht.« Ich beuge mich vor, um sie auf die Wange zu küssen, überlege es mir aber anders und wende mich ab. »Bis später.«

Amüsiert zieht sie die Augenbrauen hoch. »Oh, und jetzt sag mir noch einmal, dass du das nicht ein wenig deprimierend findest.«

Ich blicke von links nach rechts, merke, dass wir im Moment allein sind und niemand zu sehen ist. »Du hast recht. Dich nicht zu küssen ist wirklich deprimierend.« Ich packe ihre Hand, höre sie quietschen und drücke ihr einen festen Kuss auf die Lippen.

»Darius.« Sie keucht und reißt sich los.

Ich schenke ihr mein sinnlichstes Lächeln, drehe mich und lasse sie einfach stehen, während sie die Hand auf den Mund geschlagen und die Augen weit aufgerissen hat, ganz so, wie ich sie am liebsten habe.

Errötet, erregt und hungrig nach mir.

***

TAYLOR

Später an diesem Tag, nachdem mein Arbeitstag bereits hinter mir liegt, komme ich an dem Backsteingebäude an, das an der Ecke der Straße steht, und bin geschockt. »Das darf doch nicht wahr sein!«, flüstere ich und starre das hell strahlende Neonschild an, das in dem nächtlichen Ambiente leuchtet.

»Überrascht?« Eine tiefe Stimme lässt mich erschaudern.

Ich blicke über die Schulter und sehe Darius, der eine Jeans trägt, die sich eng an seine starken Schenkel schmiegt, und ein enges weißes T-Shirt. Gütiger Gott, jeder Zentimeter an ihm ist verführerisch. Im Anzug ist er umwerfend. Ohne Anzug ist er einfach nur verdammt scharf.

Als ich ihm wieder in die Augen blicke, sehe ich, dass sie vor Begierde brennen, und ich lächle, weil ich genau das gleiche Verlangen verspüre. »Ich bin nicht bloß überrascht«, gebe ich zu. »Ich bin vollkommen geschockt.« Das Restaurant, das mir von allen am liebsten ist, steht vor mir und wirkt, als hätte es sich in den letzten fünf Jahren nicht verändert. »Wie kommt es, dass es noch nicht plattgemacht wurde?«

Er zuckt mit den Schultern, schiebt seine Hände in die Taschen und sieht zu dem Restaurant hinter mir.

»Also, wenn du mich fragst, sieht es so aus, als hätten sie renoviert.«

Ja, so sieht es wirklich aus. Vor einigen Jahren noch hatten viele der Backsteine Risse, und einige fehlten sogar ganz. Jetzt wirkt das Gebäude fehl am Platz, weil es so viel neuer ist als die anderen Häuser in der Straße.

Darius lacht leise hinter mir, als ich auf die Tür zugehe und sie öffne, aber ich bin viel zu konzentriert auf das, was vor mir liegt, als dass ich sein Gelächter kommentieren könnte. Ich laufe eilig hinein und quietsche vor Freude, als ich die Erinnerungsstücke an die Fünfzigerjahre sehe, die jeden Zentimeter der Wände bedecken. Fettige Burger, sämige Erdbeermilchshakes – nichts hat meine Liebe zum Stil der Fünfzigerjahre so getroffen wie das Diner im Fünfzigerjahre-Stil in Lower Nob Hill. »Du hast recht.« Ich wirble zu Darius herum, der in der Tür steht und mich angrinst. »Irgendwie haben sie es geschafft, das Restaurant sogar noch besser aussehen zu lassen, als ich es in Erinnerung habe.«

Langsam schüttelt er den Kopf. »Ich habe noch nie gesehen, dass jemand so aufgeregt ist, in so einer Spelunke essen zu gehen, wie du.«

Ich boxe ihn gegen den Arm. »Es ist keine Spelunke. Es ist das besteste Restaurant aller Zeiten.«

Er zuckt nicht einmal zusammen; offensichtlich hätte ich, statt ihn zu schlagen, auch einfach eine Feder nach ihm werfen können, und er lacht. »Was für ein Adjektiv.«

»Ja, nicht wahr? Und«, ich lächle ihn an, »es ist das besteste Adjektiv, das es jemals gegeben hat, und fasst meine Liebe zu diesem Restaurant perfekt zusammen.«

Seine Mundwinkel zucken, seine Augen funkeln, aber hinter uns sagt eine hohe weibliche Stimme: »Guten Abend, Mr. Bennett und Ms. Erickson, bitte folgen Sie mir.«

Ich wirble wieder herum, und vor mir steht eine unglaublich niedliche Kellnerin in einem blauen Kleid und mit einer roten Schürze vor mir. Das dunkle Haar hat sie zu einem Knoten auf ihrem Kopf geschlungen. »Vielen Dank«, sage ich zu ihr, ehe ich Darius den besagten Blick zuwerfe. Er hat offensichtlich vorher Bescheid gesagt, dass wir kommen.

Er grinst mich an.

Ich folge der Kellnerin, sehe ihren festen Hintern, der hin und her schwingt, und beginne mich zu fragen, warum mir dieses Restaurant überhaupt so gut gefällt. Aber dann atme ich all das Fett um mich herum ein, und mir fällt wieder ein, dass mich reine Perfektion erwartet. Dennoch blicke ich über die Schulter zurück, denn dieser Hintern sieht für meinen Geschmack viel zu gut aus. Doch ein Blick in Darius' Augen – und mein Herz tanzt.

Er denkt an mich, nicht an sie. Im Zentrum von Darius' Aufmerksamkeit zu stehen hat etwas Besonderes an sich, etwas, was einen süchtig werden lässt.

Die Kellnerin setzt uns an einen Tisch in der Ecke, an der die Jalousien vor den Fenstern heruntergelassen sind, und in dem Augenblick wird mir klar, dass wir allein in dem Restaurant sind. Wir sind die einzigen Gäste. Und es ist zu ruhig. Ich setze mich, nehme die Karte entgegen, und Darius tut es mir nach. Nachdem die Kellnerin davongeeilt ist, spreche ich meinen Verdacht laut aus: »Du hast das hier für heute Abend arrangiert, oder?«

»Was soll ich arrangiert haben?«, fragt Darius und sieht in seine Karte.

»Du hast das ganze Restaurant gemietet.« Ich hatte mich schon gefragt, warum er so entspannt wirkte und sich überhaupt keine Sorgen darum gemacht hat, fotografiert zu werden. Aber jetzt weiß ich es; der heutige Abend wurde minutiös von Darius geplant.

Die Andeutung eines Lächelns huscht über sein Gesicht. »So etwas in der Art.«

»Warum solltest du etwas so Extremes machen, nur um mich herbringen zu können?« Mir erscheint das wie eine Menge Aufwand.

»Weil du dieses Restaurant liebst«, sagt er mit weicher Stimme und sieht endlich zu mir auf. Ich verliere mich in der Intensität seiner Augen. »Und leider müssen wir uns im Moment damit abmühen, Pläne zu machen, um sicherzugehen, dass du nicht wieder in der Klatschpresse landest.«

Bevor ich entgegnen kann, wie traurig das ist und was für eine Art von Leben das sein soll, kommt die Kellnerin mit zwei Gläsern Wasser auf dem Tablett wieder und fragt: »Wollen Sie schon bestellen? Oder erst in ein paar Minuten?«

Darius lächelt. »Ich schätze, wir können jetzt schon bestellen.«

Natürlich können wir das. Ich bestelle immer das Gleiche. »Ich nehme den Fifties Burger und Pommes, und dazu bitte einen Erdbeermilchshake.«

Sie nickt mir zu und fragt dann Darius: »Und für Sie?«

»Ich nehme das Gleiche«, sagt er.

»Großartig.« Sie sammelt die Menükarten wieder ein und grinst breit. »Falls Sie noch etwas brauchen, rufen Sie einfach nach mir. Mein Name ist Debbie.«

»Danke, Debbie.« Ich erwidere ihr Lächeln.

Sie verschwindet, um unsere Bestellungen fertig zu machen, und nur eine Sekunde später kann ich hören, wie der Milchshake-Mixer beginnt, etwas Köstliches zu zaubern. »Es ist verrückt«, sage ich und sehe zu den alten Vintage-Postern, die an der Wand mir gegenüber hängen, »wer zur Hölle würde denn so viel Geld in dieses Restaurant stecken?« Alles ist neu, und einige der Antiquitäten, die um mich herum stehen, müssen eine ganz schöne Stange Geld gekostet haben.

»Offensichtlich jemand, der nicht wollte, dass dieses Restaurant verschwindet«, antwortet Darius und lenkt meine Aufmerksamkeit wieder auf sein Gesicht.

Er sieht mich mit der ihm eigenen ernsten Weise an, so, als würde er versuchen, meine Gedanken zu lesen. »Na ja, ich bin froh, dass es jemand getan hat.« Ich hätte nie erwartet, dass dieses Restaurant noch existieren würde, aber als ich Debbie sehe, die uns unsere Milchshakes in hohen Gläsern serviert, bin ich mehr als nur froh, dass es den Laden noch gibt.

Es ist einfach, den Weg zurück zu sich selbst zu finden, wenn alles, was dich einmal zu dem gemacht hat, der du bist, noch da ist. Und ich frage mich, während mir auffällt, dass Darius mich noch immer eindringlich mustert, warum er diesen Ort vorgeschlagen hat, um hier essen zu gehen. Es geht nicht um ein Date, hier geht es darum, etwas zu tun, was ich früher gerne getan habe, und an einem Ort zu sein, der mich früher glücklich gemacht hat.

Ich weiß, wo ich mit Darius stehe. Ich weiß, was er mir geben kann und was nicht. Und im Augenblick gibt er mir mehr als genug. Hier mit ihm zu sein erinnert mich an eine sehr glückliche Zeit, wahrscheinlich die glücklichste Zeit meines Lebens.

»Danke«, sagt er zu Debbie, als sie seinen Milchshake vor ihn hinstellt.

Ich sage nichts, ziehe die Papierhülle von meinem Strohhalm und nehme einen Schluck, wobei ich sehr fest an dem Strohhalm saugen muss. Aber als sich der süße Erdbeergeschmack auf meiner Zunge ausbreitet, stöhne ich und schließe die Augen. »Gott, das ist so gut.«

Darius lacht leise und findet das offensichtlich amüsant. Mein Appetit hat ihm schon immer gefallen, und damit meine ich nicht nur meinen Appetit aufs Essen. Wenn mir etwas gefällt – Sex inklusive –, will ich immer so viel davon haben, wie ich nur kann, bis mein Verlangen gestillt ist.

»Ich bin froh, dass es dir gefällt«, sagt er und nimmt selbst einen Schluck von seinem Milchshake. »Es gefällt mir, dich so zu sehen.«

Und einfach so wird es mir warm ums Herz. Darius denkt immer an mich. Fünf Jahre lang habe ich mich wirklich völlig allein gefühlt. Und diese Art des Trosts flickt die Löcher in meiner Seele ein wenig. Aus diesem Grund habe ich allerdings das Gefühl, als wäre das Ganze sehr einseitig. Entschlossen, diesen Fehler zu korrigieren, sage ich: »In letzter Zeit reden wir bloß über mich. Aber was ist mit dir? Erzähl mir von den Frauen, mit denen du zusammen warst.«

Seine Augenbrauen schießen in die Höhe. »Woher willst du wissen, dass ich überhaupt mit irgendeiner Frau nach dir zusammen war?«

»Na ja, ich habe die Klatschblätter gelesen.« Ich halte inne, weil ich nicht wissen will, was für eine Art von Beziehungen er geführt hat, aber andererseits will ich es doch wissen. Ich habe nie behauptet, besonders logisch zu denken.

Er grinst und genießt das. »Du hast die Artikel in der Boulevardpresse nach mir abgesucht, stimmt's?«

Ich rolle mit den Augen und werfe die Papierhülle des Strohhalms nach ihm. »Nächstes Thema bitte.«

Er lacht leise, zupft sich das Papier vom Hemd und legt es auf den Tisch.

»Keine Ablenkungen mehr«, sage ich ernst. »Also, hast du dich in eine von ihnen verliebt?«

»Nein.«

»Niemals. Überhaupt nicht?«

Er schüttelt den Kopf. »Nein. Überhaupt nicht.«

»Warum?«

Er schweigt einen Augenblick. Dann: »Ich hatte nicht diese Art von Beziehung mit ihnen.«

Ich versuche zu verstehen, was er da sagt, doch es gelingt mir nicht. »Welche Art von Beziehungen hattet ihr denn dann?«

»Eine, die uns beiden gegeben hat, was wir brauchten« ist seine sorgfältig formulierte Antwort.

Und in diesem Moment verstehe ich endlich. Die Beziehung, die sie hatten, war eindeutig sexueller Natur. »Haben sie dich denn auch glücklich gemacht?« Denn das ist, was wirklich für mich zählt.

Sein tiefes Seufzen sagt mir, dass die Antwort kompliziert ist. »Ich habe von ihnen bekommen, was ich brauchte, ja.«

»Was die rätselhafteste Antwort aller Zeiten ist.«

Er lacht. »Ja, das ist sie.«

In diesem Moment serviert uns Debbie unser Abendessen. Nachdem sie meinen Teller vor mir abgestellt hat, fragt sie: »Kann ich Ihnen noch etwas bringen?«

»Nein, danke.« Ich sabbere praktisch schon auf meinen Teller. »Das ist perfekt.«

Darius nickt ihr zu, bedeutet ihr, dass sie gute Arbeit macht, und Debbie grinst und geht; offensichtlich weiß sie, dass sie heute Abend mit einem großzügigen Trinkgeld rechnen kann.

Ich nehme eine Pommes und knabbere an deren Ende herum, weil ich versuche, mich manierlich zu benehmen.

Darius sieht mir eine Weile mit gehobenen Augenbrauen zu und lacht dann laut auf. »Taylor, ich bin es. Bei mir brauchst du dich nicht manierlich zu benehmen.«

»Gott sei Dank«, keuche ich, packe meinen Burger und nehme einen so großen Bissen wie nur möglich. Ich kaue zweimal. Dann: »Ach du Scheiße, für diesen Burger würde ich sterben.« Ich stöhne und nehme noch einen Bissen. »So etwas haben sie in San Diego nicht.«

»Was für eine Schande«, murmelt er. »Denn ich liebe es, wie du isst.«

Ich höre auf zu kauen, sehe auf, und Darius' brennender Blick bohrt sich direkt in meinen. »Wie esse ich denn?«, frage ich mit vollem Mund.

»Mit Leidenschaft«, sagt er.

Ich zwinge mich, das Essen in meinem Mund herunterzuschlucken, und Röte überzieht meinen Körper.

Er fügt mit tiefer und rauer Stimme hinzu: »Es erinnert mich daran, wie du etwas ganz anderes mit solcher Intensität in deinen Mund nimmst.«

Meine Brustwarzen werden hart, und ganz plötzlich durchströmt Verlangen meinen Körper. »Okay, das ist köstlich und heiß«, sage ich und winde mich innerlich ein wenig. »Aber der Burger ist das auch, also kannst du diesen ganzen sexy Kram für später aufheben?«

Er hebt die Augenbrauen. »Du ziehst den Burger mir vor?«

Ich nehme noch einen Bissen und stöhne. »Aber es ist ein wirklich guter Burger.« Nach einem weiteren Bissen füge ich hinzu: »Gib die Schuld lieber der Person, die dieses Restaurant vor einem langsamen Sterben bewahrt hat.«

Er grinst. »Wird gemacht. Ich werde ihn in den Ruin treiben.«

Ich lasse den Burger sinken, nehme eine Pommes und tunke sie in Ketchup. »Also, zurück zu deinen Beziehungen«, beginne ich.

»Was hältst du davon, wenn wir dieses Thema überspringen«, sagt er und nimmt seinen Burger. »Ernsthaft, da gibt es wirklich nichts, worüber wir sprechen sollten.«

»Das mag in deinen Augen stimmen«, widerspreche ich und kaue an dem einen Ende der Pommes, »aber …«

»Taylor«, unterbricht er mich, die Stimme hart und den Burger an den Lippen, »ich habe dich in dein Lieblingsrestaurant gebracht, und zwischen dem Essen bleibt kaum Zeit zum Reden? Soll ich dir wirklich jetzt was über meine ehemaligen Geliebten erzählen?«

Ich blicke auf den saftigen Burger, aus dem Fett auf den Teller tropft. »Nein, du hast recht, das will ich nicht.« Ich nehme den Burger, schiebe ihn mir wieder in den Mund, nehme einen weiteren großen Bissen und stöhne, als ich die Köstlichkeit auf meiner Zunge spüre. Doch als ich von meinem Milchshake trinke und Darius dabei zusehe, wie er seinen Burger isst, werde ich nur daran erinnert, dass ich vorsichtig bei ihm sein muss.

Fünf Jahre, ohne auch bloß ein einziges Mal Gefühle für eine Frau gehabt zu haben.

Falls ich noch eine Erinnerung daran gebraucht habe, dass Darius nach wie vor keinen an sich ranlässt, dann habe ich sie gerade bekommen.

Kapitel 9

DARIUS

Der ganze Freitagvormittag ist für Meetings draufgegangen, in denen wir neue Projekte besprochen haben. Doch zum Glück kann ich gegen Mittag in mein Büro zurückkehren. Mir kommt sofort wieder Taylors Dankbarkeitsbezeugung in den Sinn, die sie mir erwiesen hat, als sie mich neulich hier besucht hat. Ich bin angespannt, und mein Schwanz wird langsam hart, als ich mich auf den gleichen Bürosessel sinken lasse, in dem sie mir wie ein verdammter Profi einen geblasen hat. Diese Augen … diese Lippen … Ich stöhne, richte meinen steinharten Schwanz, und in diesem Moment betritt Ryder mein Büro.

Ich reiße die Hände wieder hoch und platziere sie neben meiner Tastatur. Ein Blick in Ryders angespannte Augen, und sofort wird mein Schwanz wieder weich. »Was ist los?«, frage ich ihn.

»Ich habe Neuigkeiten für dich, aber zuerst …« Er bleibt vor mir stehen und wirft mir die neuste Ausgabe von *Starstruck*, einem Klatschmagazin, auf den Schreibtisch. »… die gute.« Er lässt sich in den Ohrensessel fallen.

»Das ist es«, stimme ich ihm zu, als ich das Foto von Alex und mir auf dem Cover sehe. Ihre funkelnden Augen und das sinnliche Lächeln täuschen jeden und vermitteln den Eindruck, dass wir ein Paar sind. »Alex sollte als Schauspielerin arbeiten.«

»Auf keinen Fall. Ich würde sie niemals gehen lassen.« Ryder zupft am Kragen seines schwarzen T-Shirts mit dem

Blackwood-Logo und macht es sich in seinem Sessel bequem. »Außerdem kann sie mit dem Rummel, den die Paparazzi um sie machen, umgehen.«

»Ich nehme an, sie folgen jetzt ihr?«

»Sie lassen sie keine Sekunde aus den Augen.« Er legt den Knöchel auf sein Knie, und seine Mundwinkel wandern nach oben. »Um ehrlich zu sein, glaube ich, sie genießt es ein wenig zu sehr. Sie scheucht sie quer durch die Stadt.«

Mir gefällt, was ich da höre, und ich lache leise. »Es freut mich, dass sie das amüsant findet.« Denn auf diese Weise ist Taylor in Sicherheit, und ich bin wirklich froh, dass Alex ein Händchen dafür hat, die Paparazzi auf Trab zu halten. »Aber ich habe Angst, dass ein Teil der Aufmerksamkeit trotz allem noch auf Taylor liegt.« Ich greife in die Schublade meines Schreibtisches und nehme eine weitere Zeitschrift heraus. Ich zeige Ryder das Cover von *Gotcha!*. »Das hier habe ich heute Morgen auf meinem Weg zur Arbeit gesehen.«

Ryder nimmt das Magazin entgegen, studiert das Cover, auf dem Taylor und ich abgebildet sind, und blättert zu dem Artikel mit der Schlagzeile: *Darius Bennetts geheimnisvolle Freundin ist gar nicht so mysteriös. Unsere Quellen haben uns verraten, dass sie in Wirklichkeit seine Exfreundin ist. Und, wie wir erfahren haben, auch eine Angestellte bei Bennett Inc.*

Ryder seufzt schwer und reicht mir die Zeitschrift wieder zurück. »Falls wir noch irgendwelche Zweifel gehabt und geglaubt haben, dass das ein Zufall war, dann ist der jetzt ausgeräumt.«

Ich nicke zustimmend, blicke den Flur hinab und sehe, wie Charlotte ihren Schreibtisch verlässt, bevor ich mich wieder an Ryder wende. »Am Mittwoch habe ich ihnen die beste Story über mich seit Jahren geliefert.« Mein Leben ist einfach nicht besonders aufregend. »Die Paparazzi lieben öffentlich zur Schau gestellte Intimitäten.« Ich deute auf die Zeitschrift auf meinem Schreibtisch. »Aber stattdessen konzentrieren die Magazine sich auf *das hier*? Das ergibt doch überhaupt keinen Sinn.«

»Nein, tut es auch nicht.« Sein Gesichtsausdruck verdüstert sich, und er wirkt tief in Gedanken versunken. »Wir übersehen da etwas …«

»Ich weiß.« Ich starre das Foto von Taylor und mir an, wie wir vor Allies Wohnung sitzen. Mein Kinn ruht auf Taylors Scheitel, mein Arm ist um sie geschlungen, und der Ausdruck auf ihrem Gesicht gefällt mir. Er ist süß, weich, und ich kann deutlich sehen, dass sie es genießt, in meinen Armen zu liegen. »Aber was mich am meisten beunruhigt«, sage ich und sehe zu Ryder. Ich werde nicht zulassen, dass diese lächerlichen Gedanken mich von dem ablenken, was das Wichtigste ist … *dafür zu sorgen, dass Taylor sicher ist.* »Was mich am meisten beunruhigt, abgesehen von dem Offensichtlichen, ist folgende Tatsache: Sie wussten, dass Taylor meine Exfreundin ist, allerdings wird nirgendwo ihr Name erwähnt.«

Ryder runzelt die Stirn. »Es ist wirklich seltsam, dass sie zwar an genauere Details über euch beide gekommen sind, Taylor aber noch nicht identifiziert haben.«

»Stimmt.« Ich lehne mich zurück und verschränke die Hände hinter meinem Kopf. »Was bedeutet, dass sie nicht wissen, *wer* sie ist.«

Ryder zögert. Dann: »Und was denkst du, heißt das?«

»Ich beginne mich zu fragen, ob die Person, die dahintersteckt und diese Informationen weitergibt, für mich arbeitet.« Ich lasse meine Hände sinken, fahre mir mit einer Hand über das Kinn, und die Stoppeln kratzen über meine Handfläche. »Es ist das Einzige, was Sinn ergibt.«

»Wie kommst du darauf?«, fragt Ryder.

Charlotte geht an meiner Bürotür entlang und setzt sich wieder an ihren Schreibtisch. »Mir fallen fünf Personen ein, die früher mit mir zusammengearbeitet haben«, sage ich. »Das sind die Einzigen, die gesehen haben können, wie Taylor spätabends noch in mein Büro gekommen ist. Ich bin diskret mit unserer Beziehung umgegangen, habe aber auch kein Geheimnis daraus gemacht.«

Ryder denkt nach und klopft dabei mit dem Fuß auf den Parkettboden. »Auch wenn das Sinn ergibt, ging es in den anderen Artikeln, die sie abgedruckt haben, doch um Micah und Allie. Kennt irgendeiner deiner Angestellten die beiden überhaupt?«

»Nicht, dass ich wüsste«, gebe ich zu und merke erst jetzt, dass meine Theorie einen Fehler hat. »Aber die einzigen Menschen, die Taylor und Allie kennen, sind Menschen, die für mich gearbeitet haben, als ich noch mit Taylor zusammen war.«

»Mhmm …«, sagt Ryder und klopft zweimal mit den Fingern auf seine Armlehne. »Möglicherweise ist das alles ein Zufall, und Micahs und Allies Geschichten sind einfach nur Hirngespinste der Reporter, die sich zufällig als wahr herausgestellt haben.« Er hält inne. Dann: »Aber bei dir ist es wahrscheinlich jemand, der private Details an die Klatschpresse verkauft.«

»Das denke ich auch.« Ich stimme ihm mit einem Nicken zu, strecke meine Beine unter dem Schreibtisch aus und kann spüren, wie mein ganzer Körper sich anspannt. »Die Geschichten über Micah und Allie drehten sich darum, dass Micah nicht mit Allie zusammen sein durfte, und darum, dass ich wütend war. Die Wahrheit ist, dass sie wahrscheinlich schon vorher wussten, dass Allie meine Halbschwester ist, aber dass sie diese Information zurückbehalten haben, um diese Geschichte daraus stricken zu können.«

Ryder zögert, nickt dann allerdings. »Das ergibt Sinn. Und du glaubst, das machen sie jetzt auch bei Taylor?«

»Aber was für einen Sinn hätte das?«, kontere ich. »Vor allem, wenn man bedenkt, dass ich ihnen eine Riesenstory auf dem Silbertablett serviert habe. Ihr Fokus sollte auf Alex liegen, nicht auf Taylor.«

»Das sehe ich genauso«, sagt er und legt den Kopf zur Seite. »Also, wenn es jemand ist, der hier arbeitet, was für einen Grund könnte derjenige haben, diese Informationen zu verkaufen?«

»Geld«, schlage ich vor. »Ist das nicht auch sonst immer das Motiv, aus dem man der Klatschpresse irgendetwas verrät?«

»Es ist auf jeden Fall ein guter Ansatz«, erwidert Ryder stirnrunzelnd. »Gib mir eine Liste derjenigen, die du verdächtigst, dass sie dahinterstecken könnten, und ich werde mein Team darauf ansetzen, sie zu durchleuchten. Ich kann mir vorstellen, dass, wer immer das auch getan haben mag, in finanziellen Schwierigkeiten steckt, und die sollten auffallen.«

Auch wenn mir der Gedanke, im Leben meiner Angestellten herumzuschnüffeln, nicht gefällt, kann ich es ebenso wenig ertragen, wenn mich jemand hintergeht. Ich nehme den Notizblock neben meinem Handy, schreibe ein paar Namen auf und reiche ihn dann Ryder. »Hoffen wir, dass ich damit falschliege.«

»Um ehrlich zu sein«, sagt Ryder, faltet das Stück Papier zusammen und schiebt es sich in die Hosentasche seiner dunklen Cargohose, »kann ich mir das nicht vorstellen.«

»Ich befürchte, da hast du recht.« Mein Handy piepst, und ich werfe rasch einen Blick darauf. Es ist eine E-Mail von einem Kunden, und ich konzentriere mich wieder auf Ryder. »Was ist mit den anderen Neuigkeiten?«

Ryder greift in seine Hosentasche und nimmt ein anderes Stück Papier heraus. »Mach dich bereit, denn das hier wird dich ganz sicher nicht glücklich machen.« Er reicht es mir.

Ich falte es auseinander und starre ein unscharfes Foto eines Mannes Mitte dreißig an, der eine blaue Baseballmütze trägt. »Was an dieser Person sollte mich stören?«

»Das ist Shawn Mason«, erklärt Ryder, »wie er gerade durch die Flughafenkontrolle geht.«

Mein Kopf ruckt hoch, und ich richte mich kerzengerade auf. »Er ist hier, in San Francisco?«

Ryder nickt. »Er ist etwa vor einer Stunde gelandet.«

Mir gehen so viele Dinge durch den Kopf, und es fällt mir schwer, mich auf einen Gedanken zu konzentrieren. Ich blicke wieder auf Masons Foto hinab und versuche zu sehen, was Taylor in ihm gesehen hat. Er sieht dürr aus, wie eine Ratte. »Was für einen Eindruck hast du von ihm?«

»Um ehrlich zu sein, wirkt er extrem normal«, antwortet Ryder. »Alex hat so viel ausgegraben, wie sie nur konnte, und sie hat einfach nichts gefunden. Er kommt aus einer Familie aus der Mittelschicht, und in seiner Kindheit ist nichts Auffälliges geschehen.«

»Seltsam.«

Ryder nickt. »Hat Taylor dir nichts erzählt?«

»Sie will nicht darüber reden.«

»Aus Angst?«

Ich denke darüber nach und schüttle dann den Kopf. »Nein, ich glaube nicht.« Zumindest vermittelt sie mir nicht das Gefühl, es wäre so. Sie schien, wenn es um Shawn und das, was geschehen ist, ging, ziemlich nüchtern zu sein. »Aber sie will nicht über ihn reden, und ich weiß nicht, warum.« Ryder schweigt, weil er weiß, es gibt nicht viel, was wir machen können, bis sie mehr erzählt, also fahre ich fort mit dem Gespräch: »Weißt du, wo er jetzt ist?«

»Natürlich weiß ich das.« In Ryders Stimme und seinen Augen kann ich lesen, dass ihn meine Frage amüsiert. »Wir sind ihm ins Twin Peaks Motel in der Market Street gefolgt. Ich habe vor Ort ein Überwachungsteam aufgestellt.«

»Hat er das Hotel schon einmal verlassen?«

»Nur einmal, um sich etwas zu essen zu besorgen, aber er ist gleich wieder zurückgekommen.« Ryder schweigt für einen Moment, mustert mich eingehend und versucht offenbar, meine Stimmung zu erraten. »Wie soll ich weiter vorgehen?«

Am liebsten wäre es, wenn die den Typen umbringen würden. Doch natürlich behalte ich diesen Gedanken für mich. »Bleibt ihm auf den Fersen.«

»Ich sage es noch einmal, es wäre einfacher für uns, wenn wir sie beschatten würden«, sagt Ryder. »Würde sie …«

Ich schnaube und lache freudlos. »Taylor wäre überhaupt nicht begeistert, wenn sie erfährt, dass ich Mason noch immer beobachte. Wenn sie erfahren würde, dass ich sie beschatten lasse, würde sie ausflippen. Wir folgen ihm weiter.«

»Also gut.« Ryder fährt sich mit der Hand über sein kurz geschorenes Haar und steht auf. »Aber das ist etwas, was du nicht vor ihr geheim halten kannst, vor allem nicht, dass Mason jetzt hier ist. Es ist nicht mehr sicher für sie.«

Ich seufze, weil ich weiß, wie schwierig dieses Gespräch werden wird. »Ja, das weiß ich, und ich werde es ihr noch sagen.«

Ryder greift wieder in seine Hosentasche und reicht mir eine Visitenkarte. »Vielleicht solltest du ihr die hier geben. Es ist eine Kontaktperson bei der Polizei. Er ist ein guter, ehrlicher Cop und wird ihren Fall behutsam behandeln.«

»Danke« sage ich zu ihm. »Hältst du mich auf dem Laufenden?«

»Das weißt du doch.« Ryder lächelt und reicht mir seine Hand.

Ich schlage ein. Mit harten Typen kann ich umgehen. Ich bin nicht behutsam. Ich sage ihnen, was Sache ist und wie ich die Dinge geregelt haben will, und dann warte ich darauf, dass sie die Bedingungen akzeptieren. Aber Taylor ist kein konkurrierender Geschäftsmann. Sie ist gefühlvoll und stark, und ich stelle mir vor, wie sie auf diese Neuigkeiten reagieren wird.

Und da wird mir eines klar: *Ich bin ein toter Mann.*

***

TAYLOR

Nach einem schnellen Mittagessen mit Allie, bei dem wir uns angeregt unterhalten haben, betrete ich den Fahrstuhl bei Bennett Inc. und drücke auf den Knopf mit der sechsunddreißig. Meine Füße schmerzen, weswegen ich froh bin, dass heute Freitag ist und ich sie bald in eine heiße Badewanne stecken kann. Als die Tür sich hinter mir schließt, lehne ich mich gegen die Wand und schreibe hastig eine Nachricht an meine Mom, in der ich ihr auf die Nachricht antworte, die sie mir heute Morgen geschickt und in der sie gefragt hat, ob ich am Mittwoch zum Abendessen vorbeikomme: *Ja, ich werde da sein. Allie auch.* Zumindest hatte Allie das zu mir gesagt, als wir heute zu Mittag gegessen haben. Dann schiebe ich mein Handy wieder zurück in meine Handtasche, der Fahrstuhl beginnt, hinaufzufahren, und ich lächle in mich hinein. In letzter Zeit läuft es ziemlich gut bei mir.

Ich beginne langsam, mir eine Routine aufzubauen, und das Leben hat begonnen, schöner zu werden. Meine Mom hat mich schon zigmal angerufen, und obwohl ich sie dann immer update, habe ich ihr noch nichts von Darius erzählt. Vielleicht sollte ich ihr anvertrauen, dass wir wieder miteinander ausgehen, aber ich will nicht, dass sie sich wieder Hoffnungen macht. Denn eine Menge von dem, was zwischen Darius und mir vorgeht, hat mit Darius zu tun. Ich denke an ihn bei jeder Etage, an der ich vorbeifahre, bis sich die Tür des Aufzugs aufschiebt und ich die schwarz gestrichene Wand mit den großen grauen Buchstaben sehe, die den Schriftzug *Bennett Inc.* bilden.

Ich steige aus dem Aufzug und mache einen Schritt vor, bevor ich beinah in eine große Gestalt laufe.

»Entschuldigung«, quietsche ich und springe zurück. Dann blicke ich auf und sehe in mir vertraute dunkle Augen, bei deren Anblick mir wieder einfällt, wer dieser Mann ist, und ich zucke sogar noch in Gedanken zusammen.

»Ich befürchte, ich habe keine gute Nachricht für dich, Darius«, sagt ein Mann in einem schicken Anzug und mit modisch geschnittenem schwarzen Haar mit weißen Strähnen darin. »Dein Vater bereitet dir große Probleme.«

Ich sitze neben Allie am Rand der Treppe, und wir belauschen ein Gespräch, was wir mit ziemlicher Sicherheit nicht sollten. Aber ich werde Allie auf keinen Fall allein in diesem Haus mit ihrem Halbbruder lassen. Er ist für uns beide ein Fremder. Ich wende mich ihr zu und flüstere: »Wer ist der Typ bei Darius?«

»Das muss sein Anwalt sein«, flüstert Allie zurück, und ihre Aufmerksamkeit ist weiter auf das Wohnzimmer gerichtet, das wir von der Treppe aus sehen können. »Darius hat mir gesagt, dass er heute Abend vorbeikommen würde.«

Der Anwalt sieht elegant aus. Mann, Darius in seinem maßgeschneiderten Anzug aber auch. Ich fühle mich ein wenig fehl am Platz, darum sehe ich mich im Eingangsbereich unter uns um. Mein Blick fällt auf die Kartons, die Allie gehören, und einige andere, von denen ich vermute, dass sie ihrem Halbbruder gehören.

Als Allie mir erzählt hat, dass Darius seine Eigentumswohnung in der Stadt verkauft und ein Haus in einem Vorort gekauft hat, hat sie dabei nicht erwähnt, dass dieses Haus aussieht, als hätte man es direkt aus der Zeitschrift House & Home ausgeschnitten. Aber für mich fühlt sich dieses Haus gruselig an, so, als hätten die ehemaligen Bewohner einfach das Nötigste zusammengepackt und wären Hals über Kopf verschwunden, wobei sie lediglich ihre Klamotten und persönlichen Gegenstände mitgenommen haben. Doch wie es aussieht, kaufen reiche Leute Häuser gleich komplett mit dem neuesten Wohndesign eingerichtet.

»Was, schlägst du vor, soll ich jetzt machen?«, fragt Darius mit angespannter Stimme.

Sein Anwalt geht zu der Bar in der Ecke des Zimmers, schenkt sich selbst einen Scotch ein und setzt sich dann in einen der Sessel. »Du hast das Geld aus dem Verkauf deiner Eigentumswohnung und deinen Treuhandfonds benutzt, um dieses Haus zu kaufen, und du hast noch dein Auto, das ist bereits abbezahlt.« Er hebt das Glas an die Lippen und nimmt einen Schluck. »Die Fonds, die deiner Firma gehören, sind ebenfalls sicher, aber dein Vater fungiert nicht mehr als Investor. Ich muss dir nicht sagen, dass du sofort neue Investoren finden musst, ansonsten wird deine Firma den Bach runtergehen.« Ich reiße den Kopf zu Allie herum und flüstere: »Ernsthaft? Sein eigener Vater würde ihm so etwas antun?« Und das nur, weil Darius Allie bei sich aufgenommen hat?

Allie zuckt ein wenig mit den Achseln. »Ja, ich schätze schon. Ich bin ihm erst einmal begegnet, und es war furchtbar.«

Gott, Darius' Vater ist der schlimmste Mensch, von dem ich jemals gehört habe. Kein Wunder, dass Allies Mom sich von ihm hat scheiden lassen und auf den ganzen Reichtum verzichtet hat, um ein gewöhnliches Leben führen zu können, in dem Menschen einander lieben. Zu sehen, wie verletzt Allie ist, lässt mein Herz bluten und zerreißt mich gleichzeitig.

Erneut drehen wir uns um und belauschen weiter das Gespräch, das eine Etage unter uns stattfindet.

»Ich bin mir nicht sicher, was ich dir raten soll, Darius«, sagt der Anwalt. »Wenn du deine Firma über Wasser halten willst, wirst du wieder ganz von vorne beginnen müssen. In dem Moment, in dem deine Investoren hören, dass dein Vater aussteigt, werden sie ihm folgen.«

»Dessen bin ich mir bewusst« ist alles, was Darius dazu sagt, und sieht dabei aus dem großen Erkerfenster.

Der Anwalt leert seinen Drink, steht auf und stellt das Glas auf das Ende des Tisches vor ihm. »Was soll ich für dich tun?«

Eine Minute vergeht, und selbst ich kann die Spannung in diesem Zimmer spüren.

Dann sagt Darius schließlich: »Mach die Papiere fertig, um die Geschäftsbeziehungen mit meinem Vater aufzulösen. Ich muss als Erster handeln und hoffen, dass mich das in einem besseren Licht dastehen lässt.«

Der Anwalt zögert. »Bist du dir sicher, dass das der richtige Schritt ist? Dein Vater könnte seine Meinung noch ändern.«

Darius wendet sich vom Fenster ab und streckt ihm seine Hand entgegen. »Ja, ich bin mir sicher.«

Nachdem sie sich die Hände geschüttelt haben, bringt Darius den Anwalt noch zur Tür, und sie verabschieden sich. Ich starre Darius' Rücken an, und selbst wenn ich diesen Mann nicht kenne, kann ich doch seine Erschöpfung und seine Anstrengung in seiner Haltung sehen. Und das ist alles Mist. Denn dieser Typ versucht das Richtige zu tun, indem er Allies Vormund wird, ohne ihr vorher auch nur einmal begegnet zu sein, aber die Welt scheint ihn dafür bestrafen zu wollen, anstatt ihn zu belohnen.

Manchmal verstehe ich das Leben nicht. Warum mussten Allies Eltern sterben? Wieso konnte sie nicht bei meiner Familie und mir bleiben? Wieso gab es so viel Schmerz? Warum hat Darius' Vater ihn von seiner Mutter ferngehalten? Warum hat dieser Vater seinem Sohn nichts von Allie erzählt, damit sie sich kennenlernen können?

Mein Kopf und mein Herz tun weh.

Darius schließt die Tür und verriegelt sie dann. »Wisst ihr nicht, dass es unhöflich ist, Gespräche zu belauschen, die euch nichts angehen?«

Ich keuche und Allie auch.

Selbst Darius' Stimme ist angespannt, aber da dreht er sich um und lächelt. »Ihr beide müsst noch an euren Fähigkeiten als Spione arbeiten. Sie sind wirklich furchtbar.«

Die Welt scheint nur noch aus ihm zu bestehen, und ich kann spüren, wie Hitze meinen Körper überzieht. Ich kann nicht anders, ich erröte einfach, wann immer er mich ansieht. Ich weiß, es ist falsch zu denken, dass er süß ist. Er ist Allies Halbbruder. Dieser Typ ist allerdings wirklich süß. Und er hat auch noch einen tollen Körper. Aber da ist noch mehr an ihm. Er ist ganz anders als die Jungs, die ich kenne. Er ist so cool.

Ich lächle ihn an, und er zwinkert mir zu, bevor er geht.

»Er tut mir so leid«, sagt Allie und reißt meine Aufmerksamkeit von ihrem absolut scharfen Bruder los und lenkt sie wieder auf meine furchtbar traurige beste Freundin. Tränen treten ihr in die Augen, und ihr Kinn zittert. »Er gibt alles für mich auf, Taylor. Alles.«

»Ich weiß«, erwidere ich. »Aber für ihn scheint es okay zu sein.«

Eine Träne rinnt ihr über die Wange, und sie zieht die Beine an den Leib und legt das Kinn auf den Knien ab. »Ich glaube, er versucht nur, das Richtige zu tun. Aber was bringt ihm das? Sein Vater hat ihn enterbt, und jetzt muss er darum kämpfen, seine Firma über Wasser zu halten.« Sie schweigt eine Sekunde lang und knurrt: »Verdammt, ich hasse seinen Vater.«

Ich schlinge die Arme um sie und lehne meinen Kopf gegen ihren. »Ich hasse ihn auch.«

Und jetzt, fast zehn Jahre später, blicke ich in das Gesicht genau dieses Mannes.

Darius' Vater reagiert gar nicht darauf, dass ich mich bei ihm entschuldige, weil ich fast in ihn hineingerannt wäre. Zum einen ist es wahrscheinlich unter seiner Würde, mit jemandem wie mir zu reden. Zum anderen hat er wahrscheinlich keine Ahnung, wer ich bin, weil wir uns noch nie zuvor begegnet sind. Doch hin und wieder sehe ich einen Artikel über ihn in den Zeitungen. Er ist ein sehr reicher Investor. Ich bewege mich geistesabwesend auf Darius' Büro zu, und mein ganzer Körper kribbelt.

»Er hat gerade Zeit«, sagt Charlotte, die hinter ihrem Schreibtisch sitzt. »Gehen Sie nur rein.«

Als ich Darius' Büro betrete, schwirrt mir noch immer der Kopf. Er sitzt hinter seinem Schreibtisch. »War das dein Vater?«, frage ich ihn.

Darius hebt den Kopf. »Wie bitte?«

»Dein Vater, war er das gerade?«

Seine Augenbrauen ziehen sich zusammen, als er nach seinem Handy greift und es gegen sein Ohr drückt. »Charlotte, war mein Vater hier? Okay. Perfekt. Vielen Dank.« Er legt wieder auf. »Ja, mein Vater war hier. Charlotte hat mir gesagt, dass er einige Dokumente vorbeigebracht hat. Schließ bitte die Tür, wir haben etwas zu besprechen.«

Ich mache, worum er mich gebeten hat, wirbele aber rasch wieder herum, damit er diesem Thema nicht wieder ausweichen kann. »Warum war er hier?«

Darius seufzt, lehnt sich zurück und sieht mich wachsam an. »Ich überlege, mit ihm Geschäfte zu machen.«

»Bitte sag mir, dass du das nicht ernst meinst«, sage ich und gehe auf ihn zu.

Er zögert. Dann: »Es geht hier um Geld, Taylor, nicht mehr und nicht weniger.«

»Nun ja, es sollte hier um gar nichts gehen«, erwidere ich, stemme die Hände in die Hüften und starre ihn nieder. Ich kann das nicht glauben. Ich kann nicht glauben, dass er das machen will. »Was würde es dich kosten, wenn du Geschäfte mit ihm machst?«

»Es wird mich nichts kosten. Wenn überhaupt, wird es mir eine Menge Geld einbringen«, sagt er, und seine Stimme ist bar jeden Gefühls.

Ich schnaube und verschränke die Arme vor der Brust. »Ich spreche von dir, von dem, was du persönlich investierst, und das weißt du auch. Wann hast du angefangen, wieder mit ihm zu reden?«

»Er ist neulich hier aufgetaucht. Das war das erste Mal in zehn Jahren, dass ich mit ihm gesprochen habe.« Eine Minute lang mustert mich Darius vorsichtig und spricht dann weiter: »Ich habe sein Angebot noch nicht angenommen, also gibt es keinen Grund für dich, gleich auszuflippen.«

»Und ob es den gibt.« Ich will ihn anschreien. Ihn vielleicht sogar schütteln.

Darius zögert, seufzt dann tief und legt die flachen Hände auf den Schreibtisch. »Ich muss wegen etwas anderem mit dir reden, aber vielleicht sollten wir das besser verschieben, bis du wieder bessere Laune hast.«

Ich sehe ihn mit zusammengekniffenen Augen an, denn ich kenne Darius. Wenn es aus finanzieller Sicht Sinn macht, Geschäfte mit seinem Vater zu machen, wird er zustimmen. Aber gleichzeitig wird mir klar, dass er im Moment nicht mehr darüber reden will. Und wenn er nicht will, dann will er nicht, also mache ich bei seinem Themenwechsel mit. »Du kannst es mir auch gleich sagen. Ich kann mir nicht vorstellen, dass meine Laune noch schlechter werden kann, als sie es ohnehin schon ist.«

»Shawn ist in San Francisco.«

»Nein, ich habe mich getäuscht, sie kann es doch.« Mein Herz beginnt zu rasen, meine Finger ballen sich zu Fäusten. Wie kann er es wagen? »Kannst du mir bitte erklären, woher du das weißt?«

Darius steht auf und stellt sich vor mich hin. Sein Blick ist wachsam. »Du hast mich erwischt. Ich sitze in der Falle. Ich weiß nicht, wie ich diese Frage beantworten soll, ohne dich wütend zu machen.«

»Warum?«, frage ich, hebe die Augenbrauen, in der Hoffnung, er kann sehen, wie wütend ich bereits bin. »Weil ich dir gesagt habe, dass du dich heraushalten sollst?«

Er vermeidet es sorgsam, mir diese Frage zu beantworten, greift in seine Hosentasche und reicht mir eine Visitenkarte. »Hier, die ist für dich.«

Ich sehe die Karte an; sie gehört einem Polizisten. »Was ist das?«

Er hebt die Augenbrauen. »Ich denke, das erklärt sich von selbst.«

Natürlich tut es das, aber ich will es von ihm hören. Ich will, dass er zugibt, was er getan hat. »Offensichtlich tut es das nicht, sonst würde ich ja nicht fragen.«

»Shawn ist hier, Taylor«, sagt Darius sanft, doch in seinen Augen sehe ich, dass ihn das bedrückt. »Ich mache mir Sorgen um dich.«

Ich nehme die Karte und wedle sie von einer Seite zur anderen. »Also gibst du mir die hier, weil du willst, dass ich zur Polizei gehe und eine einstweilige Verfügung erwirke?«, frage ich, um sicherzugehen.

Er zuckt mit den Schultern. »Das ist deine Entscheidung, aber zumindest habe ich dir den nötigen Kontakt vermittelt.«

Ich schüttle frustriert den Kopf. Irgendwie schafft er es, es zu meiner Entscheidung zu machen, auch wenn sie das von Anfang an nicht gewesen ist. »Nur weil ich die Karte annehme, heißt das noch lange nicht, dass ich zur Polizei gehen werde. Das weißt du doch, oder?«

»Natürlich.«

Ich stecke die Karte in meine Hosentasche und bin mir sicher, dass ich sie niemals benutzen werde. Aber es fühlt sich auch richtig an, sie anzunehmen. Ich bin kein Idiot. Ich mache mir Sorgen, weil Shawn hier ist, obwohl ich nicht glaube, dass er eine Bedrohung für mich darstellt. Es wäre dumm, etwas anderes zu glauben.

Außerdem kann ich Darius nicht dafür hassen, dass er mich beschützen will. Das, was mir nicht gefällt, ist, dass er diese Grauzone ausnutzt, um das zu bekommen, was er haben will. Zur Hölle, ich bin mir sicher, dass das der Grund ist, weswegen er Milliardär ist. Doch ich bin nicht einer seiner Geschäftsdeals und ich will, dass er die Grenzen, die ich in meinem Leben aufstelle, auch respektiert.

»Kein Herumwühlen mehr in Dingen, die dich nichts angehen«, sage ich mit fester Stimme zu ihm.

»Verstanden.« Er grinst.

Ich ignoriere, wie sexy dieses Grinsen ist, und füge hinzu: »Du wirst Shawn nicht beschatten, oder?«

»Sprechen wir nicht darüber.« Sein Grinsen wird breiter.

Na schön. Denn selbst ich weiß, dass das ein Kampf ist, den ich nicht gewinnen kann. »Ich hoffe wirklich, dass du keine Geschäfte mit deinem Vater machen wirst.«

»Sprechen wir auch nicht darüber.«

Ich schnaufe und verschränke die Arme vor der Brust. »Ich bin noch immer wütend auf dich.«

Er packt meine Arme und zieht mich gegen seinen gestählten Körper. »Dann sei wütend.« Er küsst mich auf die Nase. »Wenigstens bist du dann sicher.«

Kapitel 10

DARIUS

Später am Abend, auf einem Hügel in der Nähe der Twin Peaks, von dem aus man die Golden Gate Bridge sehen kann, sehe ich Taylor dabei zu, wie sie sich auf die Motorhaube meines kirschroten Jaguar F-Type setzt. Mein Handy klingelt, und ich hebe es ans Ohr. »Darius.«

»Hey, Ryder hier. Hast du gerade Zeit zu reden?«

»Ja.« Ich wende mich ab und gehe zum Rand der Klippe, damit wir ungestört miteinander sprechen können. »Schieß los.«

»Alles klar, also«, Ryders Stimme ist angespannt, man kann deutlich seine Besorgnis hören, »ich bezweifle, dass die undichte Stelle jemand ist, der für dich arbeitet. Wir konnten keine Person mit besonders auffälligen finanziellen Problemen finden. Und da Geld als Motiv ausscheidet, weiß ich nicht, warum jemand das sonst tun sollte.«

Ich stimme ihm zu, bin allerdings noch nicht bereit, die Idee ganz zu verwerfen. »Hast du auch tief genug gegraben?«

»Ich habe so tief gegraben, wie ich nur konnte«, bestätigt Ryder. »Aber selbst die engsten Familienmitglieder haben keine finanziellen Probleme. Wir haben keine Spuren von Erpressung oder einem anderen Grund gefunden, aus dem jemand schnell Geld brauchen würde.«

Ich sehe auf meine Füße hinab, sehe jedoch nichts als die dunklen Schatten der gefährlichen Felsen tief unter mir. »Was ist mit einer Krankheit? Hat irgendjemand einen Verwandten oder engen Freund, der im Sterben liegt?«

»Nein. Das haben wir auch gecheckt. Glaube mir, Darius, da ist nichts. Alle Personen, die wir durchleuchtet haben, sind sauber.«

Ich schätze, das sind gute Nachrichten. Aber dennoch will ich Antworten auf sämtliche Ungereimtheiten. Das muss alles aufgeklärt werden. Ich fahre mir mit der Hand über das Gesicht, und meine Handflächen kratzen über meine stoppeligen Wangen. »Wohin führt uns das?«

»In eine Sackgasse.« Ryders Stimme spiegelt seine Frustration wider. »Morgen schaue ich in Gabes Bar vorbei und sehe, was ich dort herausfinden kann. Ich lasse dich wissen, ob das etwas gebracht hat.«

»Mach das.« Ich zögere. »Danke für deine Hilfe.«

»Es betrifft uns alle«, sagt Ryder, und dann ist die Leitung tot.

Verdammt, schreie ich innerlich auf. Alles, was ich will, ist diese Person davon abhalten, uns zu jagen, und ich bin keinen Schritt näher an diesem Ziel, als ich es nach dem ersten Artikel in der Klatschpresse war. Ich schiebe meine Ängste, die mitten in meiner Brust sitzen, tief in meine Eingeweide und stecke das Handy wieder in meine Hosentasche.

Als ich wieder zu Taylor gehe, bleibt die Zeit stehen.

Mein Jaguar ist ein flotter Wagen, aber er hat nie schnittiger ausgesehen als in diesem Moment. Eine sehr nackte Taylor räkelt sich auf der Motorhaube. Das Funkeln in ihren Augen und ihr entschlossener Blick halten mich gefangen. Sie bettelt mich an, dass ich zu ihr kommen soll. Und genau das mache ich.

Ich bin mir bewusst, dass jemand hier hochfahren und uns dann sehen könnte, aber ich weiß auch, wie unwahrscheinlich das ist. Diese Gegend ist zu abgelegen, und ich habe das Grundstück vor Jahren gekauft, damit hier nichts gebaut wird. Hier kommt niemand her.

Ich spiele einfach mit, komme näher, und mir fällt auf, wie schwer ihre Brust sich hebt und senkt. Für jemand, der so einen mutigen Schritt macht, ist sie manchmal wirklich ängstlich. Ich genieße diese kleinen Befürchtungen, die sie hat, fahre langsam ihr Bein entlang und sehe zufrieden, wie sie schaudert. Ihre harten Nippel schreien danach, dass ich meine Zunge langsam darüberfahren lasse und ihre Beine weit spreize; sie laden mich dazu ein, sie zu besitzen. Mein Schwanz zuckt vor Eifersucht, weil er will, dass sie mit ihren Händen über seine steinharte Länge streichelt, anstatt über die glatte, glänzende Motorhaube, wie sie es jetzt gerade macht.

Langsam sehe ich zu ihrem Gesicht. Es gibt so viel, was ich von ihr haben will. Ich will ihre Seele, ihren Körper. Ich will sie, genau so. Will, dass sie mir gehört, damit ich sie betrachten kann, bis mein Verlangen aus meinem Kopf verschwunden ist.

Sei zärtlich, ermahne ich mich selbst und drücke meine Hände zu beiden Seiten ihres Brustkorbs. »Prinzessin, du spielst mit dem Feuer.«

»Gut«, sagt sie rau und mit verschleiertem Blick. »Lass mich brennen.«

»Verdammt«, knurre ich, senke den Kopf und küsse ihren runden Bauch. Herrgott, der Duft dieser Frau, einfach alles an ihr, zwingt mich in die Knie. Ihr leises Stöhnen dringt durch mich hindurch, während sie sich auf dem Auto windet, ihre Beine noch weiter spreizt und mich drängt, an die Stelle zu gehen, an der sie sich am meisten nach mir sehnt. »Soll ich dich hier berühren?«, frage ich sie und puste sanft gegen ihre feuchte Hitze.

»Oh Gott, ja«, haucht sie.

Wieder puste ich sanft, necke sie, führe sie in Versuchung, mache sie wahnsinnig. Sie drückt den Rücken durch, bietet sich mir an, und ich starre auf ihre Spalte, und mein Magen zieht sich zusammen, angesichts meines Verlangens, sie verschlingen zu wollen. Natürlich könnte ich nachgeben und ihrer Bitte nachkommen, aber wo bliebe dann der Spaß?

Ich packe ihre Schenkel und ziehe ihren Hintern bis zum Rand der Motorhaube, grinse, als sie aufkeucht und überrascht die Augen aufreißt. Dann küsse ich sie. Hart. Leidenschaftlich. Jede Berührung meiner Lippen auf ihren lässt mich höher schweben, bringt mich dazu, für einen Augenblick so tun zu wollen, als würde ihr Körper wieder mir gehören. Als ich mich ihren Bauch hinab küsse, wird mir die Brust eng, und ich necke sie, indem ich sie mit dem locke, was sie sich so sehr von mir ersehnt.

Langsam, Kuss für Kuss, drücke ich meine Lippen auf ihr warmes Fleisch, bis ich die Stelle zwischen ihren Schenkeln erreiche. Ich atme tief ein, rieche sie, und dann koste ich sie mit meiner Zunge. Nicht für sie. Das hier ist nur für mich. Ich lecke die seidige Flüssigkeit auf, die sie mir anbietet, und ich lasse mir Zeit damit, den Geschmack auf meiner Zunge auszukosten. Ich warte, bis er aus meinem Mund verschwunden ist, und mache dann weiter.

Ich lege mir ihre Beine über die Schultern und beginne, meine Zunge um ihre Klitoris kreisen zu lassen, genau so, wie sie es mag. Ihr Stöhnen ist das Einzige, worauf ich mich jetzt noch konzentriere. Ich kann hören, wie es höher wird und immer schneller ihren kleinen hübschen Mund verlässt. Sie bäumt sich mir entgegen, als ich spielerisch an ihrer fleischigen Haut knabbere und einen Finger in ihre warme Spalte schiebe. Dann grinse ich vor männlichem Stolz, weil ich sehe, wie sie beginnt, sich auf der Motorhaube zu winden.

Gerade, als ich sie in die höchste Höhe katapultieren will, packt sie mein Handgelenk. »Fick mich, Darius. Bitte, lass mich nicht länger warten.«

Ich stöhne, sehe auf und blicke in ihre hungrigen Augen. Ihr Flehen lässt jede Mauer in mir, die ich aufgebaut habe, um meinen Schwanz davon abzuhalten, tief in sie zu gleiten und ihren Schmerz einfach wegzuvögeln, bröckeln. Sie hebt die Hüften, reibt ihre süße, warme Spalte gegen meinen Mund, was ein offensichtlicher Versuch ist, mich zu reizen.

Er funktioniert.

Sie hat mich in der Hand.

»Bitte«, sagt sie abermals und hebt die Hüften immer wieder an. »Bitte, ich brauche das.«

Ich umkreise mit meiner Zunge ihre Klitoris, und Taylor keucht laut auf, bevor ich mich aufrichte und meine Hände neben ihren Schultern platziere. Ihre Nippel sind hart und ersehnen meinen Mund. Ihr Körper ist bereit, bereit für mich. Ich blicke in ihre gefühlvollen Augen, die auf ewig in meine Gedanken gebrannt bleiben werden.

»Sag es noch einmal«, verlange ich.

Sie zögert keine Sekunde. »Fick mich.«

Ich kann ihr nichts abschlagen. Zur Hölle mit den Konsequenzen.

Mit rauen Händen und zittrigen Bewegungen schaffe ich es, ein Kondom aus meiner Geldbörse zu ziehen, mir die Hose bis zu den Knien zu schieben und es über meinen pulsierenden Schaft zu streichen. Wieder treffen sich unsere Körper, ihre weiche Haut an meinem harten Körper, und ich vergrabe meinen Kopf an ihrem Hals und atme tief Taylors süßen Duft ein.

Fünf Jahre lang habe ich mir gewünscht, wieder in diesem Körper zu sein. Fünf Jahre lang war ich mit anderen Frauen zusammen und habe mir dabei doch nur gewünscht, dass sie Taylor wären. Angesichts all dieser Gefühle in mir und meinem Verlangen, sie zu beschützen, kann ich nichts anderes machen, als zügellos in die einzudringen und sie hart zu nehmen.

Ihr harsches und raues Stöhnen fährt über mich hinweg, ich packe ihren Hintern mit meinen Händen, massiere die Backen und hebe sie an, damit ich bei jedem Stoß tiefer komme. Mein harter Körper an ihrem weichen, zwischen uns darf kein Zentimeter Luft sein, und alles, was ich will, ist, dass sie in Sicherheit ist. Ihr Schoß zieht sich verdammt eng um mich, und ich fürchte, dass, wenn ich sie ansehe, ich einfach kommen werde. Denn es ist nicht nur Taylors Körper, den ich will, sondern auch ihre Seele, und ihre Seele lebt in ihren Augen. Ich küsse ihren Hals, genau so, wie es ihr am besten gefällt. Ich knabbere. Ich lecke. Ich atme tief an ihrer Haut ein. Ich führe sie nicht langsam an ihren Orgasmus heran, lasse mir nicht Zeit damit. Ich bringe uns schnell zum Höhepunkt. Es ist *zu viel.* Sie ist *zu viel.* Herrgott, sie ist *alles.*

Ihre Muskeln beginnen, meinen Schaft zu umklammern, und ich lasse die Stärke meines Körpers frei, klatsche gegen ihren, das Auto unter uns wackelt und lässt ihr keine andere Möglichkeit, als zu kommen.

Eine Sekunde später macht sie genau das. Ihre Lustschreie spiegeln mein eigenes Brüllen wider, und wir zucken und winden uns, verlieren uns an einem Ort, der schmutzig und rau ist und für immer uns gehören wird.

Wir verharren einfach so, ihr Schoß massiert meinen schlaff werdenden Schwanz, und erst, als ich wieder zu Atem gekommen bin, finde ich endlich die Kraft, mich aufzurichten und über sie zu beugen. In dem Moment, als ich ihr in die Augen schaue, sehe ich Probleme. Ich schiebe ihr das verschwitzte Haar aus dem Gesicht, um einen besseren Blick auf ihre traurigen Augen werfen zu können. »Was ist los?«

»Oh mein Gott, nichts«, sagt sie und lächelt sanft.

Ein anderer Mann würde eine befriedigte Frau sehen. Aber ich bin kein anderer Mann. »Sag mir, was los ist. Jetzt.«

Sie sieht ein, dass ich nicht lockerlassen werde, bis sie mir geantwortet hat. »Ich schätze, nur …«

Ihre Wangen röten sich, und sie wendet den Blick ab. »Du hast mich nicht versohlt, oder etwas in der Art.«

Ich kann sie nur überrascht ansehen. Der harte Sex … Sie hat sich daran erinnert, wie ich sie früher genommen habe, und offensichtlich hat sie es vermisst und sich gewünscht, dass ich es an diesem Abend auch gemacht hätte. Meinem Stolz gefällt das sehr.

Ich stehe auf und packe meine Hose, die mir um die Knöchel hängt. »Zieh dich an.«

Hastig setzt sie sich auf. »Was? Wo gehen dir denn hin?«

Ich packe ihr Kinn und halte ihren Blick gefangen. »Wenn du etwas willst, Taylor, bitte mich darum. Du willst es schmutzig?«

Sie hält, offensichtlich beschämt, inne. »Ja«, flüstert sie schließlich.

»Dann komm mit.« Ich grinse sie herausfordernd an. »Lass uns schmutzig sein.«

***

TAYLOR

Eine Stunde später halte ich Darius' Hand, während er mich durch einen gut beleuchteten unterirdischen Tunnel führt, den wir durch eine gut bewachte Tür unterhalb des Parkhauses von Bennett Inc. betreten haben. »Ist das der Moment, an dem du mir erzählst, du bist ein Serienkiller und dass du mich jetzt in meinen Tod führst?«, mutmaße ich.

Darius sieht zu mir, und seine Augen funkeln vergnügt. »Nein.«

Ich sehe auf die runden Zementzylinder, die uns umgeben. »Weißt du, es ist gut, dass ich dir so sehr vertraue, ansonsten würde ich jetzt nämlich ausflippen.« Okay, vielleicht tue ich das ja tatsächlich ein bisschen.

»Aber du vertraust mir«, er drückt meine Hand ein wenig fester und zieht mich weiter, damit ich mit seinem schnellen Tempo mithalten kann, »also ist dieses Gespräch sinnlos.«

Natürlich hat er recht. Ich schlucke meine restlichen Fragen herunter, bis ich eine weitere gut abgesicherte Tür am Ende des langen Tunnels sehe. »Warte. Du arbeitest für die CIA, habe ich recht?«

Darius schüttelt lachend den Kopf, drückt seinen Daumen gegen den Scanner für Fingerabdrücke neben der Tür. »Darius Bennett«, sagt er, anstatt meine Frage zu beantworten.

Meine Aufmerksamkeit richtet sich von ihm weg, auf die Tür, die sich mit einem Klicken öffnet, und er betritt den Raum. Weiches Licht flammt auf, und langsam trete ich hinter ihm ein, unfähig, das, was ich da sehe, vollkommen zu verstehen.

Flogger hängen ordentlich an der Wand, neben Peitschen, Gerten und Paddeln. »Wo, zur Hölle, hast du mich hingebracht?«, ist das Einzige, was mir als Frage einfällt.

»Hier pflege ich zu spielen«, sagt Darius hinter mir.

Ich blicke von den beiden Holzbrettern, die ein X formen, zu der Bank und zu den Ketten, die von der Decke hängen. »Wo sind wir hier? In deinem Haus?«

»Wir sind in einem Sexclub, den ich besitze. Er heißt *Masquerade.*«

Ich werfe einen Blick über die Schulter und sehe, dass er mit verschränkten Armen an der Tür lehnt. »Du besitzt einen Sexclub?«

Er nickt. »Schon seit vielen Jahren, aber im Augenblick bin ich eher stiller Teilhaber als Manager.«

»Oh, okay, cool« ist alles, was mein Gehirn gerade zustande bringt.

Ich versuche, das alles zu verstehen, aber mir dreht sich der Kopf. Darius hat es schon immer gerne verrucht gehabt, als wir noch zusammen waren. Das habe ich geliebt. Zur Hölle, heute Abend auf dem Auto wollte ich diese Seite von ihm sehen, die ich an ihm liebe. In der Zeit, als wir voneinander getrennt waren, habe ich sehr viel an diese dominante Seite von ihm denken müssen. Er mochte schmutzigen Sex, und mir hat es gefallen, diesen schmutzigen Sex zu bekommen. Aber wie es aussieht, hat Darius sein verruchtes Verlangen auf ein ganz neues Level gebracht, seit wir kein Paar mehr sind.

Ein Sexclub? Whoa.

Ich beginne mich zu fragen, ob es das war, was Allie versucht hat, mir zu sagen. Ich bekomme das Gefühl, sie weiß von diesem Ort und davon, was Darius hier treibt. Allerdings will ich nicht wissen, woher sie das über ihn weiß.

Ich hebe das Kinn, tue so, als wäre ich nicht völlig überrumpelt, und trete in die Mitte des Raumes. Von dort aus kann ich ein Lederhalsband sehen, das an der Wand hängt. Ich gehe dorthin und streiche mit meinen Fingern über den kühlen Metallring an dem dicken Leder. »Kommst du oft hierher?«, frage ich und versuche gleichzeitig, meine Fassung wiederzufinden.

»Nicht mehr, nein.«

»Warum?« Ich gehe weiter in diesem Raum umher, fahre mit den Fingern über eine mit Leder bezogene Chaiselongue, die unter einigen schwarzen Seilen steht, die an der Wand hängen.

»Ich habe hier öfter gespielt, als du wahrscheinlich wissen willst. Es wurde …«, er hält kurz inne und wählt seine Worte mit Bedacht, »… mir wurde langweilig; das, was dieser Raum mir zu geben hatte, reizte mich nicht mehr.«

Ich denke über diese Information nach und beschließe, dass ich nicht an all die Frauen denken will, die Darius in diesem Raum berührt hat. Auch wenn mir dieser Gedanke in den Sinn kommt, stört er mich jedoch nicht so sehr, wie er es eigentlich sollte. Er ist jetzt nicht mit einer dieser Frauen zusammen. Er ist mit mir in sein Spielzimmer zurückgekehrt. »Aber du bist jetzt wieder hier. Warum?«

»Weil ich dir hier das geben kann, was du brauchst.«

Ich will *Stimmt das?* sagen. Aber ich weiß es besser. Darius hat oft genug bewiesen, dass er weiß, was ich brauche, bevor ich es selbst überhaupt gemerkt habe. Ich bleibe einen Augenblick lang stehen, betrachte die Wände und frage mich, wie abgelegen dieser Raum wirklich ist. »Wieso gibt es keine andere Tür, außer der, durch die wir hereingekommen sind?«

»Weil es keine andere Tür gibt«, sagt er, steht steif wie eine Statue da und versucht, da bin ich mir sicher, meine Stimmung einzuschätzen. »Als ich den Club habe bauen lassen, habe ich auch diesen geheimen Raum in Auftrag gegeben, und jeder Frau, die ich hierhergebracht habe, habe ich auf dem Weg hierher die Augen verbunden.«

»Wirklich?« Ich runzle die Stirn. »Und die Frauen haben da mitgemacht?«

Er nickt, als wäre das die einzige Antwort, die ich brauche.

»Aber mir hast du nicht die Augen verbunden«, erinnere ich ihn sanft.

Er sieht mich so lange an, dass ich schon befürchte, er würde nicht darauf reagieren. Dann: »Nein, das habe ich nicht.«

Die Härte in seinem Blick sagt mir, dass er todsicher über etwas sehr Ernstes nachdenkt, aber sein Schweigen sagt mir, dass er auch nicht mehr dazu sagen wird. Ich fahre fort, den Raum zu erkunden, und als ich an einer hölzernen Liege vorbeikomme, auf der man wohl sehr gut jemanden versohlen kann, sickert Wärme durch meinen Körper. Mit den Fingern fahre ich über das glatte glänzende Holz. »Also …« Ich gehe weiter in dem großen Raum umher, fahre mit den Händen über die Paddel aus Leder und eines aus Holz, bevor ich wieder vor ihm stehe. »Warum hast du mich hergebracht?«

»Weil du hierherkommen wolltest.«

Ich werfe ihm ein freches Lächeln zu. »Ich kann mich nicht erinnern, das gesagt zu haben.«

»Das musstest du auch nicht.«

Und genau in diesem Moment, während ich ihn genau ansehe, weiß ich, ebenso wie er, dass er recht hat. Ich wollte es. Ich habe mich nach der Art, wie er mich früher berührt hat, gesehnt. Die Schläge auf den Po, die er mir verpasst hat. Die raue Weise, mit der er mit meinem Körper umgegangen ist, ganz so, als müsste er ihn besitzen. Die Leidenschaft, die von ihm ausging, wenn er mich berührt hatte. Darius weiß, wie man es einer Frau so richtig besorgt. Aber wenn man sich von ihm ficken lässt, nimmt man auch gleichzeitig alles in Kauf, was sich in diesem Raum befindet. Denn er ist kein einfacher Liebhaber. Er ist schmutzig, roh, und all das habe ich vermisst.

Eine Sekunde vergeht …

Und noch eine …

Dann spricht er mich wieder an. »Zieh dich aus.«

Es ist ein Befehl, das weiß ich.

Es ist ein Test, und wenn ich mich nackt ausziehe, werde ich dem zustimmen.

Ohne meinen Blick von ihm abzuwenden, ziehe ich mich langsam aus, streife jedes einzelne meiner Kleidungsstücke ab, bis warme Luft über meine zusammengezogenen Nippel streift.

Er lehnt noch immer an der Tür, sieht an meinem Körper hinab und lässt seinen Blick wieder nach oben wandern, bis seine Augen wieder meine finden. »Ich will, dass das vollkommen klar ist«, sagt er und sieht mich streng an. »In diesem Raum besitze ich dich auf jede Art und Weise, wie ich es will. Wenn dir das nicht gefällt, machen wir hier und jetzt Schluss damit.«

Ich nicke, unfähig zu sprechen, und mein Herzschlag hämmert in meinen Ohren.

Er macht einen Schritt auf mich zu, und es braucht meine ganze Kraft, um nicht einen Schritt zurückzuweichen. Es ist, als würde sein Körper meinen auf eine Weise kennen, auf die nicht einmal ich ihn kenne. Als wäre ich ein Buch, aber er liest meine Seiten nicht, sondern löscht alles darauf aus und schreibt sie neu.

Er bleibt vor mir stehen und hebt die Augenbrauen. »Nervös?«

»Ja.« Ich mache mir gar nicht erst die Mühe zu lügen. Wir wissen beide, dass es stimmt.

»Gut.« Sein Blick ist weich, vertrauensvoll, und dann beugt er sich vor und flüstert mir ins Ohr: »Bleib weiter ehrlich zu mir.« Als er sich wieder aufrichtet, bin ich so feucht, dass es schon unangenehm ist, und mir werden die Knie weich. »Wenn du stopp, Nein oder sonst irgendetwas sagst, das darauf hindeutet, dass dir nicht gefällt, was ich mache, werde ich aufhören. Ganz einfach.«

»Ich vertraue dir«, flüstere ich, und aus irgendeinem Grund weiß ich, dass er das von mir hören muss.

Sein Mundwinkel hebt sich. Ein teuflisches Lächeln. »Auch das ist gut, denn das wird den Spaß noch erhöhen.« Er betrachtet mich auf eine Weise, die mir unbekannt ist. Sie ist intensiv und kontrolliert, aber auch so leidenschaftlich, dass sie unmöglich aufzuhalten ist. Wieder beugt er sich vor, fährt mit den Fingern durch mein Haar und packt eine Strähne. Und dann fängt er mich in einem Kuss, der mich alles andere, außer dem Gefühl seiner Lippen auf meinen, vergessen lässt.

Es ist wunderschön. Es ist roh. Es ist das Natürlichste auf der Welt. Nie zuvor habe ich so etwas erlebt.

Als er sich von mir losreißt, bin ich außer Atem, und es dauert einige Sekunden, bis ich die Augen öffnen kann und sehe, dass er sich von mir entfernt. Gott, ich bin so entblößt, so nackt, während ich ihm dabei zusehe, wie er sein Jackett und seine Krawatte auszieht. Ich kann spüren, wie Schmetterlinge nervös in meinem Bauch herumflattern, als er seine Ärmel aufkrempelt. Ich verschränke die Finger ineinander, um sie davon abzuhalten zu zittern. Er öffnet eine Schublade und zieht etwas Schwarzes daraus hervor. Ich versuche zu sehen, was er da hat, und mir wird klar, dass er bereits ein Paar High Heels aus einer anderen Schublade gezogen hat. Ich weiß, er hat das bereits mit anderen Frauen gemacht, aber als er zu mir zurückkommt, die Schuhe vor mich hinstellt und ich hineinschlüpfe, kommt mir der Gedanke, wie seltsam es ist, dass er die richtige Schuhgröße parat hat. Mein Herz würde am liebsten glauben, dass jede Frau, mit der er zusammen war, ausgesehen hat wie ich. Doch als er sich wieder erhebt und mich ansieht, kann ich nur noch an ihn denken.

Er wird zu *allem*.

»Dreh dich um«, befiehlt er.

Ich mache es und drehe mich in den Schuhen mit den knapp acht Zentimeter hohen Absätzen so elegant um, wie ich nur kann. Mein Herzschlag hämmert in meinen Ohren, als er mein Haar zusammennimmt und es mir über eine Schulter schiebt. Ich senke den Kopf, versuche, so ruhig zu bleiben, wie er es ist, aber auf meinem Rückgrat bildet sich Schweiß. Er streckt die Hand nach mir aus, und ich sehe, dass er mir ein Unterbrustkorsett aus schwarzer Spitze anlegt. Ich bin erfüllt von Verlangen. Er schmückt meinen Körper für sich, und ich hebe meine Hände und nehme mein Haar zusammen, als er, leise und selbstbewusst, das Band des Korsetts zusammenzieht. Wann immer ich spüre, wie das Band durch die Spitze gezogen wird und sich auf meiner Haut bewegt, ist es, als würde ein Stromstoß durch meinen Körper schießen.

Ein letztes Ziehen, und Darius geht an mir vorbei zu der Wand, nimmt eines der Halsbänder vom Haken und greift wieder in die Schublade. Als er sich umdreht, kann ich eine silberne Kette mit einem schwarzen Ledergriff am Ende in seiner Hand sehen.

Mein Mund öffnet sich, durch das Korsett und die Hitze, die durch meine Adern schießt, scheint es schwerer geworden zu sein, Luft zu holen, und er tritt hinter mich und zieht das Halsband schön eng um meinen Hals fest. Ich blicke zu den Gerten vor mir an der Wand und erschauere vor Erwartung dessen, was noch kommen wird.

Sein warmer Körper drückt sich an meinen Rücken, seine Finger gleiten über die Stellen an meinem Hals, an denen man meinen Puls fühlen kann, ehe seine Hand sich langsam um die Vorderseite meines Halses legt, nicht stark genug, um mir die Luft abzuschnüren, aber stark genug, um mich die drohende Gefahr, die davon ausgeht, spüren zu lassen. »Ist es das, was du dir von mir gewünscht hast, Taylor?«, murmelt Darius an meinem Ohr.

Ich vertraue dir, hallt es in meinem Herzen wider. Ich schaudere an ihm, meine Augenlider flattern, und seine Finger streicheln seitlich über meinen Hals. »Ja.«

Er tritt vor mich, befestigt dann die Kettenleine an meinem Halsband, fährt mit der Hand an ihr entlang, zieht dann einmal kräftig daran und lässt mich so wissen, wer die Kontrolle hat. Anschließend führt er mich an der Leine zur Wand hinüber. »Such dir eines aus«, sagt er und deutet auf die Sexspielzeuge hinter ihm.

Ich schlucke hart und lasse meinen Blick über die Wand mit all den Spielzeugen wandern. Einige sehen teuflisch aus, *gemein*.

Aber ich konzentriere mich auf die schwarze Gerte mit dem großen flachen Ende. »Die.« Ich deute darauf.

Er öffnet seine Hand und hebt die Augenbrauen.

Aus irgendeinem Grund scheint es eines der schwersten Dinge der Welt zu sein, die Gerte zu nehmen und sie ihm zu reichen, doch ich mache es. Denn ich will, dass er mich genau so berührt. Und ich weiß, dass, egal, was auch geschehen mag, egal, womit er mich auch berühren mag, mich diese Berührung mit unglaublicher Lust erfüllen wird.

Darius legt sich, die Gerte in der Hand, die Leine über die Schulter, und ich folge ihm zurück in die Mitte des Raumes. Als er mich ansieht, habe ich keine Angst; ich kann das Funkeln in seinen Augen sehen. Dieser Moment gefällt ihm, es gefällt ihm, mich so zu sehen. Und ich will das sein, was immer ich für ihn sein soll. Ich will, dass er das genauso sehr genießt wie ich.

Er greift in seine Hosentasche und nimmt etwas heraus, was ich nicht erkennen kann. Seine Augen blicken in meine, und ich kann die Andeutung eines Lächelns auf seinem Gesicht sehen, als er mir eine schwarze Spitzenmaske anlegt. Und da lächle ich auch.

Darius liebt Spitze, das hat er schon immer. *Auf deinen Körper gehört Spitze*, hat er einmal zu mir gesagt.

Er tritt hinter mich und knotet die Maske hinter meinem Kopf fest, und da merke ich, dass ich noch ein wenig sehen kann. Und da wird mir klar, dass die Spitze für ihn ist – seine Vorliebe – und es nicht darum geht, dass ich nichts mehr sehen kann. Er hat die Kette noch immer in seiner Hand, schließt die Finger darum und hält die Kette straff, während er wieder vor mich tritt.

Mein Puls beginnt zu rasen, als er die kühle Ledergerte über meine Lippen streichen lässt, meinen Hals hinab, zwischen meinen Brüsten entlang, tiefer bis zu der Stelle, an der meine Schenkel zusammentreffen. Ich kann nichts anderes machen als dazustehen und zu zittern. Die Angst ist da, die Sorge, dass er mich hart schlagen und ich Schmerz verspüren werde. Aber dann blicke ich in seine Augen und weiß, es wird mir nichts passieren.

Langsam beginnt er sacht gegen meine Schenkel zu schlagen, bewegt sich meine Beine hinauf und hinab, bis er hinter mir steht und mit der stechenden Gerte auf meinen Hintern schlägt. Er schiebt mein Haar über meine Schulter, und dann nehme ich nichts mehr im Raum wahr, denn er beginnt langsam meinen Rücken hinab zu küssen und seine Lippen drücken sich zärtlich auf mein Rückgrat. Ich spüre, wie er hinter mir hockt und dann den ersten harten Schlag der Gerte. »Leg die Hände auf die Schenkel und beug dich ein wenig vor für mich, Baby.« Ich befolge seinen Befehl und kann fühlen, wie sich Röte auf meinem Gesicht ausbreitet, als er meine Pobacken spreizt. »So, so hübsch.« Seine Hand malt wieder Kreise auf meinen Pobacken, ehe ich einen weiteren Schlag mit der Gerte spüre, der auf meiner Haut brennt. Er kratzt mit den

Fingernägeln meinen Rücken hinab und über meinen erhitzten Po, dann zieht er die Backen noch weiter auseinander und sieht eine Seite von mir, die bisher auch nur er sehen wollte.

»Beweg dich nicht« ist alles, was er sagt, und danach höre ich nichts mehr. Ich kann nur seine Zunge spüren, wie sie auf teuflische Weise über meine Haut wandert. Heute, auf der Motorhaube, hat Darius mich verschlungen, als hätte er nach meinem Geschmack gehungert. Jetzt leckt er über meine Spalte, knabbert an meiner fleischigen Haut, als gehörte ich ihm. Es ist, als würde er meine Seele aus meinem Körper holen und sie in seine Hände legen, um damit zu spielen, wie es ihm beliebt.

Es ist so viel, so mächtig … ich habe die Kontrolle über gar nichts mehr. Dann spüre ich ein letztes langsames Lecken in mir und komme an seiner Zunge, atemlos und von tiefer Röte überzogen.

Erst als ich ihn »Du hast die Hände von deinen Schenkeln genommen« sagen höre und das Leder gegen meine Haut klatscht, kehren meine Sinne wieder zurück.

Ich öffne die Augen, bin wieder in dem Raum und kann seine Hand auf meinem Arm spüren, mit der er mich stützt. »Das ist allein deine Schuld«, hauche ich.

»Oh?« Sein starker Körper ist an meinem Rücken, beide Hände liegen nun auf meinen Armen, und jeder meiner Nervenenden erwacht durch die Kraft, die sich hinter mir befindet. »Und würdest du mir auch verraten, warum das meine Schuld war?«

»Du hast mich zum Kommen gebracht.«

Sein leises Lachen bereitet mir Gänsehaut, während seine Hände über meine Brüste gleiten und seine Finger in meine festen Nippel kneifen. Er schiebt mich vor, auf die schwarze Chaiselongue aus Leder zu, drückt sich gegen meinen Rücken, und ich lasse meine Hände auf das weiche, kühle, büschelige Leder sinken.

Ich bin über die Chaiselongue gebeugt und erwarte schon, dass er sich wegbewegen wird, aber ich kann das Kitzeln eines Seils auf dem Rücken spüren und keuche überrascht auf. Das Seil ist weich und warm, und ich habe nichts dagegen, als er eines meiner Handgelenke an einem Metallring seitlich an der Chaiselongue festbindet. Während ich ihm dabei zusehe, wie er das erledigt, komme ich kaum zu Atem, und er legt das Seil zu einer Schlaufe, um auch mein anderes Handgelenk festzubinden.

Ich kann Darius nicht sehen, als er sagt: »Jetzt wollen wir mal schauen, ob du stillhalten kannst.« Er gibt mir gar nicht erst die Möglichkeit, mich zu fragen, was er damit meint, denn zu irgendeinem Zeitpunkt hat er sich selbst ein Kondom übergestreift, und die Spitze seines Schwanzes ist an meiner Spalte, und mit einem schnellen Stoß dringt er in mich ein.

Ein kehliges Stöhnen entringt sich meinem Mund, weil ich so eng bin und er mich vollkommen ausfüllt. Seine Finger umklammern meine Hüften, packen fest zu, während er seine Hüften in einem steten Rhythmus bewegt. Wärme umfängt mich, wie eine Decke aus Feuer, die mir jede Minute, die vergeht, noch intensiver vorkommt. Und als die Gerte gegen meinen bereits angewärmten Hintern schlägt, verliere ich mich in den Gefühlen, die Darius in mir auslöst. Jeder Schlag mit dem Leder und jedes Mal, wenn er so scharf und kehlig stöhnt, zieht er mich damit tiefer … bis es weder ihn noch mich gibt, sondern wir beide irgendwie zu *mehr* geworden sind.

Und dann weiß ich nichts mehr, nur noch die Lust, die diese wenigen Sekunden zu den besten Sekunden meines Lebens macht. Und alles, was noch zählt, sind seine Stöße, das brennende Klatschen von ihm auf meinem Hintern, das Seil, seine Kraft und meine Schreie aus reiner Lust, die von den Wänden widerhallen.

Meine Gedanken sind wie hinter einem Nebel verborgen, mein Körper summt, und ich kann Darius leise lachen hören. »Selbst wenn du gefesselt bist, findest du noch einen Weg, mir nicht zu gehorchen.«

Ich blinzle, hebe meine verschwitzte Wange von der ledernen Chaiselongue. Erst da merke ich, dass der Metallring, an den Darius mich gefesselt hatte, jetzt auf der Chaiselongue neben meiner Hand liegt. »Oh mein Gott, habe ich ihn etwa abgebrochen?«

»Das hast du.« Er hockt sich neben mich, und ich kann sein dunkles Lächeln und seinen verschleierten Blick sehen. »Und lass mich raten, das ist auch meine Schuld?«

Ich lache weich, denn zu mehr bin ich gerade nicht imstande. Ich fliege, und all meine nervöse Energie beginnt sich langsam zu verflüchtigen und wird zu einer Art von Befriedigung, die ich nie zuvor gekannt habe. Irgendwie hat er es geschafft, dass ich mich gleichzeitig sexy, wunderschön, begehrt und auch ein wenig schmutzig fühle.

Aber dann ist er bei mir und sein nackter Schwanz neben meinem Mund. »Gib mir etwas Süßes, Prinzessin.«

Ich öffne die Lippen, und Darius legt die Hand um meinen Kopf, stützt sich mit einem Fuß auf der Chaiselongue ab, hält die Kette fest und zieht mit der anderen Hand daran. Sein dicker Schwanz gleitet rasch in meinen Mund, und er beginnt, seine Hüften zu bewegen. Er ist sanft und vorsichtig, doch bald schon werden seine Stöße drängender. Er starrt auf mich herab, sieht seinem Schwanz dabei zu, wie er in meinem Mund verschwindet, bis er an meine Kehle stößt. Dann zieht er sich rasch zurück. Ich weiß, das ist für ihn. Ich sauge härter an ihm, gebe ihm alles, damit er sich gut fühlt. Sein Stöhnen kommt immer schneller, wird intensiver. Dann hält er inne und packt seinen Schwanz, der in meinem Speichel gebadet ist; ich habe nie zuvor in meinem Leben etwas Heißeres gesehen.

»Öffne deinen Mund.« Sein Kiefer zuckt, und seine Augen sind auf mich fokussiert. »Schließe ihn nicht wieder.«

Ich öffne den Mund weit für ihn. Er streichelt noch einmal über seinen Schwanz, bewegt dann seine Hand hart und schnell, und seine Hüften bewegen sich im gegensätzlichen Rhythmus zu seiner Hand. Dann schließt er die Augen, und sein salziges und warmes Sperma schießt auf meine Zunge. Darius schaudert einmal, stöhnt ganz tief, öffnet die Augen wieder und sieht mit verschleiertem Blick auf mich herunter.

»Und jetzt schluck«, befiehlt er.

Ich mache, was er mir befiehlt.

Sein Mundwinkel wandert in die Höhe, und er fährt mit seinem Finger über meine Lippen. »War dir das schmutzig genug, Süße?«

Ich küsse seinen Finger. »Ich will mehr.« Dann sauge ich an seinem Daumen und knabbere an der Spitze.

Seine Augen leuchten auf, und seine Stimme wird tiefer. »Natürlich willst du das, Prinzessin.« Dann dreht er sich um, geht auf die Wand mit den Spielzeugen zu und packt den Flogger. Er lässt ihn in seiner Hand kreisen und grinst. »Willst du es dir noch einmal überlegen?«

Und als er auf mich zugeschlendert kommt, erwidere ich das Lächeln, wackle mit den Hüften, reize ihn, ermutige ihn, mir alles zu geben. »Zur Hölle, nein.«

***

DARIUS

Viele, viele, Orgasmen später sitze ich auf der Chaiselongue, Taylor liegt zwischen meinen Beinen, über mir ausgebreitet wie eine Decke, und ich kämme mit den Fingern durch ihr Haar. Niemals, nicht ein einziges Mal, habe ich mir vorgestellt, wie ich sie an diesen Ort bringe, wo ich meine dunkelsten Fantasien auslebe.

Zwischen diesen Wänden habe ich Frauen ausgepeitscht, versohlt und gefickt, die die Rolle der Sub gespielt haben. für die Frauen, die diese Fantasien ausleben wollten, habe ich einen Doktor, einen Lehrer, einen Therapeuten und so viele andere Rollen gespielt. Ich hatte rauen, wilden und wirklich harten Sex gehabt. Ich habe mein Verlangen, den Körper einer Frau zu besitzen, bis sie mir nichts mehr geben konnte, ausgelebt, bis ich sie völlig leer getrunken hatte.

Aber mit Taylor ist es anders.

Ich will nicht, dass es das Leder ist, das sie versohlt. *Ich* will es sein, der ihr auf den Hintern schlägt. Ich will sie nicht immer festbinden, weil ich will, dass sie auch mich berührt. Ich will meine Spiele jetzt nicht benutzen. *Ich* will es sein, der sie höher fliegen lässt und schließlich auf den Gipfel bringt, und dafür will ich nur mich als Werkzeug einsetzen, meine Hände, meinen Mund, meinen Schwanz. *Ich*.

Ich bin so in diesen Gedanken versunken, was mir erst bewusst wird, als Taylor »Darius!« sagt und ich unter ihr zusammenzucke.

Sie lacht, reibt ihre warme Wange an meinem nackten Schenkel. »Ein bisschen gedankenverloren, was?«

Ich greife nach der Decke, die von ihrem Rücken gerutscht ist, und ziehe sie hoch zu ihren Schultern, damit sie nicht friert. »Ein wenig«, gebe ich zu und blicke auf ihre bronzefarbene Haut und die Sommersprossen auf ihren Schultern.

»Schon okay. Mein Gehirn arbeitet gerade auch nur im Schneckentempo.« Ihre Brust hebt und senkt sich, als sie tief seufzt.

»Worüber denkst du denn nach?«, will ich wissen.

Sie malt mit dem Finger Kreise auf dem Leder vor sich. »Wirst du ehrlich zu mir sein?«

»Immer«, verspreche ich ihr und bin neugierig, was sie damit meint.

»Hier, in diesem Raum, mit all diesen Dingen um mich herum, kann ich nicht verhindern, an all die Frauen zu denken, mit denen zu zusammen warst. Du hast gesagt, du hattest keine normale Beziehung mit ihnen. Ist es das, weswegen du mit ihnen zusammen warst?«

Ich lehne den Hinterkopf gegen die Chaiselongue, blicke in Taylors Richtung und dann zu den Peitschen, Gerten und den anderen Spielzeugen an der Wand.

Als sie fortfährt, ist ihre Stimme weich: »Hast du mit ihnen all diese Dinge benutzt?«

»Ja.«

Stille breitet sich zwischen uns aus, und während ich warte, schiebe ich ihr Haar hinter ihr Ohr. Das ist eine Menge, was sie verarbeiten muss, dessen bin ich mir bewusst, also gebe ich ihr die Zeit, die sie dafür braucht.

Schließlich ist sie fertig damit und fragt: »Hast du diese Dinge benutzt, weil es ihnen oder weil es dir gefallen hat?«

Es ist ziemlich offensichtlich, was sie damit genau wissen will. »Du fragst dich, ob ich ein Sadist bin?«

»Ja.«

»Nein, das bin ich nicht«, erkläre ich ihr. »Ich empfinde kein Vergnügen – weder sexuell noch auf andere Weise –, wenn ich anderen Schmerz zufüge.«

Sie dreht sich auf den Rücken und sieht neugierig zu mir auf. »Warum machst du das dann?«

»Weil all das«, ich deute mit einer Geste auf den ganzen Raum, »Gefühle entstehen lassen und sie auch gleich wieder freisetzen kann.« Ich halte kurz inne, versuche, es auf einfache Weise einer Frau zu erklären, die die Lust, die eine Rute schenken kann, nicht verstehen würde. »Manchmal ist es therapeutisch, und manchmal schenkt es einfach noch intensivere Orgasmen.«

Sie lacht, und ihr Blick wird warm. »Der zweite Teil dieser kleinen Ansprache gefällt mir.«

»Das habe ich mir bereits gedacht.«

»Warum hast du dann nichts von diesen Spielzeugen bei mir benutzt?«

»Weil ich es im Augenblick nicht will.«

»Warum?«

Ich lache leise und fahre mit den Fingern über ihre Wange. »Das ist eine gute Frage, und ich habe keine Antwort darauf.« Es ist eine Frage, die ich mir auch selbst stelle. Der Sex, den wir heute Nacht miteinander hatten, war ziemlich zahm, auch wenn Bondage und eine Gerte involviert waren. Aber ich habe ihn genossen. Sehr sogar. Sex mit ihr, und was ich von diesem Sex erwarte, ist anders als das, was ich bei den anderen Frauen gesucht habe. Ich weiß nur nicht, wie ich ihr das sagen oder ob ich ihr das überhaupt sagen soll.

Zum Glück spürt sie mein mangelndes Interesse, noch weiter darüber zu reden, und wechselt das Thema, damit ich es nicht weiter erklären muss. »Na gut, also, diese Frauen, mit denen du zusammen warst, hast du sie bezahlt?«

»Nicht auf die Weise, an die du gerade denkst.« Ich streichle mit dem Finger über ihre nackte Schulter. »Es waren keine Prostituierte.«

»Was waren sie dann?«

Ich lasse meinen Finger ihren glatten Hals hinauf wandern, bis an die Stelle, an der ihr Puls zu spüren ist, und ich kann unter meiner Berührung den langsamen Rhythmus spüren. »Sie sind Mitglieder hier im Club.«

»So hast du sie kennengelernt?«

»Ja«, erwidere ich, wobei ich ihr Gesicht eingehend mustere und versuche, zu verstehen, was ihr durch den Kopf geht. »So sind sie auf meinem Radar erschienen.«

Schweigend legt sie die Stirn in Falten. Dann: »Okay, was hatte Geld damit zu tun?«

»Es spielte immer zum Ende unseres Arrangements eine Rolle.« Ich atme tief ein und langsam wieder aus, genieße die Stille, die mich erfüllt. »Die Sache ist, Geld tendiert dazu, Loyalität kaufen zu können.«

Taylor liegt jetzt gerade auf dem Rücken, ihr Kopf ruht auf meinem Oberschenkel, und ihr Blick ist neugierig. »Willst du damit sagen, du hast ihnen Geld gegeben, als die Sache zu Ende ging, damit sie schweigen?«

»Teilweise«, antworte ich. »Aber ich habe es ihnen auch gegeben, weil ich mich um sie gekümmert und ihnen das gegeben habe, was ich ihnen geben konnte.«

»Wegen dem, was sie dir gegeben haben?«, fragt sie.

Ich nicke.

Eine Minute lang betrachtet sie mich, nimmt dann meine Hand in ihre und lässt ihre Finger über meine gleiten. »Keine von ihnen hat jemals etwas gesagt und die Welt wissen lassen, was du hier machst?«

»Nein. Kein einziges Mal.«

»Und du vertraust darauf, dass es so bleiben wird?«

»So ist es.«

»Warum?«

Ich denke nach, überlege, wie ich es ihr erklären soll. Die Beziehung, die zwischen einem Dom und einer Sub besteht, ist für eine Frau, die keins von beiden ist, schwierig zu erklären. Die Dynamik lässt sich nicht so einfach in Worte fassen. »Es gibt eine gewisse Art von Respekt, die sie mir gegenüber empfinden, wegen dem, was ich für sie getan habe.« Ich halte kurz inne. »Was ich für sie gewesen bin. Was ich ihnen gegeben habe. Sie werden mir nicht wehtun wollen.«

»Aber es war keine Liebe, keine Zuneigung zwischen euch?«

Ich schüttle den Kopf. »Nein. Nur Respekt.«

Sie sieht weg, und ihrem Gesicht sehe ich an, dass sie ganz in Gedanken ist. Dann atmet sie schließlich tief ein und spricht weiter: »Okay, ich schätze, das verstehe ich. Aber hat jemals eine von ihnen mehr von dir gewollt?«

»Du meinst, mehr Geld?«

Sie nickt. »Ja. Menschen tendieren dazu, immer mehr zu wollen.«

Ich lache amüsiert auf. »Taylor, ich habe mich nicht mit irgendwelchen Frauen umgeben, die bloß auf Geld aus waren. Die Frauen, die sich auf dieses Arrangement eingelassen haben, sind nicht nur vorher durchleuchtet worden, sondern ich habe sie auch lediglich deshalb ausgesucht, weil sie ihren vorherigen Doms gegenüber loyal waren.«

Stille breitet sich zwischen uns aus. Eine schwere Stille, wegen der ich mich frage, ob ich etwas Falsches gesagt habe. Ich massiere die Falte zwischen ihren Augenbrauen weg. »Sag mir, woran du denkst.«

Schmerz breitet sich in ihren Augen aus. »Ich denke einfach nur, dass das wirklich traurig klingt.«

»Traurig?« Diese Antwort kommt unerwartet. »Wieso ist das traurig?«

»Weil du noch immer du selbst bist«, sagt sie sanft, hebt die Hand und legt sie auf meine Wange, »noch immer der Held bist. Du bist der Mann, der herangestürmt kommt und jeden rettet. Du bist der Mann, der sicherstellt, dass eine Frau alles bekommt, was sie braucht; du gibst es ihr, so gut du nur kannst. Aber in diesem Fall hast du das Frauen geschenkt, die du sorgfältig ausgewählt hast, weil du wusstest, dass sie sich nicht in dich verlieben würden.«

Ich erstarre, Kälte fährt durch mich hindurch. Mir gefällt nicht, wo das hinführen soll. Mir gefällt nicht, wie ich mich dabei fühle. »Glaube mir, es war kein trauriges Arrangement.«

Der Blick in ihren Augen sagt mir, dass sie mir kein Wort glaubt. Aber dann dreht sie sich wieder auf die Seite, ihre Wange liegt wieder auf meinem Schenkel, und sie schaut auf die Wand mit den Spielzeugen. Und das überrascht mich nicht. Taylor weiß, wann es genug ist. Sie weiß, wann nichts mehr zu sagen ist.

»Bist du immer noch an dieser Spielart interessiert?«, fragt sie schließlich.

Es ist eine Frage, die ich mir selbst schon sehr lange stelle. »Ich bin mir nicht sicher«, sage ich ehrlich und streichle wieder über ihr Haar. »Ich bin mir nicht sicher, ob das etwas ist, was jemals ganz verschwindet. Dominant zu sein ist ein Teil meiner Persönlichkeit, den ich entdeckt und weiter erforscht habe.«

»Aber vielleicht hast du ihn genug erforscht?«, fragt sie.

»Das ist die Frage, auf die ich eine Antwort brauche.« Aber irgendetwas brauche ich. In letzter Zeit bin ich unruhig. Irgendwie glaube ich, dass Taylor oder das, was ich empfinde, wenn ich mit ihr zusammen bin, etwas mit der Antwort zu tun hat. Doch es ist alles unklar und es fällt mir schwer, irgendeine Form von Schlussfolgerung ziehen zu können.

Sie seufzt tief. »Weißt du, ich würde dir ja einen guten Rat geben, aber ich denke nicht, dass ich in der Position bin, dir Ratschläge für dein Leben zu geben.« Sie verspannt sich, weil sie offensichtlich an ihre eigene Situation denken muss.

Und das will ich nicht. »Bei dir läuft es doch gut. Du bist bloß kurz über ein Schlagloch gefahren, das ist alles.«

Sie schnaubt. »Es scheint, ich bin in viele davon gefahren, seit ich gegangen und dich …«

Dich verlassen habe, ist das, was ungesagt bleibt. Aber sie liegt falsch. Sie hat nicht mich verlassen. Ich habe sie dazu gebracht zu gehen. Ich habe ihr Herz gebrochen. Ich war ein dummer junger Mann, der die Welt erobern wollte. Ich wollte Geld. Ich wollte Sex, so, wie er mir am besten gefiel. Aber jetzt, wo ich mit ihr hier liege, kann ich nicht anders, als mich zu fragen, ob ich all diese Dinge auch mit ihr hätte haben können.

Wenn ich damals auf sie gehört und sie nicht weggestoßen hätte, was wäre dann aus uns geworden? Was wäre aus ihr geworden? Sie kann kämpfen, denn sie weiß, wie man überlebt, aber wenn ich damals das gewesen wäre, was sie gebraucht hat, würde ihr Leben jetzt anders aussehen.

Ich habe sie im Stich gelassen.

Was ich nie wieder tun werde.

Sanft fügt sie hinzu: »Aber die Dinge werden langsam besser.« Ihre Augen funkeln, als sie mich ansieht. »Und dafür muss ich dir danken.«

Verdammt, ich verdiene diese Zuneigung nicht. Ich lächle sie schmal an, denn das ist die einzige Antwort, die ich ihr gerade geben kann.

Sie kann die wachsende Spannung spüren, und als sie beginnt, sich zu bewegen, fasse ich in ihr Haar. »Halt still.« Ein langes Seufzen kommt tief aus ihrer Brust, und sie entspannt sich wieder und kuschelt sich an mich. »Das gefällt mir«, sage ich zu ihr und löse meine Finger, um wieder damit durch ihr weiches seidiges Haar zu fahren.

»Das gefällt dir?«, echot sie.

Es gibt zwei Dinge, die mich auf diese Weise entspannen können. Eine Hütte im Wald, wo man nur die Vögel singen hört, und Taylor. »Du bringst mich zur Ruhe.«

Ich kann das Lächeln in ihrer Stimme hören. »Ist das ein Kompliment? Das klingt langweilig.«

»Glaube mir, das ist es nicht.«

»Oh, und warum?«

»Weil du der einzige Mensch bist, bei dem ich zur Ruhe kommen kann.«

Darauf sagt sie nichts.

Und ich lasse diese Stille zu, denn manchmal sagt Schweigen mehr als Worte.

Kapitel 11

TAYLOR

Nach einem langen Montag voller Meetings und bei denen ich all die großen Tiere bei Bennett Inc. kennengelernt habe, stehe ich im Pausenraum, rühre etwas Zucker und Sahne in meinen Kaffee und würde gerade am liebsten überall sein, nur nicht hier. Montage sind eine Strafe, die niemand jemals bekommen sollte. Dieser Tag hat sich besonders lang hingezogen. Minuten fühlten sich wie Stunden an. Stunden wie Tage. Aber zumindest habe ich gute Laune. Zur Hölle, ich bin wund an Stellen, von denen ich nicht einmal wusste, dass man dort nach dem Sex wund sein kann. Es ist eine köstliche Sorte wund sein. Es erinnert mich an mein Wochenende mit Darius, daran, wie wir die Welt einfach ausgesperrt haben und den ganzen Sonntag nackt im Bett verbracht haben.

Wärme flutet durch meine Adern, als ich daran denke, wie er mich berührt und mir einfach so mit seiner tiefen, heißen Stimme ungezogene Sachen ins Ohr geflüstert hat. Meine Haut beginnt zu kribbeln, und ich kann spüren, wie mein Höschen beginnt, feucht zu werden, was mir sofort in Erinnerung ruft, dass ich in der Arbeit nicht an diese Dinge denken sollte.

Später, sage ich mir mit einem Grinsen selbst, doch da piepst mein Handy.

Ich hole es aus meiner Gesäßtasche, werfe einen Blick auf den Bildschirm. Es ist eine Nachricht von Allie, und sofort habe ich ein schlechtes Gewissen. Ich werde ihr von Darius und mir erzählen müssen. Zur Hölle, das will ich ja auch, aber zuerst muss ich herausfinden, was *wir* sind. Sie wird nicht glücklich darüber sein, was nachvollziehbar ist, denn Darius hat mir schon einmal wehgetan. Darum weiß ich, ich muss einen Weg finden, es ihr zu erzählen.

Hör zu, ich schlafe mit deinem Bruder, weil er verdammt heiß ist und meine Welt erbeben lässt, aber es ist ganz klar nur eine Affäre, ohne Gefühle, und du musst dir absolut keine Sorgen machen. In meinem Kopf klingt das ziemlich einfach, es allerdings auch aus meinem Mund zu bekommen ist sehr viel schwerer. Denn es ist seltsam, mit Allie über Darius zu sprechen. Und das ist Tatsache.

Ich schiebe diese Gedanken für den Moment beiseite, weil ich weiß, dass ich mich gerade mit sehr viel mehr beschäftigen muss als nur mit meinem tollen Sexleben mit Darius, und ich lese ihre Nachricht: *Es hat mir am Wochenende gefehlt, mit Dir zu reden. Wo warst Du?*

Ich habe mich von Deinem Bruder durchknallen lassen, würde ich am liebsten schreiben. Stattdessen tippe ich als Antwort: Habe einfach faul zu Hause herumgelegen. Tut mir leid, dass ich Dir gestern nicht geantwortet habe. Ich wollte eine Weile nicht erreichbar sein. Und Du?

Wir haben Samstag gearbeitet, und gestern habe ich den Tag mit Micah auf seinem Boot verbracht. Ich hatte Dir geschrieben, damit Du kommst. Mann, ich habe mich gesonnt, bin geschwommen und war schnorcheln. Toller Tag! Vielleicht können wir das nächste Mal zusammen hinfahren.

Es klingt wirklich nach einem tollen Tag, doch ich würde meinen Tag mit Darius gegen nichts eintauschen wollen. *Das nächste Mal ganz sicher. Ich bin auf jeden Fall dabei.*

Okay, ich habe gleich eine Besichtigung, aber Micah hat mich gebeten, Dich zu fragen, ob Du heute Abend mit uns ins Kino willst. Totaler Männerfilm, aber Alexander Skarsgård spielt mit.

Bin dabei, schreibe ich zurück. Es wäre gut, wenn ich mit Micah und Allie fotografiert werde, weil es zeigt, dass ich eindeutig

Single bin, außerdem klingt die Vorstellung, einige Stunden Alexander Skarsgård anstarren zu können, nicht schlecht. *Sollen wir uns vor dem Kino treffen?*

Nö, wir holen Dich nach dem Abendessen ab. Okay?

Okay, bis dann.

Ich schiebe das Handy wieder in meine Gesäßtasche. Ich habe Pläne für heute Abend gemacht und bin mit mir selbst ganz zufrieden, weil es mir das Gefühl gibt, unabhängig zu sein, und ich dann nicht herumhänge und darauf warte, dass Darius anruft. Ich greife nach meiner Tasse, nehme die Schnellhefter von der Arbeitsfläche und verlasse den Pausenraum. Ich bin auf dem Weg zu meinem letzten Meeting an diesem Tag und kann es kaum erwarten, bald wieder zu Hause zu sein.

Nach einigen kurzen Schritten betrete ich den Konferenzraum, in dem mein Vier-Uhr-Termin, Sally Higgins, bereits wartet. Sie sitzt an einem rechteckigen Tisch; sie ist hier, weil sie sich auf die offene Stelle als Sekretärin des Leiters der Projektmanagement-Abteilung beworben hat. Sie hat mich noch nicht bemerkt, also mustere ich sie schnell. Eine junge, süße Brünette, die nicht älter als zwanzig Jahre alt sein kann. Sie hat eine moderne Bluse an, trägt große goldene Kreolen, und an ihrem Handgelenk baumeln einige goldene und silberfarbene Armbänder.

Ich warte, bis meine Kollegen im Flur an mir vorbeigegangen sind, und räuspere mich dann, um Sallys Aufmerksamkeit zu erregen. Als sie den Kopf hebt, reißt sie die blauen, von tiefschwarzen Wimpern umgebenen Augen weit auf. »Sie sind das?«

Ich bin mir sicher, sie meint jemand anderen, also blicke ich über die Schulter, um zu sehen, ob noch jemand hinter mir steht. »Ich?«, frage ich, sehe wieder zu ihr und deute auf eine Brust.

»Ja, Sie.« Ihre aufgespritzten Lippen formen sich zu einem Lächeln. »Sie sind die Frau, mit der Darius Bennett zusammen war, bevor er mit dieser anderen Frau zusammengekommen ist.«

Ich blinzle, und mir wird klar, dass sie von Alex' und Darius' Versuch spricht, die Klatschblätter davon abzuhalten, sich weiter auf mich zu konzentrieren. Ich habe bereits beschlossen, Sally wegen dieses Satzes nicht einzustellen. Darius kann niemanden als Mitarbeiter gebrauchen, dem es so wichtig ist, was die Klatschpresse sagt, wie dieses Mädchen hier.

Leider kann ich nicht einfach wieder zur Tür hinausgehen. Ich muss meinen Job machen.

Darüber bin ich allerdings nicht besonders glücklich, und ich schließe die Tür hinter mir. »Ja, das bin ich«, sage ich und setze mich ihr gegenüber.

»Hassen Sie ihn?«, fragt sie unschuldig.

»Ähm, nein.« Was hat sie das anzugehen? Ich versuche, mich auf das Vorstellungsgespräch zu konzentrieren, und fange an. »Heute würde ich …«

»Wie war es, mit ihm zusammen zu sein?«

Ich kann die Ehrfurcht in ihrer Stimme hören und unterdrücke mein Seufzen. Dieses Mädchen ist eindeutig nicht daran interessiert, wie Bennett Inc. mit ihren Karrierezielen zusammenpasst. Sie ist wegen ihrer Beziehungsziele hier, und die betreffen den Mann, mit dem ich schlafe. Ich halte mein wütendes Funkeln zurück, öffne die Akte und lächle sie angespannt an. »Heute würde ich gerne mit Ihnen über die Stelle als Sekretärin …«

»Unglaublich, nicht wahr?«, fragt sie. »Ich wette, er hat Sie maßlos verwöhnt.«

Ich beginne, die Stirn zu runzeln. »Warum erzählen Sie mir nicht …«

»Wissen Sie, es war furchtbar, was er Ihnen angetan hat«, sagt sie und merkt eindeutig nicht, dass ich mein Bestes gebe, um diese Konversation zu vermeiden. Stattdessen starrt sie auf ihre langen roten Fingernägel herab. »Sich gleich die nächste Frau zu schnappen.« Dann hebt die den Kopf und dreht sich mit dem Bürostuhl hin und her. »Sie wissen schon, nach alldem, was mit Ihnen passiert ist.«

Ein kalter Schauer fährt mein Rückgrat hinab, und die Härchen in meinem Nacken stellen sich auf. Ich weiß nicht, warum ich darauf anspringe, aber ich kann nicht verhindern zu fragen: »Was meinen Sie damit, nach allem, was mir passiert ist?«

»Sie wissen schon«, sie beugt sich ein wenig vor, und ihre riesigen falschen Brüste fallen ihr dabei fast aus der Bluse, »nachdem Sie zusammengeschlagen wurden und das alles.«

Der Schauer wird nun eiskalt, und meine Hände umklammern die Armlehnen. »Wie bitte?«

»Oh, stimmt das etwa nicht, oder wie?« Sie lehnt sich wieder zurück, als hätte sie nicht gerade eine Bombe platzen lassen. »Ich habe gehört, dass man nicht alles glauben soll, was sie in den Klatschblättern drucken.«

Ich kann kaum atmen, mein Herz hämmert mir in der Brust. »Wovon reden Sie?«, frage ich jetzt energischer.

»Verdammt«, sagt sie affektiert und schlägt sich eine Hand auf den Mund. »Mann, haben Sie noch nicht die heutige Ausgabe gesehen?« Sie greift in ihre große schrille Handtasche, zieht eine Ausgabe von *Gotcha!* heraus und blättert darin. »Sie haben eine Story darüber gebracht, dass Ihr Exfreund Sie geschlagen hat.« Sie lässt die Zeitschrift sinken und mustert mein Gesicht. »Aber auf Ihrem Gesicht sind keine Blutergüsse zu sehen.«

Nur weil ich Make-up benutzt habe, um sicherzugehen, dass niemand sie sieht. »Kann ich das Heft bitte mal sehen?« Ich bemühe mich, meine Stimme so ruhig wie möglich klingen zu lassen, und spanne meine Muskeln an, damit meine Hand nicht zittert.

»Oh, ja klar.« Sie reicht mir ihre Ausgabe der *Gotcha!*.

Zuerst werfe ich einen Blick auf das Cover; es zeigt ein weiteres Foto von Darius und mir, wie wir vor Allies Wohnung sitzen. Natürlich mussten sie dieses Bild noch einmal benutzen. Darius und ich waren vorsichtig, um ihnen nicht noch eine Story zu liefern. Aber dann blättere ich um und lese den Artikel: *Ist Darius Bennett zu einem Superhelden geworden und hat seine neue Freundin aus einer jahrelangen gewalttätigen Beziehung gerettet? Unsere Quellen sagen: JA!*

Es steht noch mehr auf der Seite, aber ich kann es nicht sehen. Ein dumpfes Geräusch hallt in meinen Ohren wider, und die Wände scheinen näher zu kommen. Mir beginnen Fragen durch den Kopf zu schießen: Wie haben sie davon erfahren … und wie so schnell? Ja, ich wusste, dass sie möglicherweise davon erfahren würden. Doch es erscheint mir nicht nur unwahrscheinlich, sondern sogar unmöglich, dass sie mein Leben so schnell durchforsten konnten. Warum haben sie nichts über die Geschichte mit Alex geschrieben? Das wäre die logischere Wahl gewesen. Ich habe doch im Vergleich zu Darius ein total langweiliges Liebesleben. Warum sind sie noch immer hinter mir her?

Ich kann fühlen, wie meine Welt langsam aus den Fugen zu geraten beginnt, als das ganze Gewicht dieser Sache auf mich herabstürzt, und dann sagt eine nervtötende Stimme: »Ich schätze, die Klatschzeitung hatte unrecht, was?«

Ich blicke auf, meine Finger halten die Zeitschrift fester umklammert, in der Hoffnung, dass es das Zittern meiner Finger stoppen wird. Die Welt weiß es … meine Eltern werden es wissen … »Wie bitte?«

»Die Klatschzeitung«, Sally deutet mit der Hand auf das Magazin, »die hat offensichtlich Ihre Geschichte falsch verstanden. Sie sollten Sie verklagen. Ich habe gehört, dass einige Leute eine Menge Geld von denen bekommen haben.«

Das ist das Letzte, was ich jetzt machen will. Mir wäre es lieber, wenn ich mich in ein Loch verkriechen und mich vor der Welt verstecken könnte. »Das sollte ich vielleicht«, erwidere ich und gebe ihr die Zeitschrift zurück.

Ich will wegrennen. Ich will hier raus und nach Hause laufen, dorthin, wo es sicher ist. Aber ich werde nicht nur meinen Job machen, sondern ich werde der Klatschpresse keine weitere Story liefern. Ich kann mir vorstellen, dass, sollte ich nun einen Zusammenbruch erleiden, Sally losrennen und ihnen haarklein schildern wird, wie ich reagiert habe.

Ich schließe die Augen, atme tief ein und beruhige mich wieder. Dann blicke ich auf die Akte vor mir. »Na schön«, sage ich und tue so, als wäre ich an dem interessiert, was dieses Mädchen zu sagen hat, »warum erzählen Sie mir nicht ein wenig über sich?«

Sally grinst und lässt ihre leuchtend weißen Zähne aufblitzen. »Ich werde die beste Sekretärin sein, die Sie jemals gesehen haben …«

Von dem, was danach folgt, bekomme ich kein einziges Wort mit, nicke nur noch und lächle abwesend. Meine Gedanken sind auf die Auswirkungen dieses Artikels konzentriert, der auf die Welt losgelassen wurde, und auf den Shitstorm, der mich noch erwartet.

Ich sagte Darius: *Es gibt Dinge, vor denen nicht einmal du mich beschützen kannst.* Und mir wird klar, dass ich es bis zu diesem Moment niemals so sehr gehasst habe, recht zu haben.

***

DARIUS

Nach der Arbeit betrete ich meine Eigentumswohnung. Eigentlich will ich nicht hier sein, will lieber Taylor Trost spenden, nachdem heute dieser furchtbare Klatschartikel herausgekommen ist, aber ich weiß, mir bleibt keine andere Wahl. Mein Zuhause ist der einzige Ort, von dem ich weiß, dass er sicher ist, und ich brauche meine Privatsphäre für das Gespräch, das an diesem Abend noch vor mir liegt.

Die Tür des Aufzugs schließt sich hinter mir, und ich betrete das große Wohnzimmer der Wohnung, die direkt am

Wasser liegt und die ich gekauft habe, nachdem Allie ausgezogen war. Wir haben in der Vorstadt gelebt, denn dort war sie aufgewachsen und es fühlte sich richtig an, sie in ihrer vertrauten Umgebung zu lassen. Doch diese Wohnung mit den geschwungenen Glaswänden und dem Rundumblick auf die Bucht, einschließlich der Golden Gate Bridge, ist mehr mein Stil.

Als ich die große Küche betrete und meinen Blick über die Arbeitsflächen aus Carrara-Marmor und die kohlefarbenen Schränke gleiten lasse, sagt meine polnische Haushälterin mit hartem Akzent: »Das Abendessen steht im Ofen und ist in fünf Minuten fertig, Mr. Bennett.«

»Vielen Dank, Barbara«, sage ich und bringe es nicht über das Herz, ihr zu sagen, dass ich bereits gegessen habe. Sie arbeitet seit fünf Jahren für mich, seit ich diese Wohnung gekauft habe, und sie kommt einer Mutterfigur sehr nah. Sie backt sogar immer wieder Kekse für mich. »Es riecht köstlich.«

Sie schenkt mir ein breites, warmes Lächeln, und ihre blassblauen Augen funkeln, bevor sie ihren Mantel von der Rückenlehne eines Stuhls nimmt. »Einen schönen Abend, Sir.«

»Ihnen ebenso.« Ich sehe ihr nach, wie sie den Flur entlanggeht und dann verschwindet.

Gerade als ich höre, wie die Aufzugtür sich schließt, piepst der Ofen, und ich nehme den Hackbraten mit den Kartoffeln heraus und stelle den Teller auf dem Herd ab, damit er abkühlen kann. Das warme Aroma einer hausgemachten Mahlzeit füllt die Küche; ich streife mein Jackett ab und hänge es über einen der Hocker, die an der Kochinsel stehen. Ich lege die Krawatte ab, lasse sie auf der Arbeitsfläche liegen, und in diesem Augenblick klingelt mein Telefon. Ich nehme den Hörer, der an der hellgrauen Wand befestigt ist, und drücke ihn an mein Ohr. »Ja?«

Der Wachmann sagt: »Mr. Blackwood, Mr. Holt und Mr. O'Keefe sind hier, Sir.«

»Schicken Sie sie rauf.« Ich lege auf und gehe zum Aufzug, wobei ich mir auf dem Weg dahin die Ärmel aufkremple.

Als ich den Fahrstuhl erreicht habe, öffnet sich die Doppeltür, und die drei DC-Mitglieder schlendern in meine Wohnung. Allen ist die Anspannung anzusehen, und ich kann ihre Besorgnis verstehen. Es kommt selten vor, dass wir das Zuhause eines anderen betreten.

»Wir müssen schnell machen«, sagt Micah. »Ich gehe heute mit Allie und Taylor ins Kino.«

»Natürlich. Kommt bitte herein.« Ich drehe mich um und führe sie in das offene Wohnzimmer, von dem aus man auf die glitzernden Lichter der Golden Gate Bridge sehen kann. Ich bin mehr als nur erleichtert, dass Taylor heute Abend mit Micah und Allie verabredet ist. Bei dem derzeitigen Aufruhr kann sie ein wenig Normalität gebrauchen.

Ich gehe zu der cappuccinofarbenen Bar in der Ecke des Zimmers und schenke meinen besten Scotch in vier Gläser, während die anderen sich in die schwarzen Ledersessel fallen lassen. Ich reiche ihnen die Gläser und setze mich dann auf die weiße Ledercouch. Bevor ich anfange, trinke ich einen Schluck von dem Scotch und koste seinen torfigen Geschmack. »Ich weiß, wie die Informationen an die Klatschpresse gelangen«, sage ich zu der Gruppe und konzentriere mich dann auf Gabe. »Es passiert in deinem Pub.«

Er spuckt fast seinen Drink aus und hustet. »Wie bitte?«

»Ich weiß, es ist hart, das zu glauben, aber es ist die Wahrheit.« Ich kann sehen, wie die Gesichter um mich herum sich zunehmend wütend verdüstern.

Ryder stellt sein Glas auf den Couchtisch und sieht mich hart an. »Hast du Beweise?«

»Heute hat *Gotcha!* nicht die offensichtliche Geschichte über Alex und mich abgedruckt«, erkläre ich, »sondern sie haben einen Artikel über Taylor gebracht, in dem ihr ganzer Name genannt wird. Sie müssen ihren Vornamen gekannt haben, mussten aber erst nach ihrem Nachnamen suchen, was der Grund ist, warum es so lange gedauert hat, bis sie ihren vollständigen Namen genannt haben.«

»Okay«, sagt Gabe gedehnt und starrt mich eindringlich an. »Aber was hat das mit meinem Pub zu tun?«

»Ich habe diesen Artikel gelesen, und darin steht, dass sie misshandelt wurde und aus diesem Grund nach Hause gekommen ist.«

»Was auch stimmt«, unterbricht mich Micah. »Aber noch einmal: Was hat das mit Gabes Pub zu tun?«

»In dem Artikel stand etwas, was mich sofort hat aufhorchen lassen.« Ich zögere, weil ich wieder an den Fehler denken muss, den ich an jenem Nachmittag in Gabes Pub gemacht habe. »Als wir uns getroffen haben und du«, ich sehe Micah an, »beschlossen hattest, das DC zu verlassen, habe ich gesagt, dass Taylor Blutergüsse auf der linken Seite ihres Gesichts hatte, und genau das hat die Klatschpresse heute geschrieben.«

Ryder blickt von Micah zu Gabe, dann zu mir und runzelt die Stirn. »Entschuldige, aber ich verstehe immer noch nicht.«

»An dem Tag, als ich euch davon erzählt habe, lag ich falsch. Die Blutergüsse sind auf der rechten Seite ihres Gesichts. Aber Taylor ist sehr gut geschminkt und ihr Make-up versteckt die Blutergüsse. Also …«

»Also ist dieses kleine Detail«, führt Ryder meinen Gedanken fort, »etwas, was nur du wissen kannst, weil du ihr Gesicht ohne Make-up gesehen hast.«

Ich nicke.

Schweigen.

Und ich verstehe, warum. Das hier reicht so viel tiefer, als irgendeiner von uns erwartet hatte. Es bedeutet, dass wir es nicht mit irgendeinem Vollpfosten von Reporter zu tun haben, der zwischen den Zeilen lesen und eins und eins zusammenzählen kann. Wir haben es mit jemandem zu tun, der uns schaden will.

Ich sehe Gabe an. »Das, und all die Sachen, die in letzter Zeit über mich in der Klatschpresse erschienen sind, sind Dinge, von denen ich in deinem Pub erzählt habe.«

Micahs Haltung spannt sich an. »Verdammte Scheiße.«

Selbst Gabe schüttelt jetzt den Kopf und konzentriert sich einzig und allein auf Micah. »Allie …«

»Ja, du hast recht«, sagt Micah, und als er sich vorbeugt, leuchten seine Augen. Er ist bereit, zu handeln, wenn er es muss. »Ich hatte Allie an dem einen Abend einen verbotenen Schatz genannt, und in diesem Artikel haben sie genau diese Worte benutzt.« Er schüttelt in deutlich sichtbarer Fassungslosigkeit den Kopf. »Ich hatte den Zusammenhang nicht gesehen. Aber ja … ja, das passt.«

Gabes Kiefermuskel zuckt, seine Augen brennen förmlich. »Und du hast mir an dem Abend auch gesagt, dass du jemanden hintergehst.«

Micah fährt sich mit der Hand durchs Haar. »Du hast recht, das sagte ich.« Er steht auf, kann offensichtlich nicht länger sitzen bleiben und wendet sich an mich. »Sobald sie herausgefunden hatten, dass Allie deine Schwester ist, haben sie wohl angenommen, ich würde von dir sprechen.«

Ich nicke. »Genau das dachte ich auch.«

Ryder lehnt sich zurück. Er ist der Einzige in dem Zimmer, der noch nichts gesagt hatte. »Also, was für eine Theorie hast du? Glaubst du, jemand belauscht unsere Gespräche?«

»Ich befürchte, ja«, bestätige ich. »Aber ich weiß nicht, aus welchem Grund.« Ich grüble darüber nach und teile meine Vermutungen dann mit ihnen. »Anfangs dachte ich noch, es sei jemand aus dem Büro, denn die Zeitungen wussten, dass Taylor meine Exfreundin ist, aber Ryder hat die Menschen, die schon für mich gearbeitet haben, als ich noch mit Taylor zusammen war, durchleuchtet.«

»Und wir konnten sie ausschließen«, sagt Ryder. »Niemand hatte ein Motiv, um so etwas zu tun. Keine finanziellen Probleme. Keine Feinde. Wir konnten nicht einmal irgendwelche Probleme in ihrem Leben feststellen. Sie waren alle sauber.«

»Also«, fahre ich fort und lege einen Knöchel auf meinem Knie ab, »ich denke mittlerweile, dass derjenige, der diese Informationen an die Klatschpresse verkauft, jemand ist, der das alles zufällig aufgeschnappt hat.«

Ryder fragt: »Aber wer zur Hölle würde so etwas machen? Ich meine, sie drucken nicht die Geschichten, die wir eigentlich erwartet hatten.«

Micah nickt. »Vielleicht ist der Grund dafür aber nur der, dass wir noch nichts Wichtiges preisgegeben oder darüber gesprochen haben. Ich kann mir vorstellen, dass derjenige darauf wartet, dass wir ihm eine reißerische Story liefern.«

»Aber«, spreche ich meine Gedanken laut aus, »es ist schwer zu glauben, dass jemand in genau den richtigen Momenten im Pub auftaucht und zufällig diese Gespräche mithört.«

»Vielleicht ist derjenige ja nicht bloß zufällig an Ort und Stelle«, unterbricht mich Ryder. »Es ist möglich, dass jemandem viel Geld geboten wurde, damit er diese Informationen über uns an die Medien verrät. Vielleicht handelt es sich nicht um eine einzelne Person.«

Bei dem Gedanken wird mir schlecht, und ich frage mich, was wir noch zu erwarten haben.

»Verdammter Mist«, knurrt Gabe. Er nimmt einen großen Schluck von seinem Scotch, und angesichts des Nachgeschmacks zuckt sein Kiefer, und Gabe sagt zu Micah, während er das alles eindeutig noch verarbeiten muss: »Du hast mir im Pub sogar erzählt, dass du mit Allie zusammenziehen willst.«

Micah nickt, und eine offensichtliche Anspannung breitet sich auf seinem Gesicht aus. »Was auch erklärt, warum die Paparazzi vor Allies Wohnung gewartet haben und dieses erste Foto von Taylor und dir schießen konnten.«

Ich nicke.

Gabe springt auf, geht zu der Wand hinter uns und starrt in die Nacht hinaus. »Verdammt, ich kann nicht glauben, dass das in meinem Pub geschieht.«

»Es ist der beste Ort dafür«, sage ich zu ihm und kann verstehen, wie schwer die Verantwortung ihn belasten muss. »Wir benehmen uns dort sehr ungezwungen, und ich schätze, wer auch immer dahintersteckt, weiß, dass das der einzige Ort ist, an dem wir weniger wachsam sind.« Denn das ist unser Ort, wo es nicht um das Geschäft geht und niemand uns mit Argusaugen beobachtet. Der einzige Ort, an dem wir uns bei einem kalten Bier und gutem Essen entspannen können.

Micah kehrt zu seinem Sessel zurück, setzt sich, beugt sich vor, die Augen zusammengekniffen, die Ellenbogen auf den Knien abgestützt, und lässt den Scotch in seinem Glas kreisen. »Was bedeutet das jetzt für uns?«

Wir alle blicken zu Ryder, denn er ist der Experte.

Er schürzt die Lippen und sagt: »Überlasst das mir. Ich werde mir das genauer ansehen müssen, bevor ich einen Plan machen kann, wie wir weiter vorgehen sollen.« Er fragt Gabe: »Sind die Videokameras im Pub noch intakt?«

Gabe sieht mit angespannter Miene über die Schulter und nickt. »Ja, aber wir müssen die Sicherheitsfirma kontaktieren, um Zugang zu den Aufnahmen zu bekommen, da sie die Videos auf ihrem Server lagern.«

»Das ist okay.« Ryder stürzt den Rest seines Scotchs in einem großen Schluck herunter. »Sobald ich Zugang zu den Videos habe, werde ich mein Team darauf ansetzen.« Er stellt das Glas auf dem Couchtisch ab und sieht mit ernstem Ausdruck jedem von uns ins Gesicht. »Ich kann nicht genug betonen, dass ihr vorsichtig sein müsst, bevor wir herausgefunden haben, wer hinter alldem steckt. Im Moment können wir niemandem vertrauen.«

Ich seufze, reibe mir mit den Händen über das Gesicht und denke an Taylor. »Und wie unterscheidet sich das von unserem bisherigen Leben?«

Ich blicke in leere Gesichter, was mich nur daran erinnert, wie verdreht unsere Leben in Wirklichkeit sind. Das Gewicht meiner Schuld liegt schwer auf meinen Schultern, und der Druck, den ich dabei verspüre, fühlt sich an, als würde er genau auf Taylor zielen. An einem Punkt in meinem Leben dachte ich, dass meine Geheimnisse mich ruinieren würden. Dass alles, wofür ich so hart gearbeitet hatte, mir weggenommen werden würde, weil Menschen, die ich nicht kannte, sich ein Urteil über mich bildeten und dieses Urteil dafür sorgen würde, dass ich meine Investoren verliere. Aber jetzt weiß ich, dass das nicht länger stimmt.

Meine Geheimnisse können Schlimmeres anrichten, als mir wehzutun.

Sie können Taylor verletzen.

Kapitel 12

TAYLOR

Mein Arbeitstag liegt hinter mir, und ich stelle meinen Wagen in der Tiefgarage, die zu der Wohnung gehört, ab. Ich bin vollkommen erschöpft von den vier Vorstellungsgesprächen, von denen keines mir eine geeignete Person für die Stelle als Sekretärin gebracht hat.

Und hinzu kommt noch, dass ich mich mit so viel herumschlagen muss, seit dieser Artikel erschienen ist, dass ich noch gar nicht dazu gekommen bin, das alles zu verarbeiten. Ich beschließe, dass ich etwas Stärkeres als den Wein brauche, der sich in meinem Kühlschrank befindet, bevor ich Allie anrufen kann, um die Verabredung fürs Kino abzusagen. Ich will mich verstecken und nachdenken. Dann kann ich mit dem Rest weitermachen, wozu auch gehört, meine Mutter zurückzurufen und ihr all das zu erklären, einschließlich der Tatsache, dass ich ihr das alles nicht von Anfang an erzählt hatte.

Es tut mir leid, dass ich dich enttäuscht habe. Ich fühle mich so kindisch, weil mich das noch immer so mitnimmt, aber trotz allem ist das die Wahrheit. Ich will, dass sie stolz auf mich sind. Das hier ist nicht die Frau, die ich sein wollte. Zur Hölle, diese Frau hier fühlt sich überhaupt nicht nach mir an.

Meine Absätze klacken auf dem Zementboden, und als ich die Tiefgarage verlasse, um mir im Supermarkt noch eine Flasche Wodka zu besorgen, verfluche ich die Blasen auf meinem Knöchel.

In der einen Sekunde genieße ich noch die warme Abendluft.

In der nächsten werde ich von einem Blitzlichtgewitter geblendet.

Ich hebe die Hände, versuche, mich vor den Fotografen zu verstecken, die mich eingekreist haben. So viele Stimmen rufen mir etwas zu, dass ich die Worte kaum verstehe, die mir zugerufen werden, bis das laute Röhren plötzlich verständlich wird.

»Können Sie uns mehr über Ihre Vergangenheit erzählen, Taylor?«

»Wer hat Sie geschlagen?«

»Sind Sie mit Darius zusammen?«

»Taylor?«

»Hier drüben. Taylor?«

»Taylor … Taylor … Taylor …«

Ich drehe mich im Kreis, will mich vor den Lichtern verstecken. Ich kann mich nicht bewegen, stolpere immer wieder gegen Menschen. Das Geräusch von Auslösern, die klicken, und Stimmen, die meinen Namen schreien, ist ohrenbetäubend. Ich kann spüren, wie die Welt sich um mich herum zusammenzieht, mein Herzschlag rast, weil ich fliehen will, auf meinem Rückgrat läuft Schweiß hinab, aber da spüre ich plötzlich eine feste Hand, die meinen Arm packt und mich zur Seite zieht. Die Welt dreht sich um mich herum, als ich jetzt zwei weiche Hände spüre, und ich kann hören, wie eine Tür hinter mir zugeschlagen wird.

»Alles in Ordnung?«

Ich keuche, blinzle schnell hintereinander und versuche, damit die schwarzen Punkte, die vor meinen Augen tanzen, zu verscheuchen. Dann wird meine Sicht wieder klar, und ich sehe, wie Allie mich besorgt anschaut. »Ja, alles in Ordnung«, hauche ich. Immer wieder atme ich ein und aus, versuche, meinen Herzschlag zu beruhigen und mich wieder zu sammeln. Ich weigere mich, in Panik zu geraten.

Micah geht von der Tür weg. »Gehen wir nach oben, bevor einer von denen den Weg hierher findet.«

Mir dreht sich nach wie vor der Kopf, und mein ganzer Körper prickelt, als wäre er eingeschlafen, und Allie hackt sich bei mir unter, und wir laufen eilig zum Aufzug. Auf dem Weg nach oben und auch noch, als wir schnell den Flur hinab zu Allies Wohnung laufen, kann ich nicht aufhören zu zittern.

»Schhh, jetzt ist es vorbei«, sagt sie sanft, weil sie mein Zittern deutlich spüren kann, und wir folgen Micah in die Wohnung.

Ich löse mich aus ihrem Griff, trete meine Schuhe von den Füßen, gehe ins Wohnzimmer und lasse mich in den Sessel in der Ecke fallen. Ich schlinge meine Arme um meine Beine, schließe die Augen und atme tief und langsam ein, bis ich fühlen kann, wie mein Herzschlag sich beruhigt und meine Muskeln sich entkrampfen. Ich war nie anfällig für Panikattacken, aber ich fühle mich verletzt und ängstlich, auch wenn ich nicht in Gefahr war.

Als ich die Augen wieder öffne, sehe ich Micah und Allie auf der Couch sitzen und mich beobachten. »Tut mir leid, es geht mir gut. Das kam nur sehr unerwartet, und es war ziemlich gruselig.«

»Niemand hatte das erwartet«, sagt Micah, nimmt die Decke von der Couch und schlingt sie um meine Schultern.

Ich nehme die Enden und ziehe die Decke fester um mich. »Wie habt ihr mich dort draußen gefunden?«

Micahs eindringliches Starren sagt mir, dass ich ziemlich blass sein muss, aber es ist Allie, die mir antwortet: »Als wir reingefahren sind, haben wir dich an der Tür gesehen. Dann haben wir das ganze Geschrei gehört.«

»Gott«, seufze ich schwer und genieße meinen langsamer werdenden Herzschlag. »Ich weiß nicht, warum das nicht als Misshandlung gilt.« All diese Menschen, die mich angeschrien haben, die mein Foto ohne meine Zustimmung haben wollten, und das alles für eine Geschichte, die niemanden etwas anzugehen hat.

»Das sollte es«, stimmt Micah mir zu und setzt sich wieder neben Allie.

Ich lächle ihn dankbar an und frage dann Allie: »Hast du heute schon in die Klatschpresse geguckt?«

Sie nickt. »Habe ich. Ich habe versucht, dich anzurufen, aber du hast nicht abgenommen.«

Ich habe mit niemandem gesprochen. Nachdem ich das Vorstellungsgespräch mit Sally beendet hatte, habe ich mein Handy ausgeschaltet und bin einfach gegangen – wie mir jetzt klar ist, war ich dabei völlig in Gedanken. »Wie zur Hölle haben sie von Shawn erfahren?«, frage ich Micah.

Er fährt sich mit der Hand durch sein dunkles Haar, und seine Besorgnis ist in seinen Augen zu sehen. »Wie es aussieht, hat unser Freund Gabe einen Spion in seinem Pub.«

Ich blinzle. »Einen Spion?«

»Unglaublich, nicht wahr?«, sagt Allie.

»Das ist es«, stimme ich ihr zu und drehe mich zur Couch, um die beiden ansehen zu können. »Wie habt ihr das herausgefunden?«

Micah nimmt Allies Hand, die auf seinem Schenkel liegt, und verschränkt seine Finger mit ihren. »Weil in dem Artikel heute ein Fehler stand.«

Er muss mir das gar nicht erst erklären. Dieser Fehler war mir auch aufgefallen. »Du meinst, dass sie die Blutergüsse auf der falschen Seite meines Gesichts vermutet haben?«

Er nickt.

Das kann nur eines bedeuten. Ich rutsche auf dem Sessel herum und ziehe die Decke ein wenig fester um mich. »Heißt das, Darius hat dort … über mich gesprochen?«

»Sie sind wirklich eng befreundet, Taylor«, unterbricht Allie mich sanft. »Und Micah hat bloß gefragt, wie es dir geht, nichts weiter.«

Micah nickt. »Es ist nicht Darius' Schuld. Ich habe das angesprochen …«

Ich winke ab. Ich kann Darius nicht dafür hassen, dass er enge Freunde hat. »Danke, dass du dir Sorgen gemacht und nach mir gefragt hast. Niemand hat daran Schuld.«

Allie schenkt mir ein sanftes, offensichtlich erleichtertes Lächeln und fügt hinzu: »Sie werden sich die Sache genau ansehen, um herauszufinden, wer uns im Pub ausspioniert.«

Ein Spion? Ziemlich unwahrscheinlich. Selbst ich kann das nicht glauben. Ich sage zu Micah: »Euch ist schon klar, dass ihr wirklich verkorkste Leben führt, oder?«

Er nickt. »Leider ja.«

»Es ist einfach verrückt«, sagt Allie und sieht Micah an, wobei in ihrem Blick nichts anderes als brennende Liebe zu erkennen ist. »Keiner von euch sollte sich mit so etwas herumschlagen müssen. Ihr solltet nicht Angst um euer Leben haben müssen, nur weil jemand der Welt private Dinge über euch preisgibt.«

Er fährt mit dem Finger über ihre Wange, und seine Augen sind voller Wärme.

Ich wende den Blick ab, da ich das Gefühl habe, in einen sehr privaten Moment zwischen den beiden einzudringen.

Aber wie es aussieht, bin ich die Einzige, die das denkt, denn Micahs Stimme lässt mich den Kopf wieder herumdrehen. »Es tut mir unglaublich leid, dass du dich damit herumschlagen musst, Taylor.«

»Danke«, erwidere ich und kann fühlen, wie die Last der Verzweiflung sich von meiner Brust hebt. »Uh. Ich muss über so vieles nachdenken, dass ich nicht weiß, wo ich beginnen und wie ich das alles wieder in Ordnung bringen soll.« Ich schließe wieder die Augen und seufze tief, um den letzten Rest des Adrenalins aus meinem Körper zu vertreiben. Während die Sekunden vergehen, merke ich, dass jemand fehlt. Wenn Allie und Micah von dem Artikel wussten, muss Darius ihn auch gelesen haben.

Ich öffne die Augen wieder und setze mich ein wenig aufrechter hin. »Wo ist Darius?«

Micah antwortet: »Ich war vorhin bei ihm daheim, und er hat mich gebeten, bei dir vorbeizufahren, um sicherzugehen, dass es dir gut geht.«

Mir sinkt das Herz ein wenig in die Hose, als Allie hinzufügt: »Ich schätze, er trifft sich wieder mit Alex. Sie versuchen, den Fokus wieder auf ihn zu richten.«

Natürlich hoffe ich, dass es in den morgigen Artikeln nicht um mich gehen wird, aber ich kann nicht verhindern, dass seine Abwesenheit schmerzt. Ich will nicht, dass Darius sich mit Alex trifft. Ich will, dass er sich mit mir trifft, mich tröstet, mit der gleichen Berührung, mit der Micah Allie tröstet. »Welche Story liefern sie der Klatschpresse dieses Mal?«

Allie steht auf und geht in die Küche, um zwei Gläser mit Wein zu füllen und Micah ein Bier zu holen, während er sagt: »Er hat ein Szenario entworfen, in dem Alex mit ansieht, wie er eine andere von Ryders Ermittlerinnen küsst. Alex wird ihn dann ohrfeigen, und dann werden sie sich lautstark auf der Straße streiten.«

Ich seufze und schüttle den Kopf. »Ich weiß nicht, ob es irgendjemandem helfen wird, eine Geschichte über Misshandlung mit einer anderen zu ersetzen.«

»Wird es auch nicht«, sagt Allie, als sie zurückkommt. Sie reicht Micah sein Bier und mir dann ein Glas mit Wein. »Aber ich bezweifle nicht, dass Darius den Fokus lieber auf sich haben wird als auf dir.«

Das ist süß, sollte ich wohl sagen. Aber ich kann es nicht über mich bringen, diese Worte auszusprechen. Ich kann Allie nur anstarren, während ich mein Glas an den Mund hebe und einen Schluck von dem trockenen roten Wein nehme, auch wenn ich wünschte, es wäre der Wodka, den ich heute eigentlich besorgen wollte. Sie weiß genau, wie es mir geht, denn wir haben dieses Gespräch schon einmal geführt. Darius ist nicht dort, wo er sein sollte. Ich will ihn bei mir haben.

Mein Herz zieht sich zusammen, aber ich schiebe diese Gedanken beiseite. Ich weiß, was Darius mir geben kann. Er hat mir nie irgendwelche Versprechungen gemacht. Und, um ehrlich zu sein, er war auch sehr deutlich, was diese Sache zwischen uns angeht – es geht bloß um Sex. Ich schätze, manchmal vergisst mein Herz das. »Wird er anrufen, wenn das erledigt ist?«

Micah nickt. »So lautet der Plan.«

Allie tätschelt mein Knie und lächelt. »Wir bleiben hier, bis wir wissen, dass alles erledigt ist. Also, da wir eindeutig nicht mehr ins Kino gehen können, wie wäre es dann, wenn wir uns etwas zu essen bestellen?«

»Solange es nur fettig ist und es Pommes dazu gibt, bin ich dabei«, erwidere ich.

»Alles klar.« Micah erhebt sich, zieht sein Handy aus der Hosentasche und geht zur Fensterwand.

Allie rutscht auf seinen Platz und nimmt meine Hand. »Es wird alles wieder gut werden«, sagt sie. »Die Klatschpresse wird dich bald schon vergessen haben und sich auf jemand anderen stürzen.«

Es fühlt sich falsch an, das zu wollen. Aber es fühlt sich genauso schlecht an, es nicht zu wollen. »Gott, das ist solch ein Desaster. Ich kann mir nicht vorstellen, dass es noch schlimmer werden kann.«

Es klopft laut an der Tür, und mein Kopf ruckt in die Höhe. Bevor irgendwer auch nur Anstalten machen kann, die Tür zu öffnen, stürmen zwei Personen ins Zimmer. Ich seufze so tief wie noch nie zuvor in meinem Leben und starre meine wütenden Eltern an. Es war wohl nicht der beste Zeitpunkt, um meine Eltern auf die Liste meiner Besucher setzen zu lassen. »Nein, ich hatte unrecht. Das hier kann noch schlimmer werden, und genau das ist gerade passiert.«

***

DARIUS

Später an diesem Abend – nachdem ich mir einen lauten Streit mit Alex vor Bennett Inc. geliefert habe – kann ich es kaum erwarten, nach Hause zu kommen und ein großes Glas mit Scotch zu trinken, doch vorher fahre ich zu Taylor und stehe vor ihrer Wohnungstür. Ich musste ständig an sie denken, und ich muss sie sehen. Ich hebe die Hand, um anzuklopfen, aber da höre ich, wie hinter der Tür eine laute männliche Stimme brüllt. Ohne darüber nachzudenken, schließe ich die Hand um den Türknauf und stürme in die Wohnung.

Binnen einer Sekunde wird mir klar, ich habe überstürzt gehandelt, denn vor mir steht nicht Shawn Mason. Ich stehe fast Nase an Nase vor Taylors Vater, Jason Erickson. »Verzeihung«, sage ich hastig und weiche zurück, woraufhin ihr Vater seine Faust sinken lässt, mit der er mir gerade eine verpassen wollte.

Die Röte im Gesicht ihres Vaters beginnt zu verblassen, und mir fällt auf, dass er seit unserer letzten Begegnung stark gealtert ist. Er ist noch immer so stark, wie ich ihn in Erinnerung habe, aber er hat mehr Falten bekommen und ist um den Bauch herum fülliger geworden.

Stille breitet sich in der bereits angespannten Atmosphäre im Zimmer aus, ehe Allie von der Couch aufspringt und schnell zu mir kommt. *Ich bin froh, dass du da bist*, formt sie stumm mit den Lippen, läuft an mir vorbei und schließt die Wohnungstür.

Ich verstecke mein tiefes Ausatmen, bin froh, dass mein Herzschlag langsamer wird, und beobachte dabei Taylor. Aschfahl im Gesicht sitzt sie auf der Couch und hält ihre Beine umklammert. Ihre Mutter Pam sitzt neben ihr. Sie war damals, als ich sie kennengelernt habe, eine freundliche Frau, und ihre Augen sind noch immer sanft. Am Fenster steht ein sehr wütend dreinblickender Micah. Aber als ich Jason wieder ansehe, schaut er vorwurfsvoll zurück. Das habe ich wohl verdient. Ich habe seine Tochter tief verletzt. Ich hatte nicht erwartet, dass mir das jemals vergeben wird.

»Entschuldige mein brüskes Eindringen«, sage ich, weil ich das Gefühl habe, ich muss die Spannung im Raum ein wenig mindern. »Ich hatte laute Stimmen gehört.«

»Oh, dachtest du etwa, meine Tochter ist in Gefahr?« Jasons laute Stimme richtet sich jetzt gegen mich. Als ich diese Frage nicht mit einer Antwort würdige, verengen sich seine Augen zu Schlitzen. »Wusstest du davon, Darius?« Er deutet auf die *Gotcha!*, die auf dem Couchtisch liegt.

Ich schiebe meine Hände in die Hosentaschen. »Ja, ich wusste davon.«

Jasons Gesicht färbt sich wieder rot, und seine Stimme ist eiskalt. »Und du hast nichts dagegen unternommen?«

Seine Worte sind wie Dolche, die in meine Eingeweide stechen, und katapultieren mich binnen eines Atemzugs zurück in die Vergangenheit.

»Was für Absichten hast du mit meiner Tochter?«

Ich verschlucke mich an meinem Bier und huste, bis ich wieder atmen kann. »Es tut mir leid«, sage ich zu Jason und rutsche unruhig auf dem Stuhl vor der Veranda des Hauses der Familie herum. »Mit dieser Frage hatte ich nicht gerechnet.«

Er hebt die Augenbrauen. »Und willst du sie auch beantworten?«

»Sir, Ihre Tochter ist mir sehr wichtig«, sage ich zu ihm, auch wenn ich weiß, dass das wahrscheinlich nicht ausreicht, um ihren Vater zu besänftigen. »Mir ist bewusst, dass zwischen uns ein großer Altersunterschied besteht und Sie darüber nicht begeistert sind, aber ich gebe Ihnen mein Wort, dass ich immer nur machen werde, was das Beste für sie ist.«

Jasons Blick nagelt mich auf dem Stuhl fest. »Was, wenn das Beste für sie wäre, nicht mit dir zusammen zu sein?«

»Dann werde ich gehen«, bestätige ich.

Jason dreht endlich wieder den Kopf, konzentriert sich auf die ruhige Straße und nippt an seinem Bier. »Versprichst du, immer dafür zu sorgen, dass es ihr gut geht?«

»Darauf gebe ich Ihnen mein Wort.«

Ich blinzle, reiße mich aus dieser Erinnerung und atme tief ein, um die Gefühle, die mir die Kehle zuschnüren, unter Kontrolle zu bringen. Ich habe ihm ein Versprechen gegeben. Ich habe es gebrochen. Ich habe Taylor so oft wehgetan; viel zu oft. Und ich habe zugelassen, dass ihr auch noch jemand anderes wehtut.

Ich kann Taylor nicht einmal ansehen, spüre aber ihren Blick auf mir. Es gibt so viele Dinge, die ich anders machen würde, wenn ich nur könnte. So verdammt viele Dinge. »Nein, ich habe es nicht aufgehalten«, sage ich ruhig und gefasst. »Aber ich mache jetzt etwas, um zu verhindern, dass es noch einmal geschieht.«

»Und was?«, bellt Jason und verschränkt die Arme vor der Brust.

»Ich lasse Shawn Mason beschatten«, sage ich.

Taylor keucht. »Du machst was?«

»Ja«, mischt ihr Vater sich ernst ein. »Bitte erkläre uns, was genau du damit meinst.«

Angesichts Taylors wütenden Blicks muss ich seufzen; mein Eingeständnis ist ein zweischneidiges Schwert. »Shawn ist am Freitag hergekommen.« Ich kann die Angst auf Pams Gesicht sehen, und die Wut in Jasons, also füge ich hinzu: »Als ich davon erfahren habe, habe ich einen Sicherheitsdienst damit beauftragt, ein Auge auf ihn zu haben.«

Jason knurrt praktisch schon: »Ist er wegen Taylor hier?«

»Beruhige dich, Jay«, sagt Pam ruhig. »Es klingt, als hätte Darius alles unter Kontrolle.« Sie ist immer schon die Vernünftige von beiden. Pam umfasst Taylors Hand und sagt zu ihr: »Liebes, du hättest uns davon erzählen sollen, dann hätten wir dir helfen können.« Und an mich gewandt fügt sie hinzu: »Diese Leute, die du engagiert hast, werden nicht zulassen, dass dieser Shawn ihr zu nahe kommt, stimmt's?«

Ich vermeide es, Taylor anzusehen, und kann spüren, wie sich ihr wütender Blick in meinen Schädel brennt. »Er wird sich ihr nicht auf einen halben Meter nähern können, ohne dass ich davon erfahre, und dann werde ich mich darum kümmern.«

»Gut, das ist gut.« Pam tätschelt Taylors Hand und lächelt mich an. »Vielen Dank, dass du den Sicherheitsdienst engagiert hast, Darius.«

Ich kann ihre Dankbarkeit nicht annehmen. Ich habe mein Wort gegeben, dass ich Taylor immer beschützen würde. Das ist alles meine Schuld. Das Gefühl, sie betrogen zu haben, brennt höllisch in meinem Körper und hinterlässt einen schalen Nachgeschmack in meinem Mund.

Jason hat sich nun offensichtlich wieder besser unter Kontrolle, entspannt langsam seine Arme und lehnt sich gegen den Rand des Sessels, der ihm am nächsten steht. »Wo ist Shawn jetzt?«

Ich sehe den Mann an, der eigentlich am ehesten das Recht hat, Taylor zu beschützen. Aber ein Teil von mir will ihm dieses Recht nehmen. Er mag sie aufgezogen haben, doch ich kann die Stimme nicht aufhalten, die mir zuflüstert: *Ich beschütze sie.* »Er hat sich bisher ferngehalten und ist in der Haight Street abgestiegen.«

Jason hebt die Augenbrauen und sieht mich streng an. »Mehr willst du mir nicht sagen?«

»Ich befürchte, mehr weiß ich nicht.« Es ist eine Lüge, aber es ist eine Lüge Taylor zuliebe. Ich kann mir vorstellen, das Letzte, was sie will, wäre, dass ihr Vater ihren Exfreund windelweich prügelt, was, angesichts des Zorns, der deutlich auf Jasons Gesicht wütet, genau das ist, was er am liebsten machen würde.

Und auch wenn ich das nachvollziehen kann, weil ich selbst Shawn auch gern als meinen persönlichen Sandsack benutzen würde, ist es nicht das, was Taylor will.

Aus den Augenwinkeln kann ich sehen, dass sie noch immer wie angewurzelt in ihrem Sessel sitzt. Ich bin mir sicher, dass sie wütend auf mich und beschämt wegen der Situation ist. Ich konzentriere mich weiter auf Jason und lasse ihm Zeit, das, was ich ihm gerade gesagt habe, zu verarbeiten.

Schließlich hat er das getan, wendet sich an Taylor und sagt: »So ein Geheimnis wirst du nie wieder für dich behalten. Versprich mir das.«

»Ich verspreche es«, sagt sie leise.

»Wirst du es mir denn sagen, falls du ihn sehen solltest?«, hakt er noch einmal nach.

Sie nickt. »Ja.«

»Ich erwarte von dir, dass du zur Polizei gehst und eine einstweilige Verfügung erwirkst«, schließt er.

Wieder nickt sie.

Jason seufzt, und seine Erleichterung ist ihm anzusehen. »Gut.«

Er glaubt ihr. Ich nicht. Ich kann die Lüge in ihren Augen sehen. Sie hat nicht die Absicht, gesetzlich gegen Shawn vorzugehen, und ich weiß nicht, warum. Taylor ist eine kluge und starke Frau; es muss einen Grund geben, warum sie sich zurückhält. Ich bin entschlossen, diesen Grund zu erfahren.

Pam packt Taylor und zieht sie in ihre Arme. »Ich werde nie verstehen, warum du das Gefühl hattest, du könntest es uns nicht sagen, Liebes.«

Taylor lehnt ihren Kopf gegen die Schulter ihrer Mutter. »Ich wollte euch keinen Kummer bereiten, und es geht mir wirklich gut.«

Ich balle die Hände zu Fäusten, und meine Muskeln zucken. Taylor sollte nicht mit alldem belastet werden. Und wenn ich nur der Mann gewesen wäre, den sie gebraucht hat …

Meine Gedanken halten an, als ich bemerke, wie Jason auf mich zukommt. Ich bereite mich innerlich darauf vor, eine Standpauke zu hören zu bekommen, aber die Anspannung, die mich ergreift, ist unnötig, wie ich schnell merke, als er mich fragt: »Du meldest dich, sollte sich irgendetwas in der Sache mit Shawn tun?«

»Natürlich.«

Taylors Vater nickt mir knapp zu und drückt meine Schulter. »Ich weiß zu schätzen, was du für sie tust, Darius. Du bist ein guter Mensch.« Dann geht er zur Tür.

Mir stockt der Atem, und ich habe das Gefühl, elektrisiert zu werden. Wärme breitet sich in mir aus, ausgehend von seiner Berührung, und mir wird schwindelig. Ich habe das Gefühl, als würde mich jemand beobachten, und dann bemerke ich Pam, die auf mich zukommt, und Taylor, die mich eingehend mustert.

Zu eingehend.

Selbst Allies Kopf ist zur Seite geneigt, und sie beobachtet jede meiner Bewegungen. Ich kann fühlen, wie die Mauern etwas enger werden, also drehe ich mich um und öffne die Tür für Jason und Pam und schweige, während die anderen sich verabschieden.

Als ich mich wieder umdrehe, beobachtet Allie mich immer noch, und ich deute zur Tür. »Ihr auch.«

»Wow. Da werde ich aus meiner eigenen Wohnung geworfen«, mault sie, auch wenn es nicht besonders überzeugend klingt. »Du bist so ein liebevoller großer Bruder.«

Ich grinse sie schief an. »Ich bin dein einziger Bruder.«

Allie rollt mit den Augen und küsst Taylor dann auf die Wange. »Ruf mich an, wenn du etwas brauchst. Ich bin dann sofort hier.«

Taylor lächelt sie leicht an. »Danke, dass du vorbeigekommen bist und nach mir gesehen hast.«

»Dafür musst du dich niemals bedanken. Du weißt, ich wäre auch gekommen, wenn du mich nicht hättest hier haben wollen«, sagt Allie und erhebt sich von der Couch.

Micah löst sich vom Fenster und folgt Allie zur Tür, aber da sagt Taylor zu ihm: »Es tut mir leid, dass ihr wegen … dieser Sache kommen musstet.«

»Das muss dir doch nicht leidtun«, sagt Micah sanft zu ihr. »Diese Situation ist für uns alle außer Kontrolle geraten.« Ich kann die Besorgnis auf seinem Gesicht sehen, als er auf mich zukommt und meine Schulter umklammert. »Viel Glück bei alldem.«

Ich nicke und öffne ihnen die Tür.

Micah tritt als Erster hinaus, und kurz, bevor Allie ihm folgt, formt sie stumm mit den Lippen in meine Richtung: *Kümmere dich um sie.*

Immer, will ich sagen. Aber stattdessen schließe ich die Tür hinter Allie.

»Also, jetzt, wo wir allein sind …« Taylor erhebt sich von der Couch, und ihr wütender Blick ist auf mich gerichtet. »Gibt es etwas, was du mir zu sagen hast?«

»Eigentlich nicht«, gebe ich zu und halte im Moment noch Abstand von ihr. »Vor allem, da du mich so ansiehst, als würdest du mich am liebsten ausweiden.« Sie kneift die Augen zusammen, und ich weiß, das war nicht die richtige Antwort. »Ich werde mich nicht dafür entschuldigen, dass ich dich beschütze.«

Sie schnaubt und verschränkt die Arme vor der Brust. »Ich habe dir doch gesagt …«

»Shawn ist hier, Taylor«, unterbreche ich sie sanft. »Er ist hierhergekommen, um dich zu finden. Aus Respekt vor deinen Wünschen habe ich nicht tiefer gegraben, als ich gemusst hätte. Ich habe, ebenfalls aus Respekt, darauf verzichtet, dich beschatten zu lassen. Aber wenn du auch nur eine Sekunde lang geglaubt hast, dass ich dem Mann, der dich geschlagen hat, erlauben würde, in der Stadt umherzulaufen, ohne dass ich ein Auge auf ihn habe, dann kennst du mich nicht besonders gut.«

Innerhalb eines einzigen Atemzugs löst sich die Spannung auf ihrem Gesicht, und die harten Züge werden von Erschöpfung ersetzt. Sie schüttelt den Kopf und fährt sich mit den Händen über das Gesicht. »Gott, diese ganze Situation ist so furchtbar. Ich kann nicht glauben, dass ich das alles meinen Eltern erzählen musste. Ich kann nicht glauben, dass die Klatschpresse all diese Geschichten über dich, deine Freunde und über mich schreibt.«

Ich kann die Belastung und die Sorge in ihrer Stimme hören. Es ist die Stimme einer Frau, die viel zu viel hat durchmachen müssen. Und, was mich am meisten stört, ist, dass ich, als sie die Hände sinken lässt, sehen kann, dass sie weinen will, es aber nicht kann, weil sie keine Tränen mehr hat.

Etwas in mir bricht auf. Ich gehe, ohne nachzudenken, zu ihr. Dieser Blick, diese Belastung, verdammt, ich ertrage das nicht. Und dann bin ich bei ihr, presse sie gegen die Wand und küsse sie, bis kein Schmerz mehr aus ihrem Mund kommt und alles, was noch übrig ist, ihr abgehaktes Stöhnen ist.

Kapitel 13

TAYLOR

Mein Körper kribbelt von Kopf bis Fuß, als ich Darius' warmen Mund auf meinem spüre. Ein kleiner Teil von mir sagt mir, dass das falsch ist. Ich bin zu emotional, zu verletzlich, zu offen. Aber der stärkere Teil in mir braucht ihn so sehr, dass ich ihn nicht aufhalten kann, als er beginnt, mir die Bluse und dann den BH auszuziehen. Den Rock berührt er nicht, und er lässt meinen Blick nicht eine Sekunde lang los. Denn in all dieser Verwirrung, in all dem Unbekannten, ist er. Stark. Fest. Verdammt scharf.

»Du wirst damit aufhören, dir über all das Gedanken zu machen«, sagt er streng zu mir. »Mach dir keine Sorgen mehr, Taylor.« Er beugt sich vor, drückt seinen starken Körper gegen meinen und flüstert mir ins Ohr: »Ich werde dir deine Sorgen einfach wegvögeln, bis auf diesem wunderschönen Gesicht nur noch ein Lächeln zu sehen ist.«

Ich zittere. Ich kann einfach nicht anders. Das macht er mit mir. All die Macht. All dieses Selbstbewusstsein. Sein befehlender Ton. Seine forsche Miene. Die Leidenschaft, die von ihm ausgeht. Ich bin so feucht wegen ihm, dabei hat er mich nicht einmal berührt.

»Du wirst loslassen. Entspann dich.« Er tritt zurück, sein Blick hält meinen fest, und er beginnt, sein Hemd zu öffnen. Knopf für Knopf löst er entschlossen den weißen Stoff von seinem Körper, bis er zu Boden fällt. »Du wirst nur an mich denken, meine Berührung, meinen Körper.« Seine Stimme wird leiser, kehliger und weicher. »Das ist es, was ich von dir will, Taylor. Verstanden?«

»Ja«, hauche ich und bin kaum in der Lage, das eine Wort zu formulieren. Gott, bei seinem Anblick verspüre ich ein Ziehen im Magen. Ich bewundere seinen Körper, und immer wieder kommt das Ziehen. Ich glaube, ich werde seinen Körper immer bewundern. Angefangen bei seinen starken, breiten Schultern über seine muskulöse Brust bis hin zu der V-Form seiner Taille und zu seiner glatten gebräunten Haut – er ist so heiß.

Ich sehe das Brennen in seinen Augen aufflammen, als er merkt, wie sehr ich ihn begehre, und dann sehe ich ihn nicht mehr an. Sein Mund versiegelt meine Lippen, seine Hände vergraben sich in meinem Haar und ziehen an den Strähnen. Hitze spült in meinen Unterleib, mein Schoß fühlt sich vor Verlangen ganz schwer an und sehnt sich nach seiner Berührung. Er reißt mich mit seinen weichen Lippen und der erfahrenen Zunge einfach mit, führt mich an einen Ort weit jenseits der Realität. Einen Ort, den ich niemals wieder verlassen will. Einen Gipfel, der so wunderschön ist, dass er nicht echt sein kann. Aber irgendwie schafft er es, mich noch höher zu führen. Er küsst meinen Hals, meine aufgerichteten Nippel, meinen Bauch.

Ich bin so scharf, so heiß auf ihn, und da rückt er von mir ab, packt meine Handgelenke grob und zieht mich auf den Küchentisch zu. Ich fürchte mich nicht vor seinem groben Griff; ich genieße seine dominante Art. Er ist sowohl zärtlich als auch fest, und das ist genau das, was ich brauche. Ich will keine Entscheidungen treffen müssen. Ich will, dass er sie trifft. Ich will nicht denken. Ich will nur fühlen.

Als wir den Glastisch erreicht haben, lässt er meine Handgelenke los und drückt mich nach vorn. Meine Brüste werden gegen das kühle Glas gequetscht, und ich starre zum Fenster hinaus auf den Union Square. Sein Atem geht schwerer vor männlichem Verlangen und vor Ungeduld.

»Halte die Oberarme auf dem Rücken und halte sie in dieser Position fest«, befiehlt er.

Unbeholfen greife ich hinter meinen Rücken und halte meine eigenen Arme fest, als er plötzlich meinen Rock entschlossen über meine Hüften hebt und mein Höschen herunterzieht. »Ja … bleib genau so stehen«, stöhnt er, reibt über meinen Hintern und drückt meine Pobacken auf die ihm eigene raue Weise. »Verdammt, du bist so sexy … so verdammt schön …«

Ich kann hören, wie er seinen Gürtel öffnet und dann das Rauschen von Stoff auf Haut, als er seine Hose hinunterschiebt. Ich höre, wie die Verpackung des Kondoms aufgerissen wird, aber ich kann mich nicht bewegen. Alles, was ich machen kann, ist, hier darauf zu warten, wann und wie er mich nehmen wird. Seine Hand drückt meinen Kopf auf den Tisch, mit dem Bein schiebt er meine Schenkel auseinander, und als er in mich eindringt, entfährt mir ein erschrockenes Keuchen.

Darius wird sich heute eindeutig nicht davon abhalten lassen, sich das zu nehmen, was er will.

Er stößt mit seinen Hüften rasch zu, rein und raus, bis mein gehauchtes Stöhnen von meinen Lippen tropft, und ich kann spüren, wie ich immer feuchter werde, um ihm entgegenzukommen. Sein harter Körper drückt sich an mich. Seine Finger in meinem Haar packen fester zu, ich wehre mich gegen den Zug, aber die Kraft seines Körpers bringt mir immer mehr Lust, bis ich ganz feucht für ihn bin. Er bewegt sich jetzt schneller und härter, gibt mir, was ich brauche, und genau, wie ich es brauche. Und ich stöhne laut für ihn, damit er weiß, dass ich das Raue liebe, um ihn zu ermutigen, sich fallen zu lassen und mich auf jede Weise zu benutzen, nach der ihm ist.

Dann kann ich nicht mehr aufhören zu stöhnen. Ich habe die Kontrolle darüber verloren. Es ist etwas, was ich noch nie unter Kontrolle halten konnte. Er weiß, wie er mich erwecken muss, weiß, wie er mir das Gefühl geben kann, lebendig zu sein, und alles, was ich machen kann, ist, mich seinem Verlangen zu ergeben. Wieder stöhne ich, doch es verwandelt sich schnell in ein Keuchen, denn er dreht mich harsch in seinen Armen um.

Jetzt sehe ich ihm ins Gesicht, schaudere, als ich die Dunkelheit in seinen Augen sehe, die Intensität seiner Seele, und er schiebt beide Hände in mein Haar und zieht mich auf den Boden. Er sinkt auf die Knie und zieht mich auf seinen Schoß. Er legt eine Hand auf meinen Rücken, um mir Halt zu geben, die andere bleibt in meinem Haar vergraben; sein Blick hält mich fest und erlaubt mir nicht, woandershin zu sehen.

»Komm schon, Baby, fick mich.« Er wartet, bis ich mich auf seinen Schwanz habe gleiten lassen, und spricht dann erst weiter: »Genau so. Das ist perfekt.«

Gott, seine Hand greift fester in mein Haar, hält mich fest, damit ich genau dort bin, wo er mich haben will, und ich verliere mich, reite auf seinem Schaft. Er fühlt sich so gut an. Ich fühle mich gut, während ich ihn nehme, ihn besitze, und nur für diesen einen Moment nehme ich mir von diesem mächtigen Mann, von Darius, was immer ich will.

Sein Kiefermuskel zuckt, seine Augen werden noch dunkler. »Härter.« Er richtet sich ein wenig auf den Knien auf, klatscht mir auf den Hintern, und das Brennen lässt meine Haut kochen. »Schneller.« Noch ein Schlag, und ich keuche.

Haut klatscht auf Haut, und ich ignoriere das Zittern meiner Muskeln, kann an nichts anderes mehr denken als an die Tatsache, wie perfekt wir zueinanderpassen. Wie unglaublich wir sind, wenn wir so zusammen sind, rücksichtslos und wild und schmutzig.

Ein tiefes Grollen entschlüpft seiner Kehle, und das Geräusch macht meine Nippel hart und lässt Hitze durch mich hindurchfluten. Ich stoße schneller, härter und noch schneller zu, meine Muskeln verkrampfen sich, und in mir baut sich Ekstase auf, die so intensiv ist, dass mir Tränen aus den Augenwinkeln rinnen. Ich drücke den Rücken durch, höre, wie

Darius »Verdammt!« schreit, aber ich löse mich bereits in den Wellen aus Befriedigung auf, die über meinen Körper hinwegschwappen. Darius unter mir zuckt mit den Muskeln und bäumt sich auf. Darius verliert sich selbst, als er in mir kommt.

Und ich höre nicht auf, gebe ihm alles, nehme auch alles, bis nichts weiter bleibt als Atemlosigkeit und verschwitzte Haut.

Einige Zeit später erhebt er sich, mich in seinen Armen und meinen Kopf an seinem Hals vergraben. Er geht ins Schlafzimmer und legt mich sanft auf dem Bett ab. Er zieht das Kondom mit einem Taschentuch ab, wirft beides in den Mülleimer an der Tür und lässt dann seinen harten Körper neben meinen gleiten.

Ich sehe ihm in die Augen, noch ganz verloren in der strahlenden Wärme des Orgasmus. Mein Kopf schweigt, die Sorgen sind alle, wie er es versprochen hatte, verschwunden.

Lange Zeit erwidert er stumm meinen Blick. Aber langsam kehrt die Anspannung in seine Augen zurück, die Entschlossenheit, Antworten auf Fragen zu bekommen, die ihn beschäftigen. Und ich muss fast schon lachen, weil ich recht habe, denn er fragt mich: »Wirst du es mir jetzt erzählen?«

Ich schiebe meine Hand zwischen mein Gesicht und das Kissen. »Dir was erzählen?«

Das weiche Licht von der Nachttischlampe fällt auf Darius' nackten Oberkörper, beleuchtet die Hügel und die Täler seiner Muskeln. »Warum hast du deinen Vater angelogen und gesagt, du würdest eine einstweilige Verfügung gegen Shawn erwirken?«

Er will es einfach bloß verstehen, das erkenne ich an seinem sanften Blick. Es geht nicht darum, dass er Shawn aufspüren oder die Information dafür benutzen will, um für mich den Helden zu spielen; er will einfach nur wirklich wissen, was passiert ist. Und ich weiß, dass ich es ihm schulde, ihn das wissen zu lassen. »Shawn hat eine ziemlich schlimme Vergangenheit.«

Darius hebt die Augenbrauen. »Eine Vergangenheit, wegen der du Mitleid mit ihm hast?«

»Ja, sogar sehr viel Mitleid. Er wurde sexuell missbraucht.« Ich zucke auf dem Kissen mit den Achseln. »Macht mein Mitgefühl mich schwach?«

»Nein.« Darius lächelt sanft und fährt mit den Fingern über mein Gesicht. »Es macht dich zu Taylor.«

»Und das bedeutet?«

»Dass du ein herzensguter Mensch bist.« Als ich die Stirn runzle, weil ich verwirrt bin, lacht er leise und glättet die Falten zwischen meinen Augenbrauen mit dem Daumen. »Du bist auch stark, und ich bezweifle nicht einen Moment, dass du Shawn in der Sekunde verlassen hast, als er gewalttätig wurde.« Sein Blick folgt seiner Hand, als er mir eine Strähne hinter mein Ohr streicht. Er lächelt mich zärtlich an, und mein Herz setzt einen Schlag aus. »Aber ich schätze, das erklärt, warum du dich überhaupt erst mit so einem Typen eingelassen hast. Du wusstest nicht, dass er früher gewalttätig war, oder? Und als du es herausgefunden hast, lag er dir schon am Herzen, weil er dir von seiner Vergangenheit erzählt hatte?«

»Es ist nur …« Ich seufze, weil ich nicht wirklich weiß, was ich darauf antworten soll. »Ich schätze, ich habe Mitleid gehabt wegen dem, was er durchgemacht hat. Für mich hat das erklärt, warum er manchmal so wütend wurde. Ich habe gehofft, dass Liebe ihn wiederherstellen würde.«

»Man kann niemanden wiederherstellen«, sagt Darius.

Ich hätte angesichts dieser Worte fast gelacht, denn damit hat er recht. Wenn ich einen Mann wiederherstellen könnte, wäre es der Mann, der neben mir in diesem Bett liegt. Anstatt das zu kommentieren, erwidere ich: »Ich hatte gehofft, dass

Liebe reichen würde, um ihm dabei zu helfen, die Probleme seiner Vergangenheit hinter sich zu lassen und zu sehen, dass das Leben mehr sein kann als das, was er davon erwartet. Dass er mehr verdient als das.« Ich schaudere ein wenig, als Darius seine Finger langsam meinen Arm hinauf und wieder hinab wandern lässt, und rede weiter: »Jeder hat eine Vergangenheit, und ich habe ihn auch nicht für seine gehasst, bis sie Auswirkungen auf mich hatte.«

Darius denkt darüber nach. Dann: »Hasst du ihn jetzt?«

»Nein.«

»Warum nicht?«

»Weil jeder Mensch anders mit Schmerz umgeht.« Ich kann die Härte sehen, die Darius' Gesicht erfasst, als ihm klar wird, dass ich damit auch ihn meine. »Shawn versucht es mit Alkohol, und Alkohol ist das, was ihn gewalttätig werden lässt.«

Wieder schweigt Darius für einen Moment. »Und wie gehst du mit Schmerz um?«

Ich schnaube leise. »Ist das nicht offensichtlich?«

»Nicht für mich.«

»Ich muss nicht mit Schmerz umgehen, ich versuche immer das Gute in allem zu sehen und hoffe auch stets auf das Beste, also stecke ich in diesem dummen Kreislauf des Lebens fest, in dem sich alles wiederholt.« Ich lache, aber ich lache allein.

Stille senkt sich kalt auf uns herab.

Darius' Augen sind hart und dunkel, als er in meine sieht, und er denkt über etwas nach. Lässt jede einzelne meiner Schichten verschwinden, bis er das gefunden hat, wonach er gesucht hat. »Dieser Typ, Taylor … er hatte Glück, dass du in seinem Leben warst.« Sein Kiefermuskel zuckt, und er fügt hinzu: »Ich hatte Glück, dass ich dich hatte.«

Mein Herz wird mit einem Mal so groß, dass ich schwören könnte, es wird gleich explodieren. Wenn er solche Dinge sagt, erinnert mich das daran, wie selten solche Momente wirklich sind. Ich starre ihn an, habe das Gefühl, als wären die letzten fünf Jahre im Nu vergangen. Es ist, als wäre ich niemals gegangen, wäre niemals weggezogen. Es ist, als hätte er niemals Schluss gemacht, als hätte er immer mein Leben mit Leidenschaft und Intensität erfüllt, als wäre er immer da gewesen, um mich zu beschützen. Es ist, als hätte er mich niemals verletzt, als hätte er mich nie verlassen.

Ein fester Stups auf die Nase reißt mich aus meinen Gedanken, und ich blicke auf Darius' sanftes Lächeln. »Oh, so guckst du immer, wenn du zu angestrengt über etwas nachgrübelst.«

Ich denke an dich ... an uns ... an mein Leben, das sich immer wieder wiederholt ..., echot es in meinem Kopf.

Vielleicht wird mir jetzt, nachdem ich daran erinnert wurde, wie ich mit Schmerz umgehe – oder eben nicht umgehe, klar, dass ich genau an dem Punkt bin, wo ich immer lande. Der Punkt, an dem ich ihn liebe. Er mich liebt. Und doch ... es ist niemals genug. Denn ich weiß, und ich kann in den Schatten in seinen Augen sehen, dass auch ihm das klar wird, dass uns bald irgendetwas auseinanderreißen wird. Etwas wird geschehen, und Darius wird mich wieder ausgrenzen und ich werde beschließen, dass ich mehr will als das, was er mir geben kann. Denn so gut wir auch darin sind, zusammen zu sein, so gut sind wir auch darin, uns gegenseitig wehzutun.

Denn das ist unser Ding. Aus irgendeinem Grund ist das unsere Realität. Unser verkorkstes Schicksal.

Angesichts der Gefühle, die über mein Gesicht huschen, runzelt er die Stirn. »Ist alles okay?«

»Ja.« Ich schlucke meine Gefühle herunter, drehe den Kopf und küsse seinen Daumen. »Alles okay.« Das ist eine Lüge. Es ist nicht alles okay. Es bricht mir das Herz, weil ich nicht verstehe, wie ein Mann, der dafür sorgen kann, dass ich mich so gut fühle, mich schlussendlich zerstören wird.

Kapitel 14

DARIUS

Ein Klopfen an der Tür treibt mich aus dem Bett. Ich blicke rasch zu Taylor, die neben mir tief und fest unter der Decke schläft. Ich bin eifersüchtig, weil sie sich mit diesem verdammten Stofffetzen zugedeckt hat und ich sie nicht mit meinem Körper wärmen kann. Sie sieht aus wie Dornröschen, das darauf wartet, dass ich es wachküsse.

Als es wieder an der Tür klopft, stehe ich auf, nehme eine schwarze Jogginghose und ein T-Shirt aus der Tasche, die mein Fahrer mir auf meine Bitte hin vor ein paar Stunden gebracht hat. Ich schlüpfe schnell in die Hose und schalte das Licht im Gang an, bevor ich das Schlafzimmer verlasse.

Als ich den Flur mit den Landschaftsfotografien hinabgehe, streife ich mir das hellblaue T-Shirt über den Kopf. Als es zum dritten Mal klopf, wirkt es drängender, also reiße ich die Tür auf, während ich noch das T-Shirt über meine Bauchmuskeln ziehe. Vor mir steht Allie, die mich mit weit aufgerissenen Augen von Kopf bis Fuß anstarrt.

Eine Sekunde später funkelt meine süße kleine Schwester mich wütend an. »Was zur Hölle hast du …«

»Dafür haben wir keine Zeit«, unterbricht Micah sie, wobei er mich ansieht. »Können wir hereinkommen?«

»Ja, natürlich.« Ich ziehe die Tür noch weiter auf, damit Micah hereinkommen kann. Angesichts Allies wütendem Blick muss ich lächeln, und sie folgt Micah in die Wohnung. Ja, sie ist mir sehr wichtig, aber sie ist immer noch meine kleine Schwester. Was ich mit ihrer besten Freundin mache oder nicht mache, steht weder zur Diskussion noch zur Debatte.

Allie stapft ins Wohnzimmer, dreht sich dann wieder zu mir um und verschränkt die Arme vor der Brust. »Wo ist Taylor?«

»Ich bin hier.«

Wir alle drehen uns zu Taylors verschlafener Stimme um, die gerade ihren weißen Morgenmantel mit einem festen Knoten zubindet. Ich grinse angesichts ihrer verstrubbelten Haare und ihrer geröteten Wangen. Sie sieht aus, als wäre sie gut durchgevögelt worden, und mir gefällt dieser Anblick sehr.

Ich schließe die Wohnungstür, und als ich Allie wieder ansehe, ist aus dem wütenden Funkeln ein finsterer Blick geworden. Ich bin an diese Reaktion gewöhnt, also lasse ich das einfach an mir abprallen. Allie hat es früher schon nicht gefallen, dass ich mit Taylor zusammen war, aber sie hat es toleriert, weil sie uns beide liebt, und wusste, dass wir einander glücklich machen. Doch ich kann mir vorstellen, dass es sie jetzt wütend macht, zu sehen, dass ich mit Taylor schlafe. Was sie, natürlich, nichts anzugehen hat.

An Micah gewandt, versuche ich, das Gespräch wieder in Gang zu bringen. »Was gibt es?«

»Ryder kam vor etwa einer Stunde zu unserem Haus«, erklärt er und sieht meiner Schwester dabei zu, wie sie sich in den Sessel neben die Couch setzt. Allie funkelt mich noch immer wütend an.

Ich ignoriere sie natürlich, betrete das Wohnzimmer und setze mich auf die Couch neben Taylor.

Micah seufzt schwer, setzt sich auf die Armlehne an Allies Sessel und tätschelt ihr freundlich den Oberschenkel, bevor er wieder mich anspricht. »Hier, das ist für dich.« Er greift in seine Hosentasche und reicht mir ein Handy. »Es ist ein gesichertes Handy, das sich nicht verfolgen lässt und das Ryder elektronisch zerstören kann, sollte es in die falschen Hände gelangen.« Ich nehme das Handy von Micah entgegen, und er fährt fort: »Unsere Nummern sind alle darin gespeichert. Benutz dieses Handy für alle Gespräche, die zwischen uns stattfinden.«

»Verstanden«, bestätige ich.

Micah hält ein weiteres Handy hoch, identisch mit dem, das er mir gerade gegeben hat. Er tippt auf den Bildschirm und legt es dann auf den Couchtisch. Erst da merke ich, dass er uns ein Foto zeigen will. Zum Glück zeigt es nicht Taylor.

Ich kann die Erleichterung in ihrer Stimme hören, als sie fragt: »Was ist das?«

»Eine Wanze«, sagt Allie.

Ich runzle die Stirn. »Du meinst, ein Aufnahmegerät?«

Micah nickt. »Ryder hat Gabes Bar durchsucht und das hier gefunden.«

»Wie kam er überhaupt darauf?«, fragt Taylor mit weit aufgerissenen Augen. »Ich meine, kommt das häufiger vor, dass Leute euch Wanzen unterschieben?«

»Nicht in meiner Welt«, sage ich und lege meinen Arm hinter sie auf die Lehne der Couch. »Aber Ryder hat ein Sicherheitsunternehmen. Ich kann mir vorstellen, dass für ihn ausspioniert und abgehört zu werden Hand in Hand gehen.«

Micah stimmt mir nickend zu. »Selbst mir fällt es schwer, das alles zu glauben.« Die Frustration spricht ihm deutlich aus dem Gesicht. »Vor allem, weil Ryder zwei Wanzen und nicht nur eine gefunden hat.«

»Zwei?«, keucht Taylor und schlägt die Beine übereinander. »Das ist ja fast schon aufregend. Als wäre das ein Film, wie *Mission Impossible*, aber da sie die Wanzen dafür benutzen, meine Geheimnisse herauszukriegen, sollte ich das wahrscheinlich nicht sein.«

Das winzige Fleckchen Oberschenkel, das von Taylor zu sehen ist, erregt meine Aufmerksamkeit, bis Allie trocken lacht, und dann sage ich: »Da stimme ich dir vollkommen zu.«

Ich seufze und kann hören, dass auch Micah seufzt. Diese Sache ist gerade noch viel schlimmer geworden. Ich betrachte das Foto der Wanze noch einmal eingehend, wische über den Bildschirm und sehe dann die zweite Wanze, die sie erwähnt hatten. »Wo wurden sie gefunden?«

»Eine an dem Tisch, an dem wir uns immer treffen«, erklärt Micah. »Die andere hat er an einem Hocker an der Ecke der Bar gefunden.«

Ich schüttle den Kopf, lehne mich zurück und bin angeekelt, weil jemand sich diese Mühe macht, nur um uns mit Dreck bewerfen zu können. Das ist nicht einfach bloß das geschmacklose Verhalten der Klatschpresse, das ist etwas ganz anderes, etwas höchst Illegales. »Unglaublich«, murmele ich.

Taylor lehnt sich näher zu mir, und ich kann meinen Blick nicht davon abhalten, an die Stelle zu wandern, an der sich ihr Morgenmantel über ihrem Oberschenkel weiter aufschiebt und mir mehr Haut zeigt. Es ist ein Necken. Es ist ein Angebot. Und ganz plötzlich werde ich wieder hart. Ich räuspere mich, umfasse den Stoff und richte ihn wieder über ihrem Oberschenkel. Sie ist eine Ablenkung. Eine, die ich gerade nicht gebrauchen kann.

»Es erklärt wirklich eine Menge«, sagt Allie mit harter Stimme, wobei sie uns damit eindeutig unterbrechen wollte, und sie schießt mit den Augen Blitze nach mir. »Daher kannten sie auch nur Teile der Geschichten, nie die ganze Geschichte. So, wie sie wussten, was mit Shawn geschehen ist, sie aber nie seinen Namen abgedruckt haben.«

»Weil ihr ihn nie erwähnt habt?«, fragt Taylor.

»Normalerweise sind wir bei solchen Dingen sehr vorsichtig«, erkläre ich ihr und freue mich, weil sie nicht wütend darüber wirkt, dass ich mit anderen über sie gesprochen habe. »Aber wir sind natürlich auch nie davon ausgegangen, dass irgendjemand so weit gehen und uns belauschen würde.«

Micah fährt sich mit der Hand über das Gesicht. »Wir haben Glück gehabt, dass bloß das abgehört wurde, was später auch gedruckt wurde.« Er lässt die Hand sinken, und die dunklen Ringe unter seinen Augen zeigen, wie besorgt er ist.

Ich nicke, weil ich weiß, woran er denkt. Wir hatten verdammt viel Glück, dass wir niemals über das DC, unsere Sexclubs oder sonst etwas in Gabes Bar gesprochen haben. Verdammt, dieser Skandal wäre mehr als nur ermüdend gewesen. Ich betrachte das Foto noch ein wenig genauer. »Es sieht so aus, als wären die Wanzen noch da. Warum hat Ryder sie nicht längst entfernt?«

»Weil er glaubt, es wäre das Beste, so zu tun, als wäre alles in Ordnung, damit wir herausfinden können, wer hinter alldem steckt«, erklärt Micah.

»Ich schätze, das ergibt Sinn«, stimme ich ihm zu.

»Was an und für sich schon völlig verkorkst ist«, sagt Allie und schlägt die Beine unter sich. »Wird unser Leben ab jetzt so sein? Wir erlauben jemandem, unser Leben abzuhören?«

Micah nimmt ihre Hand, und seine Stimme klingt beruhigend. »Nur, damit wir es zu Ende bringen können. Wir können ihnen die Geschichten unterschieben, die wir ihnen erzählen wollen, und sie von den Dingen fernhalten, von denen wir nicht wollen, dass sie davon erfahren.«

Ich schätze, auch das ergibt Sinn. »So wie ich Ryder kenne, wird es nicht lange dauern, bis er einen Verdächtigen hat«, sage ich zu Allie, um sie zu beruhigen. An Micah gewandt, fahre ich fort: »Hat Ryder irgendetwas auf den Videoaufnahmen gefunden? Irgendjemand muss die Wanzen ja dort angebracht haben.«

Micah schüttelt den Kopf. »Ryder hat uns erzählt, dass etwa eine Woche, bevor die Artikel mehr persönliche Dinge preisgegeben haben, eine Stunde Videomaterial verschwunden ist.«

»Was wahrscheinlich der Zeitpunkt ist, an dem jemand die Wanzen platziert hat?«, frage ich.

Er nickt.

»Und«, fügt er hinzu, »die Wanzen filtern Nebengeräusche aus und nehmen nur Stimmen auf.«

»Ach du Scheiße«, unterbricht Taylor ihn und setzt sich ein wenig aufrechter hin. »Das bedeutet, irgendjemand mit Geld steckt dahinter.«

Ich nicke ihr zu und spreche meine eigenen Gedanken laut aus: »Und es bedeutet auch, dass diese Person sehr gut für diese Informationen bezahlt wird, wenn sie Zugang zu so hochwertigem Equipment hat.«

Micah nickt mir fest zu, beugt sich vor und wirft noch einen Blick auf die Fotos der Wanzen. »Es macht mir Sorgen, dass sie wissen, dass wir uns manchmal dort treffen. Das kann bloß bedeuten, dass wir schon seit einer ganzen Weile beschattet werden, damit sie unsere Gewohnheiten studieren konnten.«

»Das sehe ich auch so.« Ihm ist anzumerken, dass er angespannt ist, und ich verstehe auch, warum. Ja, dass wir die Wanzen gefunden haben, hat uns die Kontrolle zurückgegeben, aber die Sache ist schlimmer, als sich irgendeiner von uns hätte vorstellen können. *Gabes Überwachungskamera auszuschalten, um die Wanzen anbringen zu können, hochwertiges Equipment …* Jemand ist verdammt entschlossen, unsere Geheimnisse ans Tageslicht zu zerren, und die unheimlichste Frage dabei ist: Warum? Ist es ein Geschäftsmann, der uns zerstören will? Ein Feind, von dem wir nicht einmal wussten, dass wir ihn haben? »Hat Ryder Fingerabdrücke auf den Wanzen gefunden?«

»Er sagt, ja«, erwidert Micah mit einem Nicken, was mir sagt, dass wir denselben Gedankengang haben. »Aber wer auch immer sie dort platziert hat, ist bisher noch nicht strafrechtlich auffällig geworden.« Er hält für einen Moment inne, die Lippen zu seiner dünnen Linie zusammengepresst. »Ich habe keine Idee, wer dahinterstecken könnte.«

»Es muss entweder um Rache oder um Geld gehen«, sagt Taylor.

»Zwei sehr starke Motive«, sage ich und blicke Micah an.

Er schüttelt als Antwort auf meine nicht ausformulierte Frage den Kopf. »So jemanden gibt es nicht in meiner Vergangenheit.«

»Auch nicht in meiner«, bestätige ich. Das einzige gebrochene Herz, das ich hinterlassen habe, gehört der Frau neben mir. Die Frauen, die es mir erlaubt haben, meine Fantasien mit ihnen auszuleben, hatten, als sie wieder gegangen sind, mehr gehabt als zu dem Zeitpunkt, an dem unser Arrangement begann, und unsere Arrangements waren nie lange genug, als dass sich tiefere Gefühle füreinander hätten entwickeln können. Außerdem wurde bereits bewiesen, dass niemand, der für mich arbeitet, Geldprobleme hat. Und soweit ich weiß, habe ich keine Feinde. Ich massiere mir über den Nasenrücken und frage: »Wie sieht Ryders Plan aus?«

Micah antwortet: »Er hat die Seriennummern der Wanzen und will versuchen, herauszufinden, wer sie gekauft hat. Sobald er mehr weiß, wird er es uns erzählen.«

»Und was machen wir bis dahin?«, fragt Taylor.

Ich blicke zu Taylor und sage aus tiefstem Herzen: »Vertraue niemandem.«

***

TAYLOR

Als wir wieder im Schlafzimmer sind, lausche ich dem Geräusch von Darius' schläfrigen Atemzügen. Der Wecker leuchtet im Zimmer und sagt mir, dass Allie und Micah vor einer Stunde gegangen sind, aber ich werde auf keinen Fall wieder einschlafen können. Also liege ich einfach auf meinem Rücken und starre die Schatten an der Decke an, während sich meine Gedanken überschlagen.

Wer versucht, sie bloßzustellen? Was könnte das Motiv sein? Was verbirgt Darius? Was verbirgt jeder von ihnen? Geht es um diesen Club? Um den Sex, den er so mag?

Ich seufze.

Darius lacht leise. »Was geht dir durch den Kopf, Taylor?«

Ich lache weich, drehe mich auf die Seite und sehe ihn an. »Woher willst du wissen, dass mir etwas durch den Kopf geht?«

Seine Augen sind geschlossen, das Gesicht hat er zur Decke gerichtet und einen Arm unter seinen Kopf geschoben. »Weil du mich ansiehst.«

»Du hast die Augen geschlossen. Woher willst du das wissen?«

»Ich kann dich spüren.« Er dreht sich um, sieht mich an, und das Licht vom Flur erleuchtet sein Gesicht und zeigt mir seine amüsiert funkelnden Augen. »Warum sagst du mir nicht einfach, was du wissen willst, damit du weiterschlafen kannst?«

Ich halte kurz inne, suche mir eine aus den Hunderten von Fragen aus, die mir durch den Kopf gehen. »Machst du dir Sorgen, dass der Club und all die Dinge, die damit zusammenhängen, an die Öffentlichkeit kommen?«

»Ja.«

»Warum?«

Er hebt die Augenbrauen. »Denkst du, ich sollte deswegen nicht besorgt sein?«

»Um ganz ehrlich zu sein, eigentlich nicht.« Ich zucke mit den Achseln und bin froh, dass ich das endlich laut ausgesprochen habe. »Ich meine, es ist ja nicht so, als wärst du irgendein Psychopath, der tote Menschen in seinem Schrank versteckt. Du hast verruchten Sex. Wo liegt das Problem?«

Darius lacht bellend auf. Es ist frei, ungeniert und auch so selten. »Ich schätze, es könnte immer noch schlimmer sein.«

»Genau.« Immer wieder habe ich versucht, herauszufinden, warum er so verschwiegen wegen seines Liebeslebens ist, und es hat einfach keinen Sinn ergeben. Darius ist niemals unsicher oder entschuldigt sich wegen dem, was er macht. Und seine Angst hat förmlich Unsicherheit hinausgeschrien. »Du hast jetzt solch eine Macht in der Stadt. Sicher, ich habe verstanden, warum es dir früher Sorgen bereitet hat. Die Leute mischen sich ständig in die Angelegenheiten anderer Menschen ein, und du hast zu dem Zeitpunkt versucht, dein Imperium und all das aufzubauen, aber jetzt, in diesem Moment, glaubst du da wirklich, irgendjemand interessiert dein Liebesleben?«

Er hält inne, um darüber nachzudenken, und schüttelt dann den Kopf. »Im Augenblick, nein.«

Ich sehe ihn stirnrunzelnd und sehr verwirrt an. »Dann erkläre mir bitte, warum dir das Sorgen bereitet? Warum gibst du nicht einfach zu, dass du einen Sexclub hast und früher schmutzigen, wilden Sex hattest, bevor jemand anderes dich bloßstellt? Auf diese Weise nimmst du dieser Story den Wind aus den Segeln. Wäre das nicht der nächste logische Schritt?

»Du meinst, dieser Story zuvorzukommen?«, fragt er.

»Ganz genau.«

Er zögert. Dann: »Es ist nicht so einfach, wie du es darstellst.«

»Warum? Auf mich wirkt es sehr einfach.« Um genau zu sein, sogar extrem einfach.

Er atmet tief ein, streckt die Beine aus und antwortet mir dann: »Du hast recht, aktuell könnte ich mich von einem Sexskandal leicht erholen. Würde es mir Ärger bereiten? Ja. Aber ich würde mich davon erholen.«

»Was ist dann das Problem?«

Falten bilden sich in seinen Augenwinkeln, und er ist angespannt. »Was würde es für die Leute im Club bedeuten? Jeden Einzelnen von ihnen, die glauben, dass sie sicher und beschützt sind.« Ich beginne zu verstehen, und er fügt hinzu: »In der Sekunde, in der die Klatschpresse von dieser Geschichte erfährt, würden meine Geheimnisse offenbart werden, aber so auch die Geheimnisse jeder einzelnen Person im Club. Die Klatschpresse wird niemals aufhören. Sie wird immer tiefer graben, bis jedes meiner allseits bekannten Mitglieder im Club bloßgestellt worden ist.«

Als er das sagt, hebe ich die Augenbrauen. »Also hast du eine Menge prominenter Mitglieder?«

»Prominent?«, wiederholt er. »Nein, nicht unbedingt prominent, aber sie haben wichtige Positionen inne.«

»Du meinst Richter und Menschen, die für die Stadt arbeiten?«

Er lächelt. »Viele der Mitglieder leben nicht in der Stadt. Auf diese Weise ist es sicherer.«

Ich blinzle überrascht. »Ich hätte nie gedacht, wie viele Menschen solch ein aufregendes Liebesleben haben.«

Darius lacht leise. »Mein Club hat Kindergärtner, Bibliothekare und Multimillionäre als Mitglieder.«

»Und sie machen sich keine Sorgen darum, dass sie jemand bloßstellen könnte?«

»Nein, wie du dir vorstellen kannst, nehmen wir Diskretion sehr ernst«, erkläre ich. »Das ist auch der Grund, warum ich die Klatschpresse nicht in der Nähe meines Clubs haben will. Aber in dem Augenblick, in dem ich mich als Besitzer oute, wird genau das passieren.«

»Ich verstehe«, sage ich und tue das jetzt wirklich. »Du beschützt nicht mehr nur dich selbst, du beschützt auch alle anderen?«

Er nickt.

»Immer der Held«, sage ich.

Er schnaubt, dreht sich auf den Rücken und schiebt beide Arme unter seinen Kopf. »Ich würde mir wirklich wünschen, dass du das nicht mehr sagst.«

»Das solltest du dir nicht wünschen.«

»Warum?«, fragt er und sieht zur Decke hinauf.

»Weil das bedeuten würde, dass mir egal ist, wie großartig du bist.«

Stille.

Eine lange, schwere Stille voller Fragen.

Dann: »Ich habe oft mit Dingen zu tun, die nicht besonders schön sind«, sagt er mit weicher Stimme. »In meiner Welt heißt es fressen oder gefressen werden, und mein Tagesgeschäft mit Partner kann brutal sein. Du sagst mir, ich bin der Held, aber glaube mir, das bin ich nicht.«

Er sieht noch immer an die Decke, meidet meinen Blick, und nun kann ich die Geister, die ihn umgeben, sehen. Ich drücke meine Hand auf seine Brust. »Vielleicht nicht für jeden, aber für die Menschen, die dir wichtig sind, bist du es. Und das ist es, was zählt.«

Ich sehe ihn eine Sekunde lang an, dann zieht er mich auf sich und rückt mich so, dass meine Beine seine Taille umklammern. Ein Blick in sein Gesicht, und mir wird klar, dass er macht, was er immer macht: Er weicht einem Gespräch aus, in dem ich ihm sage, wie toll er ist, einem Gespräch, in dem er Emotionen zeigen müsste, wo er mehr sein müsste als der kühle und sehr gefasste Darius Bennett.

Aber angesichts seines steinharten Körpers unter mir und des hungrigen Ausdrucks in seinen Augen beschließe ich, dass ich diesem Gespräch jetzt auch ausweichen will. Denn schlussendlich, das weiß ich, obwohl ich unsere Gespräche liebe, wird uns dieser intime Pfad doch zu nichts Gutem führen.

Ich lasse zu, dass er unserer Unterhaltung den Rücken kehrt, und heiße das Verlangen willkommen, als er seine Hände um mein Gesicht legt, mich zu ihm herunterzieht, meine Brust auf seiner, und dann meinen Mund mit seinem verschließt. Jede Berührung unserer Zungen lässt mehr Hitze in meinen Unterleib fließen, lässt mein Verlangen nach ihm größer werden als jemals zuvor.

Sein Schwanz unter mir ist hart, führt mich in Versuchung, und ich kann nicht anders, ich rutsche ein wenig tiefer, bis ich seine Spitze spüre.

Sein Kuss wird drängender, rauer vor maskuliner Aggression, und sein tiefes Grollen gleitet sinnlich über mich hinweg. Wir sind Haut an Haut, und ich entschließe mich, noch tiefer zu rutschen und die Spitze seines Schwanzes in mich gleiten zu lassen. Ich will ihn, jeden einzelnen nackten Zentimeter von ihm.

Er hält mich zurück und packt meine Hüften. »Hast du noch deine Spirale?«

»Ja«, flüstere ich, bäume mich auf, weil ich mich verzweifelt danach sehne, ihn schön tief in mir zu haben.

Er lacht leise, ein raues Lachen, packt meine Hüften fester und hält mich damit auf ihm gefangen. »Ich habe mich vor Kurzem testen lassen, und die Ergebnisse waren negativ.«

Ich lehne mich gegen seine Berührung auf, versuche, mich aus seinem Griff zu befreien, um irgendwie diesen großen schönen Schwanz in mich zu bekommen. »Ich hatte noch nie Sex ohne Kondom.« *Außer mit dir …* »Ich will es, Darius. Lass mich.«

Er lächelt mich verführerisch an. »Dann nimm mich«, flüstert er ganz zärtlich. Was ziemlich untypisch für ihn ist.

Ich lasse mich auf ihn sinken, stöhne, als ich ihn in mir aufnehme. Nichts ist mehr zwischen uns, und es ist wundervoll. Ich habe die Augen geschlossen, und sein Stöhnen lässt reine Lust über mir zusammenschlagen. Auf meinem Körper bildet sich Gänsehaut. Gott, er ist so dick, so lang, so unglaublich perfekt. Ich beginne meine Hüften zu bewegen, vor und zurück, auf und nieder, während seine Hände mein Dekolleté erkunden, meinen Hals, meine Brüste; seine Berührung ist *alles*. Sie ist alles, was ich jetzt brauche. Und es gefällt mir, wie er mich jetzt ansieht. Es gibt keine Grenzen mehr zwischen uns. Alle Schilde sind fort. Er betrachtet mich von Kopf bis

Fuß und gibt mir das Gefühl, sexy und wunderschön zu sein. Er gibt mir das Gefühl, als würde ich in diesem Moment ihm gehören. Dass ich das Wichtigste in seinem Leben bin.

»Verdammt, Taylor, du machst mich ganz verrückt«, knurrt er leise und tief. Er packt meinen Nacken, zieht mich herunter und legt seinen Mund auf meinen. Langsame, sinnliche Küsse bringen mich dazu, meine Hüften schneller zu bewegen und ihn so tief in mir aufzunehmen, wie ich nur kann.

Oh Gott, ich bin so feucht, und ich kann das saugende Geräusch unserer Küsse und des Liebemachens selbst durch unser leises Stöhnen hindurch hören. Bei seinem kehligen Stöhnen zieht sich mir der Magen zusammen; Darius drückt auf meine Schultern, schiebt mich wieder zurück, starrt mich an, während ich mich auf ihm bewege, ihm ebenso viel Lust schenke, wie er sie mir schenkt. Er hebt das Kinn an, schließt die Augen, packt meine Hüften und drängt mich, mich schneller zu bewegen. Ich will, dass es sich gut anfühlt, dass es der beste Sex ist, den er jemals gehabt hat.

Als er seine Augen wieder öffnet, verliere ich mich in den brennenden Tiefen darin, in der Hitze, in dem Verlangen. Ich stoße nun fester zu, seine Hände bewegen sich zu meinen Brüsten, ziehen fest an meinen Nippeln und lösen ganz neue Gefühle in mir aus. Sein Mund öffnet sich, und aus seiner Kehle dringt ein schweres Keuchen. Es gefällt mir, ihn dazu zu bringen, sich gut zu fühlen. Ich will, dass er weiß, wie verrückt er mich macht.

Ich bewege mich härter, gebe ihm alles, was ich ihm geben kann, vergrabe meine Fingernägel in seiner Brust.

»Verdammt«, stöhnt er, schlägt mir auf den Hintern und drückt dann meinen Unterschenkel. »Das ist verdammt perfekt.« Seine Stimme ist leise, seine Augen so intensiv.

Ich bin mir sicher, dass das ausreicht, um mich kommen zu lassen, aber dann, als er eine meiner Brüste packt und fest an dem Nippel zieht, wird mir klar, dass ich damit falschlag.

Langsam schiebt sich seine andere Hand zwischen meine Beine, und sein Daumen bewegt sich in Kreisen um meine Klitoris. Ich keuche, erstarre, bin völlig überwältigt, und er schenkt der angeschwollenen Knospe noch eine Umkreisung.

»Nein, Darling, fick mich weiter«, befiehlt er.

Mir bleibt der Mund offen stehen, und wieder bewege ich meine Hüften, während er mit seinem Finger wieder um meine Klitoris kreist, immer schneller, er führt mich höher und höher. Mein Rücken drückt sich durch, seine Finger ziehen an meinen festen Nippeln, drücken sie und lassen wieder los, in dem gleichen Rhythmus wie das Pulsieren zwischen meinen Schenkeln.

Und mehr braucht es nicht.

Ich schreie, verliere die Kontrolle. Ich kann mich nicht mehr auf ihm bewegen. Ich zittere, schaudere auf ihm; hinter meinen geschlossenen Augenlidern tanzen Lichter, und in meinem Körper, von Kopf bis Fuß, kommt es zu einer Explosion. Aber er hört nicht auf, bewegt seine Hüften, immer schneller, während seine Finger weiter meine Klitoris streicheln. Ich presse meine Schenkel zusammen, aber er öffnet sie wieder und bestraft mich mit weiterem, schnellerem Streicheln. Nun schreie ich in den höchsten Tönen, unfähig etwas anderes zu tun, als diese brennende Lust willkommen zu heißen. Ich bäume mich auf, zucke, sein Schwanz wird von meiner Lust feucht, und ich presse ihn in mir zusammen. Ich erzittere noch einmal, und dann kann ich nicht mehr aufhören, ich zittere hart auf ihm.

Als ich wieder zu mir komme und mein Körper noch immer bebt, lache ich leise, öffne die Augen und sehe Darius' teuflisches Lächeln.

»Das war deine Runde«, sagt er. Bevor ich überhaupt wieder klar denken und versuchen kann, zu verstehen, was er damit meint, hat er auch schon meinen Nacken gepackt, zieht mich auf sich herunter und sieht mir tief in die Augen. »Jetzt bin ich dran.« Er lässt seine Hüften unter mir mit rasanten, strafenden Stößen in die Höhe treiben.

Und das ist der Moment, in dem Darius meine Seele nimmt und mich zu seinem Besitz macht.

Kapitel 15

TAYLOR

Es ist noch früh am Dienstagmorgen, aber schon sonnig, und ich verlasse hastig den Aufzug und betrete Bennett Inc.; ich bin nervös, denn ich weiß nicht genau, was mich dort erwartet. Ich hatte noch keine Chance, heute Morgen in die Klatschblätter zu blicken, um zu sehen, ob mein Gesicht wieder ihre Cover schmückt.

Aber als ich am Empfang vorbeigehe, wobei meine schwarzen High Heels eilig über den Marmorboden klacken, wird mir klar, dass Darius' letzter Versuch, die Presse von mir abzubringen, funktioniert hat. Anstatt dass mich die Mitarbeiter von Bennett Inc. wie erwartet anstarren und hinter meinem Rücken flüstern, winken sie mir zu und lächeln mich auf meinem Weg den Flur hinab an. Entweder ist es den Leuten egal, oder sie glauben die Geschichte nicht, weil sie keinen Bluterguss sehen können, oder der Artikel interessiert schon keinen mehr.

Mir ist alles davon recht, vor allem, wenn man bedenkt, dass ich heute ein weiteres Vorstellungsgespräch für die Stelle als Sekretärin führen muss. Im Kopf gehe ich all die Dinge durch, die ich heute noch machen muss, lege dabei einen Stopp im Pausenraum ein, um mir einen Kaffee zu holen, und betrete wenige Minuten später mein Büro. Ich bekomme nicht einmal die Chance, mich hinzusetzen und meinen Kaffee zu genießen, als mir auffällt, dass ich nicht alleine bin.

Ich blicke die drei Personen in meinem Büro an, und sie verstummen mitten im Gespräch.

»Maria verbreitet Gerüchte über mich.«

»Nein, das mache ich nicht«, sagt die große Blonde auf der linken Seite, bei der es sich offensichtlich um Maria handelt.

Der Mann namens Malcom, dem ich an meinem ersten Tag begegnet bin, steht mit verschränkten Armen zwischen den beiden. »Ich werde nicht dafür bezahlt, dass ich mich damit herumschlagen muss, sondern du. Werde du damit fertig«, sagt er zu mir.

»Sharon beschuldigt mich, dass ich Gerüchte streue«, sagt Maria und übertönt damit Malcom, »denn sie will nur Ärger machen.«

Ich seufzte, nippe an meinem Kaffee und warte, bis sie fertig sind. Leider ist das hier wirklich das, worum es bei meinem Job als Leiterin der Personalabteilung geht. Das Gezänk geht weiter, und ich beginne, so langsam zu verstehen, worum es geht.

»Sie sagt immer schlechte Sachen über mich.«

»Sie ist bloß wütend darüber, dass ich eine Beförderung bekommen habe.«

Malcolm seufzt und schiebt seine schwarz umrandete Brille wieder seine Nase hinauf. »Ich sage es noch einmal, ich werde nicht dafür bezahlt, dass ich mich damit herumschlagen muss.«

Ich unterdrücke mein Kichern. Er sieht so wütend und gleichzeitig verzweifelt aus. Ich warte, bis beide Frauen kurz verstummen, und mische mich dann ins Gespräch ein. »Ladys.«

Sofort verstummen alle drei.

»Also, mal sehen …« Ich stelle meinen Kaffee auf dem Schreibtisch ab und gehe zu ihnen hinüber. »Maria, streuen Sie Gerüchte?«

»Nein«, sagt sie.

Sharon, die Brünette mit dem runden Gesicht und den großen blauen Augen verschränkt die Arme vor der Brust. »Sie lügt.«

»Sharon«, unterbreche ich sie mit meiner weichsten Stimme, um sicherzugehen, dass niemand sich zurückgesetzt fühlt, »Sie können danach Ihren Standpunkt vertreten. Bitte lassen Sie jetzt Maria ausreden.«

Ihr Blick sagt mir ziemlich deutlich, was sie von meiner Zurechtweisung hält. Was ich einfach ignoriere, denn um die Wahrheit zu sagen, dieses ganze Arbeitsplatz-Drama ist mir vollkommen gleichgültig. Ich werde den Schiedsrichter spielen. Ich werde auch die große böse Zicke sein, denn das ist mir lieber, als das Thema eines Gesprächs am Wasserspender zu sein.

Ich konzentriere mich ganz auf Sharon und bemerke, dass sie sehr düster dreinblickt. »Maria sagt, dass sie keine Gerüchte streut. Wenn Sie keine Videoaufnahme davon haben, wie sie das macht, haben wir keinen Beweis dafür, dass sie das wirklich tut.« Ich kann einen Anflug von Rachsucht in Sharons Augen aufblitzen sehen. Offensichtlich hat sie durch meine Worte eine Idee bekommen, was sie in Zukunft tun wird. »Also«, sage ich zu Maria, »ich möchte eine strenge Warnung aussprechen, um Sie daran zu erinnern, dass wir bei Bennett Inc. kein Mobbing tolerieren.«

»Ja, natürlich«, sagt Maria.

Um ganz ehrlich zu sein, habe ich das Gefühl, dass sie diejenige ist, die die Wahrheit sagt. Aber ich bin nicht hier, um diese Vermutungen anzustellen. Ich bin hier, um sicherzugehen, dass dieses lächerliche Theater aufhört und niemand aus der oberen Mitarbeiterriege sich damit beschäftigen muss. Niemand will, dass diese Art von Wahnsinn auf uns herabregnet. Eine Tatsache, die diese drei offensichtlich nicht verstanden haben.

Ich schenke Sharon mein professionellstes Lächeln. »Gibt es sonst noch ein Problem, das wir besprechen müssen?«

»Nein.« Sharon hebt das Kinn und scheint kurz davorzustehen, mir den Stinkefinger zu zeigen. »Zumindest weiß ich jetzt, was ich tun muss, falls das noch einmal geschieht.«

Ich würde am liebsten mit den Augen rollen, aber natürlich mache ich das nicht. »Großartig. Bitte haben Sie keine Scheu, wieder zu kommen, wenn Sie noch einmal über diese Sache reden wollen.« Ich schenke ihnen allen ein freundliches Lächeln. »Falls möglich, dann aber ohne das Geschrei.«

Sharon wirbelt auf dem Absatz herum und stürmt aus meinem Büro.

»Danke«, sagt Maria und geht ebenfalls.

Malcom klatscht mit mir ab, und seine niedlichen blauen Augen funkeln. »Und so, Ladies and Gentleman, macht das ein Profi.«

Ich muss lachen, als er mein Büro verlässt, denn ich schätze, er würde mir Komplimente machen, bis er blau anläuft, wenn er sich stattdessen nicht mit Mitarbeiterproblemen herumschlagen muss. Ich wirble auf dem Absatz herum und gehe zurück an meinen Schreibtisch; genau in diesem Augenblick klopft jemand an meine Tür.

»Ähm, entschuldigen Sie, sind Sie Taylor Erickson?«

Mein Herz setzt einen Schlag lang aus. Ist das etwa eine Reporterin? »Ja«, sage ich zögerlich.

»Oh, hi.« Die junge Brünette trägt ein modisches gelbes Kleid und einen weißen Cardigan und strahlt mich an. »Ich habe bei Ihnen um elf Uhr einen Termin.«

Ich blinzle und muss fast über mich selbst lachen, weil ich so dumm war. »Ja, natürlich, verzeihen Sie. Bitte, kommen Sie doch herein.« Ich gehe um meinen Schreibtisch herum, treffe auf halbem Weg mit ihr zusammen und schüttle ihr die Hand. »Verzeihen Sie. Sie sind …« Verdammt, wegen Sharon und Maria konnte ich mich nicht vorbereiten.

»Hannah Harper«, sagt sie und reicht mir eine Kopie ihres Lebenslaufs.

Ich brauche ihn nicht. Eine Kopie davon liegt bereits auf meinem Schreibtisch, aber es gefällt mir, dass sie, anders als ich, vorbereitet ist. »Schön, Sie kennenzulernen, Hannah.« Ich deute auf den Stuhl vor meinem Schreibtisch. »Bitte, setzten Sie sich doch.«

Als sie sitzt, kehre ich hinter meinen Schreibtisch zurück, setze mich ebenfalls hin und blicke sie an, ohne ihr dabei das Gefühl zu geben, dass ich sie durchleuchten will. Sie ist jung, wahrscheinlich nicht älter als neunzehn, und hat wunderschönes langes dunkles Haar. Ihr Alter bereitet mir Sorgen. Ich erwarte schon ein weiteres Sally-Higgins-Desaster, als ich sie frage: »Können Sie mir etwas über sich erzählen?«

Sie schlägt die Knöchel übereinander und legt ihre Hände in den Schoß. »Ich bin ein Bücherwurm, liebe aber auch Sport. Ich denke, das beschreibt mich am besten.«

Sie fängt an, mir zu gefallen. Sie ist keine Partymaus und eindeutig auch keine zweite Sally. Ich werfe einen Blick auf ihren Lebenslauf und schaue bei den wichtigen Punkten genauer hin. »Wie ich sehen kann, haben Sie bei Holt Enterprises«, Micahs Firma, »ein Praktikum absolviert.«

»Ja, an meiner Highschool mussten wir ein Praktikum für einen Kurs machen.«

»Ah, ich verstehe.« Ich lächle, sehe sie an und warte nur darauf, dass sie sagt: *Sie sind es.* Dankenswerterweise sagt sie es nicht. Und so ausdruckslos, wie sie mich ansieht, bin ich mir sicher, dass sie nicht weiß, wer ich bin. »Darf ich fragen, was während dieses Praktikums geschehen ist?« Normalerweise führen die Praktika dort zu einem Job, daher bin ich neugierig.

Sie zuckt mit den Schultern. »Um ganz ehrlich zu sein, möchte ich gerne für eine Firma arbeiten, in der ich hoffentlich weiter aufsteigen kann. Die Position, die sie mir bei Holt angeboten haben, ließen keinen Platz für Weiterentwicklung.«

»Also haben Sie sie abgelehnt?«

Sie nickt. »Das habe ich.«

Ihr Mut gefällt mir. Zur Hölle, ich war früher auch einmal so. Habe meine Träume verfolgt, schäbige andere Jobs gemacht, bis ich endlich meinen Traumjob in San Diego bekommen habe – Leiterin der Personalabteilung. Und jetzt arbeite ich für Bennett Inc. »Wissen Sie, dass Bennett Inc. den Angestellten Kurse an der Abendschule anbietet, in denen sie sich fortbilden können?«

»Ja«, erwidert sie. »Das ist einer der Gründe, warum ich mich beworben habe.«

»Das ist großartig.« Ich lächle. Sie besitzt auch Eigeninitiative. »Gut, also, vor Ihrem Praktikum bei Holt haben Sie für einen Anwalt gearbeitet, oder?«, frage ich sie.

»Nur in Teilzeit«, sagt sie mit einem Nicken. »Aber ich habe dort die Anrufe entgegengenommen, mich um den Terminkalender des Anwalts gekümmert und ähnliche andere Dinge gemacht.«

Ich höre auf, mir ihren Lebenslauf durchzulesen, und sehe sie an. Sie hat Erfahrung. Nicht viel, schätze ich, aber mit ein wenig Einarbeitung wird sie sich gut schlagen. »Eine letzte Frage«, sage ich. »Lesen Sie die Boulevardzeitungen?«

Ihre Augenbrauen schießen in die Höhe. »Sie meinen, die Zeitschriften, die im Supermarkt neben der Kasse stehen?«

»Ja, genau die. Lesen Sie sie?«

Sie rutscht auf ihrem Stuhl herum und fühlt sich mit dieser Frage offensichtlich sehr unwohl. »Ähm, nein, sollte ich das?«

»Auf keinen Fall.« Ich lächle, stehe auf und strecke ihr meine Hand hin. »Herzlichen Glückwunsch, Sie haben die Stelle.«

»Wirklich?« Freudestrahlend springt sie auf und schüttelt mir die Hand über den Schreibtisch hinweg.

»Wirklich.« Ich erwidere ihr Lächeln. »Ich denke, Sie werden sich hier gut machen und natürlich auch das Programm zur Weiterbildung nutzen. Es gibt für Sie viele Möglichkeiten, später in den anderen Abteilungen aufzusteigen. Ihnen sind keine Grenzen gesetzt.«

Außerdem ist sie bereits die fünfte Person, mit der ich wegen dieses Jobs ein Bewerbungsgespräch geführt habe. Zwei waren unterqualifiziert. Eine war überqualifiziert, und wir konnten ihr nicht bezahlen, was sie eigentlich wert gewesen wäre. Und die Vierte war Sally Higgins.

»Natürlich«, füge ich hinzu, »werde ich noch Ihre Referenzen überprüfen. Aber das sollte kein Problem sein.«

»Oh, ja, natürlich«, antwortet Hannah aufgeregt.

»Ich werde mich melden, sobald wir den Plan für Ihren ersten Tag ausgearbeitet haben«, sage ich zu ihr.

»Vielen Dank. Vielen Dank.« Sie streckt mir wieder die Hand entgegen und fügt hinzu: »Ich danke Ihnen so sehr.«

»Gern geschehen«, sage ich und habe auch ein sehr gutes Gefühl dabei. Diesen Teil meines Jobs liebe ich.

Sie winkt noch einmal und verlässt dann mein Büro.

Ich bin jetzt selbst ziemlich glücklich und kehre zu meinem Bürosessel zurück. Vielleicht bin ich ja wirklich ein Profi, wie Malcolm sagte. Mir wird klar, dass ich genau den richtigen Job habe und genau das mache, was ich tun soll. Und nach allem, was ich durchgemacht habe, fühlt sich diese Erkenntnis verdammt gut an, und ich kann nicht anders, als zu lächeln.

Ich strahle innerlich und will das mit Darius teilen. Ich greife nach dem Telefon und wähle seine Büronummer. »Hi, Charlotte«, sage ich, als sie abhebt. »Ist Darius gerade zu sprechen?«

»Nein, ich befürchte, im Augenblick nicht«, erwidert sie. »Er ist in einem Meeting mit seinem Vater.«

Ich erstarre in meinem Sessel, und mir wird schlecht. Das Strahlen in mir erstirbt, wie auf Knopfdruck. »Oh, okay …«, bringe ich heraus.

»Soll ich ihm ausrichten, dass Sie angerufen haben?«, fragt sie.

»Ähm ja … ja … danke.« Ich lege auf. Plötzlich ist mir ganz kalt.

Ich starre auf den Flur hinaus, sehe die Kollegen an meiner Tür vorbeigehen. Ich bete, dass Darius seinen Vater zum Teufel schickt. Aber gleichzeitig meldet sich auch die kleine Stimme in meinem Herzen, die sich fragt, was geschehen wird, wenn er es nicht tut.

***

DARIUS

Ich gehe auf mein Büro zu und kann meinen Vater schon in dem Ohrensessel vor meinem Schreibtisch sitzen sehen. Er ist hier, weil er eine Antwort will. Ich kann spüren, wie sich jeder meiner Muskeln anspannt, als ich mein Büro betrete.

Der Kopf meines Vaters ruckt in meine Richtung. »Gut.« Er erhebt sich von dem Sessel. »Du bist hier.«

Ich komme eine Stunde zu spät in die Arbeit, aber das ist einer der Vorteile, wenn man der Boss ist. Ich muss niemandem erklären, warum ich den ganzen Morgen mit Taylor in meiner Wohnung verbracht habe, anstatt rechtzeitig im Büro zu sein.

Ich trete am Sessel vor ihn und schüttle ihm die Hand. »Es tut mir leid, dass du warten musstest.« Sobald ich kann, lasse ich seine Hand los, strecke die Finger aus und unterdrücke meine Abscheu. Ich trete hinter meinen Schreibtisch, setze mich und trinke einen Schluck von meinem Kaffee, bevor ich die Tasse neben der Tastatur abstelle. »Ich nehme an, du bist hier, weil du eine Antwort auf deinen Vorschlag haben willst.«

Er nickt. »Die Zeit ist abgelaufen.«

Ich lehne mich zurück und rufe mir all die Dokumente in Erinnerung, die ich wegen des Investments, das er mir vorgeschlagen hat, gelesen habe, einschließlich der nachträglich hinzugefügten Dokumentation, um die ich meinen Vater gebeten hatte. »Ich bin nicht prinzipiell gegen dieses Projekt, aber ich will mich mit dem Team von Hoyes Financial treffen.«

»Warum?«, fragt Frank und runzelt die Stirn.

»Ich vertraue dir nicht« ist alles, was ich dazu zu sagen habe.

Ein angespannter Moment vergeht.

Schließlich bricht mein Vater die zum Schneiden dicke Stille. »Du vertraust meinem Versprechen nicht, dass dieser Geschäftsvorschlag echt ist?«

»Nein.«

Mein Vater schnaubt, lehnt sich zurück und legt einen seiner Knöchel auf sein Knie. »Das ist also aus dir geworden? Ein rücksichtsloser Geschäftsmann, der niemandem vertraut, nicht einmal seinem eigenen Vater?«

»Macht dich das nicht stolz?«, schieße ich zurück, beiße die Zähne zusammen und lasse seinen Blick nicht los. Dieses Machtspielchen wird er nie gegen mich gewinnen.

Ein leichtes Lächeln macht sich auf dem Gesicht meines Vaters breit, und seine teuflischen Augen tanzen. »Ich schätze, ja, dass ich ziemlich stolz auf den Mann bin, der du geworden bist.«

Auf dieses Gespräch mit ihm kann ich verzichten. »Du kannst deiner Assistentin sagen, dass sie sich mit Charlotte in Verbindung setzen soll, damit sie ein Meeting ansetzt, das in deinen Terminkalender passt.«

»Aber ich brauche auch eine Antwort, bevor ich alle zusammenbringen kann.«

»Ich sagte bereits, dass ich interessiert bin.«

»Aber Interesse ist keine deutliche Zustimmung.«

Ich habe genug von diesem Kräftemessen, beuge mich über meinen Schreibtisch und sage klar und deutlich: »Du kannst nicht einfach in mein Büro kommen und Forderungen stellen. Wenn du mich als Investor haben willst, dann wirst du tun, was ich von dir verlange. Wenn du das nicht willst, dann ist dieses Meeting jetzt vorbei, und du kannst gehen.«

Ich kann den Stolz auf seinem Gesicht sehen, und es dreht mir den Magen um. Er glaubt, ich bin wie er. Ich will nicht sein wie er. Ich fühle mich auch nicht so. Aber da ist etwas an der Weise, mit der er mich ansieht, die mir vertraut ist. Ich habe diese kalte und kalkulierende Miene schon einmal gesehen. Ich erinnere mich zurück an diesen Moment, und meine Gedanken verschwimmen.

Ich lasse mich auf mein Bett fallen und ziehe das zusammengefaltete Foto aus der alten Zigarrenschachtel, die ich in meinem Schrank versteckt halte. Es ist ein Foto, das ich vor einigen Jahren auf dem Dachboden gefunden habe. Ich bin mir sicher, mein Vater weiß nichts davon. Der einzige Grund, aus dem ich weiß, wer die Frau auf dem Foto ist, ist die Notiz auf der Rückseite:

Mommy & Darius
Disney World 1984

Ich weiß nicht, warum ich heute das Verlangen verspüre, mir das Foto anzusehen, oder warum ich in letzter Zeit so oft an sie denken muss. Sie ist vor sechs Jahren gegangen. Sie ist niemals wieder zurückgekehrt. Sie hat nie angerufen und nach mir gefragt. Da ist allerdings etwas in mir, das den Wunsch, mehr über sie zu erfahren, nicht ignorieren kann.

Sie ist so eine schöne Frau, mit strahlend blauen Augen und langen dunklen Haaren, doch ich verstehe nicht, wie jemand, der so schön ist, gleichzeitig so kalt sein kann. Die Frage, die ich mir schon so oft gestellt habe, kommt mir in den Sinn: Warum hat sie mich verlassen?

Ich glaube, ich sollte etwas fühlen, wenn ich sie auf dem Foto betrachte. Irgendetwas fühlen. Aber ich bin so leer, so kalt. Ich kann mich nicht an die Frau auf dem Foto erinnern. Ich erinnere mich nicht an die kleinen Dinge an ihr, die sie zu meiner Mutter gemacht haben.

»Darius, hast du gepackt?«, hallt die Stimme meines Vaters durch den Flur. »Der Fahrer wartet bereits seit zehn Minuten auf dich.«

Damit ich dich endlich loswerde, ist das, was er nie laut ausspricht. Doch ich schätze, es ist ohnehin nicht mehr wichtig. Meine Freunde und die Lehrer an der Schule habe ich mittlerweile viel lieber als den Mann, der mein Schlafzimmer betritt.

»Was machst du da?«, bellt er.

Ich wende den Blick von dem Foto ab und sehe in die dunklen Augen meines Vaters. In dem Moment merkt er, was für ein Foto ich in der Hand halte, und sein ohnehin schon kalter Blick wird hart.

»Wo hast du das her?«, zischt er.

»Ich habe es auf dem Dachboden gefunden.«

Er hält mir die Hand hin. »Gib es mir.«

»Nein, ich will es behalten.« Meine Finger umklammern das Foto. Ich bin mir nicht sicher, warum es mir so schwerfällt, ihm das Foto zu geben, aber ich erstarre. Ich will nicht, dass er es mir wegnimmt. Er wird das Foto nur kaputt machen.«

»Sofort, Darius«, verlangt mein Vater mit harter Stimme.

Wieder senke ich den Blick. Ohne dieses Foto bleibt mir nichts von der Frau, die mir eine Mutter hätte sein sollen.

Plötzlich wird mir das Foto aus den Händen gerissen. »Nein«, schreie ich und springe vom Bett. »Gib es mir zurück.«

Mein Vater wirbelt herum und schreit: »Sie wollte dich nicht. Ich will nicht mehr über sie sprechen. Und hör auf zu weinen. Das machen nur Babys. Willst du etwa ein Baby sein, Darius?«

»Ich bin zehn. Ich bin kein Baby mehr.« Ich wische mir die Tränen von den Wangen, und mir ist furchtbar kalt.

»Wir werden nie wieder von ihr sprechen. Jetzt geh zum Auto. Sofort« ist alles, was mein Vater sagt, bevor er das Foto in seiner Hand zerknüllt und das Zimmer verlässt.

Ich blinzle, atme harsch ein und merke, dass ich, nachdem ich aus meinen Erinnerungen zurückgekehrt bin, wie erstarrt in meinem Sessel sitze. Hinter meinem Schreibtisch halte ich meine Hände fest umklammert und flehe stumm, dass sie aufhören mögen zu zittern. Ich weiß nicht, warum ausgerechnet diese Erinnerung jetzt auftauchen musste.

Als ich den Kopf hebe, merke ich, dass Frank darauf wartet, was ich als Nächstes machen werde. Ich bringe die Kraft auf zu fragen: »Wie lange wirst du dafür brauchen, alle für ein Meeting hier bei Bennett Inc. zusammenzubekommen?«

»Nicht lange«, sagt er ruhig. »Wahrscheinlich einen Tag.«

»Gut. Tu das.« Ich stehe auf, weil ich mit diesem Mann nicht mehr Zeit verbringen will als nötig. Mir wird klar, dass es seltsam ist, als ich auf ihn zugehe. So lange Zeit hatte ich mir geschworen, mich vor ihm zu beweisen und mehr zu erreichen, als er es jemals hatte. Aber jetzt, wo ich das geschafft habe, ist mir der Ruhm egal geworden. Denn als ich näher komme, habe ich das Gefühl, in einen Spiegel zu blicken, in dem ich eine ältere Version meiner selbst sehen kann.

Und ich hasse den Mann im Spiegel.

Ich beiße die Zähne zusammen und stelle sicher, dass mein Vater nichts von den Emotionen, die durch mich hindurchrasen, mitbekommt. Ich starre ihm direkt in die Augen. »Wirst du dich melden?«

Er schüttelt meine Hand. »Das werde ich.«

Ich lasse seine Hand los und kehre an meinen Schreibtisch zurück, sehe meinem Vater nicht nach, als er mein Büro verlässt. Ich lege meine zitternden Hände auf den Schreibtisch und kann fühlen, wie etwas Dunkles in mir zersplittert und etwas Helles seinen Platz einnimmt. Es ist Verletzlichkeit.

Es ist Schwäche, und sie kriecht in mich hinein.

Kapitel 16

DARIUS

»Bitte sag mir, das war *nicht* die Person, von der ich denke, dass sie es war.«

Ich habe mich noch immer nicht von der Erinnerung erholt, die sich erst vor wenigen Momenten vor meinem inneren Auge abgespielt hatte, und als ich meinen Blick von meinem Bildschirm losreiße, sehe ich Allie in mein Büro marschieren und ihre Augen spucken förmlich Feuer. »Du weißt ganz genau, wer das war«, sage ich zu ihr. Und wenn ich gewusst hätte, dass sie sich im Gebäude befindet, hätte ich mich woanders mit meinem Vater getroffen.

Sie schlägt die Tür hinter sich zu, stürmt dann auf meinen Schreibtisch zu und verschränkt die Arme vor der Brust. »Was zur Hölle machst du da?«

»Arbeiten«, sage ich und weigere mich, sie noch wütender zu machen. »Und in zehn Minuten habe ich ein Meeting, das heute schon einmal verschoben werden musste.«

»Nein, Klugscheißer«, stichelt sie und deutet auf die geschlossene Tür. »Wieso habe ich deinen Vater aus deinem Büro kommen sehen?«

»Es ist rein geschäftlich, Allison«, erwidere ich ruhig und lehne mich zurück.

Ihre Nasenlöcher blähen sich auf, sie verlagert das Gewicht von einem Fuß auf den anderen und wirkt, als würde sie mir gleich den Kopf abreißen. »Mein Name ist Allie, Darius«, sagt sie giftig. »Nicht Allison. Allie. So nennt mich jeder. Freunde. Familie. Mein Name war schon immer Allie. Warum versuchst du es nicht mal damit?«

Ich starre sie ausdruckslos an.

Sie schnauft und wirft mit hochrotem Gesicht die Arme in die Luft. »Du solltest überhaupt nicht mit deinem Vollidioten von Vater reden. Was stimmt nicht mit dir?«

»Vollidiot?« Ich lache trocken auf.

Allie stimmt nicht in mein Lachen ein, darum seufze ich, weil ich nicht mit ihr über dieses Thema reden möchte. Schließlich ist sie nach wie vor meine kleine Schwester. Und aus irgendeinem Grund ist sie immer schon davon überzeugt gewesen, dass sie mein Privatleben besser im Griff hat als ich. »Gibt es einen Grund, warum du hergekommen bist?«

»Warum war er hier?« Sie blickt mich finster an.

Ich betrachte sie einen Moment lang, und es amüsiert mich ein wenig, dass Taylor und sie sich so ähnlich sind. Die Wut, die diese winzigen Frauen entwickeln können, ist beeindruckend. »Ich überlege, mit ihm Geschäfte zu machen.«

»Du überlegst, mit ihm Geschäfte zu machen?!«, wiederholt sie.

Ich nicke. »Das sagte ich doch gerade.«

Sie beginnt, den Kopf zu schütteln, und hört dann gar nicht mehr auf, als würde sie mit sich selbst streiten.

Eine Sekunde vergeht …

Dann noch eine …

Und letztendlich nimmt sie den Notizblock von meinem Schreibtisch und wirft ihn nach mir. »Du bist so was von dumm«, schreit sie.

Ich wehre das Geschoss ab, wobei mein Sessel durch den Schwung gegen das Fenster hinter mir gedrückt wird. Bevor ich mich auch nur bewegen kann, nimmt sie den Stiftehalter und beginnt, die Stifte darin nach mir zu werfen. »Allison«, brülle ich, als mich die Stifte an der Schulter, dem Arm und dem Kopf treffen. Ich kann hören, wie der Rest an der Fensterscheibe hinter mir abprallt. Zu meinem Glück ist Allie nicht besonders gut im Sport, und sie kann nicht zielen. »Stopp«, befehle ich und wehre fünf weitere Stifte ab, mit denen sie nach mir wirft.

In dem Moment reißt Charlotte die Tür auf. »Sir, sind Sie oka…«

Allies Augen verengen sich zu Schlitzen, und dann sieht sie über die Schulter zu Charlotte. »Schließen Sie sofort diese Tür, sonst sind Sie als Nächstes dran.«

Charlotte, diese Verräterin, schlägt die Tür wieder zu.

Allies wütender Blick richtet sich wieder auf mich, ebenso wie die Stifte, die sie wieder zu werfen beginnt. »Ich schwöre«, zischt sie, »ich weiß nicht, wie du in geschäftlichen Dingen so klug, aber gleichzeitig auch so dumm sein kannst, wenn es um dein Privatleben geht.« Sie wirft noch einen Stift nach mir, den ich zum Glück abwehren kann. »Zuerst dachte ich, dass du bloß mit deinen eigenen Unsicherheiten fertigwerden musst. Aber ich habe dich jetzt zehn Jahre lang geliebt und du bist immer noch so dämlich.« Sie wirft noch einen Stift nach mir, doch er verfehlt mich.

»Schluss damit!«, brülle ich.

Sie gehorcht nicht, wirft den Rest der Stifte nach mir, inklusive des Stiftehalters, der mich am Oberkörper trifft und dann zu Boden fällt. »Ich bin so wütend auf dich.« Sie hat die Hände zu Fäusten geballt und zittert deutlich sichtbar.

»Das kann ich sehen.« Ich bleibe an die Mauer gedrückt, weil es sicher nicht klug wäre, mich ihr jetzt zu nähern, da ich noch das leise Stechen der Stifte auf meiner Haut spüren kann. »Und was habe ich getan, um dich dermaßen wütend zu machen?«

Sie hebt den Finger und deutet auf mich. »Dein Vater? Ernsthaft, Darius? Du machst Geschäfte mit dem Mann, der dir alles weggenommen hat, nur weil du das Richtige getan hast?«

»Ich investiere mein Geld zusammen mit seinem, um mehr Gewinn zu machen.« Ich streiche meinen Anzug glatt und versuche, meine Würde wiederherzustellen.

»Weißt du nicht mehr, was er dir angetan hat?«

Als könnte ich das jemals vergessen. »Ja, natürlich weiß ich das noch.«

»Und du willst ihn trotz allem reicher machen, als er ohnehin schon ist?«

»Nein«, sage ich mit einem Seufzen. »Ich mache mich selbst reicher, und das ist das Einzige, woran ich dabei denke. Ich verstehe nicht, was dich daran so stört.«

»Natürlich tust du das nicht, denn du kannst aus deiner Haut nicht heraus.« Sie blickt auf meinen Tisch und sucht ohne Zweifel nach etwas, was sie noch nach mir werfen kann.

Ich deute auf sie und kneife die Augen zusammen. »Denk nicht einmal daran.«

Wieder schnauft sie und verschränkt die Arme vor der Brust. »Du hast eine zweite Chance bekommen. Sie ist hier, in diesem Moment, und trotz allem tust du das, was du immer machst.«

Ich hebe die Augenbrauen. »Und das wäre?«

»Du versaust es so richtig«, knurrt sie.

»Ah, also geht es hier nicht nur um meinen Vater?« Ich seufze tief auf, kehre zu meinem Sessel zurück und halte nach wie vor Abstand zu ihr. »Du weißt, warum ich Abstand zu Taylor halte. Wenn ich es nicht tun würde, würde sie wieder in allen Klatschmagazinen landen.«

»Verdammt, na und?!«, schießt Allie zurück, und ihre Wut ist deutlich zu spüren. »Sag den Klatschblättern, dass du sie liebst. Das ist ein verdammt guter Grund, um in diesen Zeitschriften aufzutauchen. Hör auf, dich zu verstecken und nur das Falsche zu machen. Tritt in die Öffentlichkeit und mach das Richtige. Nicht nur für Taylor, sondern auch für dich selbst.«

Doch die Klatschpresse würde sich niemals auf das Gute konzentrieren. Sie würde Taylors Leben auf irgendeine Weise auseinanderreißen. »Jetzt ist nicht der richtige Zeitpunkt dafür. Ich habe mit der Klatschpresse bereits genug zu tun, ich muss Taylor nicht auch noch tiefer mit hineinziehen.«

Sie hebt die Augenbrauen. »Ich bleibe dabei: Na und?«

»Es ist nicht sicher für Taylor.«

»Schwachsinn«, knurrt sie. »Das ist eine Ausrede, und das weißt du.«

Ich bin gereizt, wahrscheinlich durch das vorangegangene Gespräch, weil es mich an einen Platz in meinem Innern gebracht hatte, den ich nicht mag, und etwas in mir berührt hat, das sich vor Unbehagen windet. »Ich will nicht mit dir darüber sprechen.«

Ich kann sie weder auf mich zukommen sehen noch hören. Aber plötzlich liegen ihre Hände um mein Gesicht. »Nein, dieses Mal wirst du mir zuhören.« Ihre gefühlvollen Augen blicken tief in meine, reißen mich auseinander, wie damals, als wir uns das erste Mal auf diesem Polizeirevier begegnet sind, nachdem ihre Eltern gestorben waren, und mein Leben damit vollkommen anders wurde. »Du musst aus diesem Teufelskreis rauskommen. Lass Leute an dich heran, lass sie dich lieben.«

Ich erhebe mich aus meinem Sessel, löse mich von ihr und den Gefühlen, die sie in mir wachruft. Ich verstehe nicht, warum Frauen über Emotionales reden müssen. Und ganz sicher verstehe ich nicht, warum sowohl Allie als auch Taylor Geschäft nicht einfach Geschäft sein und mich damit in Ruhe lassen können.

»Das«, fährt Allie fort, »das alles hier. Ich weiß, was das ist.« Sie kommt wieder näher, treibt mich zurück bis zum Fenster, und ich spüre, wie die Mauern beginnen, enger zu werden. »Es geht dabei nur um Mom. Es geht nur um diese dumme innere Stimme, die dir einredet, dass du es nicht verdienst, geliebt zu werden, weil du glaubst, sie hat dich nie geliebt, weil du denkst, sie hätte dich verlassen. Aber das stimmt nicht. Ich wünschte, du würdest einfach bloß deine Augen aufmachen.«

»Ich muss meine Augen nicht aufmachen. Ich habe es doch gesehen«, sage ich harsch und balle die Hände zu Fäusten. »Ich war dort. Sie ist gegangen und niemals wieder zurückgekommen.«

Allie schüttelt den Kopf, weil sie das eindeutig anders sieht. »Nur weil dein Vater ihr und auch dir das angetan hat. Bitte. Gott, Darius hör mir zu.« Tränen treten ihr in die Augen, und ihre Stimme zittert. »Du hast nicht gesehen, dass Mom mit einem gebrochenen Herzen leben musste, da sie dich immer vermisst hat.« Sie deutet auf ihre Brust. »Aber ich habe es gesehen. Ich habe damit leben müssen. Ich habe den Schmerz gesehen, den sie erleiden musste, weil du nicht Teil ihres Lebens warst. Es hat sie zerbrochen, Darius.« Sie macht einen Schritt und noch einen Schritt und hält sich dann an meinen Armen fest. »Bitte, hör mir bloß ein einziges Mal zu. Hör auf, sie für etwas zu hassen, was dein Vater getan hat. Er hat andere Menschen dafür bezahlt, dass sie für ihn lügen, und ihr beide habt darunter leiden müssen.«

»Es geht hier nicht um sie«, sage ich, wobei ich mich immer unwohler fühle und Schweiß beginnt, mein Rückgrat entlangzulaufen. »Ich beschütze Taylor. Mehr nicht.« Ich kehre zu meinem Sessel zurück, unfähig sie anzusehen, unfähig überhaupt auch nur zu denken. »Ich muss arbeiten, Allison.«

»Das war es also?«, fragt Allie geschlagen. »Du schließt mich und alle anderen wieder aus?«

»Ich muss arbeiten«, wiederhole ich. Ich habe Angst, dass ich zusammenbrechen werde, wenn ich sie ansehe.

»Dann bleibt mir bloß zu sagen – und ich hoffe, dass du mir zuhörst – hör auf damit. Geh zu Taylor. Werde glücklich. Denn dieser Schmerz, den ich in unserer Mutter sah, dieser unermessliche Schmerz, den sie bis zu dem Tag empfunden hat, an dem sie gestorben ist, weil sie dich so sehr vermisst hat – diesen Schmerz habe ich in den letzten fünf Jahren jeden einzelnen Tag in Taylors Augen gesehen und auch in deinen.«

Ich weiß nicht, was ich angesichts dessen, was sie mir gerade erzählt hat, fühlen soll. Das, was ich getan habe, habe ich nur getan, um Taylor das bestmögliche Leben zu ermöglichen.

Ich habe sie gehen lassen, weil ich sie liebe; soll man das nicht so machen, wenn man jemanden liebt? Ich kann bloß noch zuhören und auf meine Tastatur starren, als Allie hinzufügt: »Darius, hör auf, Taylor nur aus der Ferne zu beschützen, sondern liebe sie ganz aus der Nähe. Sie muss dich an ihrer Seite wissen.«

Ich schließe die Augen, taumle, weiß nicht, was ich fühlen soll oder was ich überhaupt machen will. Meine Brust wird mir eng, ich bekomme kaum Luft und kann nicht ausatmen. Ich kann hören, wie sich die Tür meines Büros öffnet und dann wieder schließt. Ich weiß, dass Allie gegangen ist. Sie hat mir das über meine Mutter schon einmal erzählt, aber wie kann das wahr sein? Meine Mutter kam niemals zurück. Nicht einmal. Kein Anruf. Nichts. *Sie hat dich nicht gewollt*, hatte mein Vater gesagt. Eine Mutter, die ihren Sohn liebt, hätte versucht, ihn zu kontaktieren.

Wie ich früher schon vermutet hatte, weiß Allie nur das, was ihre Mutter ihr erzählt hat, aber das sind alles Lügen, die sie erfunden hatte, um selbst besser dazustehen. Vielleicht ist es an der Zeit, dass auch Allie das erfährt. Um diese Sache ein für alle Mal zu klären, greife ich nach meinem Handy und wähle schnell eine Nummer. »Ryder«, sage ich, sobald er abgehoben hat. »du musst etwas Persönliches für mich in Erfahrung bringen.«

Stille. Dann: »Worum geht es?«

»Um die Scheidung meiner Eltern.«

***

TAYLOR

Irgendwann am späten Nachmittag habe ich genug davon, herumzusitzen, und frage mich, warum Darius noch nicht zurückgerufen hat oder vorbeigekommen ist, um mich zu sehen. Irgendetwas stimmt da nicht. Das kann ich fühlen. Aus dem Grund gehe ich zu seinem Büro.

Bevor ich Charlottes Schreibtisch erreiche, sehe ich, dass die Tür geschlossen ist. Das könnte bedeuten, er befindet sich in einem Meeting, aber etwas tief in mir sagt mir, dass er es nicht ist. Und als Charlotte mich sieht, sehe ich zum ersten Mal eine Emotion – Besorgnis – auf ihrem Gesicht, und ich weiß, ich liege damit richtig.

»Guten Tag, Taylor«, sagt Charlotte und sieht überallhin, nur nicht zu mir.

Ich könnte schwören, wenn sie den Telefonhörer aufnehmen und so tun könnte, als würde sie telefonieren, würde sie es tun. »Ist Darius in seinem Büro?«, frage ich, auch wenn ich weiß, dass er es ist.

»Ähm … also …« Charlotte reißt sich endlich zusammen und schenkt mir ein professionelles Lächeln. »Es tut mir leid, aber er ist beschäftigt. Kann ich ihm ausrichten, dass Sie hier waren?«

Ich spüre einen ersten Messerstich in meinem Herzen. »Haben Sie ihm schon ausgerichtet, dass ich mit ihm reden will?«

»Ja, natürlich«, sagt sie.

Und da sehe ich es. Mitleid. Es steht ihr deutlich ins Gesicht geschrieben. »Charlotte, hat er Ihnen deutlich gesagt, dass er heute nicht mit mir reden will?«

Sie zuckt zusammen und flüstert: »Bitte, zwingen Sie mich nicht dazu, das zu beantworten. Ich will keine Schwierigkeiten bekommen.«

Und das ist der zweite Messerstich in mein Herz, in weniger als zwei Sekunden. Es fühlt sich vertraut an, zu vertraut … und oh, so brutal. Ich habe das Gefühl, als würde ich im Boden versinken, und wünsche mir, der würde mich vollkommen verschlucken. »Okay, machen Sie sich keine Sorgen deswegen«, sage ich mit hochroten Wangen und drehe auf dem Absatz um, um einer weiteren Demütigung zu entgehen.

Ich gehe den Flur entlang und kann spüren, wie mein Herz in tausend Stücke zerbricht, wie es das schon einmal getan hat.

Das ist der Darius, den ich kenne, der Darius, der keinen an sich ranlässt. Wo andere Leute Freunde anrufen, wenn etwas schiefgeht oder los ist, schließt Darius einfach die Welt aus. Und da ich schon einmal seine Freundin gewesen bin, bin ich ein gebranntes Kind.

Ich betrete mein Büro, und dort sitzt Allie und lächelt mich an. »Bist du überrascht, mich zu sehen?«, fragt sie.

»Ja, sehr«, erwidere ich fast schon abwesend und setze mich wieder hinter meinen Schreibtisch. Ich sollte mit ihr über das reden, was mit Darius vor sich geht, und auch darüber, was ich gerade empfinde, um das alles verstehen zu können. Ich weiß nur nicht, wo ich anfangen soll. »Aber es ist eine schöne Überraschung. Was gibt es?«

»Na ja«, Allie schlägt die Beine übereinander, und ihr Fuß wippt im Rhythmus des langsamen Rocksongs, der im Radio läuft, »wir hatten noch keine Chance, über den gestrigen Tag zu reden, nachdem Darius mich rausgeworfen hat, also dachte ich, ich komme vorbei und schaue bei dir rein.«

Was bei Allie bedeutet, dass sie Fragen an mich hat, auf die sie Antworten braucht. »Alles klar.« Ich lehne mich zurück. »Was brennt dir denn auf der Seele?«

Allie trinkt einen Schluck aus ihrer Kaffeetasse und fängt dann an: »Wirst du nach San Diego fahren, um eine einstweilige Verfügung gegen Shawn zu erwirken, oder hast du deinem Dad das bloß gesagt, damit er dich damit in Ruhe lässt?«

Ich zucke kurz mit den Achseln. »Das habe ich noch nicht entschieden.«

Allie kneift die Augen zusammen, wie sie es immer macht, wenn sie angestrengt über etwas nachdenkt. »Woran entscheidet sich das denn?«

Ich knabbere an meiner Unterlippe und denke einen Moment nach. »Ich schätze, ich muss herausfinden, was ich wegen alldem machen will. Eine einstweilige Verfügung zu erwirken ist eine ernste Sache, und ich will sicher sein, dass ich das Richtige mache, bevor ich das tue.«

»Also keine Impuls-Entscheidung?«

Ich nicke. »Nein.«

Ich sehe ihr an, dass sie mehr wissen will, aber ich weiß auch, dass sie nicht tiefer graben wird, solange ich ihr nicht mehr sage. Einige Dinge kann man nicht einmal mit der besten Freundin teilen, und es sind Shawns Probleme, nicht meine, und ich werde sie nicht hinausposaunen.

Anstatt mich zu drängen, fragt sie: »Okay, würdest du mir dann bitte erklären, warum du letzte Nacht Sex mit Darius hattest?«

»Oh mein Gott, Allie, ernsthaft?« Ich blicke in Richtung Flur, um sicherzugehen, dass sie niemand gehört hat.

Zum Glück hat das niemand.

Eine unangenehme Pause entsteht zwischen uns. Ich sehe sie an. Sie sieht mich an. Darius ist ein Thema, über das Allie und ich nicht oft reden. Immerhin ist er ihr Bruder, und es fühlt sich seltsam an. Aber wir sind auch beste Freundinnen. Und wofür ist eine beste Freundin gut, wenn man mit ihr nicht seine kleinen schmutzigen Geheimnisse teilen kann?

Ich bin völlig durcheinander, und angesichts meines Schweigens seufzt Allie und fährt fort: »Hör zu, ich weiß, dass du dieses Gespräch nicht führen willst und deine Beziehung zu ihm mich absolut nichts angeht, aber ich mache mir wirklich Sorgen um dich. Darius ist nicht der Richtige dafür, um bei ihm gerade Trost zu suchen.«

»Das weiß ich«, gebe ich zu, auch wenn es hart ist.

Allie kann mein Unbehagen spüren, und ihre Stimme wird weicher. »Ich liebe meinen Bruder. Sehr sogar. Aber auch wenn er sich in einigen Dingen verändert hat«, sie hält kurz inne und wählt ihre Worte mit Bedacht, »ist er doch immer noch der Mann, der dir so sehr wehgetan hat. Er lässt nach wie vor keinen an sich ran. Das hat sich nicht geändert.«

Mein Herz zieht sich ein wenig zusammen. Manchmal schneidet die Wahrheit tief. Das kann man nicht verhindern.

Ich finde die Worte nicht, um ihr darauf zu antworten, also fährt sie fort: »Ich weiß, er hat eine Menge getan, um dir im Augenblick zu helfen. Aber das, was er dir bis jetzt gegeben hat, ist alles, was er dir geben kann. Er wird dir wieder wehtun, denn er kann nicht der Mann sein, von dem wir beide wissen, dass du ihn haben willst.«

»Auch das weiß ich«, gebe ich abermals zu und versinke tiefer in meinen Bürosessel.

Allie runzelt die Stirn, seufzt tief und lässt ihren Pappbecher in ihren Schoß sinken. »Warum hast du dich dann überhaupt wieder auf ihn eingelassen?«

Ich blicke zu der Tasse in meinen Händen, unfähig, sie anzusehen. »Genau das weiß ich nicht.«

»Liebst du ihn noch?«

Ich sehe sie an, und auf ihrem Gesicht ist nichts anderes als Besorgnis zu sehen. »Du weißt, dass ich ihn immer lieben werde.«

Sie nickt sanft. »Ja, das weiß ich, darum spreche ich es ja an. Reicht dir denn eine lockere Affäre? Kannst du dich einfach wieder von ihm trennen? Würde es dich zerbrechen, wenn er das mit euch beendet, weil er sich in jemand anderen verliebt hat?« Ihre Stimme, ihre Energie; das alles strahlt Wärme aus. Ihre Liebe löscht die Kälte in meiner Seele aus, und sie spricht weiter: »Wenn er nicht das sein kann, was du brauchst, wird er dich auf die gleiche Weise zerstören, wie er es schon einmal getan hat. Wirst du dann wieder wegziehen, weil dich hier alles an ihn erinnert?«

»Ich weiß es nicht« ist alles, was ich darauf antworten kann.

Ihre Stimme wird noch weicher. »Erinnerst du dich noch daran, wie sehr er dich verletzt hat?«

»Natürlich.« *In letzter Zeit wurde ich noch schlimmer verletzt*, denke ich, behalte es allerdings für mich. Aber dann wird mir klar, dass ich damit falschliege. Schmerz ist Schmerz, er richtet immer Schaden an, er ist immer negativ.

»Also«, fährt Allie fort, »wenn du dich an den Schmerz, den du empfunden hast, erinnern kannst, dann sag mir, warum du wieder mit ihm schläfst.«

»Ich weiß es nicht«, flüstere ich, weil ich mich plötzlich genau dasselbe frage. *Warum mache ich das immer wieder?*

Allie fügt hinzu: »Ich kann nicht mit ansehen, wie du diesen Schmerz wieder erleiden musst. Ich weigere mich einfach, und du bist mir einfach zu wichtig, als dass ich das noch einmal zulasse. Darius muss sich dir öffnen, wenn du mit ihm zusammen sein willst.« Sie schweigt einen Augenblick, und ihre Schultern sacken ein wenig herab. »Bitte bleib nicht bei Darius, nur weil es sicher und bequem ist. Und lass ihn auch nicht so einfach vom Haken. Er hat dich schlimm verletzt. Er muss dafür geradestehen und es wiedergutmachen.«

Ihre Worte, ehrlich und wahr, gleiten über mich hinweg, und ich kann spüren, wie es mir die Kehle zuschnürt. Ich bin mit Darius zusammen, weil er mich beschützen kann, weil ich ihn liebe, weil ich mich bei ihm so gut und sicher fühle, aber er ist noch immer nicht der Mann, mit dem ich mein Leben verbringen möchte. Er kommt nicht zu mir, weil er Zeit mit mir verbringen will; er räumt nur hinter mir auf, als läge es in seiner Verantwortung, auf mich aufzupassen. Und er beschützt mich, als wäre auch das seine Pflicht.

Das ist nicht die Liebe, die ich will, es ist eine Verpflichtung, und ich wünsche mir für mein Leben mehr als das. Zur Hölle, ich verdiene mehr als das. Und ich habe immer schon gewusst, dass er mir nicht sein Herz schenken kann, denn das ist das Einzige, das immer unberührbar blieb.

Ich starre meiner besten Freundin in die warmen Augen, weil ich weiß, sie spricht das nur an, da sie Angst hat, ich könnte sie wieder verlassen oder dieses Mal so tief verletzt werden und deshalb den Schmerz noch Jahre später fühlen, und da wird mir die harte Realität bewusst: Ich kann Darius nicht ändern.

Doch ich kann mich ändern. Ich kann diesen ungesunden Teufelskreis durchbrechen, in dem ich gefangen bin und irgendwie nur Negatives anziehe. Ich kann aufhören, Opfer zu bringen, bloß um andere Menschen glücklich zu machen. Ich kann mich endlich selbst an die erste Stelle setzen.

»Das, was du sagst, weiß ich bereits«, sage ich zu ihr, »aber wenn ich mit ihm zusammen bin, fühlt es sich einfach …« Tränen treten mir in die Augen, und ich presse fest die Lippen aufeinander, damit die Traurigkeit nicht noch größer wird.

»Oh Gott, bitte, nicht weinen.« Allie springt auf und läuft schnell zu mir. »Ich wollte dich nicht traurig machen, aber ich will nicht, dass du das nur machst, weil Darius dir Sicherheit bietet. Mein Bruder ist, wer er ist, und ich liebe ihn auch dafür, aber du bist meine beste Freundin. Du verdienst einen Mann, der dich in seinem Leben an oberste Stelle stellt. Und Darius«, sie zuckt ein wenig mit den Achseln, »weiß nicht, wie man das macht. Familie, Liebe, all diese Dinge haben keine Priorität in seinem Leben.«

Ich wische mir eine Träne von der Wange und gebe etwas zu, was ich eigentlich nicht hatte zugeben wollen. »Ich weiß, dass er verschlossen ist. Ich weiß auch, dass er sich mir niemals öffnen wird. Ich weiß, er hat Probleme damit, sich auf eine Beziehung einzulassen. Und ich weiß, dass ich ihm nie werde helfen können.« Denn das wird er niemals zulassen.

Allies Blick wird weich, und sie legt den Kopf schief. »Dann bitte denk über all das nach. Ich kann dich nicht schon wieder für fünf Jahre verlieren, weil Darius dir das Herz gebrochen hat. Versprich mir, dass du gründlich über all das nachdenkst.«

Es ist, als hätte sich ein Nebel in meinem Gehirn gelichtet. Und inmitten all dieser Gefühle, die in letzter Zeit durch mich hindurchströmen, beginnt sich Logik aus dem Nebel zu schälen.

Darius ist der Mann, der mich ohne Mühe in die Dunkelheit stoßen kann. Er war schon immer dieser Mann. Er wird immer wieder zu *meiner ganzen Welt*, und das ist einfach nicht gesund, denn ich bin nicht *seine ganze Welt*. »Ich verspreche, dass ich auf mich aufpassen werde« ist alles, was ich sage.

»Nicht auf dich«, erwidert sie. »Sondern auf dein Herz. Beschütze es. Versprich mir das.«

Ich nicke. »Versprochen.«

Kapitel 17

TAYLOR

In der Haight Street blicke ich zu einem Schild auf, auf dem *Rick's Sports Bar* steht, und frage mich, wie ich hierhergekommen bin. Nach der Arbeit wollte ich eigentlich zu einem Revier der San Francisco Police gehen, um eine einstweilige Verfügung gegen Shawn zu erwirken, damit meine Eltern aufhören, sich Sorgen zu machen. Aber jetzt stehe ich hier und nicht vor dem Polizeirevier.

In der Haight Street gibt es nur vier Sportbars, zumindest hat das die Google-Suche ergeben, und ich bin zu jeder einzelnen gegangen, bis ich schließlich hier bei der letzten angekommen bin. In der Hoffnung, dass mein Instinkt recht hat, betrete ich die Bar und verschwende keine Zeit damit, auf die hölzernen Tafeln oder die Spiele auf den großen Fernsehern zu blicken. Stattdessen fokussiere ich mich auf die Barhocker. Nach und nach mustere ich jeden einzelnen Besucher an der Bar, bis ich den dunkelhaarigen Mann mit der dunkelblauen Baseballkappe entdecke, der um neun Uhr morgens schon sein Bier hier trinkt.

Ich schnaube in mich hinein.

Einige Menschen sind so berechenbar, und das hasse ich. Vielleicht weil ich immer noch gehofft habe, dass Darius eines Tages doch nicht so berechenbar ist und irgendetwas absolut Schockierendes macht, das völlig untypisch für ihn ist. Allie hat gesagt, dass er nach wie vor keinen an sich ranlässt, und damit hat sie recht.

Als ich weiter ins Restaurant vordringe, kommt eine Kellnerin auf mich zu, und ich lächle sie an. »Schon okay, ich treffe mich hier mit jemandem, und er kommt gleich.« Ich deute auf die Bar.

»Oh, okay«, sagt sie und winkt mich ins Restaurant.

Ich gehe an ihr vorbei, bleibe hinter dem Hocker des Mannes stehen und verschränke die Arme vor der Brust. »Shawn.«

Sein Rücken richtet sich kerzengerade auf, bevor er sich zu mir umdreht und mich lange Zeit nur ansieht. Ich habe mein Make-up abgewaschen, bevor ich hergekommen bin, um ihn daran zu erinnern, was er getan hat, und auch wenn einige der Blutergüsse bereits verheilt sind, sind die schlimmsten noch zu sehen. »T-Taylor?«, stottert er.

»Überrascht, mich zu sehen?«, frage ich und lasse mich auf den Barhocker neben ihm sinken.

»Na ja …« Er stellt sein Bier auf der Bar ab, und seine hellblauen Augen blicken mich an. »Ja.«

»Du bist leicht zu finden«, sage ich mit einem trockenen Lachen, weil ich genau weiß, wo er zu finden war. Als Darius gesagt hatte, dass er in der Haight Street wohnt, musste ich bloß noch alle Sportbars absuchen. Shawn ist ein Gewohnheitstier, und Sportbars sind sein Ding.

Der Barkeeper kommt zu mir herüber und wischt über die Theke vor mir. »Was kann ich dir bringen?«

»Nur ein Wasser, bitte.« Ich warte, bis der Barkeeper wieder weg ist, drehe mich dann auf dem Barhocker zur Seite, bis ich Shawn ansehen kann. »Was willst du hier?«

Er atmet tief ein und versucht offensichtlich, sich wieder zu sammeln, nachdem ich so überraschend hier aufgetaucht bin. »Mit dir reden«, sagt er schließlich mit dieser weichen Stimme, die mir früher einmal das Herz erwärmt hat. »Ich meine, was zur Hölle, Taylor? Ich bin auf dem Boden des Wohnzimmers aufgewacht, und du warst verschwunden. Ich hatte Blut auf den Knöcheln, eine gebrochene Nase«, die, wie mir die blauen Flecken unter seinen Augen verraten, noch immer nicht ganz verheilt ist, »und meine Eier haben sich angefühlt, als hätte sie mir jemand in die Kehle gestopft. Du hast keine Nachricht oder sonst etwas hinterlassen. Du bist einfach verschwunden.«

»Ja, ich bin einfach verschwunden.« Ich deute auf die Blutergüsse in meinem Gesicht. »Weil du mir das hier angetan hast.«

Seine Augenbrauen schießen in die Höhe, und er schüttelt entschieden den Kopf. »Nein, das ist unmöglich.«

»Es ist möglich, und du hast es getan«, widerspreche ich.

»Ich habe dich wirklich verletzt?« Ich nicke, und Shawn reißt sich die Baseballkappe vom Kopf und fährt sich mit der Hand durchs Haar. »Scheiße, Mann. Ich kann mich nicht erinnern, dass ich dir das angetan habe.«

»Das macht eine Flasche Whiskey mit einem.« Der Barkeeper bringt mir mein Wasser, und ich lächle. »Danke.« Ich wende mich wieder Shawn zu. Es steht ihm ins Gesicht geschrieben, dass er ein schlechtes Gewissen hat. Es berührt mich nicht so sehr wie früher.

Wir könnten uns ausführlich über Shawns Alkoholabhängigkeit unterhalten – und darüber, dass er mich misshandelt hat, aber ich will nicht mehr mit diesem Mann diskutieren. Shawn hat getan, was er getan hat. Und das, was er getan hat, hat mich nicht gebrochen, und das wird er auch niemals schaffen. Doch ich will ihn vollständig aus meinem Leben haben. »Du brauchst Hilfe«, sage ich zu ihm. »Echte Hilfe. Du musst aufhören zu trinken. Es macht dich zu einer echt ekelhaften Person.«

Was auch der Grund ist, warum das alles so verdreht ist, denn alles, was vorgefallen ist – seine Affäre mit der Kellnerin aus der örtlichen Sportbar, die Gewalt gegen mich –, all das war nicht sein wahres Ich.

Lange Zeit, nachdem ich herausgefunden hatte, dass er mich betrügt, dachte ich, es ist ihm einfach egal, dass ich es weiß. Aber nur, bis mir klar wurde, dass er sich nicht daran erinnerte, mit jemand anderem geschlafen zu haben, oder dass er es mir anschließend erzählt hatte. Und das ist der Grund, warum das alles so hart ist. Shawn ist ein Mann, mit dem ich durchaus für immer hätte zusammenbleiben können. Er ist freundlich, lieb und großzügig. Das Problem ist bloß, dass er nur zu neunzig Prozent der Zeit dieser Mann ist. Und diese restlichen zehn Prozent sind das, was so gruselig ist.

»Herrgott, Taylor«, setzt er an. Seine Stimme zittert, und seine Augen füllen sich mit Tränen. »Du weißt, es tut mir leid …«

»Ich sage dir, wie wir es machen werden«, sage ich streng zu ihm, weil ich nicht zulassen werde, dass er immer wieder die gleiche Entschuldigung vorbringt. Seine Ausreden zählen nicht mehr. Ebenso wenig wie seine Entschuldigungen. Man tut den Menschen, die man liebt, nicht weh, und ich werde nicht weiter tolerieren, dass er mich verletzt. »Ich gebe dir einen Tag, um nach Hause zu gehen und dich dort bei einem Anti-Alkoholiker-Programm anzumelden. Das wirst du auch beenden. Ich habe Quellen, die mir berichten werden, ob du es auch wirklich beendest. Falls nicht, werde ich Anklage gegen dich erheben.« Ich nehme mein Handy und zeige ihm die Fotos, die ich von meinem zerschlagenen Gesicht gemacht habe. »Und ich habe Zeugen, die gegen dich aussagen werden. Dir bleibt also keine andere Wahl.«

Shawn zögert nicht einmal. »Also gut. Ja, okay, ich werde gehen.«

Und ich wusste, dass er nicht widersprechen würde. Denn Shawn ist im Grunde ein guter Kerl. Er wird einen Fehler immer wiedergutmachen wollen. Doch Shawns dunkle Dämonen gewinnen immer wieder. Ich dachte, ich könnte gegen diese Dämonen ankämpfen. Aber sie haben gewonnen, und jetzt habe ich weder die Stärke noch das Verlangen, weiter für ihn zu kämpfen. »Ich werde deine Mutter anrufen. Wenn du ihr sagst, dass sie nicht mit mir reden soll, ist der Deal vom Tisch. Wenn sie mir sagt, dass du wieder trinkst, ist der Deal ebenfalls vom Tisch.«

Shawn blickt mich überrascht an. »Du wirst weiter nach mir sehen?«

Ich nicke. »Ich verlasse die Menschen, die ich liebe, nicht einfach. So bin ich nicht. Ich werde so lange nach dir sehen, wie es sein muss, um sicherzugehen, dass du alles machst, damit es dir besser geht, und um sicherzugehen, dass du niemand anderen verletzt.« Er senkt den Kopf, und ich füge hinzu: »Es tut mir leid, was dir angetan wurde.«

Und das ist ehrlich gemeint.

Es tut mir leid, dass sein Hockey-Trainer ihn jahrelang sexuell missbraucht hat, bis seine Mutter es herausgefunden hat und den Mann einsperren ließ. Es tut mir leid, dass er Alkoholiker ist. Es tut mir leid, dass der Alkohol ihn gewalttätig macht. Ich bin bei ihm geblieben, weil ich wusste, dass sein Schmerz eine legitime Quelle hatte. Ich bin bei ihm geblieben, weil ich jeden Tag gesehen habe, was der Missbrauch ihm angetan hatte. Ich bin geblieben, weil ich ihn geliebt habe. Ich habe ihn verstanden, ebenso wie seinen Schmerz. Bis zu dem Zeitpunkt, an dem ich ihn nicht mehr verstehen konnte, denn diese Gewalttätigkeit hatte *mich* berührt. Bis zu dem Zeitpunkt, an dem Shawn, aus welchem Grund auch immer, begann, die Kontrolle zu verlieren. »Du verdienst es, dass du Hilfe bekommst. Finde einen Therapeuten, der dir dabei helfen kann, das zu verarbeiten, was du durchmachen musstest. Aber ich kann nicht mehr bei dir bleiben.« Meine Stimme zittert, und auch mir treten die Tränen in die Augen. »Ich … kann einfach nicht.«

»Nein, nein, das weiß ich«, flüstert Shawn und starrt die Flasche auf der Theke an.

Eine Träne läuft mir über die Wange, weil ich hoffe, dass das ein Weckruf für ihn ist. »Mach das für dich, Shawn«, sage ich zu ihm. »Nicht für mich. Nicht, weil ich dir damit drohe, dich wegsperren zu lassen. Mach es, weil du es nicht verdient hast, derart zu ertrinken.« Er sieht noch immer die Flasche an, und dann schenkt er mir ein wenig Hoffnung, weil er sie beiseiteschiebt. Mein Herz zieht sich zusammen, schmerzt, für ihn. »Das darf nie wieder passieren.«

»Das wird es nicht.«

»Shawn, sieh mich an«, sage ich harscher. Er dreht den Kopf, schaut mich mit traurigem Blick an, und ich füge hinzu: »Du darfst niemandem mehr wehtun.«

Er schluckt. »Das wird nicht noch einmal geschehen«, verspricht er mir.

Ich glaube ihm, und ich schätze, das ist meine eigene Schuld. Ich bin zu vertrauensselig. Ich bin so voller Liebe, dass ich mehr akzeptiere und mehr vergebe als die meisten anderen Menschen. Ich will ihm noch eine Chance geben. Und ich kann nur hoffen, dass er diese Chance ergreift und etwas daraus macht. Aber gleichzeitig muss ich alle Frauen vor ihm beschützen, bis es ihm besser geht. Und um das zu erreichen, hilft leider nichts anderes, als ihm mit dem Gefängnis zu drohen.

Ich blicke ihm in die Augen, die mit einer dunklen Vergangenheit erfüllt sind, die kein Kind erleiden dürfte. Und dann, ganz plötzlich, mache ich das, wofür ich hergekommen bin. »Leb wohl, Shawn.« Ich steige vom Hocker.

»Warte.«

Ich bleibe stehen, drehe mich um und kann die Traurigkeit in seinen Augen sehen. »Werde ich dich irgendwann wiedersehen?«

»Nein.«

Er schluckt deutlich sichtbar. »Geht es … geht es dir gut?«

»Weißt du …«, ich denke über alles nach, was geschehen ist, seit ich wieder nach Hause zurückgekommen bin, und lächle, »ich glaube, zum ersten Mal geht es mir wirklich gut.«

»Brauchst du irgendetwas? Geld?«

In diesem Bereich hat es sich wirklich verbessert. Und das habe ich Darius zu verdanken. Ich schulde ihm immer noch Geld, aber ich kann es wesentlich besser abbezahlen, weil ich keine Zinsen mehr begleichen muss. Mir wird klar, dass ich Darius eine Menge zu verdanken habe. Er hat die Dinge besser für mich gemacht, ohne dafür etwas im Gegenzug zu verlangen. *Das darf ich niemals vergessen*, ermahne ich mich selbst. »Es geht mir gut. Die Dinge laufen gut. Versprochen.«

»Okay, das ist gut.« Ich kann ihm ansehen, dass er mich umarmen will. Es steht ihm förmlich ins Gesicht geschrieben.

Ich gehe zu ihm und nehme ihn in meine Arme. »Pass auf dich auf.«

Er drückt sein Gesicht an meinen Hals. »Es tut mir leid. Es tut mir so unendlich leid.«

Ich kann seine Tränen fühlen und spüre, dass auch mir die Tränen kommen, doch ich muss sie ignorieren. Ich kann mich nicht wieder da hineinziehen lassen. Diese Zeit gehört mir. Und genau da wird mir klar, dass ich immer gedacht habe, ich will nicht mehr von einem Mann abhängig sein. Aber wie ich jetzt merke, lag ich damit völlig falsch.

Es hatte nie etwas mit den Männern zu tun.

Ich muss mich einfach nur auf mich verlassen können.

Ohne noch ein Wort zu sagen, lasse ich ihn los, atme noch einmal sein nach Zitrone duftendes Aftershave ein und gehe. Mein Herz fühlt sich mit jedem Schritt leichter an. Denn dieses Mal konnte die Dunkelheit mich nicht berühren. Ich lieber noch immer auf die gleiche Weise. Ich kann noch immer vergeben. Aber am Ende bin ich noch immer ich selbst. Und als ich die Bar verlasse und die warme Sonne auf meinem Gesicht spüre, atme ich tief aus und befreie damit Jahre der Anspannung.

***

DARIUS

Später am Abend stehe ich vor Taylors Wohnungstür, hin und her gerissen zwischen dem Verlangen, hier zu sein, und dem Wissen, dass ich mich von ihr fernhalten sollte. Zumindest im Moment. Die Fassade meiner Welt fängt immer mehr zu bröckeln an. Ich kann nicht klar denken und weiß nicht mehr, was wahr ist und was nicht, aber ich kann nicht zulassen – und das werde ich auch nicht –, dass Taylor dadurch ins Kreuzfeuer gerät.

Bitte komm. Ich brauche Dich.

Aber als ich ihre Nachricht bekommen hatte, hatten meine Füße sich von allein auf dem Weg zu ihr gemacht, haben mich zu ihr gebracht, obwohl ich heute Abend nicht in der richtigen Stimmung bin, um Taylor irgendeine Form von Trost spenden zu können. Sie verdient es, dass ich mein Bestes gebe, und meine zugeschnürte Brust und wie in Watte gepackter Kopf erinnern mich daran, dass ich heute Abend alles andere als stabil bin.

Ich klopfe und kann ihre weiche, süße Stimme hören, die mich ruft, und rein aus Instinkt gehe ich vorwärts. Ich sehne mich danach, bei ihr zu sein. Es gibt so viele Dinge, die ich sagen will. Ich öffne die Tür und sehe, wie sie auf der Couch sitzt, die Beine angewinkelt und die Arme darum geschlungen. Ich kann ihr Gesicht nicht sehen, auch wenn der Vollmond durch das Fenster scheint und den Raum in ein weiches Leuchten taucht, das ihre Umrisse erhellt.

Kein Geräusch.

Keine Bewegung.

Es gibt nur sie, mich und den dunklen kalten Raum zwischen uns.

Ich mache einen Schritt vorwärts, aber da hält mich ihre zittrige Stimme auf. »Nein. Bitte komm nicht näher.«

Angesichts des verzweifelten Klangs ihrer Stimme bleibe ich wie angewurzelt stehen und warte darauf, dass sie mir erklärt, was los ist. Irgendetwas stimmt eindeutig nicht, doch im Augenblick kann ich ihr nicht helfen. Verdammt, ich kann mir selbst kaum helfen. Ich kann nicht klar genug denken, um meinen ganzen Mist beiseitezuschieben und ihr dabei zu helfen, mit dem, was sie belastet, fertigzuwerden.

Je länger das Schweigen andauert, umso klarer wird mir, dass ich derjenige bin, der etwas erklären muss. Charlotte hat mir gesagt, dass Taylor heute in mein Büro gekommen ist und zu mir wollte, aber ich konnte sie nicht empfangen. Ich wollte nicht, dass sie mich so am Boden zerstört sieht, nicht, wenn ich ihr Halt geben soll. »Wegen heute …«

»Du hast mich ausgeschlossen«, sagt sie.

»Das habe ich«, gebe ich zu und versuche, jetzt nicht etwas Falsches zu sagen.

»Ich habe dir vor einer Stunde geschrieben und gesagt, dass ich dich brauche.«

»Und hier bin ich.«

Nicht früh genug, hallt es unhörbar in der eisigen Luft um mich herum wider.

Sie muss es auch gar nicht laut aussprechen. Ich kann ihre Enttäuschung wie eine schwere und dicke Wolke über mir spüren, die mir die Luft zum Atmen nimmt. Doch ich weiß nicht, wie ich ihr geben soll, worum sie mich bittet. Ich weiß nicht, wie ich sie aus der Nähe lieben soll, wie Allie es vorgeschlagen hatte. Ich weiß nicht, wie ich ihr sagen soll, dass sich meine Welt heute vollkommen gedreht hat und ich mir nicht mehr sicher bin, was echt ist und was nicht. Ich habe keine Ahnung, wie ich ihr sagen soll, dass ich die Kontrolle verliere, weil das eine Schwäche ist. Und ich bin nicht schwach. Ich bin niemals schwach.

»Du hast mich ausgeschlossen«, wiederholt sie, als müsste sie sich daran erinnern, warum sie das Gefühl hat, abgewiesen worden zu sein.

Ich kann darauf nicht antworten. Ich habe das getan. Und ich habe ihr so viel Schlimmeres angetan. Sie bleibt im Schatten sitzen, und es bringt mich um, dass ich ihr Gesicht nicht sehen kann. Aber ich kann sehen, wie ihr Körper sich anspannt. Und da merke ich, dass mein Schweigen schlimmer ist als jede Antwort, die ich ihr geben könnte.

Meine Lippen öffnen sich, um irgendetwas zu sagen, doch sie bemerkt es nicht und fährt fort: »Ich weiß nicht, warum ich das immer wieder mache. Warum ist es so schwer für mich, mit dieser Gewohnheit aufzuhören? Ich verlasse mich auf Männer, auf die ich mich nicht verlassen sollte. Ich falle immer wieder auf die gleiche Masche rein und kann mich nicht wieder daraus befreien.«

Sie spricht davon, mit ihren Gewohnheiten zu brechen, aber sie bricht mich damit. Ich durfte einen Engel berühren, und jetzt nimmt die Dunkelheit ihn mir wieder, erinnert mich daran, dass ich solch ein strahlendes Licht nicht in meinem Leben verdient habe. Ich will etwas sagen, mich irgendwie verteidigen. Doch die Distanz zwischen uns und die Gefühlskälte sagen mir, dass es bereits zu spät ist, egal, was ich sage.

»Du bist der einzige Mensch auf der Welt, der mir völlig den Kopf verdreht, der einzige Mann, den ich niemals wirklich berühren kann.« Ich kann die Tränen in ihrer Stimme hören, auch wenn ich sie nicht sehen kann. »Aber das muss aufhören, denn ich weiß, schlussendlich wirst du mich zerstören. Ich weiß das, weil du eine Macht über mich hast, die vor dir noch nie jemand hatte. Ich fühle mich lebendig, wenn ich mit dir zusammen bin, und es macht mich süchtig. Ich warte auf deinen Anruf, und dann lausche ich jedem einzelnen deiner Worte. Warum mache ich das? Warum brauche ich dich so sehr?«

Sie stellt mir diese Fragen, doch ich habe keine Antworten darauf, denn ich brauche sie ebenso sehr. Alles, was ich machen kann, ist, in die Schatten zu stürzen, und sie fährt fort: »Ich kann nicht zulassen, dass das wieder geschieht. Ich kann nicht zulassen, dass du mich wieder an einen Ort der Finsternis schickst, aus dem ich mich erst nach Jahren wieder herausarbeiten kann.« Sie hält kurz inne. Dann: »Und wenn ich endlich daraus herausgekrochen bin, gehe ich eine verkorkste Beziehung nach der anderen ein, versuche irgendwie, all diesen kaputten Männern zu helfen, denn irgendwie glaube ich, dass, wenn ich das mache, Bestätigung finde.«

Ich schließe die Augen. Die Luft ist dünn, ihr fehlt der Sauerstoff, den ich brauche.

Sie klingt, als sei sie mit mir fertig, und zwar endgültig. Ich will etwas sagen. Ich will schreien, dass sie mich nicht einfach wegstoßen kann, es mir leidtut, ich falle und es kein Sicherheitsnetz gibt, das mich auffängt.

Aber die Worte bleiben aus.

»Du hast mir keine Versprechungen gemacht«, fährt sie mit weicherer Stimme fort. »Und du hast mir so viel gegeben. Ohne dich wäre ich jetzt nicht da, wo ich bin. Ich hätte mein Selbstbewusstsein nicht wieder zurückbekommen. Ich hätte keinen Job, meine finanzielle Situation wäre noch immer katastrophal. Ich würde mich nicht schön und sexy fühlen. Und ich will das nicht kaputt machen. Ich will dich ansehen können und dankbar sein für alles, was du für mich getan hast. Aber ich weiß, dafür muss ich mich nun von dir abwenden, denn heute habe ich es gespürt.« Der Schmerz in ihrer Stimme lässt mich in tausend Teile zerbrechen. »Ich habe dasselbe gefühlt, was ich vor all diesen Jahren schon einmal gefühlt habe. Es ist das leerste, dunkelste Gefühl, das ich kenne und das ich nicht loswerden kann. Es ist unheimlich, brutal und sehr gefährlich, denn es ist der dunkelste Ort in meiner Seele, an dem ich mich befinden kann. Und nur du hast die Macht, mich dorthin zu schicken.«

Ich zittere, in mir vibriert etwas, das entfesselt werden will. Aber doch geht die Bestrafung, von der ich sicher bin, dass ich sie nicht überleben kann, weiter.

»Du machst etwas mit mir«, sagt sie sanft. »Du kannst mich so weit in die Höhe katapultieren. Aber dann begräbst du mich wieder vollständig. Und ich weiß, der Grund dafür ist, dass du mich erstaunst. Dein Selbstbewusstsein überwältigt mich. So etwas habe ich nie zuvor gesehen. Du betrittst einen Raum, und er gehört dir. Du bittest nie um etwas, du nimmst es dir einfach. Deine Intensität brennt sich in mich, und ich muss sie einfach in mir aufnehmen. Du nimmst mich mit an einen Ort, der so süchtig machend ist, dass ich vergesse, wie leicht entflammbar wir zusammen sind. Aber heute wurde ich daran erinnert, dass wir einfach nicht zusammen sein können. Nicht, weil wir einander nicht lieben. Ich weiß, du empfindest viel für mich. Sondern weil ich zum Überleben mehr brauche, als du mir geben kannst. Und aus irgendeinem Grund werde ich so verzweifelt, wenn ich mit dir zusammen bin, dass ich mich an jeden Fetzen Aufmerksamkeit klammere, den du mir geben kannst. Und wenn ich keine Aufmerksamkeit bekomme, rutsche ich wieder in diese Dunkelheit, die mich lähmt. Das ist nicht deine Schuld. Und auch nicht meine. Es ist einfach die Wahrheit, die uns verbindet.«

Ich stehe einfach da und bin leer. Ich habe keine Stimme, keine Worte, die das hier wieder in Ordnung bringen können.

»Ich liebe dich, Darius«, spricht sie weiter. »Gott weiß, ich liebe dich mit allem, was ich bin. Aber heute, in der Sekunde, in der mir klar wurde, dass du mich willentlich ausgeschlossen hast, anstatt mir zu sagen, was auch immer los ist«, ihre Stimme bricht, »in dieser Sekunde wurde mir klar, dass ich das nicht noch einmal durchmachen kann. Es gibt mir das Gefühl, schwach zu sein. Und diese verletzliche Frau, zu der mich das macht, hasse ich, denn dabei fühle ich mich so verloren.«

Ich bin verloren in der Wahrheit, die sie mir zu Füßen legt, und ich will schreien, dass ich das wieder in Ordnung bringen kann. Das ist es, was ich mache: Ich bringe Dinge in Ordnung. Ich gehe zu einer Firma, die Probleme hat, und bringe sie wieder auf Vordermann. Ich kann den einflussreichsten Geschäftsmann überbieten. Aber bei dieser Frau bin ich völlig nackt.

Und mir wird klar, dass sie das nicht einmal weiß, als sie sagt: »Ich wäre nicht dort, wo ich jetzt bin, wärst du nicht gewesen. Ich bin dir wirklich dankbar, Darius. Du wirst niemals wissen, wie sehr ich alles, was du für mich getan hast, zu schätzen weiß, aber das zwischen uns beiden muss jetzt aufhören.«

Warum?, schreit es in meinem Kopf.

Sie beantwortet meine unausgesprochene Frage. »Weil mir klar wurde, dass du recht hast – ich verdiene einen Mann, der mich der ganzen Welt vorstellen will, und es ist verdammt noch einmal an der Zeit, dass jetzt auch zu bekommen.«

Aber das will ich doch, brüllt mein Herz. Und trotzdem bringe ich die Worte nicht über die Lippen. Ich muss weglaufen. Ich ertrage das nicht länger. Als ich mich zur Tür umwende, schnürt sich mir die Kehle zu, immer weiter. Worte, von denen ich nicht weiß, wie ich sie sagen soll, wollen einfach nicht aus meinem Mund kommen. Ich will zu ihr gehen und sie anflehen, mich so zu nehmen, wie ich bin, aber ich habe das Gefühl, ich müsste ein unglaublich gefährliches Gebiet überqueren, um zu ihr zu kommen.

Ich kann hören, wie ihr Atem kurz aussetzt, und ich schätze, Tränen rinnen ihr über die Wangen, als ich die Wohnungstür öffne und auf den Flur hinaustrete. Ich schließe die Tür hinter mir, drücke mich rücklings gegen das Holz und schaffe es irgendwie, wieder Luft zu holen, auch wenn ich mich gerade leerer fühle als zu irgendeinem anderen Moment in meinem Leben. Da piepst mein abgesichertes Handy und holt mich wieder in die Gegenwart zurück.

Ich ziehe es aus der Hosentasche, gerade, als es ein zweites Mal piepst, und sehe eine Nachricht von Ryder darauf: Präg Dir die Zeilen, die auf diese Nachricht folgen, gut ein. Halte Dich morgen um acht bereit für eine Vierer-Konferenz. Das Treffen ist dann im Pub um neun.

Kapitel 18

DARIUS

Ich komme pünktlich am Mittwochmorgen vor Gabes Pub an, verlasse den Rücksitz meines Jaguars und sehe schon Micah, Ryder und Gabe, die vor dem Pub warten. Die Sonne scheint, und ihre Strahlen wärmen mein Gesicht, aber meine Stimmung ist eisig.

Als ich die anderen erreiche, sieht Micah mich lange eingehend an und fragt schließlich: »Hast du überhaupt geschlafen?«

»Nicht viel«, gebe ich zu. Ich will aber auch nicht darüber reden. Ich bin tief verletzt und habe Wunden an Stellen, an denen ich nicht einmal wusste, dass ich dort getroffen worden bin. »Bist du bereit, das durchzuziehen?«, erkundige ich mich und konzentriere mich auf die eine Sache, von der ich weiß, wie ich sie kontrollieren kann.

Ryder mustert mich ebenfalls, sagt allerdings nichts zu meinem Aussehen, sondern fragt nur: »Bereit?«

Ich nicke, habe mir das gesamte Gespräch, das Ryder sich für uns ausgedacht hatte, eingeprägt.

Er wartet, bis Micah und Gabe nicken, und sagt dann: »Also gut, ziehen wir es durch.«

Nachdem Gabe die Türen des Pubs geöffnet hat, tritt Micah ein, Gabe direkt hinter ihm, und ich folge, nachdem auch Ryder eingetreten ist, wobei ich in Gedanken noch einmal alles durchgehe, was ich sagen soll. Der heutige Tag dient einem Zweck, und dieser Zweck ist, was immer noch an öffentlicher Aufmerksamkeit auf Taylor liegt, verschwinden zu lassen und demjenigen, der uns verfolgt, eine neue Story zu liefern. Aber gleichzeitig müssen wir sichergehen, dass wir diese Story ganz schnell als falsch entlarven können.

Gabes Barkeeperin, McKenna, ist heute nirgendwo zu sehen, und ich schätze, das liegt daran, dass es noch so früh ist. *Schade*, denke ich bei mir und setze mich an den runden Tisch. Ich könnte einen Shot von etwas wirklich Hartem gebrauchen, und ich sehe zu der Flasche an der Bar, die sich auf der anderen Seite des Raums befindet.

Ryder setzt sich neben mich und sieht mich fragend an. »Alles in Ordnung?«

Ich nicke, sage aber nichts weiter. Das Letzte, was ich gebrauchen kann, sind weitere Aufnahmen von Dingen, die ich nicht in den gottverdammten Klatschblättern sehen will. Im Moment kann ich spüren, dass ich nur noch an einem seidenen Faden hänge. Ich muss hier raus, ich muss laufen, muss etwas von dieser Anspannung loswerden, die in meinen Adern pulsiert. Doch zuerst muss ich das hier durchziehen. Für Taylor.

Die Gedanken an sie liegen mir auf der Seele, genau wie all die Dinge, die ich ihr letzte Nacht nicht gesagt habe, aber da sehe ich Ryder, der Micah das Signal gibt, und der beginnt: »Ich habe euch alle heute hergebeten, weil ich Hilfe brauche.« Die Besorgnis in seiner Stimme ist deutlich zu hören. »Meiner Quelle bei der Polizei ist zu Ohren gekommen, dass gegen mich wegen Geldwäsche und Steuerhinterziehung ermittelt werden soll.«

Eine lange Pause folgt, und diese Pause war geplant. Wir sind das Skript für dieses Gespräch heute bereits schon einmal über unsere gesicherten Handys durchgegangen, um sicherzugehen, dass wir nichts vergessen haben. Als ich gesagt hatte, den Fokus auf mich legen zu wollen, hatte Micah abgelehnt. *Du hattest schon genug Ärger, weil der Fokus auf dir lag. Lass einen von uns eine Weile in den Mittelpunkt treten.* Und damit war das Gespräch beendet.

»Das meinst du doch nicht ernst?«, frage ich entsetzt.

»Leider doch«, erwidert Micah.

Das muss ich ihm lassen: Man kann die Sorge wirklich in seiner Stimme hören.

Gabe fragt: »Bist du dir sicher, dass deine Quelle weiß, wovon sie spricht?«

»Es ist eine solide Quelle«, bestätigt Micah.

Jetzt bin ich an der Reihe. Ich räuspere mich und füge hinzu: »Ich hasse es, derjenige zu sein, der das fragen muss, aber stimmen die Anschuldigungen?«

Noch eine Pause. Dann: »Ja, wenn die Polizei einen Blick in meine Bücher wirft, könnte das Probleme verursachen«, sagt Micah.

»Herrgott.« Ryder schlägt mit der Hand auf den Tisch und tritt seinen Stuhl hinter sich, sodass er gegen die Wand kracht. »Was zur Hölle hast du dir dabei gedacht, Micah?« Er klingt wütend, aber das Funkeln in seinen Augen zeigt, wie viel Spaß ihm das macht.

»Ich weiß, ich habe es verbockt«, haucht Micah. »Sagt mir, wie ich das wieder in Ordnung bringen kann.«

Es fällt mir schwer, nicht zu lachen. Ich glaube, ich habe noch nie gehört, dass Micah irgendwen um seine Meinung gebeten hat. »Halte dich bedeckt«, schlage ich vor. »Und hoffe, dass die Medien nicht Wind davon bekommen. Falls doch, bist du wirklich am Arsch, Kumpel.«

Was natürlich total gelogen ist. Das ist eine perfekte Story, weil sie absolut keinen wahren Hintergrund hat. Und wenn die Klatschpresse dieses Märchen druckt, kann Micah sich ganz einfach mit der Polizei in Verbindung setzen und beweisen, dass diese Geschichte kein Körnchen Wahrheit enthält. Aber sie ist reißerisch genug, dass sie die Klatschpresse vielleicht noch eine Weile von der Wahrheit fernhält und wir Zeit haben, herauszufinden, wer der Maulwurf ist.

»Ja, ja … okay«, sagt Micah.

»Und«, fügt Gabe hinzu, »du weißt, dass wir dir helfen, egal, was auch geschehen mag. Du bist nicht allein.«

»Danke«, erwidert Micah mit herzlicher Stimme.

Ich hebe die Augenbrauen und versuche mein Grinsen zu unterdrücken, wie auch Ryder neben mir. Micah herzlich? Das wäre ja etwas ganz Neues.

Gabe mischt sich ein, ehe jemand lachen kann und wir alle als schlechte Schauspieler entlarvt werden. »Oh, und bevor wir gehen«, sagt er zu mir mit ernstem Gesicht. »Habe ich nicht neulich gehört, dass deine Exfreundin … wie war ihr Name noch gleich?«

Ich schweige eine Sekunde lang, um dem Ganzen einen dramatischen Effekt zu verleihen. »Taylor Erickson?«

»Ja, genau die«, sagt Gabe, als würde ihn das überraschen, lehnt sich zurück und verschränkt die Hände hinter dem Kopf. »Ich habe neulich gehört, dass sie eine große Summe Geld an ein Frauenhaus in der Bay Area gespendet hat. Steckst du dahinter?«

»Nein, damit habe ich nichts zu tun«, erwidere ich und ahme seine Überraschung nach. »Hat sie das wirklich getan?« Und natürlich hat sie das nicht getan. Ich habe zweihundertfünfzigtausend Dollar in ihrem Namen gespendet und dabei deutlich gemacht, dass mein Name aus der Sache rausgehalten wird. Ich kann nur hoffen, dass die Klatschpresse ihr Leben nicht weiter auseinandernehmen wird, wenn sie als barmherzige Samariterin angesehen wird. Ich wusste, was die Berühmtheit mir einbringen würde, wusste, was für einen Preis ich bezahlen muss, wenn ich das Geschäft über mein Privatleben stelle, und ich habe mich bewusst für dieses Leben entschieden. Ich kann mich nun nicht mehr selbst bemitleiden. Das ist der Preis, den ich bezahlt habe.

»Wow. Das ist ziemlich großzügig von ihr«, stellt Ryder fest. »Warum weißt du nichts davon?«

Es gefällt mir nicht, wie meine Lunge sich zusammenpresst, mir keine Luft zum Atmen lässt, denn das, was ich jetzt sage, ist nur allzu wahr. »Weil wir nichts mehr miteinander zu tun haben.« Dieser Satz stand so im Skript, aber es fühlt sich nicht so an, als wäre es bloß ein Satz in einem Skript. Es ist echt, viel zu echt, und es schmerzt mich, das laut auszusprechen.

Ich verstumme, höre den anderen Männern dabei zu, wie sie den Rest des Skripts spielen, und bin mehr als froh, dass mein Teil vorbei ist. Die Wände scheinen näher zu rücken, schließen mich immer enger ein. Ich weiß nicht, was ich jetzt machen soll, und sonst habe ich doch immer einen Plan. Ich habe schon einmal ohne sie gelebt, aber nun erscheint es mir viel schwerer.

»Hältst du uns auf dem Laufenden?«, fragt Ryder Micah.

»Natürlich«, erwidert der. »Ich kann mir nicht vorstellen, dass es besonders schnell publik werden wird. Und soweit ich weiß, ist davon noch nichts an die Öffentlichkeit gedrungen.«

»Gut«, sagt Gabe. »Dann sehen wir zu, dass das auch so bleibt. Wir wollen doch nicht, dass die Klatschpresse Wind davon bekommt. Diese Story könnte dein Ruin sein.«

Micah seufzt. »Ich weiß.«

Ich denke nicht an die Klatschpresse. Mein Kopf dröhnt, und mein Körper ist vor unterdrückter Anspannung ganz steif. Ich muss rausgehen, denn ich brauche dringend frische Luft. Mein Job hier ist bereits erledigt. »Tut mir leid, ich habe noch ein Meeting.« Ich stehe auf. »Ich muss gehen.«

Ich kann die Verwirrung auf den Gesichtern der anderen angesichts meines abrupten Vorgehens sehen. Das gehört nicht zum Plan, aber ich kann das nicht mehr. Es ist mir auch egal. Alles stürmt auf mich ein, und ich muss gehen. Ich verschwinde wieder so schnell aus dem Pub, wie ich ihn betreten habe.

In dem Augenblick, als ich die Tür des Jaguars öffne, umfasst eine feste Hand meine Schulter. »Darius«, sagt Ryder, »alles in Ordnung?«

Ich atme tief aus und reiße mich zusammen. »Ja, es geht mir gut. Was gibt es?«

»Ich habe Neuigkeiten für dich.«

Ich lasse den Türgriff los, weil mir wieder eingefallen ist, dass ich ihn um seine Hilfe gebeten hatte. »Stimmt.« Ich drehe mich um und sehe ihn an. »Was hast du für mich?«

Ryder mustert mich ganz genau, und ich bin mir sicher, er versucht, mich einzuschätzen. »Wir konnten in dem Fall, in dem deiner Mutter Misshandlung vorgeworfen wird, nicht viel finden. Dein Vater hat zwar Anzeige erhoben, aber der Polizei Officer und der Therapeut haben beide in ihren Bericht geschrieben, dass es keine Anzeichen von Misshandlungen gab. Weswegen ich glaube, dass die Anklage unbegründet war und wir es hier mit korrupten Cops zu tun haben. Aber ich habe etwas Interessantes gefunden.«

Mein Herz rast schnell. »Was ist es?«

»Vor drei Jahren wurde dem Anwalt, der für deinen Vater in der Scheidung verhandelt hatte, die Lizenz entzogen, und er kam wegen Betrug, Annahme von Schmiergeldern und dem Verschweigen von Beweisen ins Gefängnis.«

In meinem Magen macht sich ein ungutes Gefühl breit. »Also ist es wahrscheinlich, dass das, was Allison mir erzählt hat, stimmt?«

Ryder nickt. »Aus den Unterlagen, die ich gefunden habe, geht hervor, dass deine Mutter in dem Jahr Insolvenz angemeldet hat, in dem sie dich, laut deiner Aussage, verlassen hat.«

Was mit ein Grund war, warum ich mich gestern von allem ausgeklinkt hatte. Ich habe den Großteil des Tages am Telefon verbracht und mit Ryder und Alex telefoniert, wobei ich ihnen alles erzählt hatte, was mein Vater mir berichtet hatte, als ich noch klein war. Aber ich wollte Taylor nichts davon erzählen. Ich wollte nicht, dass sie sich Sorgen macht. »Ich denke, das könnte bedeuten, dass sie so hart sie nur konnte gegen die Anklagen vorgegangen ist, um das Sorgerecht zu bekommen, aber mein Vater hat sie hintergangen?«

Er nickt und seufzt. »So sieht es aus, ja. Ich kann mir vorstellen, dass, wenn dein Vater die Mittel hatte, um diesen Anwalt zu bezahlen, er das auch ausgenutzt hat, um deine Mutter in eine Ecke zu treiben, von wo aus sie einen aussichtslosen Kampf führen musste.« Er schweigt einen Moment, weil ein Pärchen an uns vorbei die Straße entlanggeht, und sagt dann: »Und glaube mir, wo es einen korrupten Anwalt und korrupte Cops gibt, gibt es sicher auch einen korrupten Richter.«

Bei dieser Vorstellung gerät mein Blut in Wallung, und meine Hände ballen sich zu Fäusten. »Wo ist dieser Richter jetzt?«

»Ist letztes Jahr gestorben.«

»Und die Cops?«

»Einer sitzt im Gefängnis, weil er seinen Sohn gedeckt hat, als der betrunken Auto gefahren ist. Der andere ist vor fünf Jahren gestorben.«

Das bedeutet, ich kann es ihnen nicht auf die Weise heimzahlen, wie ich es gerne würde, das heißt, sie ins Gefängnis zu schicken oder sie finanziell zu ruinieren. Ich reiche Ryder meine Hand. »Ich weiß zu schätzen, dass du diese Nachforschungen für mich angestellt hast.«

Er schüttelt meine Hand, legt die andere auf meine Schulter und drückt fest zu. »Ich weiß nicht, gegen welche Dämonen du ankämpfen musst, Darius, aber ich hoffe, diese Informationen begraben sie endgültig.«

Dieser Gedanken hallt in meinem Kopf wider, noch während ich in meinen Wagen steige und die Tür schließe.

»Zu Bennett, Sir?«, fragt mich mein Fahrer.

»Ja.« Ich lehne den Hinterkopf gegen die Kopfstütze, schließe die Augen und fahre einer sehr ungewissen Zukunft entgegen.

***

TAYLOR

Mein Bauch ist vollgestopft mit dem berühmten Hackbraten meiner Mom, und nachdem ich mir ein weiteres Glas Milch geholt habe, kehre ich an den Küchentisch zurück. Ich setze mich neben Allie, die während des harten Gesprächs in der letzten Stunde an meiner Seite war. »Also, das ist wirklich alles, was ich über Shawn sagen kann.« Während des Abendessens habe ich meinen Eltern jedes Detail aus Shawns Vergangenheit erzählt, angefangen bei dem sexuellen Missbrauch durch seinen Hockey-Trainer bis hin zu seinem Alkoholismus und den Gründen für seine Gewalttätigkeit. »Er hatte bisher kein einfaches Leben, und aus dem Grund habe ich mich entschlossen, ihm noch eine Chance zu geben, zu beweisen, dass er sich Hilfe besorgt, anstatt Anklage zu erheben.«

»Warum hast du uns nicht von seiner Vergangenheit erzählt?«, fragt mich Mom, die mir gegenübersitzt.

»Weil es nicht an mir ist, seine Geschichte zu erzählen.« Ich werfe schnell einen Blick zu Dad; seine Miene ist nachdenklich, während er sein Bier trinkt, und ich konzentriere mich wieder auf Mom. »Es ist Shawns Geschichte, und sie ist wirklich furchtbar.«

Dad lässt seine Bierflasche sinken und spricht mich endlich an. »Du weißt, wir vertrauen dir und deinen Entscheidungen, Süße, aber ich muss wissen, dass du in dieser Sache einen klaren Kopf hast. Er könnte eine Gefahr für eine andere Frau bedeuten, und es wäre unverantwortlich von dir, wenn du das alles weißt und nicht sicherstellst, dass er niemand anderem mehr wehtun kann.«

»Ja, ich stimme dir da vollkommen zu«, sage ich und zeige ihm mit einem stummen Nicken, dass ich seine Bedenken verstehe. »Aber Darius kann seine Verbindungen dazu benutzen, sicherzustellen, dass Shawn sein Versprechen hält. Wenn er das nicht tut, werde ich nach San Diego fahren und Anklage gegen ihn erheben.« Ich halte kurz inne, um meine Gedanken zu sammeln, und schiebe meinen Stuhl etwas weiter unter den Tisch. »Shawn ist kein schlechter Kerl. Er trifft nur wirklich schlechte Entscheidungen. Ich könnte nicht mehr in den Spiegel schauen, wenn ich ihm nicht die Chance geben würde, mehr aus seinem Leben zu machen.«

Ich kann sehen, wie der Blick in den Augen meiner Mutter sanfter wird. Sie ist diejenige, die mir beigebracht hat, dass man den Menschen immer eine zweite Chance geben sollte. Aber als ich meinem Dad in die Augen sehe, sind sie angespannt. Er hat Moms Sichtweise nie geteilt. Eine Chance, mehr gibt er einem nicht. Außer man ist ich, dann hat man unzählige Chancen.

»Er war nie zuvor dir gegenüber gewalttätig?«, fragt Dad mich.

Ich schüttle den Kopf. »Normalerweise hat sich seine Gewalt gegen die Wände gerichtet, nicht gegen mich.«

»Und seine gewalttätige Seite kommt nur hervor, wenn er trinkt?«

»Das stimmt«, erwidere ich. »Wenn er nüchtern war, bekam ich bloß seine Depressionen mit, nicht aber seine Wut.«

»Und er hat erst kürzlich begonnen, mehr zu trinken?«

Ich nicke.

Mom fragt mich: »Weißt du, warum?«

Ich atme tief ein, bevor ich antworte. »Die Nacht, in der er mich geschlagen hat, war der Jahrestag, an dem sein Vergewaltiger eingesperrt worden ist.« Ich war zwei Jahre lang mit Shawn zusammen. In dem ersten Jahr war er noch ohne Probleme mit dem Jahrestag zurechtgekommen. In diesem Jahr nicht so sehr.

»Also«, sagt Mom und legt ihre Gabel auf den Teller, »aus irgendeinem Grund hat er diesen Schlag in diesem Jahr nicht gut verkraftet.«

Wieder nicke ich.

Dad seufzt und nickt fest; offensichtlich hat er sich entschieden, mich und meine Entscheidung zu unterstützen, so, wie ich es schon vermutet hatte. Er nimmt einen letzten Schluck von seinem Bier und steht auf. »Wenn es wirklich das ist, was du willst, Kindchen«, er geht um den Tisch herum und küsst mich auf den Scheitel, »dann werden wir dich natürlich in deiner Entscheidung unterstützen. Wenn du mich brauchst, lässt du es mich wissen, in Ordnung?«

»Ja«, sage ich. »Natürlich.«

»Dann reicht mir das« ist alles, was er dazu sagt.

Ich kann die Tränen, die mir in die Augen treten, nicht unterdrücken, während er das Wohnzimmer durchquert und den Fernseher anschaltet. Alles in mir wird ein wenig wärmer, und Allie lächelt mich an, weil sie auch die Liebe in diesem Zimmer spüren kann. Manchmal ist es so einfach, zu vergessen, wie wichtig meine Familie ist und warum ich sie so sehr brauche.

»Okay, also verstehen wir einander wieder. Das ist gut. Und danke, dass du endlich ehrlich zu uns warst, Süße.« Mom folgt Dads Weg, kommt zu mir und gibt mir einen flüchtigen Kuss auf die Wange, bevor sie zu dem Waschbecken voller schmutzigem Geschirr geht.

»Das lief besser, als ich gedacht habe«, flüstert Allie mir zu.

»Eindeutig«, stimme ich ihr zu.

»Oh, fast hätte ich es vergessen«, sagt Mom und lenkt meine Aufmerksamkeit wieder auf sich, als sie sich von dem Waschbecken abwendet und zu der Arbeitsfläche geht, auf der ihre Handtasche liegt. »Hast du den Artikel von heute gesehen?«

Mein Herz bleibt einen Augenblick lang stehen, und mein Blut gefriert, als sie in ihre Tasche greift und eine Zeitschrift hervorholt. Was mich nicht überrascht. Mom wäre auf jeden Fall stolz darauf, dass ich in einer Zeitschrift bin, egal, was in dem Artikel steht. Sie ist eindeutig der Typ Mensch, der diese Magazine liest und sie liebt. »Oh Gott, was haben sie jetzt schon wieder geschrieben?«

Sie reicht mir die Zeitschrift. »Mach dir keine Sorgen, es ist nichts Schlimmes.«

»Es fällt mir schwer, das zu glauben«, gebe ich zu.

Dann werfe ich einen Blick auf das Cover und bin vollkommen sprachlos.

Taylor Erickson beweist Herz! Wie unsere Quellen uns berichten, hat sie eine Viertelmillion Dollar an ein Frauenhaus in der Bay Area gespendet.

»Ach du Scheiße«, keuche ich.

»Achte auf deine Ausdrucksweise«, weist meine Mom mich zurecht.

»Was steht da?«, fragt Allie und schiebt sich das letzte Stück Knoblauchbrot in den Mund.

Ich habe keine Ahnung, was ich sagen soll, also reiche ich ihr die Zeitschrift.

Allie liest die Worte und reißt die Augen immer weiter auf.

»Ich nehme an, Darius hat das für dich getan?«, fragt meine Mutter und wischt sich die Hände an ihrem Geschirrhandtuch ab.

»Das muss er wohl«, sage ich noch immer erstaunt.

»Darius war immer schon ein echter Gentleman«, fährt Mom fort und beginnt, das Geschirr abzuspülen. »Er ist so gut zu dir, Taylor.«

Ich blicke Allie an. Sie sieht mich an. Die Härchen in meinem Nacken stellen sich auf, und mein Instinkt erwacht. Da ist etwas, was ich finden muss. Etwas, was sich zwischen den Zeilen versteckt. Und das weiß ich, weil ich genau den gleichen Gedanken auf Allies Gesicht gespiegelt sehe.

Ich deute in Richtung des Flurs, und sie nickt und folgt mir, als ich aufstehe. »Lass das Geschirr stehen, Mom. Allie und ich waschen es gleich ab.«

»Okay«, sagt Mom. Was sinnlos ist. Wenn wir zurückkommen, wird das Geschirr gespült sein, denn so ist meine Mom.

Allie geht voraus in mein altes Zimmer mit dem *NSYNC-Poster aus den späten Neunzigern und dem breiten Bett an der Wand. In dem Augenblick, in dem ich die Tür hinter mir schließe, drehe ich mich auch schon zu Allie um. »Warum sollte er so etwas machen?«

Sie schüttelt den Kopf und ist ebenso geschockt wie ich. »Ich weiß es nicht. Ich meine, ich schätze, er will die Klatschpresse unbedingt von dir fernhalten, aber hat er das nicht bereits geschafft?«

Ich nicke. »Es ist, als wollte er sichergehen, dass mich niemand mehr mit Dreck bewerfen kann, denn falls das geschieht, wird derjenige vor der Klatschpresse schlecht dastehen.« Ich halte kurz inne, stehe mitten im Zimmer und denke über all das nach. »Aber gleichzeitig ist das auch wirklich vollkommen unnötig.« Und je länger ich darüber nachdenke, umso klarer wird mir, dass er das gemacht hat, damit ich vor der Öffentlichkeit gut dastehe.«

»Es ist unnötig«, stimmt Allie mir zu. »Außerdem ist Darius nicht der Typ Mann, der Geld spendet. Oder zumindest habe ich noch nie mitbekommen, dass er je so etwas getan hätte.« Sie schüttelt den Kopf, ist eindeutig noch immer verblüfft und lässt sich auf das Bett fallen. »Und außerdem wollte er dich doch aus der Klatschpresse raushalten und dich nicht wieder hineinbringen.«

Das ist es, was mich auch an der Sache stört. Es ist so untypisch für Darius, so etwas zu machen. Ich meine, er macht Geschäfte mit seinem Vater. Dem Mann, der sein Leben zerstört hat. Er trifft keine emotionalen Entscheidungen. Für ihn müssen Dinge Logik ergeben, und natürlich ist es nur logisch, mehr Geld machen zu wollen.

Es ist eine Sache, dafür zu sorgen, dass ich sicher bin. Aber hierbei geht es nicht darum, für meine Sicherheit zu sorgen.

Hier geht es darum, dass sich die öffentliche Meinung über mich ändert. Das ist das Selbstloseste, was Darius jemals getan hat, und für einen Moment stehe ich einfach bloß da. Jeder Moment, den ich mit ihm verbracht habe, jede einzelne Sache, die er jemals getan hat, stürmt auf mich ein, als würde vor meinen Augen ein Film ablaufen.

»Was denkst du?«, fragt Allie mit offensichtlicher Ungeduld.

»Ich weiß es nicht. Es ist nur … gib mir eine Sekunde …« Ich verlasse das Zimmer, hole meinen Laptop aus dem Wohnzimmer und kehre damit zu Allie zurück. Ich lasse mich neben sie auf das Bett fallen und suche per Google Zeitungsartikel, in denen Darius' Name auftaucht.

Mein Herz klopft laut in meiner Brust, und Wärme fließt durch meine Adern. Ein Artikel nach dem anderen, und in allen geht es nur um geschäftliche Dinge, wie den Kauf von seltsamen Grundstücken, der die Medien damals überrascht hatte. Während ich mich weiter durch die Resultate der Suche scrolle, beginne ich immer öfter große Spendensummen zu sehen, aber sie gingen nicht an Wohltätigkeitsstiftungen.

Je mehr Artikel ich lese, umso schwerer machen es mir die Tränen, die Worte auf dem Bildschirm lesen zu können.

»Taylor«, keucht Allie und packt meinen Arm, »was ist los?«

Ich atme zittrig ein. »Da steht: Heute hat Darius Bennett, Besitzer von Bennett Inc., achtzig Hektar hervorragendes Land nahe der Twin Peaks gekauft und damit verhindert, dass ein Multikonzern auf dem unberührten Land Eigentumswohnungen errichtet.«

Allie zieht die Nase kraus. »Äh … was genau habe ich übersehen, und warum weinst du?«

»Das ist unser Ort«, flüstere ich und bringe die Worte kaum hervor. »Das war mein Lieblingsort, dort haben wir uns gemeinsam die Sterne und die Stadt angesehen, und er hat mich neulich Nacht erst wieder dorthin mitgenommen.«

Allie fällt die Kinnlade herunter, weil ihr offensichtlich klar wird, wo das hinführt.

Ich lese weiter, denn mein Bauchgefühl sagt mir, dass ich jetzt nicht aufhören kann. Ich scrolle tiefer, sehe immer mehr Dinge, die alles verändern. »Oh mein Gott …« Ich hebe den Kopf und zittere am ganzen Körper. »Es steht alles hier. Die ganzen Grundstücke und Geschäfte, die er in den letzten fünf Jahren gekauft hat. Mein Lieblingsrestaurant, meine Lieblingseisdiele, meine liebste Buchhandlung. Es ist, als hätte er das alles gekauft, um die Zeit anzuhalten.«

Allie treten Tränen in die Augen, sie hat die Hände auf ihren Mund gepresst und sagt: »Als wollte er dafür sorgen, dass San Francisco für dich noch genauso ist wie früher, und falls du jemals zurückkommst, wäre das alles noch da.«

Ich starre Allie an, und sie blickt mir suchend in die Augen, versucht zu verstehen. »Was habe ich nur getan?«, flüstere ich, und mein Körper fühlt sich an, als wäre er aus Eis. »Warum habe ich das nicht gesehen …?«

Allies Blick wird traurig. »Wie hättest du es sehen sollen? Er hat nie etwas gesagt.«

Mir dreht sich der Kopf, während ich versuche, diesen Mann zu verstehen, der so kompliziert ist. Ein Schleier hat sich gehoben, und nun sehe ich alles klar und deutlich. Er ist Leidenschaft, pure Intensität und etwas, das so real ist, dass es mir Angst macht, aber jetzt sehe ich … er ist *mehr*.

»Was willst du jetzt machen?«, flüstert Allie.

Ich schließe die Augen, kann fühlen, wie mein Herz größer wird und gleichzeitig in sich zusammenfällt. Ich habe ihn nie genau genug angesehen, habe nie einen Blick durch die Risse in seinen Schilden geworfen, aber nun tue ich das, und ich sehe, dass Darius dafür gekämpft hat, mich glücklich zu machen, und ich habe nie, nicht einmal etwas getan, was dem gleichkäme. Und ich frage mich, was aus ihm geworden wäre, wenn ich das getan hätte.

»Taylor, was willst du jetzt machen?«, fragt Allie mich wieder, und dieses Mal ist ihre Stimme härter.

Ich öffne die Augen, habe keine Tränen mehr, nur noch Entschlossenheit, die immer größer wird. »Ich mache das, was ich schon vor sehr langer Zeit hätte machen sollen. Ich werde Darius sehr, sehr wütend machen.«

»Uh, die Idee gefällt mir.« Allie beginnt zu grinsen. »Was für Schwierigkeiten werden wir jetzt heraufbeschwören?«

Kapitel 19

DARIUS

Im Flur brennt kein Licht, und die Dunkelheit um mich herum wird immer größer. Überall sind riesige Schatten, und ich gehe die Treppe hinunter und ziehe meine Kuscheldecke dabei hinter mir her. Aus dem Wohnzimmer sind Schreie zu hören, die langsam zu unverständlichen Worten werden. Mommy und Daddy.

»Das kannst du nicht tun, Frank«, schreit Mommy. »Tu Darius das nicht an. Er braucht seine Mutter.«

»Du hast ihm das angetan, nicht ich«, brüllt Daddy, »du blöde Schlampe!«

Es klingelt an der Tür. Ich zucke zusammen und bleibe so leise, wie ich nur kann, während Daddy zur Tür läuft und sie aufreißt. Zwei Männer in blauen Uniformen betreten das Haus. Mommy rennt aus dem Wohnzimmer. Sie sieht mich, und ich glaube, sie weint, versucht aber, die Tränen zurückzuhalten.

Sie rennt auf mich zu, packt mich und drückt mich fest an sich. Ihre warmen Augen sehen so ängstlich drein. »Vergiss niemals, wie sehr ich dich liebe. Egal, was du auch hören magst. Ich liebe dich, Darius. Ich werde niemals aufhören, dich zu lieben.«

Ich schreie, als die beiden großen Männer sie mir aus den Armen reißen, und greife nach ihr. »Mommy …«

»Nein, Darius.« Daddy packt mich, hält meinen Arm so fest, dass es wehtut. Seine Hand ist kalt, und es sind nicht seine Arme, die ich um mich spüren will.

Ich winde mich, will freikommen. »Mommy«, schreie ich wieder, aber die Tür wird zugeschlagen. »Mommy.«

Daddy kniet sich neben mich auf den Boden und sieht mich an. Seine Augen sind nicht warm wie die von Mommy. »Deine Mutter will dich nicht mehr haben, Darius. Sie ist weg. Für immer.«

Er ist so unheimlich, so groß. Ich glaube ihm nicht. Aber warum ist Mommy dann weggegangen? »Ich will Mommy«, schreie ich.

Daddy schüttelt mich, bis meine Zähne aufeinanderschlagen. »Hast du mir nicht zugehört, Junge? Sie will dich nicht mehr. Sie hat uns verlassen. Sie kommt niemals zurück.« Daddy verschwimmt vor meinen Augen, und er klingt immer wütender. »Wir brauchen sie nicht. Hör sofort auf zu weinen. Nur Babys weinen.«

Dann ist er weg, und ich bin allein, und die Schatten im Flur kommen immer näher.

Ich schließe die Augen und kann das Echo meiner eigenen Schreie in meinen Ohren widerhallen hören, während ich mit dem Aufzug nach oben fahre. Bisher habe ich mein Leben immer auf die Reihe bekommen, doch als sich die Tür auf meiner Etage öffnet, wird mir klar, dass ich Probleme habe. Ich steige aus dem Aufzug bei Bennett Inc. und habe das Gefühl, dahinzutreiben, in einer Erinnerung hängen geblieben zu sein, die aus dem Nichts gekommen ist.

In einem Augenblick war ich noch zu Hause, stand im Schlafzimmer und telefonierte mit Ryder. Im nächsten Augenblick lag ich auf dem Boden, nach Atem ringend, und versuchte herauszufinden, ob das, woran ich mich erinnere, wirklich passiert ist. Aber falls das wirklich geschehen ist, wie konnte mein Vater dann einem Kind so etwas antun?

Alles, was ich bisher zu kennen glaubte, steht jetzt infrage.

Als Charlotte mich an diesem Morgen auf sie zukommen sieht, steht sie, eine Tasse in der Hand, auf. »Das Team von

Hoyes Financial und Ihr Vater warten im Konferenzraum.« Plötzlich bleibt sie stehen, weil sie mir wohl ansieht, dass etwas nicht mit mir stimmt, und mustert mich eingehend. »Sir, geht es Ihnen gut?«

»Ja, es geht mir gut«, sage ich und nehme meinen Kaffee entgegen. »Danke, Charlotte. Bitte stellen Sie keine Anrufe zu mir durch.« Doch es geht mir nicht gut. Es geht mir heute alles andere als gut. Die Fassade meiner Welt bröckelt. Ich werde nicht länger ignorieren, was direkt vor mir liegt. Ich kann es einfach nicht mehr, und ich brauche Antworten.

»Natürlich, Sir.« Charlotte nimmt meine Anweisung entgegen und den Hörer des klingelnden Telefons ab. »Bennett Inc., wie kann ich Ihnen helfen?«

Einen Moment lang bleibe ich stehen, und mir fällt wieder ein, wofür meine Firma steht. Ich habe sie aus dem Nichts aufgebaut, ohne die Hilfe meines Vaters. Ich bin stolz auf das, was sie repräsentiert, was ich aus ihr gemacht habe, vor allem, wenn man bedenkt, wie schwierig der Weg bis hierher war. Aber während ich so im leeren Flur stehe, fällt mir auch wieder ein, was ich aufgeben musste, um so weit zu kommen.

Ich nehme zwei große Schlucke aus meiner Tasse, stelle sie dann auf Charlottes Schreibtisch ab, um sie mir später zu holen, atme tief ein und mache mich bereit. Ich gehe zu der letzten Tür auf der linken Seite und ziehe die Manschetten meines maßgeschneiderten Hemdes unter meinem Blazer zurecht. Je mehr ich darüber nachdenke und je näher ich der Tür komme, desto klarer wird mir, dass das, was ich da erlebt habe, eine unterdrückte Erinnerung war. Die Vorstellung, was meine Mutter durchgemacht hat, dreht mir den Magen um. Aber ich bin nicht mehr der kleine Junge in dem Flur. Und als ich das Büro betrete, weiß ich, es ist, verdammt noch einmal, an der Zeit, dass auch mein Vater das begreift.

Alle Blicke auf mich gerichtet, gehe ich an die Kopfseite des großen Konferenztisches aus aufgearbeitetem Holz und umfasse die Rückenlehne des Bürosessels aus Leder. »Guten Morgen. Bevor wir beginnen, muss ich noch einen Moment mit meinem Vater sprechen.«

Frank ist sichtlich verärgert, weil ich mich nicht hinsetze und dieses Meeting beginnen kann. »Es dauert nur eine Minute«, sagt er zum Team von Hoyes Financial.

Ich drehe mich auf dem Absatz herum und gehe vor, in mein Büro. Als ich auf dem Weg dorthin an Charlotte vorbeikomme, nehme ich meinen Kaffee und sage zu ihr: »Bitte keine Störungen.«

»Verstanden, Sir«, sagt sie und mustert meinen Vater argwöhnisch.

Und jetzt weiß ich auch, warum. Ich habe immer gedacht, es ist die Ausstrahlung meines Vaters, die sie dazu bringt, sich unwohl zu fühlen. Aber nicht mehr. Die Menschen trauen ihm einfach nicht, so, wie sie mir vertrauen. Und zum ersten Mal ist der Grund, dass ich weiß, sie sollten ihm nicht vertrauen.

Ich betrete mein Büro und warte, bis mein Vater darin ist, bevor ich die Tür schließe, dann zur Vorderseite meines Schreibtisches gehe und dort einen schnellen Schluck aus meiner Kaffeetasse nehme, ehe ich sie neben den Monitor meines Macs stelle.

»Was ist das Problem, Darius?«, fragt mein Vater und tritt hinter den Ohrensessel.

Auf dem Weg zu Bennett Inc. habe ich überlegt, wie ich ihn am besten dazu kriege, die Wahrheit zu sagen. Aber ich beschließe, dass ich einfach direkt vorgehe. »Hast du Anklage gegen meine Mutter wegen Kindesmisshandlung erhoben, um das Sorgerecht für mich zu bekommen?«

Mein Vater hält inne. Dann wird die Luft zwischen uns merklich kühler. »Wir haben wichtigere Dinge zu besprechen, Darius.« Er will sich schon abwenden. »Lass uns gehen …«

»Bleib auf der Stelle stehen«, knurre ich.

Langsam sieht mein Vater über die Schulter zurück zu mir, und seine Augen verengen sich. »Wie bitte?«

»Antworte auf meine Frage«, sage ich zwischen zusammengebissenen Zähnen, zittere innerlich, aber ich weigere mich, ihn das sehen zu lassen. »Hast du Anklage gegen meine Mutter erhoben?«

Eine Pause. Dann: »Ich habe getan, was ich tun musste.«

Ich atme tief ein, an die Tischkante meines Schreibtisches gelehnt, und halte das Holz umklammert, um mich selbst davon abzuhalten, ihm an die Gurgel zu gehen. »Du musstest also einen kleinen Jungen seiner Mutter entreißen?«

»Nein«, erwidert er kalt und stellt sich breitbeinig hin. »Es ging darum, unseren guten Namen nicht zu beschmutzen, unsere Ehre, unseren Status. Sie hätte dich ruiniert und alles, was ich für dich aufgebaut habe.«

So wie ich dachte, dass Allie dich ruinieren würde, ist das, was ungesagt in der Luft hängt.

Mein Magen rebelliert, und ich weiß jetzt, dass alles, was mein Vater mir gesagt hat, eine Lüge war. Ich war so in meinem Schmerz gefangen, so von seinen Lügen geblendet, dass ich Allie nicht einmal wirklich zugehört habe, als sie mir die Wahrheit über unsere Mutter erzählt hat.

Warum habe ich nicht auf sie gehört?

Ihm ist offensichtlich nicht bewusst, wie kurz davor ich bin, ihm an die Gurgel zu gehen, denn er fügt hinzu: »Ich habe dir all das gegeben.« Er deutet auf mein Büro.

Ich schnaube. »Ich habe mir das selbst gegeben. Du hast mit nichts hier drin etwas zu tun.« Als ich den Mann ansehe, der so viele Leben ruiniert hat, wird mir klar, dass Allie mir nie nahekommen konnte. Taylor hatte auch keine Chance. Ich habe immer darauf gewartet, dass etwas passiert und meine Welt einfach wieder in sich zusammenbricht, denn als ich vier Jahre alt war, ist genau das geschehen.

Mein Blut rauscht immer schneller durch meine Adern, mein Herz hämmert mir in der Brust. Aber ich bin noch nicht fertig.

Ich werde heute Antworten auf meine Fragen bekommen. »Hast du sie in den Ruin getrieben, weil es dir peinlich war, dass sie sich von dir hat scheiden lassen?«

»Sie hat sich selbst in den Ruin getrieben« ist alles, was mein Vater darauf zu sagen hat.

Ich lasse den Kopf sinken, schließe die Augen, nehme das in mir auf, denn mehr brauche ich nicht als Bestätigung. Jahrelang habe ich dem Erfolg nachgejagt, habe mich nach ihm verzehrt. Ich habe gekämpft, um besser zu sein als der Mann, der gerade vor mir steht. Und die ganze Zeit über war ich besser. Und das, was ich wollte und um das ich jahrelang gekämpft habe, das Geld, das mich so mächtig gemacht hat, hat das Leben jeder einzelnen Frau zerstört, mit der ich jemals zusammen war.

Mein Vater hat meine Mutter bestraft, und dann habe ich jede einzelne Frau in meinem Leben für seine Sünde bestraft.

Nicht mehr, flüstert eine Stimme in mir.

»Was deiner Mutter zugestoßen ist, ist lange her«, sagt mein Vater kühl. »Vergiss es einfach. Wir haben Geschäftliches zu besprechen.«

Ich knurre: »Verschwinde von hier.«

»Darius.«

Ich hebe den Kopf. Mein Vater steht noch immer vor mir, das Gesicht aschfahl, und seine Augen sind tot. »Geh. Jetzt auf der Stelle.« Ich gehe an ihm vorbei, öffne die Tür und sehe, wie Charlotte aufsteht, weil sie wohl meine erhobene Stimme gehört hat. Ich wende mich wieder meinem Vater zu. »Verschwinde von hier und wage es ja nicht, noch einmal herzukommen, sonst werde ich dich wegen Hausfriedensbruch verhaften lassen.« Ich gehe zu meinem Schreibtisch, sehe hinaus in den bewölkten Himmel und weise meinen Vater so ab, wie er meine Mutter wahrscheinlich unzählige Male abgewiesen hat.

»Das wirst du noch bereuen« sind die letzten Worte meines Vaters, bevor er mein Büro verlässt.

Aber ich werde nichts bereuen, vor allen Dingen nicht das hier.

Ich bereue sehr viele Dinge, doch keines von ihnen hat mit meinem Vater zu tun. Ich presse die Hände gegen das kühle Fenster vor mir und atme harsch ein. Ich weiß nicht einmal, was ich als Nächstes tun, wie ich wieder klar denken soll. Ich habe keine Ahnung, wie ich all meine Fehler wiedergutmachen kann. Ich weiß nicht einmal, wo ich anfangen soll.

»Sir …« Charlottes weiche Stimme ertönt durch die Sprechanlage. »Ich weiß, Sie haben gesagt, ich soll Sie nicht stören, aber gerade hat jemand angerufen und gesagt, es sei dringend.«

Ich drehe mich um, sehe, wie sie wieder an ihrem Schreibtisch sitzt. Ihre Augen sind voller Mitgefühl. »Wer ist es, Charlotte?«, rufe ich.

»Ihre Schwester, Allison. Leitung eins.«

Ich hebe den Telefonhörer, drücke ihn gegen mein Ohr und bin alles andere als in der Stimmung für eine von Allies Predigten, aber dann höre ich eine weiche Stimme, die all die Anspannung in mir verschwinden lässt, bis diese Stimme sagt: »Ja, ich bin Taylor Erickson, und ich bin bereit, Ihnen die Geschichte von Darius Bennett und mir zu erzählen.«

***

TAYLOR

»Sind Sie sicher, dass Sie das machen wollen?«

»Ja«, sage ich zu Penelope, der Reporterin von *Gotcha!*. Sie sitzt mir in dieser kleinen Arbeitskabine gegenüber, und diese Frau weiß sehr viel mehr über mein Leben, als ich über ihres weiß. Sie ist die Frau, die jeden Artikel über Allie und Micah sowie über Darius und mich geschrieben hat.

Sie ist eine hübsche Frau mit Geschmack, etwa in meinem Alter, mit einem runden Gesicht und dicken erdbeerblonden

Locken, und sie trägt ein süßes Sommerkleid. Die Überraschung in ihren großen haselnussbraunen Augen sagt mir, dass sie völlig davon überrumpelt ist, mich hier zu sehen.

Um ehrlich zu sein, bin ich auch ein wenig schockiert. Es überrascht mich auch, dass ich sie nicht hasse. Das sollte ich, aber es ist mir unmöglich, jemanden zu hassen, dem ich nie zuvor begegnet bin.

Ich blicke aus den Augenwinkeln aus der Nische heraus und sehe Allie, die ihr Handy in meine Richtung hält.

Ich will sie schon fragen, was sie da macht, als Penelope mich fragt: »Würde es Ihnen etwas ausmachen, wenn ich unser Gespräch aufzeichne?«

»Überhaupt nicht«, erwidere ich und sehe Allie stirnrunzelnd an, bevor ich wieder Penelope anschaue.

Sie drückt seitlich auf ihr Aufnahmegerät und legt es nah zu mir auf den Schreibtisch. »Entschuldigen Sie, dass ich so überrascht bin, aber können Sie mir sagen, warum Sie das machen wollen? Ich meine …« Sie lächelt, und es ist auffallend warm und vertrauensvoll. »Es kommt nicht jeden Tag vor, dass die Menschen, über die ich meine Artikel schreibe, mir freiwillig Informationen geben.«

Ich lasse mich nicht von diesem Lächeln einfangen. Ich bin mir sicher, sie hat es perfektioniert, um das zu bekommen, was sie haben will. »Na ja«, sage ich und verstehe ihre Überraschung vollkommen. Ich bin mir nicht einmal sicher, ob diese Idee nicht nach hinten losgehen wird und ich mich dabei nicht verbrenne. »Ich habe keine Lust mehr, mich zu fragen, was Sie als Nächstes schreiben werden. Also legen wir los. Sie können mich fragen, was immer Sie über mich wissen wollen, tun Sie sich also keinen Zwang an.«

Ihr Lächeln wird ein wenig teuflisch, und in ihren Augen kann ich ein bösartiges Funkeln sehen. »Erzählen Sie mir alles.«

»Von Anfang an?«, frage ich sie.

Sie nickt. »Genau.«

»Okay, mal sehen …« Ich blicke schnell zu Allie; das Handy ist mittlerweile verschwunden, wahrscheinlich hat sie es in ihre Handtasche gesteckt, und dann wende ich mich wieder Penelope zu. »Darius und ich haben uns durch seine Halbschwester, Allie, kennengelernt, die gleichzeitig auch meine beste Freundin ist.«

Von dem Moment an hängt Penelope förmlich an meinen Lippen, während ich jedes noch so kleine Detail aus meiner Vergangenheit mit Darius erzähle. Aber das ist nicht alles, was ich ihr anvertraue. Ich erkläre auch die Dinge, die er für mich getan hat, von denen ich erst vor Kurzem erfahren und von denen ich nicht gewusst habe, dass er sie für mich getan hat. Es gibt so viele Dinge, von denen ich nicht weiß, wie ich mit ihnen umgehen soll, doch bei dieser Sache weiß ich es ganz genau. Und ich bin entschlossen, die Welt wissen zu lassen, dass Darius die ganze Zeit über der Held gewesen ist. Und es ist verdammt noch mal an der Zeit, dass die Welt ihn auch so sieht.

Meine Welt hat sich verändert, und ich kann nie wieder zu dem Punkt zurückkehren, an dem wir einmal gewesen sind. Denn ich weiß jetzt, und ich schätze, das hätte ich wahrscheinlich immer schon wissen müssen, dass er mich auf die einzige Weise geliebt hat, die er kannte. Und ich habe nie gesehen, wie tief seine Liebe ging, bis ich gesehen habe, wie er für mich die Zeit dazu gebracht hat, stehen zu bleiben. Was mir wiederum sagt, wie sehr ich ihn verletzt habe, als ich Schluss gemacht habe. Mir wird nun klar, dass er kein einziges Wort gesagt hat. Er hat mich es beenden lassen, weil es das war, was ich wollte. Er hat mich nie zu etwas gedrängt. Und meine verletzten Gefühle haben verhindert, dass ich sein unheimliches Schweigen oder die Weise, wie er die Wohnung verlassen hat, bemerkt habe, und er ist gegangen wie noch nie zuvor, nämlich ohne eine Erklärung abzugeben.

Blind, das bin ich gewesen. Aber ich bin nicht mehr blind. Egal, wie hart es auch gewesen sein mag, Darius hat mir immer alles direkt gesagt. Ich war so gefangen in meiner Angst, dass er mir möglicherweise wehtun könnte, dass ich nie gesehen habe, wie verletzt er war.

Ich habe nie bemerkt, wie sehr er mich braucht. Ich habe nie bemerkt, dass all diese Dinge, die mir an ihm Angst machen, ihm auch Angst machen. Denn bei Darius zählt nicht das, was er oberflächlich zeigt, sondern das, was er nicht zeigt. Es zählt, dass, egal, was er auch gerade durchmachte, er zu mir kam, weil ich ihn brauchte. Es zählt, dass, obwohl wir uns getrennt hatten, er all die Dinge gekauft hat, die ich liebe, um sicherzugehen, dass sie noch da sind, wenn ich zurückkehre.

Es zählen nur all die Dinge, die ich nicht gesehen habe. All die Dinge, die ich irgendwie übersehen habe.

Aber ich sehe sie jetzt.

»Und«, sage ich, um meine Geschichte über Darius und mich zum Abschluss zu bringen, »das bringt uns zu heute.«

»Wow«, haucht Penelope, schaltet ihr Aufnahmegerät aus und lehnt sich zurück. »Okay. Wow. Das ist nicht der Darius Bennett, den die Welt sonst kennt.«

»Nein, das ist er nicht«, sage ich mit einem harten Lächeln, denn das ist es, was den Job dieser Frau so furchtbar macht. Sie konzentriert sich auf all die Dinge, die nicht wichtig sind. »Aber es ist der Darius Bennett, den die Welt kennen sollte, denn das ist sein wahres Ich.«

Penelope hebt die Augenbrauen. »Sind Sie sich sicher, dass er will, dass die Welt davon erfährt?«

»Natürlich nicht«, sage ich, weil ich weiß, dass ich später noch Ärger deswegen bekommen werde. »Aber ich habe es satt, mich zu verstecken. Ich habe es satt, Angst vor der Wahrheit zu haben. Das ist unser Leben, und ich liebe dieses Leben, und ich liebe ihn.«

Sie lächelt, und, ganz ehrlich, es wirkt echt. Was verwirrend ist. War sie nicht die Tochter des Teufels? »Glauben Sie, es gibt einen Grund, warum er von der Öffentlichkeit so ganz anders wahrgenommen wird, als er wirklich ist?«, fragt sie.

Ich lache schnaubend. »Weil er sich gerne bedeckt hält und nicht besonders gut darin ist, seine Gefühle zu zeigen, vor allem vor Menschen, die er nicht kennt.«

»Also sagen Sie, dass er diese Spende gemacht hat, damit sie gut dastehen?«

»Das stimmt.«

»Und warum hat er das getan?«

Ich blicke ihr direkt in die Augen. »Weil Sie Ihr Bestes gegeben haben, um mich schlecht dastehen zu lassen.«

Sie zuckt nicht einmal mit der Wimper, was mir sagt, dass sie das als ihren Job und als nichts anderes ansieht. Jetzt habe ich ein wenig Mitleid mit ihr. »Wir drucken nur die Informationen, die wir von unseren Quellen erhalten.«

»Schwachsinn«, faucht Allie.

Ich blicke über meine Schulter und sehe, wie Allie wütend zu uns starrt, aber da sagt Penelope ruhig: »In den Artikeln, die wir drucken, steckt immer ein Körnchen Wahrheit.«

»Das ist egal«, erwidert Allie mit kalter und harter Stimme. »Sie graben an Orten nach Schmutz, an denen Sie nicht graben sollten. Sie wollen eine reißerische Story, egal, ob es das Leben eines Menschen zerstört oder nicht.«

Penelope hebt ihr Kinn, eindeutig, um sich zu verteidigen. »Wer ist denn der Böse, wenn es ein schmutziges Geheimnis ist, das wir veröffentlichen? Ich oder die Person, die das kleine schmutzige Geheimnis hat?«

»Oder«, mische ich mich ein, bevor die Spannung zwischen meiner besten Freundin und dieser Reporterin kippt und die beiden sich an die Gurgel gehen, »man sagt etwas, um sicherzugehen, dass ein Geheimnis nicht schmutzig wird.« Was auch der Grund ist, warum das hier so verdammt dumm ist. Wenn Darius der Öffentlichkeit einfach mitgeteilt hätte, was er alles Gutes getan hat, und dann von seinem verdammten Sexclub und seinen sexuellen Vorlieben erzählt hätte, wen hätte es dann noch gekümmert?

Vielleicht ein paar besonders prüde Menschen. Aber sie wären auch darüber hinweggekommen. Oder zumindest denke ich, dass sie das irgendwann geschafft hätten. Und falls nicht, dann zur Hölle mit ihnen.

Penelope beugt sich über ihren Schreibtisch, und ihr Blick wird stechend. »Also, Sie behaupten, Sie haben mir alles über Darius Bennett erzählt?«

Na ja, er besitzt einen Sexclub, weil er früher devoten Frauen gegenüber die Rolle des Doms gespielt hat und sie ihm jede seiner pikanten Fantasien erfüllt haben. »Ja, das war es.« Darius hat selbst gesagt, dass er niemals Informationen über seinen Club preisgeben würde, um seine Mitglieder zu schützen, und ich würde dieses Geheimnis niemals verraten, aber das wird das einzige Geheimnis sein, das wir vor der Welt haben werden. Sonst nichts. Ich ertrage das einfach nicht länger. Die Menschen müssen ihn so sehen, wie ich ihn sehe.

Penelope blickt über meine Schulter zu Allie, und ihre Augen funkeln. »Na gut, wollen Sie mir dann jetzt Micahs Geheimnisse verraten?«

Allie schnaubt. »Im Leben nicht.«

Penelope lacht laut auf.

Ich muss auch kichern. Mag sein, dass ich mich gut damit fühle, aber Allies offensichtliche Abneigung gegenüber Penelope zeigt mir, dass sie nicht meiner Meinung ist. Sie würde dieser Art von Interview niemals zustimmen. Doch ich weiß instinktiv, dass es richtig war, das zu machen, Darius zuliebe.

Mein Herz sagt mir, dass ich heute herkommen sollte. Und ich schätze, das zeigt, dass ich Darius auf eine Weise sehe, die Allie niemals sehen wird. Sie ist seine Schwester. Aber ich besitze sein Herz, und es ist an der Zeit, dass er das erfährt.

»Noch irgendetwas, was Sie gerne sagen würden?«, fragt mich Penelope.

Ich bin in Versuchung, herauszufinden, wer der Maulwurf ist. Ich bezweifle nicht im Geringsten, dass Penelope weiß, wer es ist. Und ganz sicher bezahlt sie die Person, die die schmutzige Wäsche von Darius und den anderen Jungs hervorzerrt. Stattdessen sage ich aber: »Ich denke, das war es.«

»Also gut, dann danke ich Ihnen für Ihre Geschichte«, sagt Penelope und erhebt sich von ihrem Stuhl.

»Wissen Sie schon, wann es gedruckt wird?«, frage ich.

»Diese Story?« Sie sieht amüsiert drein. »Ohne Zweifel wird sie morgen die Titelgeschichte sein.«

Ich erhebe mich, aber Allie mischt sich mit angespannter Stimme ein. »Ich warne Sie: Seien Sie vorsichtig mit dem, was Sie in Ihrem lächerlichen Magazin abdrucken. Ihnen ist schon klar, mit wem Sie es hier zu tun haben, oder?«

Penelope grinst und wirkt, als würde sie die Herausforderung glatt annehmen. »Soll das eine Drohung sein?«

»Nein«, erwidert Allie, und ihr Lächeln ist tödlich. »Aber wenn ich Sie wäre, würde ich die einflussreichsten Männer San Franciscos, die genug Geld haben, um Ihr Leben zur Hölle zu machen, lieber nicht verärgern.« Ich sehe ein Funkeln in Allies Augen und weiß ganz genau, was sie als Nächstes sagen wird, und da sagt sie auch schon: »Denn ich wette darauf, dass sie nicht die Einzigen sind, die Geheimnisse haben.«

Ich begrüße Allies Idee und füge hinzu: »Kleine schmutzige Geheimnisse.«

Penelopes Augen zucken zu mir herüber und brennen förmlich. »Soll das eine weitere Drohung sein?«

Ich schweige für eine Sekunde, um mir darüber klar zu werden, wie viel Leid diese Frau mir zugefügt hat, auch wenn sie eigentlich wie ein sehr netter Mensch wirkt, und zucke mit den Schultern. »Wenn Sie weiterhin all meine kleinen schmutzigen Geheimnisse in der Klatschpresse verraten, dann ist es nur fair, wenn ich Ihre verrate.«

Kapitel 20

DARIUS

»Sir! Sie können da nicht rein!«

Ich ignoriere die winzige spanische Frau, die hinter mir herläuft, und schlendere den Flur des Ortes entlang, von dem ich niemals gedacht hätte, dass ich ihn betreten würde – die Büroräume von *Gotcha!*. Ich bin meinen Gefühlen gefolgt, die mich hergeführt haben. Ich kann die Wut, die in meinen Adern pulsiert, kaum unterdrücken, und dann sehe ich plötzlich Taylor, die Allie umarmt.

In dem Moment, in dem meine Halbschwester mich sieht, reißt sie die Augen auf, und auch wenn ich sie aus der Entfernung nicht hören kann, kann ich doch sehen, wie ihr Mund die Worte »Oh Scheiße!« formt.

»Oh Scheiße, in der Tat«, grolle ich, als ich bei den beiden angekommen bin.

Taylor keucht und wirbelt herum. »Darius, was machst du denn hier?«

»Sieh zu, dass uns keiner stört«, sage ich zu Allie und wende mich dann Taylor zu. »Wir müssen reden.« Ich packe ihren Arm, ziehe sie hinter mir her und lasse Allie einfach stehen. Sie ist jetzt Micahs Problem, und bestimmt wird er nicht gerade begeistert davon sein zu hören, dass die beiden freiwillig hergekommen sind und Informationen preisgegeben haben.

Nach zwei Schritten sehe ich ein Schild auf einer der Türen zu meiner Linken, auf dem *Vorratsschrank* steht. Ich gehe darauf zu, drücke die Tür auf und schleife Taylor hinein, bevor ich die Tür mit einem Knallen schließe. »Was hast du getan?« Ich verlange Antworten und umkreise sie. »Ich habe die ganze Zeit versucht, dich zu beschützen, und du dachtest, es wäre eine gute Idee, einfach freiwillig hier hereinzuspazieren.«

»Ich habe getan, was ich tun musste«, sagt sie, verschränkt die Arme vor der Brust und bietet mir die Stirn. »Ich werde nie wieder Angst vor der Presse haben, Darius. Ich weigere mich. Und nun haben sie auch keine Macht mehr über mich. Es gibt nichts mehr über mich zu erfahren, sie können nichts mehr ausgraben. Es liegt alles offen.«

»Was hast du ihnen erzählt?« Ich beiße die Zähne zusammen und muss an all die Auswirkungen denken, die ihre Ehrlichkeit wahrscheinlich nach sich ziehen wird.

»Ich habe ihnen von meiner Vergangenheit erzählt, von Shawn. Aber, was am wichtigsten ist, ich habe ihnen von uns erzählt.« Ihre Stimme wird mit jedem Wort weicher und ihr Blick wärmer. »Ich habe ihnen gesagt, was du für mich getan hast.«

Ich blicke sie stirnrunzelnd an. Dieses Gespräch verläuft nicht so, wie ich es erwartet hatte. Auf der Fahrt hierher war ich wütend, aber jetzt, wo sie mich auf diese Weise ansieht, so tief gerührt und voller Zärtlichkeit, ist meine Wut einfach weg. »Was habe ich denn gemacht?«

Tränen treten ihr in die Augen, und ihre Stimme zittert. »Du hast all meine liebsten Orte gekauft. Die Eiscreme … die Bücher … die Burger. Du wolltest, dass diese Dinge sich nicht verändern, mir zuliebe.«

Ich schlucke hart und spüre, wie mich eine seltsame Wärme erfüllt. »Es sind deine Lieblingsorte.«

»Das weiß ich.« Sie schenkt mir ein süßes Lächeln. »Aber erkläre es mir. Wieso hast du all das für mich getan und bist mir nicht stattdessen nachgereist, als ich weggezogen bin?«

»Weil ich wollte, dass du gehst. Ich wollte, dass du dein eigenes Leben finden kannst«, sage ich ihr. Ich gebe die Wahrheit endlich zu, auch wenn ich weiß, dass sie mich danach anders ansehen wird. »Ich weiß, was du gerade denkst; dass ich all diese Dinge für dich gekauft habe, aber ich habe das auch für mich getan. Ich bin egoistisch. Ich habe all diese Orte gekauft, damit ich noch ein Stück von dir hier in San Francisco hatte. Damit ich an ihnen vorbeifahren und mich an unsere gemeinsame Zeit erinnern konnte. Damit ich mich an dich erinnern konnte. Es hatte nichts damit zu tun, dich glücklich machen zu wollen. Es ging dabei nur um mich.«

Ich kann sie nicht anlügen.

Sie macht einen Schritt nach vorn, und die Luft zwischen uns beginnt, sich zu erhitzen. »Nein, Darius, das ist nicht wahr.«

»Doch, das ist es.«

Sie ist jetzt so nah, und ich muss meine ganze Selbstbeherrschung aufbieten, um sie nicht an mich zu reißen, und sie sagt: »Das ist Liebe. So etwas macht man, wenn man einen Menschen so sehr liebt, dass man etwas braucht, was einen an ihn erinnert.« Sie wischt eine weitere Träne fort und fügt sanft hinzu: »Kurz nachdem ich erfahren habe, dass du all diese Orte gekauft hast, und nach allem, was ich über deine Mutter weiß, wurde mir etwas klar: Ich habe endlich begriffen, dass es ein furchtbarer Fehler war, dich zu verlassen.« Ich kann kaum noch atmen, mein Herz hämmert in meiner Brust. Sie fährt fort: »Ich habe es damals nicht sehen können. Ich weiß nicht, warum. Selbst nachdem ich zurückgekommen bin, habe ich es nicht gesehen, aber jetzt sehe ich es klar und deutlich.«

»Was siehst du?«, bringe ich schließlich heraus.

»Dass du mich an deiner Seite gebraucht hättest. Dass du von mir hören musst, dass dies das Leben ist, welches ich will. Und dass du von mir hören musst, dass ich nur dich will.«

Es schnürt mir die Kehle zu. »Ich muss das alles nicht haben. Ich will das, was das Beste für dich ist.«

»Und das ist, mit dir zusammen zu sein.« Sie kommt noch näher und sieht mit so viel Wärme zu mir auf, drückt ihre Hände auf meine Brust. »Darius, du bist alles, was gut ist in dieser Welt. Alles, was du machst, alles, was du bist, erstaunt mich. Es gibt nichts, was ich in meinem Leben lieber haben will als dich.«

Sie bricht etwas in mir auf. Eine Mauer, von der ich nicht einmal wusste, dass sie da ist. Aber in diesem Augenblick der Schwäche fürchte ich mich nicht vor dem, was ich da empfinde, ich genieße es. »Ich will dich nicht verändern.«

»Das hast du doch bereits getan«, erwidert sie und legt ihre warmen Hände um mein Gesicht. »Du hast mich auf so wunderbare Weise verändert, wie ich es mir niemals hätte erträumen können. Doch es ist so: Ich weiß, dein Instinkt sagt dir, dass du mich wegstoßen sollst, da du tief in dir erwartest, dass ich dich verlasse werde, weil du irgendwie denkst, es wäre besser für mich, dieses Mal sage ich allerdings Nein. Ich bleibe bei dir.«

»Aber …«, setze ich an.

»Nein«, sagt sie bestimmt, den Blick fest auf mich gerichtet. Ihre Hände halten mein maßgeschneidertes Hemd umklammert. »Ich werde nicht gehen. Du liebst mich. Und Gott weiß, ich liebe dich auch. Unsere Zeit ist jetzt gekommen, und wir werden sie uns auch nehmen.«

Ich hatte mich gefragt, was ich als Nächstes tun soll, nachdem mein Vater mein Büro verlassen hatte, und in diesem Moment wird mir klar, dass ich darüber nicht weiter nachdenken muss. Sie ist genau hier, sagt mir, dass ich sie nehmen kann.

Und ich werde sie nie wieder wegstoßen. Als ich das damals getan hatte, brach ihre Welt zusammen, und meine Welt hörte auf, sich zu drehen, ganz so, als würde Zeit keine Rolle mehr spielen, als würde ich ohne sie nicht existieren.

»Du hast recht«, sage ich zu ihr. »Ich liebe dich. Wie verrückt. Wahnsinnig. Du hast mir gehört, seit dem Moment, als ich dich das erste Mal berührt habe. Wenn du willst, dass ich dir gehöre, Taylor, dann werde ich dir gehören. So einfach ist das.« Ich ziehe sie an mich und drücke meinen Mund auf ihren.

Aber bevor ich diesen Kuss vertiefen kann, zieht sie sich zurück, und ihre Wangen sind gerötet. »Wir können das hier nicht machen.«

Ich drehe mich zur Tür und schließe sie ab. »Denkst du, mich interessiert irgendjemand in diesem Gebäude oder was irgendjemand hier von mir denkt?«

Sie blinzelt hastig und weicht langsam, mit erhobenen Händen, vor mir zurück. »Nein, aber falls irgendjemand die Schlüssel zu dem Raum hier kriegt und hereinkommt, wird das überall in der Klatschpresse stehen.«

Ich hebe die Augenbrauen, mache einen Schritt auf sie zu und schließe den Abstand zwischen uns. »Ist das nicht der Grund, weswegen du heute hierhergekommen bist? Keine Angst mehr. Keine Sorgen mehr. Die Vergangenheit einfach hinter sich lassen und im Moment leben. Habe ich nicht recht?«

»Hast du.« Sie beginnt zu grinsen.

»Du hast dich mir angeboten.« Ich umfasse ihre Hüften mit festem Griff. »Dann gib mir, was mir gehört.« Sie entspannt sich und gibt mir, was ich will. Sie. Alles. All das, was mir gehört.

Ihr Mund legt sich auf meinen. Ihre Hände streicheln über meine Muskeln, als würde sie mich ebenso sehr brauchen, wie ich sie brauche. Und zum ersten Mal glaube ich daran, dass es wahr ist. Ich denke nur daran, wie sehr ich mich danach sehne, in ihr zu sein, darum hebe ich sie auf den Tisch neben mir. Ich öffne meinen Gürtel und schiebe meine Hose hinunter, während Taylor sich aus ihrer Hose schlängelt, wobei sie ein Bein in der Hose lässt. Dann findet ihr Mund wieder meinen, küsst mich drängend, und sie atmet im Takt mit meinen eigenen harschen Atemzügen.

Ich trete zwischen ihre gespreizten Schenkel, meine Erektion an ihrer weichen, feuchten Spalte, und mit einem einzigen Stoß dringe ich in sie ein. Warme Nässe breitet sich um meinen nackten Schwanz aus, und ich bewege meine Hüften, aber nicht, um Taylor zum Höhepunkt zu bringen. Hier geht es nicht darum, sie kommen zu lassen. Hier geht es darum, dass ich sie zu meinem Besitz mache. Sie als mein Eigentum markiere. Es geht um die Erkenntnis, dass unsere Körper zueinander gehören und von diesem Tag an nur noch füreinander existieren wollen.

Ihre Tränen streifen meine Wange; sie empfindet eindeutig all die Gefühle, die ich so selten zeige. Ich öffne die Augen und sehe, wie verschwommen ihre Pupillen und wie hitzig ihr Blick ist. »Ich liebe dich«, sage ich zu ihr, verstehe, was sie empfindet. Gott, ich kann fühlen, wie auch ich mich innerlich öffne. »Ich liebe dich«, sage ich noch einmal. Und ich höre nicht auf, diese Worte zu flüstern, während ich jede noch so kleine Hautstelle küsse, die ich erreichen kann. Sie duftet heute nach Zimt, eine perfekte Nascherei, die allein mir gehört.

Aber es ist nicht genug, für keinen von uns. Ich fühle, wie ihr Verlangen meinen Schwanz benetzt. Ich ziehe mich aus Taylor heraus, drehe sie um, drücke sie auf den Tisch und schiebe ihre Beine auseinander.

Wieder dringe ich in ihre heiße Spalte ein, aber ich stoße nicht zu. »Ich will dich ganz besitzen. Ich brauche das, Taylor.« Ich drücke gegen ihre Klitoris, bereite ihren Körper auf mehr vor, steigere ihre Lust. »Wirst du ein braves Mädchen sein und für mich kommen?«

»Ja«, sagt sie rau und erbebt unter meinen Fingern. »Wenn du so weitermachst … Oh Gott, ja.«

Ich bewege meine Finger zielgerichteter, von einer Seite auf die andere; meine Muskeln brennen, aber ich ignoriere das Ziehen, bewege mich immer schneller, bis ich spüre, wie ihre Beine heftig zu zittern beginnen.

»Ich kann nicht.« Sie quietscht und schließt ihre Schenkel. »Ich kann nicht leise sein.«

Ich schiebe meine Finger in ihr Haar, ziehe ihren Kopf in den Nacken, um sicherzugehen, dass sie sich nicht bewegen kann, und schiebe ihre Beine wieder auseinander. »Doch, das wirst du. Für mich.«

Sie zischt durch ihre Zähne hindurch, als ich ihre empfindliche Klitoris streichle. Ich höre nicht auf damit, nicht jetzt, nicht, wo sie sich unter mir windet, gegen meinen Schwanz stößt, auch wenn sie das eigentlich gar nicht will. Ihr Innerstes pulsiert, und sie ist so feucht.

Als sie eindringlich schreit, versucht, sich von mir zu lösen, lasse ich ihr Haar los und schlage sie hart auf den Hintern. Sie schaudert und schreit spitz auf, so verloren in ihrer Lust, dass auch mir ein Brennen durch die Adern jagt. Wieder schlage ich sie, nur um diesen Schrei noch einmal zu hören. Sie zittert unter mir, und ich packe ihr Haar fester, lasse nicht zu, dass sich das noch weiter steigert.

Sie ist da.

Ich lasse meine Finger an ihrer Klitoris flacher werden, reibe sie rauer und schneller, bis ich bloß noch Taylors lautes Stöhnen hören kann, das den kleinen Raum erfüllt und immer drängender wird. Mein Bizeps schmerzt durch die Kraft, die ich aufwende, um ihre angeschwollene Klitoris zu streicheln, aber ihre Beine beginnen zu zittern und ich kann nicht mehr denken. Ihr Schaudern entzieht sich ihrer Kontrolle, und in der Sekunde, in der ihr hoher, spitzer Schrei die Luft zerreißt, drücke ich ihre Klitoris fest und lasse sie ihren Höhepunkt erleben.

Langsam, nach einigen Sekunden, kehrt sie von ihrem Höhenflug wieder zurück und ist nur noch ein keuchendes Häuflein.

»Ach du Scheiße«, sagt sie lang gezogen, den Kopf gegen den Tisch gepresst, die Augen geschlossen. »Das war so, so gut.«

Ich schnalze mit der Zunge. »Du müsstest doch eigentlich wissen, dass das noch nicht vorbei ist.«

Ich schlage auf ihren Hintern, reiße ihren Kopf zurück, drücke den Rücken durch und stoße immer wieder in ihre Hitze, genieße noch einmal diesen wunderschönen Schrei. Ich packe ihre Brüste durch die Bluse hindurch, lasse dann eine Hand in ihren BH gleiten und kneife in ihren Nippel, lasse eine Welle aus Lust durch sie hindurchfließen.

Wann immer ich ihren Hals küsse, ihr in den Nippel kneife, meine Hüften bewege, wird sie immer feuchter; sie ist bereits wieder gefährlich nah am Rand der Klippe und bereit zu explodieren. Ich weigere mich, hart zuzustoßen und sie damit über den Rand der Klippe zu befördern. Wir werden einander spüren, ganz intensiv, bis zum Ende.

Meine Finger sind in ihrem Haar vergraben, und ich ziehe ihren Kopf in die Position, in der ich ihn haben will, denn so kann ich sie genau so küssen, wie ich sie küssen will. Wie ich sie kosten will. Wie ich an ihr knabbern will. Ein Kribbeln beginnt mein Rückgrat hinaufzuschießen, als ihr Innerstes beginnt, mich zu massieren, während sie sich auf einen weiteren Orgasmus vorbereitet.

»Oh Gott, Darius … ich werde gleich …«

Ich koste das Salz auf ihrem Hals. »Gib mir alles.«

Auf einmal zittern ihre Schenkel, und ihre warmen Säfte breiten sich rasch auf mir aus. Der feste Griff um meinen steinharten Schwanz lässt meine Hüften nach vorne zucken, und ich schieße mein Sperma tief in sie.

Einige Zeit später lehne ich mit der Stirn gegen ihren verschwitzten Rücken, und wir beide atmen schwer. Sie kichert und sagt: »Es haben uns bestimmt alle gehört.«

»Gut.«

»Warum ist das gut?«

Ich küsse den süßen Punkt auf ihrem Nacken. »Wenn morgen schon in der Klatschpresse steht, dass ich dich in einem Vorratsschrank gevögelt habe, dann sollte da auch besser stehen, dass ich dich zum Schreien gebracht habe.«

Taylor bricht in Gelächter aus. »Ah, das wird eine große Story.«

»Es wird die beste Story von allen sein«, sage ich und küsse sie auf die Wange.

»Und warum das?« Sie lächelt.

»Weil es unsere Story ist.«

Epilog

DARIUS

Einen Monat später blicke ich auf den Grabstein, der mitten auf dem großen Friedhof steht, und denke: Ich erinnere mich nicht an dich. Ich habe das Gefühl, ich habe dich nie gekannt, weiß nur das von dir, was Allie mir über dich erzählt. Es tut mir leid, dass es so lange gedauert hat, bis ich verstanden habe, was du durchmachen musstest. Was du seinetwegen durchmachen musstest. Er wird niemandem mehr wehtun, das verspreche ich dir. Vor allem nicht Allie. Er wird niemals wieder auch bloß in ihre Nähe kommen. Du hast so viel in meinem Leben verpasst. Darum werde ich dir jetzt etwas zeigen. Etwas, was er nie zu sehen bekommen wird. Etwas, von dem ich glaube, dass es dich sehr glücklich gemacht hätte, wenn du noch hier wärst.

Ich blicke über die Schulter und sehe Allie und Micah, die in seinem Bentley sitzen, und Taylor, die einige Meter vor ihnen wartet. Wir sind alle gemeinsam an diesem Nachmittag zum Friedhof gefahren, weil ich unter anderem keine Ahnung habe, wo meine Mutter beerdigt worden ist. Was, wie sich herausstellte, neben ihrem Ehemann, unter einer alten Eiche, ist. Meine Gedanken schlagen Pfade ein, die man wohl hätte erwarten können. *Wenn du doch nur nicht gestorben wärst. Wenn ich doch nur die Chance gehabt hätte, dich kennenzulernen.* So viele *wenn doch nur …*

Aber ich habe keine Zeit dafür. Ich habe mich noch nie lange in der Vergangenheit aufgehalten, weil ich weiß, dass solche Gedanken zu einem Problem werden können, wenn man es zulässt. Ich betrachte die Frau, die mich nicht aus den Augen lässt. Taylor hat mir Platz gelassen, aber jetzt rufe ich sie mit einem Winken meiner Hand zu mir.

»Alles okay?«, fragt sie, als sie bei mir angekommen ist.

Ich lächle und nehme ihre Hand. »Ja, es geht mir gut.«

Sie sieht mich besorgt an, doch für mich ist es kein Problem, den Friedhof zu besuchen. Der Tod gehört nun einmal zum Leben dazu. Zur Hölle, auch Scheiße passiert. Ich will nur nicht noch mehr Zeit verschwenden, als ich es bisher sowieso schon habe.

Natürlich ist mir bewusst, dass auf meinen Schultern noch eine riesige Schuld liegt, weil ich nicht früher auf Allie gehört und die Geschichte meines Vaters überprüft habe. Die Wahrheit ist, dass ich glaube, ich war einfach abgestumpft, wenn es um meine Mutter ging. Mein Vater hatte dafür gesorgt. Und ich war so auf meinen Erfolg konzentriert gewesen, darauf, mir alles zurückzuholen, was ich verloren hatte, dass ich überhaupt nicht gemerkt habe, dass ich um die falsche Sache gekämpft habe. Geld war mir wichtiger als Beziehungen.

Als ich in Taylors warme Augen blicke, wird mir klar, dass ich ab heute immer um sie kämpfen werde. Sie ist die Richtige.

Sie schweigt, während ich mit dem Daumen über ihre weiche Hand streichle. Die Sonne scheint auf uns herab, und ich kann das Bedauern nicht aufhalten, das ich empfinde, weil ich nicht zu meiner Mutter gegangen bin, als sie noch am Leben war, und sie gefragt habe, warum sie gegangen ist, denn so hätte ich sie noch kennenlernen können. Aber das sind die Narben, die mein Leben mir zugefügt hat. Sie werden immer zu sehen sein, aber mit der Zeit verblassen.

Taylor tritt näher zu mir und bricht das Schweigen. »Ich bin froh, dass du hergekommen bist.«

»Ich auch«, sage ich, greife in meine Hosentasche und hole die abgerissene Titelseite einer Zeitschrift heraus. »Denn ich wollte dir das hier an diesem Ort geben.«

Sie entfaltet die Seite, und ihre Augenbrauen rutschen noch näher zusammen, als sie die Schlagzeile liest: *Darius Bennet wird heiraten!* »Das verstehe ich nicht«, sagt sie.

»Sieht so aus, als würde die Klatschpresse noch immer die Wahrheit abdrucken«, erwidere ich.

Sie hebt den Kopf, blinzelt und sieht dann wieder die Titelseite an. In diesem Moment ziehe ich den Verlobungsring mit dem Diamanten im Princess-Schliff aus der Tasche. Und als sie wieder mich ansieht, sinke ich vor ihr auf ein Knie und halte ihr den Ring entgegen.

Die Titelseite fällt ihr aus der Hand, und dann schlägt sie mit weit aufgerissenen Augen die Hände vor den Mund. »Oh mein Gott.«

»Du weißt, ich bin nicht gut darin … mich mitzuteilen …« Ich blicke in ihre tränenfeuchten Augen und öffne mich ihr innerlich, damit ich die richtigen Worte finden kann. »Mein Leben bedeutet mir nichts ohne dich darin. Es ist, als wäre ich nur ein Schatten, als würde ich leben, aber mich immer im Dunkeln befinden. Ich will so nicht mehr weiterleben. Ich will das. Ich will dich, nicht bloß an meiner Seite. Ich will, dass du meine Frau wirst.« Ich halte kurz inne, lasse meine Worte sacken und frage dann: »Taylor Erickson, willst du mich heiraten?«

»Ja!« Sie springt mir in die Arme und schickt mich damit fast zu Boden.

Ich lache leise, schlinge meine Arme um ihre Taille und küsse sie. Als ich Allie und Micah erzählt habe, was ich vorhabe, habe ich mich gefragt, ob ein Friedhof nicht die Stimmung verderben würde. Aber als ich Taylors salzige Tränen auf meinen Lippen schmecke, merke ich, dass meine Sorge unbegründet war. Sie versteht, warum ich sie hier und heute gefragt habe.

Ihr süßes Lachen holt mich wieder aus meinen Gedanken zurück. Ich kann die Freude in ihren Augen sehen, als sie sich den Ring aufsteckt. »Bist du glücklich?«, frage ich.

Wieder lacht sie, und dieses Mal klingt es befreit. »Ich bin so glücklich, Darius. Ich bin wahnsinnig glücklich. Ich liebe dich.«

Ich küsse ihren Schmollmund. »Ich dich auch.«

Hinter Taylor und mir ertönt lautes Klatschen und Pfeifen, und dann wird mir die Liebes meines Lebens aus den Armen gerissen, weil Allie sie umarmen will. Ich kann nicht aufhören zu lächeln, während die beiden auf und ab springen, wie damals, als sie noch Kinder waren und sich über etwas so Lächerliches wie Karten zu einem *NSYNC-Konzert gefreut haben.

Micah lächelt und reicht mir seine Hand. »Glückwunsch.«

Ich erwidere seinen starken Händedruck. »Danke.« Und ich muss zugeben, dass ich ein neugieriges Funkeln in seinen Augen sehe, ganz so, als hätte er bisher nicht an Heirat gedacht, zumindest nicht bis zu diesem Moment.

Bevor ich entscheiden kann, ob ich Micah meinen Segen geben würde, wenn er um Allies Hand bitten würde, wirbelt meine Halbschwester herum und deutet auf den Grabstein. »Das hätte ihr gefallen. Sehr sogar.«

»Das freut mich.« Ich weiß nicht, was ich denke oder fühle; ich handle einfach, packe Allie und umarme sie fest. Sie versteift sich, und ich weiß auch, warum: Ich habe sie vorher noch nie umarmt. Als dieses fünfzehn Jahre alte Mädchen mit dem großen Herzen und den warmen Augen damals in mein Leben getreten ist, hat sie alles auf den Kopf gestellt. Und wie ich jetzt sehe, war das genau richtig. Ich beuge mich hinunter und flüstere ihr ins Ohr: »Gefällt es dir denn auch?«

Als ich mich wieder aufrichte, sehe ich Tränen in Allies Augen. »Ich freue mich so für Taylor und dich … und für mich.« Sie lächelt, auch wenn ihr Kinn zittert. »Du weißt, dass ich in letzter Zeit viel über das Schicksal nachdenke und mich frage, warum wir die Dinge durchmachen mussten, die wir erlebt haben. Und ich denke, Mom ist gegangen, damit ich dich finden konnte. Sie wollte dich auf die einzige Weise retten, die ihr möglich schien: indem sie uns zusammenbrachte.«

Die Gefühle schnüren mir die Kehle zu, und auch mir treten Tränen in die Augen. »Verdammt, Allie. Hör auf, mich zum Weinen bringen zu wollen.« Immer, wenn sie mir Geschichten über unsere Mutter erzählt, sieht sie nach, ob ich weine.

Sie lacht leise, stellt sich auf die Zehenspitzen und küsst meine Wange. »Eines Tages knacke ich diese harte Schale.«

»Da hast du dir ja was vorgenommen«, sagt Micah, lächelt mich an und zieht Allie in seine Arme.

Ich greife nach Taylor, ziehe sie eng an mich, ihren Rücken gegen meine Brust gedrückt. Ich stütze mein Kinn auf ihrem Kopf ab. »Erzähl mir eine Geschichte«, sage ich zu Allie.

»Was für eine denn?«, fragt sie mich.

»Noch eine Geschichte, über Mom.«

Eine Träne rinnt über ihre Wange, ehe sie sie schnell wegwischt, und sie lächelt warm. Ich merke, dass Allie das ebenso sehr braucht wie ich. Sie will die Frau, die ich niemals gekannt habe, nie vergessen.

»Sie hatte immer dieses Motto«, beginnt Allie. »Egal, wie schlimm die Dinge auch standen, sie hat immer gesagt: *Alles wird gut*, und irgendwie wurde es das auch jedes Mal …«

Quietschende Reifen bringen mich dazu, meinen Kopf herumzureißen, und ich sehe, wie Ryders Truck abrupt hinter Micahs Auto zum Stehen kommt. Eine Sekunde später steigt Ryder aus seinem Truck und kommt auf uns zugestürmt.

»Will ich überhaupt wissen, woher du weißt, dass wir hier sind?«, frage ich, als er uns erreicht hat.

»Später«, sagt Ryder, und seine Anspannung ist deutlich zu spüren. An Micah gewandt, sagt er: »Wie es aussieht, war die Geldwäsche-Geschichte nicht genug, damit die Klatschpresse glücklich ist.« Er hält eine Zeitschrift hoch. »Jetzt sind sie hinter mir her.«

Ich schiele auf den Artikel:

Wird die Senatorentochter Hadley Winters zu viel für den Chef eines Sicherheitsdienstes und Multimillionär Ryder Blackwood? Unsere Quellen sagen, ja. Und sie sagen uns auch, dass der harte Bodyguard wahnsinnig verliebt in sie ist.

Ich sehe Ryder an. »Was ist dein Plan?«

Ryder hält kurz inne und geht im Geiste seine Optionen durch. Dann beginnt er langsam zu lächeln. »Ich werde Druck machen und so lange damit weitermachen, bis dieser Mistkerl sich nirgendwo mehr verstecken kann.«

Spannung liegt in der Luft. Wir wussten alle, dass dieser Kampf nicht enden würde, nur weil Taylor der Klatschpresse unsere Geschichte erzählt hat. Mag sein, dass wir damit aus dem Fokus der Öffentlichkeit gerückt sind, aber die Klatschpresse lebt für kleine schmutzige Geheimnisse. Und angesichts der Wut, die auf Ryders Gesicht zu sehen ist, steckt ein Körnchen Wahrheit in seinem kleinen schmutzigen Geheimnis.

Ich blicke von Ryder zu Micah, von ihm zu Allie und von Allie zu Taylor und sage das Einzige, was mir dazu einfällt: »Alles wird gut.«

Danksagung

Alles Liebe für meine Leser, meine Lektorin Sue, meine Agentin Jessica und das gesamte Loveswept-Team, für alles, was sie machen.